LA RECHERCHE
sur la génétique
et l'hérédité

LA RECHERCHE
sur la génétique et l'hérédité

Articles de

M. Blanc   A. Danchin   J. Feingold
N. Feingold   G. Gachelin   J.-L. Guénet
C. Hélène   F. Ibarrondo   P. Kourilsky
J.-P. Lecocq   A. Lwoff   M. Rives
P.P. Slonimski   J. Tavlitzki   P. Tolstoshev

Choisis et présentés par Catherine Allais

Éditions du Seuil
La Recherche

En couverture : ADN circulaire d'une mitochondrie.
(Archives du Centre national de recherches iconographiques.)

ISBN 2.02.008649-2

© FÉVRIER 1985, SOCIÉTÉ D'ÉDITIONS SCIENTIFIQUES.

La loi du 11 mars 1957 interdit les copies ou reproductions destinées à une utilisation collective. Toute représentation ou reproduction intégrale ou partielle faite par quelque procédé que ce soit, sans le consentement de l'auteur ou de ses ayants cause, est illicite et constitue une contrefaçon sanctionnée par les articles 425 et suivants du Code pénal.

Introduction

La génétique, science de l'hérédité, connaît depuis quelques décennies des bouleversements spectaculaires. Elle est née des travaux d'un moine botaniste Gregor Mendel, au milieu du siècle dernier. Devenu célèbre pour ses expériences sur les petits pois, il eut le mérite de dégager les « lois de l'hérédité » qui régissent la transmission des caractères d'une génération à l'autre*. Mais réalisés à une époque où les connaissances étaient trop rudimentaires pour que la signification des faits pût être réellement comprise, les travaux de Mendel restèrent longtemps ignorés et le véritable essor de la génétique date du début du XXe siècle. Les facteurs héréditaires imaginés par le moine devinrent alors réalité ; baptisés depuis « gènes », on découvrit qu'ils étaient localisés sur des organites présents dans le noyau des cellules et appelés chromosomes. Puis une autre étape importante fut franchie à la fin de la Seconde Guerre mondiale, lorsque la nature chimique des gènes fut identifiée comme étant une molécule d'acide désoxyribonucléique ou ADN. Un peu plus tard, en 1953, une structure physique était proposée pour cette molécule d'ADN : elle est formée de deux chaînes enroulées l'une autour de l'autre qui s'organisent en une double hélice. L'ère de la génétique moléculaire était née. A partir de là, les mécanismes essentiels qui permettent à la cellule de déchiffrer et d'utiliser l'information génétique portée par l'ADN étaient élucidés ; en bref, le fonctionnement du matériel génétique était compris dans ses grandes lignes. Ces notions, bien qu'établies chez les plus simples des êtres vivants, les

---

* Voir l'article « Gregor Mendel, la légende du génie méconnu », *la Recherche*, *151*, janvier 1984, p. 46.

les bactéries et les virus, paraissaient, dans les années 1960, universelles (voir l'article de Jean Tavlitzki, p. 19).

Certes, elles ne sont pas aujourd'hui remises en cause. Mais l'apparition de techniques très puissantes pour disséquer les gènes, les isoler un à un et les étudier ont rendu possible l'accès au matériel génétique des organismes supérieurs. A l'origine d'un gigantesque bond en avant des connaissances, ces développements nouveaux ont réservé quelques surprises aux biologistes.

Une première « mini-révolution » éclata ainsi vers la fin des années 1970 avec la découverte d'une double hélice qui s'enroule dans le sens inverse du modèle « classique » proposé vingt-cinq ans plus tôt et dont l'enchaînement présente une allure en zigzag. Simple curiosité ? En fait, on s'aperçoit aujourd'hui que, loin d'être figée, la molécule d'ADN est en réalité le siège de mouvements incessants qui lui font adopter localement des structures variables. Comme l'explique Claude Hélène dans son article (p. 43), ces avatars de la double hélice sont, semble-t-il, des stratégies qui permettent à la cellule de régler avec le maximum d'efficacité l'activité des gènes.

L'année 1977 amena une autre découverte surprise. De manière inattendue, les chercheurs se sont aperçus que les gènes des organismes supérieurs étaient constitués différemment de ceux de la bactérie. Au lieu d'être d'un seul tenant, comme chez cette dernière, ils sont fragmentés en morceaux, interrompus par de multiples portions en apparence inutiles (voir l'article d'Antoine Danchin et Piotr P. Slonimski, p. 77).

De longues séquences d'ADN, dépourvues, semble-t-il, de toute fonction ont aussi été découvertes dans les régions qui séparent les gènes. Ainsi, au total, c'est au moins 80 % de l'ADN humain qui semble ne servir à rien. Mais il y a plus. Une grande partie de cet ADN apparaît comme une mosaïque de fragments répétés quasi identiques à eux-mêmes, jusqu'à des centaines de milliers de fois. Que signifie la structure morcelée des gènes ? Pourquoi tout cet ADN inutile ? Pourquoi tant de répétitions ? Ces observations, encore inimaginables il y a dix ans, modifient radicalement l'idée que l'on pouvait avoir sur l'organisation du génome des organismes supérieurs (voir l'article de Philippe Kourilsky et Gabriel Gachelin, p. 105). Autre conséquence fondamentale : les désobéissances aux lois *de Mendel apparaissent aujourd'hui trop nombreuses et les concepts classiques du darwinisme et du néo-darwinisme trop simples pour que les lois de l'évolution, telles qu'on les concevait, ne soient pas reconsidérées sous un jour nouveau.*

Sur le plan de la biologie fondamentale, toujours, l'un des objectifs que s'est fixé la génétique est de comprendre comment, à partir d'un œuf, s'édifie un organisme aussi complexe qu'un mammifère, comment les gènes gouvernent la formation d'un œil ou d'un cerveau. Les premiers résultats dans ce sens n'ont été enregistrés que tout récemment. Ils ont été obtenus chez la mouche drosophile, l'un des cobayes favoris des généticiens depuis le début du XXe siècle. Des gènes ayant pour rôle de « sélectionner » le destin des cellules lors du développement embryonnaire ont été identifiés (voir l'article de Marcel Blanc, p. 223). Bien que ces observations soient extrêmement encourageantes, il serait sans doute imprudent de crier victoire. Le chemin est encore très long avant que ne soit élucidé complètement le mode de fonctionnement du matériel héréditaire des vertébrés, sans doute beaucoup plus complexe que celui de la mouche, qui n'est déjà pas un modèle de simplicité !

Sur le plan des applications, l'un des événements majeurs de ces dernières années a été la naissance d'une technologie toute neuve, le génie génétique. Il est en effet maintenant possible de faire fonctionner un gène, d'origine humaine par exemple, dans un autre organisme. Ainsi domestiquée, la cellule transformée peut fabriquer toute une série de substances naturelles, que l'on ne possédait jusque-là qu'en quantités infimes. Ces substances, pour la plupart d'intérêt médical (hormones, interféron, vaccins, antibiotiques, etc.), voient également leur prix de revient diminuer considérablement. Peu de molécules sont actuellement commercialisées, mais l'industrie privée ne s'y est pas trompée : en quelques années, des centaines de compagnies de génie génétique ont vu le jour de par le monde.

Le génie génétique est aussi à l'origine d'une véritable révolution dans le dépistage des maladies héréditaires. La détection de n'importe quelle anomalie génétique par une analyse directe de l'ADN humain est en effet désormais envisageable. Le diagnostic peut être anténatal ou être effectué sur les nouveau-nés. Il concerne aussi la recherche dans une population de « porteurs sains », autrement dit de personnes qui ne sont pas elles-mêmes atteintes par la maladie, mais sont susceptibles de la transmettre à leur descendance. Certes, le nombre de maladies actuellement diagnostiquées par ce moyen est très restreint. Mais on peut s'attendre, dans les années à venir, à un développement extrêmement important de ce type d'analyse (voir l'article de Paul Tolstoshev et Jean-Pierre Lecocq, p. 133).

Outre les maladies qui ont une origine génétique certaine, d'autres, plus courantes, comme le cancer, les troubles cardiaques, le diabète, etc., apparaissent plus fréquemment dans certaines familles que dans d'autres. A l'origine, on trouve de très nombreux facteurs liés à l'environnement (alimentation, anxiété, pollution chimique, etc.). Mais, comme l'expliquent Josué et Nicole Feingold (p. 159), les recherches actuelles permettent de dire qu'il existe aussi une susceptibilité génétique à ces maladies communes *. On imagine aussi que l'on pourra même savoir, avant ou après la naissance, si un individu est prédisposé à contracter telle ou telle maladie. C'est donc un champ entièrement nouveau de la médecine qui apparaît, celui d'une prévention rationnelle de la maladie, avec toutefois des risques éthiques et psychologiques qui ne peuvent être ignorés.

L'étude de la génétique humaine et des maladies de l'homme a aussi beaucoup bénéficié d'un modèle devenu presque parfait : la souris de laboratoire. En quelques années, ce petit animal à la prolificité légendaire est devenu le mammifère dont la génétique est la mieux connue. Les biologistes savent maintenant réaliser des lignées de souris dans lesquelles tous les animaux sont génétiquement identiques : ils sont tous diabétiques, ou cancéreux, ou obèses, etc. On peut aussi fabriquer presque à volonté des souris « mongoliennes ». Les chercheurs espèrent ainsi mieux comprendre certaines pathologies de l'homme et tenter, si possible, de mettre au point des thérapeutiques efficaces (voir l'article de Jean-Louis Guénet, p. 189).

Les progrès de la génétique permettront-ils pour autant de corriger un défaut héréditaire ? Autrement dit, une thérapie génique qui viserait à remplacer le « mauvais » gène par un gène

---

* Voir également la Recherche sur le cancer, Éd. du Seuil, coll. « Points-Sciences », 1982.

Introduction 11

« normal » est-elle possible ? Si le gène en question doit être présent dans toutes les cellules de l'organisme, il n'y a pas d'autres choix que de l'introduire dans un œuf. La première correction efficace d'un défaut héréditaire a été réalisée par ce moyen chez la drosophile (voir l'article de Françoise Ibarrondo, p. 217). Mais, si la mouche se prête bien à ce type de manipulation, il est loin d'en être de même chez les mammifères. Certes, des souris « géantes » ont été obtenues par injection dans l'œuf de l'hormone de croissance de rat et même de l'homme (voir l'article de Jean-Louis Guénet, p. 189). Et, tout récemment, la même expérience a permis de rétablir la croissance de souris génétiquement naines. Mais ces résultats, pour aussi spectaculaires qu'ils soient, ne doivent pas masquer un taux de réussite très faible. S'agissant de l'homme, enfin, il faudrait en plus que soit posé un diagnostic prénatal sur l'œuf à « traiter », ce qui est matériellement impossible. Une thérapie génique fondée sur la transformation d'embryons humains n'est donc, pour l'heure, absolument pas envisageable.

Qu'en est-il de l'introduction de gènes étrangers chez l'adulte, dans une catégorie de cellules particulières ? (La question se pose effectivement lorsque le défaut génétique affecte un tissu donné, par exemple les cellules du sang.) Une première tentative dans ce sens avait été réalisée en 1981 par le biologiste américain M. Cline chez deux femmes atteintes d'une grave maladie de l'hémoglobine. Cette expérience, qui à l'époque souleva une très vive émotion, avait été un échec complet. La greffe de gènes connaît cependant actuellement une série de réussites brillantes, en utilisant comme vecteurs de gènes une classe particulière de virus animaux. Mais de très nombreuses et très graves inconnues demeurent pour que ce type d'approche présente pour l'instant un intérêt médical*.

Faut-il pour autant avoir peur des manipulations génétiques ? Les recherches en cours ne sont-elles pas la porte ouverte pour une modification plus globale des caractères de l'espèce humaine ? L'état actuel de nos connaissances ne laisse pas présager que cela soit techniquement possible avant très longtemps. Mais un tel danger éthique, voire politique, ne peut être

---

* Voir l'article « Traitement des maladies génétiques : le compte à rebours », *la Recherche*, *162*, janvier 1985, p. 85.

ignoré. *Nombre de scientifiques l'ont dénoncé, réclamant même l'interdiction des manipulations génétiques* *. *Très récemment, d'ailleurs, J. Rifkin a lancé une campagne contre le gouvernement américain sur le thème « une vache a le droit de rester une vache ». Cet auteur d'ouvrages contre les manipulations génétiques reproche au département américain de mener des expériences visant à produire des super-moutons, des super-porcs ou des super-bovins, en injectant le gène humain de l'hormone de croissance. Ces expériences auront pourtant sans doute lieu, leur principe ayant été approuvé par le NIH (Institut national de la santé). On le voit, les recherches actuelles continueront sans nul doute d'alimenter un débat qui a déjà donné lieu à de très vives polémiques.*

D'autant que, les progrès acquis dans le dépistage des maladies héréditaires peuvent faire craindre que ces nouvelles connaissances soient utilisées pour effectuer une « sélection » au sein de la race humaine. Le risque de voir resurgir une nouvelle forme d'eugénisme, un eugénisme médicalisé, est en effet possible. Quand doit-on dire d'un gène qu'il est « bon » ou « mauvais » ? Où s'arrêter dans le « triage » des gènes ? s'interroge très justement Pierre Thuillier dans un article consacré à la « tentation de l'eugénisme » **.

Enfin, on ne peut parler de génétique sans évoquer un autre débat fondamental, celui qui touche à la génétique de l'espèce humaine (voir l'article de Marcel Blanc, p. 261). La comparaison des populations directement au niveau de leurs gènes a conduit à un bouleversement total des notions de la vieille anthropologie : on s'aperçoit en effet que l'espèce humaine est très peu différenciée génétiquement ; dès lors, la classification en grandes races n'a pas de sens biologique. Ces recherches ont aussi permis de retracer l'évolution de l'homme qui, au plan génétique, apparaît extraordinairement proche des grands singes. Elles apportent également des informations tout à fait passionnantes sur les mouvements des populations humaines au cours des temps. Une enquête sans précédent est d'ailleurs actuellement menée en France. Son aboutissement, prévu pour

---

* Voir Agatha Mendel, *les Manipulations génétiques*, Éd. du Seuil, coll. « Science ouverte », 1980.
** Paru dans *la Recherche*, 155, mai 1984, p. 734.

Introduction

fin 1985, devrait permettre l'élaboration d'une première et partielle carte de France des caractères génétiques, avec des renseignements nouveaux sur l'histoire génétique des Français.

Un dernier article de cet ouvrage porte sur l'« amélioration des plantes » (voir le texte de Max Rives, p. 233) qui représente, à ce jour, l'une des applications les plus importantes de la génétique. Très tôt, en effet, les sélectionneurs ont su remplacer l'empirisme qui régnait depuis des millénaires par une approche scientifique pour l'obtention de variétés nouvelles, génétiquement améliorées. Qu'il s'agisse du rendement de la production agricole ou de la résistance aux parasites des plantes cultivées, les résultats ne se sont pas fait attendre. Les recherches actuelles permettent aussi de prédire les gains du futur, de formuler des stratégies de sélection les plus efficaces et les moins coûteuses. Depuis peu, le génie génétique a aussi fait son entrée et des plantes génétiquement transformées par l'introduction artificielle de gènes étrangers ont déjà vu le jour. Mais tous les sélectionneurs ne semblent pas partager l'optimiste de certains quant aux retombées spectaculaires, tant attendues, des manipulations génétiques. Plus prometteuses dans l'immédiat sont les perspectives offertes par les biotechnologies qui apportent aux sélectionneurs des outils nouveaux extrêmement puissants. Multiplier à l'infini une plante en un temps record, fixer très rapidement les produits d'un croisement ou bien encore hybrider des espèces impossibles à croiser jusqu'ici, en s'affranchissant des barrières sexuelles : autant d'objectifs rendus aujourd'hui accessibles par des techniques qui sont certainement appelées à jouer un rôle très important dans l'amélioration des plantes du futur*.

Cet ouvrage sur la génétique et l'hérédité n'a certainement pas pour but d'être exhaustif. Les exemples présentés ici ont été choisis non seulement en raison de leur importance, mais également des questions qu'ils suscitent. Par-delà le point précis fait sur les connaissances acquises, c'est un regard neuf sur l'avenir qui est proposé.

Catherine Allais

---

* Voir aussi l'article « La culture des plantes en éprouvette », *la Recherche, 160*, novembre 1984, p. 1362.

1. Le temps de la génétique

André Lwoff

1874. *Génétique* est un adjectif. C'est, nous dit Littré, « un terme didactique qui a rapport aux fonctions de générations ». 1984. *Génétique*, tout en restant adjectif, a acquis le statut de nom : *la génétique* est « la science de l'hérédité ». Elle est, on le verra, beaucoup plus.

Chacun sait que le matériel génétique, le génome, c'est-à-dire l'ensemble des gènes, programme et commande la structure et le fonctionnement de toute cellule, le développement de tout organisme. De plus, les gènes sont les effecteurs de l'évolution à laquelle nous sommes redevables de l'existence même de notre espèce. En contrepartie, ils sont aussi responsables de nombreuses maladies.

La génétique est née des travaux — longtemps ignorés — d'un moine botaniste. Les cytologistes, cependant, découvraient les chromosomes, qui furent longtemps les seuls organites cellulaires connus pour se diviser ; on leur attribua tout naturellement le rôle de supports de l'hérédité. L'unité fut baptisée gène. Des esprits chagrins condamnèrent un baptême jugé prématuré. Il est vrai que le gène n'était alors qu'un être de raison. Nombreux sont ceux qui, aujourd'hui encore, ignorent le pouvoir catalytique et la fonction heuristique des mots. Des mots qui symbolisent et concrétisent les concepts nécessaires à toute hypothèse de travail.

Cependant, botanistes et zoologues étudient la transmission héréditaire des colorations — des pigments — et des anomalies de forme. Ils redécouvrent les lois de Mendel, assignent à chacun des gènes une place sur le chromosome. Ils construisent la génétique formelle.

Quelle pouvait bien être la nature du matériel génétique ? C'est l'étude du « principe transformant » du pneumocoque qui apporta la réponse à cette question. L'expression « principe transformant » désignait la substance mystérieuse capable de transmettre une propriété d'une bactérie à une autre. Le « principe » fut identifié à l'ADN, l'acide désoxyribonucléique. Le chemin était tracé pour l'étude de la composition, de la structure et du fonctionnement du matériel génétique. La voie était ouverte à la génétique moléculaire. Bien curieuse structure que le gène. Formé de deux filaments complémentaires, dont chacun assume l'organisation — c'est-à-dire la synthèse — de l'autre, le gène est, et restera sans doute, la seule « molécule » capable de se « diviser », de se produire.

La révélation, ce fut la découverte que l'hérédité est contenue dans un message linéaire formé par une séquence de quatre bases, séquence génératrice d'un nombre pratiquement infini de combinaisons. Le concept de code génétique prit naissance, puis celui de codon. Un codon est une séquence de trois bases. Le code — qui exprime le rapport entre un triplet de base et un aminoacide — fut déchiffré. La succession des aminoacides d'une protéine, sa structure primaire, est gouvernée par la séquence des codons. De plus, il se révéla que certains codons correspondent, non à des aminoacides, mais à des signes de ponctuation : ils marquent le point de départ ou d'arrêt d'une séquence de base correspondant à une protéine. En outre, les gènes des eucaryotes ne sont pas d'un seul tenant, mais sont constitués par des segments codants séparés par des segments non codants. Il devenait facile de comprendre comment le gène pouvait être à la fois unité de mutation, unité de recombinaison et unité de fonction.

Les chromosomes étaient apparus au départ comme des éléments stables, immuables. Les généticiens, cependant, découvraient les échanges de segments entre chromosomes. Puis vint le transposon, élément capable de sauter d'un chromosome à un autre. Vint enfin le génie génétique qui permit d'isoler un gène, de l'attacher à un génome viral, de l'introduire dans une bactérie qui le reproduira. Une voie nouvelle était ouverte à la technologie.

La nature, la structure du gène, la correspondance entre séquence des codons et séquence des aminoacides étaient donc établies. Cependant, l'ADN ne forme pas directement une protéine mais engendre un « messager » ribonucléique (ARN)

Le temps de la génétique

complémentaire. Celui-ci ira se fixer sur un ribosome. C'est sur le messager que viendront s'attacher, puis s'unir, les aminoacides « activés » dont chacun est transporté par un ARN spécifique dit de transfert. Beaucoup de mouvements, de réactions.

Il restait à découvrir les mécanismes qui commandent la dynamique cellulaire. Une cellule est en effet un système intégré de structures et de fonctions interdépendantes. Une cellule ne synthétise pas n'importe quoi, n'importe quand. Une bonne économie exige qu'elle ne produise un enzyme que lorsque le substrat de cet enzyme — qu'il soit endogène ou exogène — est présent dans le milieu cellulaire. Les molécules cellulaires, tout au moins certaines d'entre elles, doivent donc être capables d'émettre et de recevoir des signaux, de donner des ordres et d'obéir. C'est l'étude de la synthèse induite des enzymes qui permit de déchiffrer le langage moléculaire. Une remarquable série d'expériences engendra la découverte du répresseur et des effecteurs de son activité, du mécanisme de son action ; engendra aussi les concepts de gène de régulation et de gène de structure, et, en dernière analyse, d'opéron. De plus, le progrès des connaissances moléculaires ne tarda pas à promouvoir l'essor de l'immunologie, l'étude des maladies immunitaires et celle des mécanismes des déviations héréditaires du métabolisme.

Notons que les bactéries et les virus ont joué un rôle capital dans la naissance et le développement de la génétique et de la biologie moléculaire, et aussi du génie génétique. De plus le génome d'un virus peut s'insérer dans un chromosome cellulaire — dont il est peut-être issu — et jouer un rôle dans la carcinogenèse. La biologie et la pathologie moléculaires étaient donc nées. Il reste toutefois de nombreux problèmes à résoudre. Comment les gènes règlent-ils le développement d'un organisme à partir d'un œuf ? Comment gouvernent-ils la formation d'organes comme l'œil ou l'oreille, ou, plus simplement mais non moins mystérieusement, la morphogenèse du nez ? Comment interviennent-ils dans l'évolution ? Le déchiffrement du code avait permis de comprendre la nature des mutations ponctuelles — celles qui intéressent un seul codon — responsables du remplacement d'un aminoacide par un autre dans une chaîne protéique. Le rôle de ces mutations dans la naissance des variétés et des espèces, c'est-à-dire dans la micro-évolution, est facile à concevoir. Qu'en est-il de la macro-évolution ? On sait que la thyroxine commande la métamorphose du têtard en grenouille. L'émergence de gènes gouvernant la synthèse des hormones fut peut-être l'un des facteurs de cette macro-évolution — qui restera encore longtemps un passionnant problème.

Que conclure de tout cela ? Il apparaît clairement que, si la science de l'hérédité est bien la génétique, la génétique transcende la science de l'hérédité. Elle embrasse en effet, de par la physiologie du gène qui en est partie intégrante, tous les problèmes relatifs à la synthèse et à la régulation de l'activité des constituants cellulaires, tout ce qui concerne le développement et la dynamique d'une cellule et d'un organisme, le normal et l'anormal. A l'échelon moléculaire, génétique et biologie moléculaire s'interpénètrent et se confondent.

Il convient, pour terminer, d'évoquer la période douloureuse que connut la génétique dans notre pays. Il s'écoule à l'accoutumée un certain temps entre la naissance d'une discipline et sa reconnaissance universitaire. Dans le cas de la génétique, ce temps fut exceptionnellement long : plus d'un demi-siècle. Il y eut, certes, de remarquables exceptions, aussi bien dans le domaine de la recherche que dans celui de l'enseignement. Toutefois, la première chaire de génétique dans une faculté française ne fut créée qu'en 1946 et, il y a de cela quelques années seulement, un zoologiste, professeur en Sorbonne, dans son discours présidentiel à l'Académie des sciences, mettait en cause la « biologie moléculaire et ses oripeaux nucléiques » (*sic*).

La Recherche, mai 1984

2. Des pois de Mendel à la génétique moléculaire

Jean Tavlitzki

Des deux caractéristiques essentielles de l'ensemble des êtres vivants, l'unité et la diversité, c'est sans aucun doute la seconde qui se perçoit le plus directement. Diversité tout d'abord au niveau des espèces : animaux, plantes, insectes, champignons..., richesse des formes, des couleurs, des habitats, des comportements. Le chêne et le roseau, la puce et l'éléphant, la cigale et la fourmi, le rat, la belette et le petit lapin, le héron au long bec emmanché d'un long cou... qui ne les reconnaît ? Diversité aussi du monde microscopique, qu'il s'agisse de micro-organismes formés d'un petit nombre de cellules ou d'unicellulaires : protozoaires, algues, bactéries... Et chacun sait que les caractères propres à chaque espèce sont transmis à sa descendance : une amibe se divise et sa descendance est formée d'amibes qui se ressemblent entre elles et qui lui ressemblent ; les glands d'un chêne donnent des chênes ; la descendance d'un couple de canards est formée de canards... Chacun peut alors en conclure qu'il y a transmission de génération en génération de « quelque chose » qui assure la permanence des caractères de l'espèce. Et, voyant que, dans un même étang, un œuf de poisson est à l'origine d'un poisson, qu'un œuf de grenouille donne une grenouille, et une graine de nénuphar un nénuphar, chacun peut en déduire que ce qui est transmis se trouve dans l'œuf ou dans la graine, et non dans le milieu puisque, dans les trois cas, c'est le même. Du fait que, chez les organismes multicellulaires, à reproduction sexuée, la succession des générations passe obligatoirement par l'intermédiaire d'une seule cellule, l'œuf (le plus souvent invisible à l'œil nu), il est clair que ce « quelque chose » qui est transmis, ce n'est pas tel ou tel caractère de l'organisme : avant d'avoir les cheveux blonds, bruns ou roux, il convient d'avoir des cheveux ; or, l'œuf n'en possède pas.

Diversité toujours directement perceptible, celle qui concerne les individus appartenant à une même espèce, la nôtre par exemple. Il suffit de se regarder les uns les autres pour constater qu'aucun de nous n'est identique aux autres, que nous sommes tous différents, que chacun est unique. Chaque enfant qui naît est un être nouveau dont il n'a jamais existé, dont il n'existe pas, dont il n'existera jamais d'autre exemplaire. Exceptions ? Les vrais jumeaux qui, issus du même œuf, se ressemblent... comme des jumeaux. En revanche, et bien que, comme les « vrais », ils aient été élevés dans le même « milieu » (l'organisme maternel), les faux jumeaux ne se ressemblent pas plus que des frères et sœurs : ils proviennent, eux aussi, d'œufs différents. Exception encore : les animaux domestiques et les plantes cultivées qui ont été et qui sont « construits » en fonction de nos besoins alimentaires ou récréatifs. Cela, à la suite de croisements contrôlés qui ont eu et qui ont pour effet de conférer les mêmes caractères à de nombreux individus. Mais, dans les populations naturelles comme les populations humaines, c'est la variabilité, la diversité qui sont de règle : même si elles ne sont pas toujours faciles à observer au niveau des caractères morphologiques macroscopiques, elles deviennent patentes dès que, par exemple, on étudie les extraits d'un même type cellulaire provenant d'individus appartenant à une même espèce ; on décèle alors des formes différentes d'une même enzyme, d'une même protéine.

Diversité encore qui, comme la précédente, ne saute pas aux yeux, mais qu'il est facile de révéler, celle qui se signale au niveau des différents types cellulaires qui composent un organisme : cellules du foie, de l'intestin, de la rétine, cellules musculaires, nerveuses, cellules de la peau... Tirant leur origine de l'œuf, elles se sont différenciées au cours du développement et, quand elles continuent à se diviser chez l'adulte, comme les cellules de la peau par exemple, elles fournissent le même type cellulaire, celui de la peau. Elles se multiplient alors par mitoses.

C'est l'objet de la génétique d'élucider les lois qui président à la transmission, de génération en génération, de ce « quelque chose » que nous savons être les gènes, de déceler ce qui est héréditaire dans la variabilité, de comprendre l'origine des différences, qu'il s'agisse de différences entre espèces — et donc des mécanismes de l'évolution — ou de différences entre individus appartenant à une même espèce, d'étudier, enfin, la distribution des gènes à l'intérieur des populations. C'est encore l'objet de la génétique d'étudier la structure des gènes, de définir leurs fonctions, de mettre en évidence les facteurs qui interviennent pour régler leur fonctionnement au cours du développement embryonnaire et dans l'organisme constitué.

Diversité oui, mais aussi unité

Associée à d'autres disciplines : biochimie, biophysique, cytologie, la génétique a révélé, sous-jacente à la prodigieuse diversité des êtres vivants, l'*unité* profonde qui fonde leur structure et leur fonctionnement et qui signe leur commune origine. Comme l'ont montré les recherches de ces trente dernières années, ce sont, chez tous les organismes et chez les virus, les mêmes substances chimiques, les bases nucléiques — adénine, guanine, thymine, cytosine — qui forment les molécules d'acide désoxyribonucléique ou ADN (chez les virus à acide ribonucléique, l'uracile remplace la thymine). Les segments d'ADN constituent les gènes, définis par l'ordre dans lequel ces bases sont disposées. Ce sont, chez tous les êtres vivants, les mêmes systèmes qui assurent tout d'abord la transcription, puis la traduction des messages génétiques, aboutissant à la synthèse des protéines, formées à partir des mêmes vingt acides aminés principaux. Le dictionnaire des codons, groupes de trois bases qui spécifient la mise en place des acides aminés, est le même (à quelques exceptions près) chez tous les êtres vivants.

C'est cette unité de structure et de fonctionnement qui permet, ayant isolé un gène d'un organisme donné, de l'incorporer au matériel génétique d'un autre organisme ; c'est elle qui fonde, par conséquent, le génie génétique.

Quand il y a reproduction sexuée, ce sont les mêmes lois qui président à la distribution des gènes dans les cellules reproductrices, à la transmission des gènes de génération en génération.

Le principe unificateur est celui du programme génétique qui commande aussi bien le déroulement des processus qui, depuis l'œuf ou la graine, aboutissent à la formation d'un organisme, que le fonctionnement même de cet organisme. C'est Erwin Schrödinger [1], le célèbre physicien, l'homme de l'équation qui porte son nom, qui, le premier — et dès 1943 —, en énonce l'essentiel. C'est à lui aussi que l'on doit l'assimilation du matériel héréditaire à un message codé. Dix ans plus tard, l'astrophysicien George Gamow [2] saisissant les implications du modèle d'ADN proposé par J. Watson et F. Crick, explicite cette notion de code et pose le problème du mode d'action des gènes en termes de décryptage d'un message codé.

C'est le programme génétique, constitué par l'ensemble des gènes dont chaque être vivant est doté, qui assure sa permanence et maintient son individualité bien qu'il s'agisse d'un système « ouvert », dont les constituants sont en perpétuel renouvellement, et qui échange à tout instant avec le milieu dans lequel il se trouve des flux d'informations, de matière, d'énergie.

Si, au cours des trois milliards et demi d'années qui se sont écoulées depuis l'apparition des premiers êtres vivants, ces derniers se sont diversifiés tout en conservant leurs caractères communs fondamentaux, c'est que les programmes génétiques se sont trouvés en partie modifiés. Ceci grâce aux modifications qui sont intervenues dans la composition en bases des acides désoxyribonucléiques, par le biais de mutations, de recombinaisons, d'incorporations, de pertes de segments de ces molécules. Ces modifications ont imposé aux organismes des caractères nouveaux qui ont été éliminés ou sélectionnés selon les conditions du milieu dans lesquelles ils se sont trouvés. De sorte que les organismes se trouvent remarquablement adaptés aux milieux dans lesquels ils vivent, mais toujours capables, si les conditions viennent à changer, de puiser dans le réservoir de gènes que possède chaque espèce les pièces du jeu qui leur permettront de s'adapter à ces nouvelles conditions.

Unité et diversité : une origine commune

Participent au jeu de l'aléatoire, qui se situe au niveau du matériel génétique, des éléments mobiles, les gènes qui « sautent » d'un endroit à un autre d'une même molécule d'ADN, ou encore d'une molécule d'ADN à une autre. Décelés chez la drosophile (ou mouche du vinaigre), remarquablement bien étudiés chez le maïs [3], ils se trouvent aussi bien chez les champignons que dans d'autres organismes eucaryotes et chez les bactéries ; c'est un nouvel exemple de la généralité des mécanismes qui opèrent chez tous les êtres vivants.

Ce qui fonde à la fois la diversité et l'unité des êtres vivants, c'est le mode de réplication de la double hélice d'ADN, chacun de ses brins servant de matrice pour la synthèse d'un brin complémentaire et donc identique au premier (voir p. 43). Le système assure, d'une part, la reproduction conforme du matériel héréditaire, et fait en sorte, d'autre part, qu'une modification de ce matériel soit transmise à la descendance. L'ensemble du fonctionnement des êtres vivants peut se résumer en une phrase : la mise en place d'*un* acide aminé donné, parmi les *vingt* qui composent les protéines, est sous la dépendance d'un groupe de *trois* bases parmi les *quatre* qui composent l'ADN, ce qui peut s'exprimer par : 1 : 20 : 3 : 4. La spécificité est assurée par les liaisons qui s'établissent entre les bases complémentaires : adénine (A) et thymine (T) ou uracile (U) et guanine (G) et cytosine (C) : A — T (ou U) G — C.

La génétique se consacre donc à l'étude de ce qu'il y a de plus essentiel dans le fonctionnement des êtres vivants. Bien des recherches fondamentales effectuées dans ce domaine ont été couronnées par l'attribution du prix Nobel, le dernier en date distinguant Barbara McClintock pour ses travaux portant sur les éléments génétiques mobiles chez le maïs [4]. Mais les applications ne sont jamais bien loin. Ainsi, dès ce qu'il est convenu d'appeler la redécouverte des lois de Mendel au début de ce siècle, les sélectionneurs ont su remplacer l'empirisme qui régnait depuis des millénaires par une approche scientifique, en utilisant le pouvoir de prévision de l'analyse génétique : une fois connue la composition en gènes des parents, il est facile de prévoir selon quelles proportions de nouvelles combinaisons apparaîtront dans la descendance. Qu'il s'agisse du rendement de la production laitière ou de la résistance aux parasites des plantes cultivées, les résultats ne se sont pas fait attendre.

Autre domaine, celui des maladies héréditaires chez l'homme. L'analyse génétique permet, là aussi, de déterminer la fréquence du gène responsable, d'estimer la probabilité selon laquelle l'enfant à naître présentera les symptômes de la maladie. Dans des cas de plus en plus nombreux, l'analyse biochimique prénatale, l'étude de l'ADN du fœtus, permettent d'assurer le diagnostic. C'est important lorsqu'il s'agit de maladies graves et invalidantes pour lesquelles aucun traitement n'est connu : on peut alors proposer l'avortement. Enfin, les méthodes du génie génétique sont riches d'applications tant industrielles et agronomiques que médicales ; elles permettent également d'étudier au niveau cellulaire et moléculaire l'expression des gènes impliqués dans les processus de cancérisation.

Un vocabulaire pour la génétique

Tout gène, tout segment d'ADN, peut exister sous plusieurs formes, les allèles. La forme la plus répandue dans une population est dite « allèle normal » ou « sauvage ». Toute autre forme est dite « allèle muté ». Un gène étant composé en moyenne d'un millier de bases nucléiques, et le remplacement d'une seule base par une autre pouvant être à l'origine d'une mutation, il existe pour chaque gène un grand nombre d'allèles mutés.

Chez les organismes procaryotes (bactéries) et chez les virus, il n'existe qu'une seule molécule d'acide nucléique ; chez les bactéries, cette molécule a quelques milliers de gènes ; elle est portée par un seul chromosome. Chaque gène n'est représenté qu'une seule fois et tous les gènes sont liés, faisant tous partie de la même structure moléculaire ; ils constituent un seul groupe de liaison ou groupe de linkage. Chez les organismes eucaryotes, l'ensemble de l'ADN qui se trouve dans le noyau est réparti en unités indépendantes dont chacune fait partie d'un chromosome. Les gènes ne sont pas tous liés en un ensemble, et il y a autant de groupes de liaison que de chromosomes. Par ailleurs, les mitochondries et les chloroplastes contiennent aussi de l'ADN.

Chez les organismes à reproduction sexuée, les cellules reproductrices, ou gamètes, ne contiennent qu'un seul lot de chromosomes : elles sont haploïdes. Chaque gène n'est donc représenté qu'une seule fois : il n'y a qu'une seule forme allélique d'un gène donné ; c'est ce que l'on entend lorsqu'on parle de pureté des gamètes. Lorsque les gamètes fusionnent, l'œuf, ou zygote, qui en résulte contient deux chromosomes de chaque sorte. Ce sont les chromosomes homologues qui s'apparient entre eux. Un lot est fourni par le gamète mâle, l'autre par le gamète femelle. L'œuf est diploïde, comme le sont, dans la grande majorité des cas, les cellules de l'organisme dont il est l'origine. En particulier, les cellules qui fournissent les gamètes sont diploïdes. Chacune d'elles subit une division particulière, la méiose, au cours de laquelle le nombre de chromosomes des cellules haploïdes sera réduit de moitié. Au cours de ce processus, il s'opère un véritable brassage des chromosomes, des échanges entre chromosomes homologues s'effectuent. De sorte que chacun des quatre gamètes formés à partir de la cellule précurseur contient des combinaisons de gènes différentes des autres : c'est un des éléments de la loterie de l'hérédité. L'autre élément provient de ce que la rencontre entre gamètes mâle et femelle se fait au hasard. Pour fixer les idées, les cellules diploïdes humaines contiennent 23 paires de chromosomes. Si l'on ne tient pas compte des échanges entre chromosomes homologues, il y a 2^{23} soit environ 8 millions de combinaisons différentes également probables. Les fécondations mettent donc en jeu environ $8.10^6 \times 8.10^6$ (ou 64.10^{12}) combinaisons également probables. Chacun de nous résulte d'une combinaison unique ; il en fut de même de nos parents et de leurs ancêtres.

Si l'on considère un couple d'allèles, plusieurs combinaisons sont possibles. L'organisme renferme soit deux allèles sauvages AA, soit deux allèles mutés A'A', on dit alors qu'il est homozygote pour l'allèle A ou pour l'allèle A'. Soit l'organisme diploïde renferme un allèle sauvage et un allèle muté : AA' AA' : il est dit hétérozygote. Il sera aussi hétérozygote s'il contient deux allèles mutés différents : A'A''. Il formera, en quantités égales, des allèles A et des allèles A', ou des allèles A' d'une part et A'' d'autre part.

Chez les organismes dont les cellules contiennent plus de deux lots de chromosomes et qui sont dits triploïdes, tétraploïdes... (le cas est fréquent chez les végétaux cultivés), d'autres combinaisons d'allèles sont rencontrées. Par exemple, un organisme tétraploïde pourra être AAAA, AAAA', AAA'A', AA'A'A', A'A'A'A'. Les gamètes diploïdes formés seront respectivement : AA, AA et AA', AA, AA' et A'A', A'A'. Ce phénomène permet en particulier d'obtenir des plantes plus vigoureuses que les plantes d'origine.

Chez un organisme diploïde hétérozygote du type AA' provenant d'un croisement où l'un des parents est AA et l'autre A'A', par exemple, on peut, selon les couples d'allèles mis en jeu, avoir divers types de situations. Soit l'hybride AA' manifeste le caractère du parent « sauvage » ayant fourni l'allèle A ; on dit alors que le caractère dont la réalisation est régie par l'allèle A est *dominant*, alors que le caractère dont la réalisation est régie par l'allèle muté A' est *récessif*. Pour abréger (mais de façon incorrecte), on dit souvent que l'allèle A est dominant, l'allèle A' récessif. On peut aussi avoir la situation inverse, où c'est l'allèle muté qui régit la réalisation d'un caractère dominant. Ou encore les deux caractères sauvage et muté s'expriment pour donner chez l'hybride un caractère de type intermédiaire ; il y a alors codominance. Par exemple, dans l'espèce humaine, le caractère « groupe sanguin A » est dominant par rapport au caractère « groupe sanguin O » ; de même, le groupe O est récessif par rapport au groupe B. Mais, chez un hétérozygote provenant d'un mariage entre un individu A/O et un individu B/O, les deux caractères A et B s'expriment : ils sont codominants.

Génotype et phénotype, des relations complexes

Le génotype d'un individu correspond à l'état allélique de ses différents gènes. Par exemple $\frac{A}{A'}$, $\frac{B'}{B}$, $\frac{C}{C'}$, $\frac{D'}{D}$ ... s'il s'agit de gènes situés sur des chromosomes différents, ou $\frac{A \ B \ C' \ D}{A' \ B' \ C \ D'}$... s'il s'agit de gènes liés situés sur un même chromosome. Plus simplement, si on ne s'intéresse qu'à un couple d'allèles, par exemple $\frac{B}{B'}$, on écrira B/B' ou BB'.

Le phénotype est l'ensemble des caractères d'un individu. On entend par phénotype sauvage ou normal l'ensemble des caractères des individus d'une espèce que l'on rencontre dans la nature. Par exemple, les drosophiles sauvages ont le corps gris, les yeux rouges, les ailes droites, etc. On connaît des mutants ayant comme phénotypes le corps jaune ou les yeux blancs, ou les ailes incurvées... ou les divers caractères associés. Autre exemple, la bactérie *Escherichia coli*, isolée de son environnement naturel, prolifère dans un milieu de culture défini, ne contenant que des sels, du glucose, du chlorure d'ammonium et de la biotine. Il existe de nombreuses lignées mutantes de *E. coli* qui ne prolifèrent pas dans un tel milieu et qui requièrent qu'on y ajoute un acide aminé, une purine, une pyrimidine, etc. Si, par exemple, une telle lignée requiert spécifiquement l'addition d'un acide aminé comme la proline pour proliférer, on dit qu'elle est de phénotype « proline moins » (noté proline $^-$).

La relation entre génotype et phénotype n'est jamais directe. La fonction de nombreux gènes est en effet de gouverner la synthèse des protéines. La mutation d'un seul gène aboutit à la synthèse de protéines modifiées qui, dans de nombreux cas, ont perdu leur fonction biologique. Ce sont les répercussions de ces inactivations qui se manifestent aux yeux de l'expérimentateur par un phénotype particulier. Ainsi, la

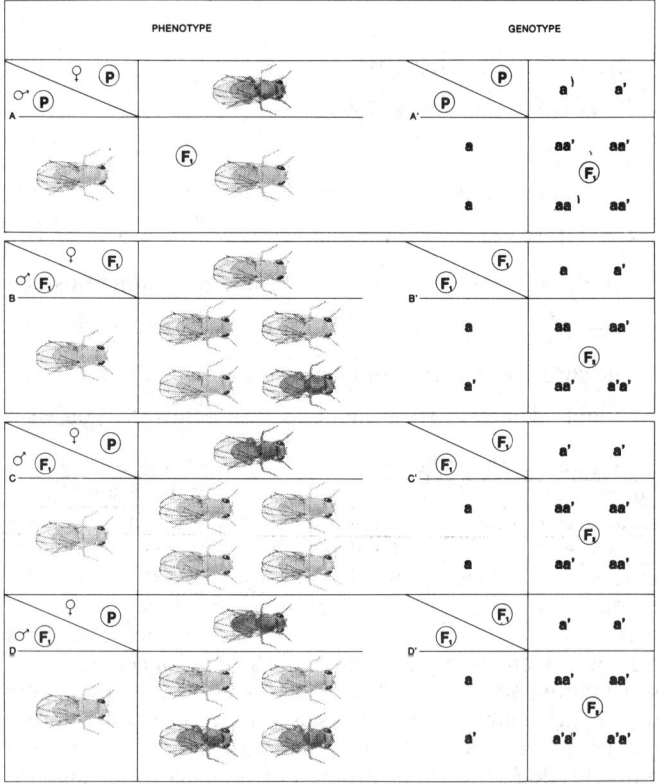

Fig. 1. La relation entre le stock génétique — le génotype — et l'expression globale des caractères d'un individu — le phénotype — est rarement directe. L'un des processus qui contribue à brouiller cette relation est le phénomène de la dominance. Lorsqu'un gène existe sous plusieurs formes, autrement dit plusieurs allèles, l'une de ces formes est dominante par rapport aux autres, dites récessives. Ce qui signifie que, même si le gène récessif existe dans le génotype, mais sur un seul des chromosomes d'une paire de chromosomes homologues, c'est la forme dominante qui se manifeste dans le phénotype à la première génération (F_1). Grâce à la ségrégation des caractères dans la deuxième génération, il est possible de retrouver la composition du génotype des parents (P), comme le montre la série d'expériences figurées ici. Un croisement entre drosophiles à corps gris et à corps jaune (A) donne, dans la

proline est le produit final d'une chaîne de réactions dont chacune est catalysée par une enzyme spécifique. Or, la synthèse de chaque enzyme est sous le contrôle d'un gêne particulier. Lorsque l'un de ceux-ci est muté, l'enzyme en cause est dépourvue d'activité et la synthèse s'arrête. Par exemple, il faut fournir de la proline à l'organisme afin que celui-ci puisse l'incorporer dans les protéines et proliférer. Mais, à la suite de la mutation de l'un ou l'autre des gènes qui interviennent dans le processus de production de cet acide aminé, on observe le même phénotype bactérien.

La situation est encore plus complexe dans le cas des organismes multicellulaires. La « construction » d'une aile résulte d'une série de nombreux événements. Il suffit que l'une des protéines qui y interviennent soit modifiée pour aboutir à une forme différente. A cela s'ajoute le fait que le produit d'une réaction est souvent impliqué dans de nombreux processus. D'où, lorsqu'il y a mutation, des modifications diverses avec parfois formation de produits toxiques. Toute mutation est *pléiotrope* et modifie plusieurs caractères.

Enfin, les phénomènes de dominance ne sont pas pour faciliter l'analyse génétique. Soit, pour fixer les idées, un couple de caractères chez la drosophile : corps gris — corps jaune. Le croisement entre des mouches à corps gris et des mouches à corps jaune fournit une descendance F_1 dont tous les individus ont le corps gris ; c'est le caractère dominant (voir *fig. 1 A*). Le croisement entre elles de deux de ces mouches (schématisé $F_1 \times F_1$) fournit une descendance formée de 75 % d'individus à corps gris et 25 % à corps jaune : proportions 3 :

---

première génération, une population de mouches à corps gris (F_1). Un chercheur ne disposant que d'individus de cette population F_1 ne peut savoir s'il s'agit d'homozygotes, ayant deux gènes semblables « corps gris » ou d'hétérozygotes, ayant un gène « corps gris » et un gène « corps jaune ». Pour le savoir, il croise entre elles deux mouches F_1 (B) et, obtenant 3/4 de corps gris et 1/4 de corps jaunes, il en déduit que le couple de caractères est sous le contrôle d'un seul couple d'allèles. Connaissant le génotype de la descendance F_2 (B'), il peut en déduire la constitution des gamètes des individus F_1 (A') et, de là, remonter à la constitution génotypique des parents (A'). Le chercheur peut aussi effectuer un autre type de croisement : une mouche F_1 à corps gris avec une mouche à corps jaune. Selon les résultats dans la génération F_2, il saura que la mouche F, à corps gris est homozygote (C et C') ou hétérozygote (D et D').

1 ou 3/4 : 1/4 *(fig. 1 B)*. Le phénotype corps jaune résulte bien d'une mutation puisqu'il est héréditaire, mais pourquoi n'y en a-t-il qu'un quart ? L'hypothèse la plus simple pour rendre compte des proportions des phénotypes est de considérer que ce couple de caractères est sous la dépendance d'un couple d'allèles : A gouvernant la réalisation du phénotype sauvage (corps gris), A' celle du phénotype mutant (corps jaune).

Dans ce cas, les parents (P) étaient respectivement AA et A'A'. Ils ont fourni l'un des gamètes A, l'autre des gamètes A'. La fécondation a restauré l'état diploïde hétérozygote AA' ; le caractère gris étant dominant, toutes les mouches sont grises.

Le croisement suivant $F_1 \times F_1$ était un croisement entre individus hétérozygotes AA' × AA' qui, chacun, ont fourni en quantités égales deux types de gamètes A et A' *(fig. 1 B)*. Puisque le phénotype sauvage, gris, est dominant, on obtient bien 3/4 de gris, qui sont soit AA, soit AA', et 1/4 de jaunes, qui sont homozygotes A'A'. Si l'hypothèse est juste, la descendance de type sauvage est formée de deux types d'individus ayant le même phénotype, mais des génotypes différents : homozygotes AA et hétérozygotes AA'. Afin de les mettre en évidence, il est commode de croiser chacun de ces individus avec une mouche homozygote A'A' de type mutant *(fig. 1 C)* : celle-ci ne fournit qu'un seul type de gamètes A' et on sait que le caractère gouverné par A' est récessif. Ce type de croisement permettra, par conséquent, de révéler directement le génotype de l'autre parent. On peut s'attendre, dans ces conditions, à trouver deux types de descendants. Si tous les individus issus du croisement sont de type sauvage, c'est que le parent à corps gris était homozygote AA. Si on trouve autant de corps gris que de corps jaunes, c'est que le parent à corps gris était hétérozygote AA' et qu'il a fourni autant de gamètes A que de gamètes A' *(fig. 1 D)*.

Au cours de son analyse, le généticien met entre parenthèses le reste du génome en ne s'intéressant qu'à un nombre restreint d'allèles. Il met aussi entre parenthèses d'éventuelles influences du milieu, en travaillant dans des conditions aussi rigoureusement contrôlées que possible. Il sait, en effet, que tout phénotype résulte d'interactions entre le génotype et le milieu : pour lui, ce n'est pas blanc ou noir, c'est une teinte intermédiaire, particulièrement lorsqu'il s'agit de caractères déterminés par plusieurs gènes, comme les caractères quantitatifs (poids, taille), et dans la réalisation desquels le milieu intervient de façon plus ou moins importante. Dans ce cas, le généticien dispose de méthodes lui permettant d'évaluer ce qui revient à chacune des composantes. Encore s'agit-il là de caractères bien définis, à l'inverse d'autres qui ne le sont pas : l'intelligence, par exemple.

Les deux voies d'approche de la génétique

Pour l'étude des différents aspects qui ont été évoqués ci-dessus, le généticien dispose de deux voies d'approche. Partant de ce qu'il observe — le phénotype —, il va d'abord s'assurer que le caractère étudié est bien héréditaire et, de là, remonter au gène ou aux gènes qui le déterminent. Il étudiera alors les lois de transmission du ou des gènes ainsi décelés par leurs mutations, remontant par l'intermédiaire des réactions catalysées ou de la fonction exercée, puis par le biais de l'enzyme ou de la protéine en cause jusqu'au gène, jusqu'au segment d'ADN impliqué.

Un exemple : l'anémie falciforme. Les personnes atteintes sont des hommes et des femmes dont les globules rouges ont une forme particulière, en faucille, et qui souffrent d'une anémie grave du fait que l'hémoglobine assure mal ses fonctions. Dans cette maladie, un seul couple d'allèles est en cause, et ce sont les homozygotes pour l'allèle muté qui sont atteints, les hétérozygotes ne présentant de troubles que lorsqu'ils se trouvent dans des conditions où la tension d'oxygène dans leur sang est réduite. L'analyse par Linus Pauling, alors au California Institute of Technology [5], des propriétés électrophorétiques de l'hémoglobine des hétérozygotes y révéla la présence de deux composants en quantités sensiblement égales : une hémoglobine normale HbA et une hémoglobine anormale HbS (S pour *Sickle-cell*). Elles ne diffèrent que par une charge électrique. L'hémoglobine est formée par deux paires de chaînes d'acides aminés : 2 α et 2 β. V.M. Ingram montra à Cambridge, entre 1956 et 1958 [6] qu'un seul acide aminé de la chaîne β de l'hémoglobine normale est remplacé dans l'HbS par un autre acide aminé. Cette modification est le fait du remplacement d'une seule base nucléique par une autre dans le gène correspondant. Celui-ci est à présent isolé ; la séquence de ses bases est connue et les techniques du génie génétique permettent de s'assurer qu'un fœtus à naître est ou non homozygote pour l'allèle muté.

Cette approche, qui remonte du phénotype au génotype, la plus ancienne et, partant, la plus classique, fait appel, selon le type d'organisme étudié, à deux types de méthodes ; lorsque le matériel s'y prête, on peut recourir à la production de mutants et aux différents types de croisements qui permettent de savoir si le caractère étudié est ou non sous le contrôle d'un seul gène ; s'il s'agit d'un gène situé sur un chromosome ou s'il fait partie intégrante de l'ADN des mitochondries, des chloroplastes, ou, éventuellement, d'autres structures. S'il s'agit, par exemple, d'un gène chromosomique, il sera possible de savoir sur quel chromosome il est situé, si ce chromosome participe ou non à la détermination du sexe, quelle place ce gène occupe par rapport à d'autres gènes qui forment le même groupe de liaison, d'établir la carte génétique de ce groupe. Les méthodes cytogénétiques, tirant partie des anomalies de structure des chromosomes, permettent de faire correspondre la carte génétique et la carte chromosomique. Il reviendra ensuite à l'ingéniosité et au talent de l'expérimentateur de déceler la ou les réactions impliquées dans la réalisation du phénotype mutant et, par voie de conséquence, dans celle du phénotype sauvage correspondant.

Lorsque le matériel génétique ne se prête pas à des croisements contrôlés, comme c'est le cas dans l'espèce humaine, ce sont les méthodes statistiques qui sont utilisées. Elles permettent, là aussi, de savoir si le caractère étudié est sous le contrôle d'un ou de plusieurs gènes, de savoir si ce caractère est récessif, dominant ou s'il y a codominance. Elles permettent également d'analyser les liaisons entre gènes, et, dans le cas du chromosome sexuel, d'établir la carte génétique et la carte chromosomique. Ce cas est particulièrement favorable, mais il faut bien dire que, d'une façon générale, ce genre d'analyse est fort lourd et qu'il ne fournit pas toujours des résultats clairs. Heureusement, l'analyse génétique dans l'espèce humaine bénéficie, depuis quelques années, d'une méthode nouvelle découverte et mise au point en 1967 par Howard Green, Mary Weiss et Boris Ephrussi [7] qui contribue de façon très efficace à établir la cartographie des gènes. En effet, la fusion de cellules humaines et de cellules de souris fournit des cellules hybrides qui, cultivées *in vitro*, perdent de façon préférentielle les chromosomes humains. Si la perte d'un chromosome donné s'accompagne de la perte d'un ou de plusieurs caractères, c'est que ceux-ci sont gouvernés par des gènes situés sur le chromosome en question. Là encore, les remaniements de structure des chromosomes permettent de localiser de façon précise les gènes en cause.

Une voie qui part de la génétique moléculaire

Tout ce qui précède recouvre ce qu'il est convenu d'appeler la génétique formelle, encore que génétique formelle et génétique moléculaire ne constituent en aucune façon des domaines séparés.

La deuxième voie suivie par le généticien consiste à isoler des segments d'ADN, à repérer ceux qui correspondent au gène qu'il veut étudier, à déterminer la séquence des bases qui le constituent [8]. Le gène ainsi isolé peut être obtenu flanqué de ses parties adjacentes dont il est également possible de déterminer les séquences. On accède ainsi aux bases nucléiques qui, situées le plus souvent à l'extérieur des gènes sur le même segment d'ADN, peuvent jouer le rôle de sites de reconnaissance pour les protéines de régulation ; en se fixant au gène de façon réversible, ces protéines contrôlent l'expression de ce gène, la mise en route ou l'arrêt de son fonctionnement.

On assiste ainsi à la naissance d'une toute nouvelle génétique. Connaissant, en effet, la séquence des bases d'un segment d'ADN dont la fonction est inconnue, on en déduit la séquence d'acides aminés de la protéine dont il régit la synthèse. Connaissant cette séquence, on peut synthétiser *in vitro* la protéine ou une partie de celle-ci. Injectée à un animal, elle y induit la formation d'anticorps spécifiques qui permettent de savoir dans quel type de cellules cette protéine est synthétisée, d'interférer avec sa fonction et, par conséquent, de mettre cette dernière en évidence. Cette nouvelle génétique permet aussi, en agissant directement par voie chimique sur une ou quelques bases d'un segment d'ADN, d'y induire des mutations qui, cette fois, sont des mutations dirigées. D'où, là encore, la possibilité, d'une part, de faire synthétiser des protéines modifiées dans leurs propriétés et qui pourront être d'intérêt agronomique, industriel ou médical ; d'autre part, de mieux connaître les processus qui opèrent dans le fonctionnement des êtres vivants.

Pour comprendre les données actuelles, un bref retour aux sources

Génétique d'aujourd'hui, génétique de demain sont issues en ligne directe de la génétique d'hier dont on sait que Mendel fut le génial inventeur et dont on ne sait ce qu'il convient d'admirer le plus : rigueur de l'expérimentation, rigueur de l'exposé et courtoisie vis-à-vis de ses prédécesseurs, parfaite connaissance des propriétés du matériel et de ses avantages pour la réalisation de croisements contrôlés [9]... Personne n'a jamais prétendu que la génétique tout entière soit née en 1865, date de l'exposé, par Mendel, des résultats de ses sept à huit ans de recherches. Mais il a été sans conteste le premier à découvrir l'essentiel : la nature discrète, c'est-à-dire discontinue, des déterminants héréditaires, leur indépendance les uns par rapport aux autres, et ceci à une époque où chromosomes, mitose, méiose... restaient à découvrir et où régnait la conception millénaire selon laquelle l'hérédité résultait du mélange des sangs. Il en reste des traces : sang bleu, demi-sang, pur-sang. Le sang, qui n'est ni royal, ni noir, ni bleu, mais bien rouge, n'a vraiment rien à y voir.

On s'interroge encore sur les raisons du silence qui suivit la publication du mémoire de Mendel. Il ne fut pas total : on comprendrait mal, sinon, comment, et ce n'est nullement diminuer leur mérite, Hugo de Vries, C. Correns et H. Tschermak, indépendamment les uns des autres, auraient pu le citer dès leurs premières publications (1900), décrivant des résultats semblables à ceux que Mendel avait obtenus.

Toujours est-il que c'est du début de ce siècle que date le véritable essor de la génétique. De très nombreux travaux sont alors consacrés à l'analyse de la transmission des gènes à travers la reproduction sexuée, aussi bien chez les plantes que chez les animaux et chez l'homme. A cette époque, le mécanisme de la méiose est connu et, dès 1902, W. J. Sutton d'une part, T. Boveri de l'autre [10] montrent clairement qu'il existe un parallélisme étroit entre le mode de transmission des déterminants héréditaires, baptisés gènes par Johannsen quelques années plus tard, et le comportement des chromosomes.

Dès ce moment, avec les recherches de W. Bateson et R. C. Punnet [11] apparaissent des résultats qui semblent en désaccord avec un comportement entièrement indépendant des gènes les uns par rapport aux autres. Ces apparentes exceptions aux lois de Mendel trouveront leur explication lorsque Thomas H. Morgan [12] ayant choisi la drosophile comme matériel d'étude, fondera la théorie chromosomique de l'hérédité. La drosophile a en effet, parmi d'autres avantages, celui de ne compter que quatre chromosomes par cellule reproductrice et de fournir de très nombreux mutants, ce qui fait que, lorsqu'on étudie la transmission de plusieurs gènes, on constate souvent que certains d'entre eux ont tendance à rester associés : ils ne se trouvent séparés que chez un petit nombre d'individus de la génération issue du croisement, fournissant des types recombinés par rapport aux combinaisons parentales. Ceci à la suite d'échanges qui intéressent le chromosome sur lequel ils sont situés, à la suite d'un mécanisme, connu sous le nom de « *crossing-over* », opérant lors de

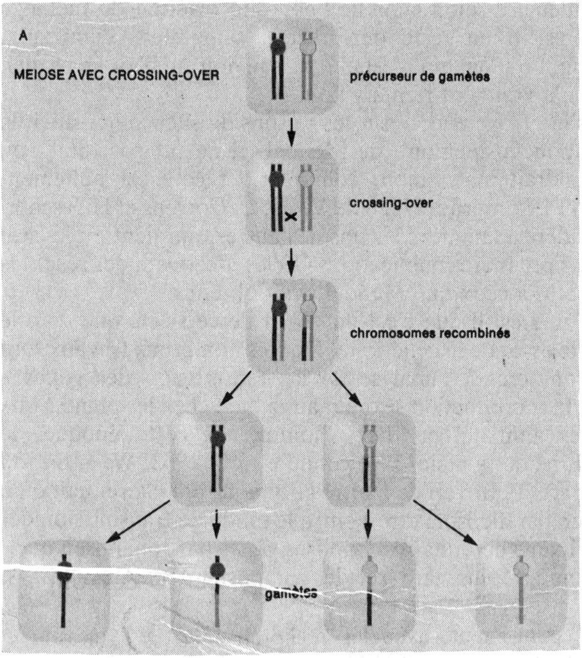

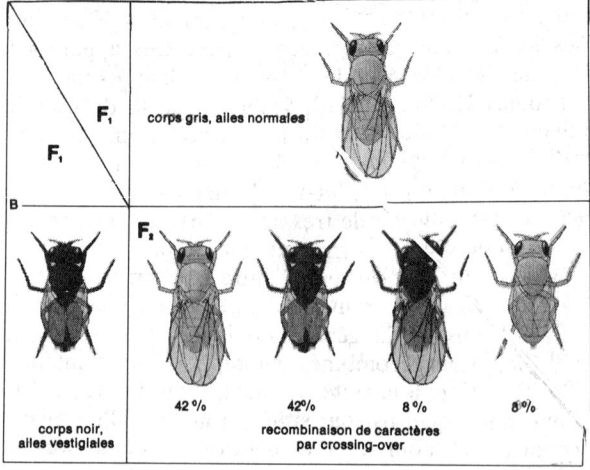

la méiose lorsque les chromosomes homologues sont formés chacun de deux chromatides, encore liées au niveau du centromètre *(fig. 2)*.

Le pourcentage des *crossing-over* est fonction de la distance qui sépare deux gènes ; cela permet d'estimer cette distance et d'établir la carte génétique du groupe de liaison de ces gènes. Mais les gènes, qu'ils soient sur des chromosomes différents ou sur le même chromosome, se comportent toujours comme des entités discrètes, distinctes les unes des autres.

C'est encore au début du XXe siècle que se trouvent dégagées deux notions fondamentales. L'une est relative à la distribution des allèles dans une population et fonde la génétique des populations : G. H. Hardy et W. Weinberg [13] formulent, indépendamment, en 1908, ce que l'on appelle la loi de Hardy-Weinberg : « Dans une population où les croisements se font au hasard, à l'équilibre, ne présentant ni sélection ni mutation et d'effectif élevé, la proportion des gènes et des génotypes est, d'une génération à l'autre, absolument constante. »

L'autre notion est due au médecin anglais A. E. Garrod [14] et est issue de son étude, publiée en 1909, des erreurs innées du métabolisme dans l'espèce humaine, en particulier de l'alcaptonurie. Affection héréditaire bénigne, sous le contrôle d'un seul gène, l'alcaptonurie se manifeste chez les homozygotes par l'excrétion massive d'acide homogentisique, intermédiaire dans les voies de dégradation de deux acides aminés : la phénylalanine et la tyrosine. Garrod conclut à l'absence, chez ces sujets, de l'enzyme nécessaire à la conversion de l'acide homogentisique. La notion selon laquelle les gènes gouvernent la synthèse et l'activité des enzymes était donc clairement exprimée, de même qu'elle le fut par Cuénot à la même

←

Fig. 2. Au cours de la méiose, qui aboutit à la formation des gamètes ou cellules reproductrices, il peut se produire un échange entre deux chromosomes homologues : c'est le *crossing-over* (ou enjambement), schématisé en A. Ce phénomène se traduit par une recombinaison de caractères. Si l'on croise (B) deux mouches hybrides (génération F$_1$), l'une de phénotype à corps gris et ailes normales, l'autre de phénotype à corps noir et ailes vestigiales, à la deuxième génération on observe, dans ce cas, l'apparition dans la descendance de types nouveaux, dits recombinés, qui résultent d'un échange entre les chromosomes homologues. En F$_2$, il y a donc quatre types d'individus, dont deux sont le résultat d'un *crossing-over*.

époque. Elle arrivait trop tôt, et ce n'est qu'une trentaine d'années plus tard qu'elle connut son succès.

Entre-temps, les travaux portant sur la synthèse des pigments floraux [15], l'étude par Boris Ephrussi et G. W. Beadle [16] de mutants de coloration de l'œil chez la drosophile, permettaient de montrer qu'un gène donné contrôle une réaction donnée. Cependant, les organismes utilisés se prêtaient mal à une analyse plus fine. C'est la raison pour laquelle Ephrussi se tournait vers la levure, ce qui devait le conduire à mettre en évidence des phénomènes d'hérédité non chromosomique, mitochondriale [17]. De son côté, Beadle, en collaboration avec Tatum [18], s'intéressait à un champignon ascomycète, *Neurospora*. Ce choix se révéla judicieux : l'analyse génétique de ce champignon est facile, il prolifère rapidement sur un milieu de culture défini ; il est facile d'y obtenir des mutants qui ne prolifèrent pas si l'on n'ajoute pas au milieu le composé qu'ils ne savent plus synthétiser. Du principe « un gène — une réaction », il devient rapidement possible de passer à « un gène — un enzyme » : d'une façon très générale, la mutation d'un seul gène a pour effet de conduire à l'altération d'une seule protéine du fait du remplacement d'un seul acide aminé par un autre.

A la même époque, dans les années 1945-1955, la notion même de gène devait se trouver modifiée. L. J. Stadler d'une part, Pontecorvo de l'autre [19], avaient déjà attiré l'attention des biologistes sur l'ambiguïté qui consistait à attribuer à un même élément des propriétés qui sont opérationnellement distinctes ; le gène était en effet considéré à la fois comme unité de recombinaison, comme unité de fonction et comme unité de mutation. Des recherches portant sur la drosophile montraient qu'à un certain degré d'analyse ces trois définitions ne recouvrent pas la même entité, mais il revenait à S. Benzer [20] de le préciser dans les années 1955-1960 ; l'unité de mutation est la base nucléique, l'unité de recombinaison est aussi la base nucléique, des recombinaisons pouvant s'effectuer entre deux bases adjacentes ; mais l'unité de fonction, le gène proprement dit, est formée d'environ mille bases. Le succès de Benzer est dû en grande partie au matériel qu'il utilisait : la bactérie *Escherichia coli* et les virus qui la parasitent, les bactériophages. Matériel de choix, proliférant très rapidement, chez lequel il est possible d'obtenir de très nombreux mutants et dont les propriétés avaient été étudiées et exploitées par Luria, Delbrück, Hershey, Lederberg, Hayes, Lwoff, Monod, Jacob et Wollman. C'est le même matériel qui permit à François Jacob et Jacques Monod [21], en 1961, de découvrir les éléments de contrôle de l'activité des gènes : gènes opérateurs, gènes régulateurs agissant par l'intermédiaire de répresseurs ou d'activateurs.

Le rôle des acides nucléiques

Les chromosomes sont des structures extrêmement complexes mais, dès 1924, le biologiste R. Feulgen [22] devait montrer que c'est à leur niveau que se trouve localisé l'ADN. Il fallut cependant attendre encore vingt ans pour que soit mis en évidence le rôle de cette substance en tant que porteur de l'information génétique.

C'est en effet en 1944 que O. T. Avery, C. M. McLeod et M. McCarty [23] démontrèrent que l'ADN extrait de pneumocoques est capable d'induire la transformation d'autres pneumocoques génétiquement différents et d'être répliqué dans ces pneumocoques. L'ADN est donc une substance douée à la fois de la capacité de provoquer l'apparition de caractères héréditaires sans rapport chimique avec lui-même et d'induire la reproduction par les bactéries transformées de l'agent inducteur ; ce sont deux propriétés attribuées aux gènes.

Cette découverte d'une importance capitale ne fut pas accueillie par tous avec l'enthousiasme qu'elle méritait : la mode était aux protéines dont on connaissait l'extrême spécificité et l'extraordinaire variabilité de composition depuis les travaux de Sanger sur la structure de l'insuline. Par ailleurs, la théorie régnante, celle de Levine, voulait que les ADN fussent formés par la répétition monotone des quatre bases qui les composent.

Cependant, le rôle de l'ADN devait s'affirmer peu à peu, en particulier grâce aux études réalisées par Avery, Hotchkiss, Ephrussi-Taylor sur le pneumocoque. Grâce aussi aux travaux des Français A. Boivin, R. Vendrely et C. Vendrely [24] qui, en 1948, démontraient que la teneur en ADN des cellules est en relation directe avec le nombre de chromosomes qu'elles contiennent ; en effet, une cellule haploïde contient deux fois moins d'ADN qu'une cellule diploïde. Confirmation en fut apportée par A. D. Hershey et M. Chase, en 1952 [25], seul l'ADN du bactériophage qui se trouve enfermé dans une coque protéique est transmis d'une génération à l'autre de particules bactériophagiques. Surtout, ce sont les travaux d'Avery qui incitèrent Erwin Chargaff [26] à entreprendre, en 1950, l'analyse soigneuse de préparations d'ADN non dégradées et de haut poids moléculaire. Ce faisant, Chargaff découvrit les fameuses égalités : A = T, G = C, égalités dont J. D. Watson et F. H. C. Crick purent rendre compte en 1953, en élaborant le modèle de la double hélice d'ADN à partir des données spectroscopiques de M. F. Wilkins et de ses collaborateurs [27]. Le modèle de la double hélice, dont les propriétés se vérifient chaque jour, joue actuellement le même rôle en biologie que le modèle de l'atome de Bohr joue en physique (voir p. 43).

Les acides ribonucléiques sont, eux aussi, porteurs d'information génétique. Les premières indications viennent des études effectuées dans les années 1955-1960 par H. Fraenkel-Conrat et par G. S. Schramm [28] sur le virus de la mosaïque du tabac. Ce virus peut être privé de sa partie protéique sans perdre son infectivité et il est possible d'obtenir des hybrides de mosaïque du tabac à partir de molécules d'ARN extraites de virus différents.

Au début des années 1960, restaient à élucider les rapports entre gènes et protéines, entre segments d'acides nucléiques et séquences d'acides aminés : la parole était à la génétique moléculaire. Les ADN sont formés de quatre éléments, les protéines de vingt éléments. D'où la notion selon laquelle le message génétique est un message codé dont le produit de traduction, via la formation d'ARN messager, est une protéine. Dans un tel système, il faut au moins trois bases pour spécifier un acide aminé, quatre bases, prises trois par trois, fournissent soixante-quatre combinaisons différentes, ce qui est largement suffisant pour les vingt acides aminés. Les recherches poursuivies dans ce domaine devaient permettre à

Des pois de Mendel à la génétique moléculaire

F. Crick et à ses collaborateurs, en 1961 [29], de montrer que le message est lu par groupes de trois bases, les codons, à partir d'un point de départ et toujours dans la même direction. Il revint à M. W. Nirenberg et J. H. Matthaei, à Ochoa [30] et à d'autres chercheurs de définir, en 1961, la nature des bases qui forment chacun des triplets ou codons spécifiant la mise en place d'un acide aminé donné. A titre d'exemple, un ARN messager artificiel construit par voie de synthèse *in vitro* par Khorana et formé par la répétition d'unités de guanine et d'uracile, UGUGUGUGU..., dirige *in vitro* la synthèse d'une « protéine » formée par l'alternance régulière de cystéine et de valine : Cys-Val-Cys-Val-Cys-Val... L'un des codons pour la cystéine est UGU, l'un des codons pour la valine est GUG. C'est donc bien l'ordre dans lequel les bases sont disposées les unes par rapport aux autres dans l'ADN qui spécifie la place occupée par un acide aminé donné dans la protéine.

Le code est universel, les systèmes qui opèrent dans la traduction le sont aussi : éléments révélateurs de l'unité des processus qui opèrent chez les êtres vivants. Les différences ont pour origine, d'une part, l'ordre dans lequel les bases se trouvent disposées ; d'autre part, le fait que, chez les organismes dits supérieurs, nombre de gènes sont éclatés en mosaïque. La partie fonctionnelle du gène dont la traduction aboutit à une protéine est séparée par des séquences de bases (les introns) qui n'ont pas leur équivalent au niveau du produit fini, mais qui jouent probablement un rôle dans leur élaboration (voir p. 77).

La génétique, science relativement jeune, a déjà un passé brillant. Son avenir ne l'est pas moins car les méthodes qu'elle met en jeu sont d'une finesse et d'une précision incomparables. Ces méthodes font leurs preuves dans des domaines aussi divers que ceux qui concernent l'étude des mécanismes opérant au cours du développement et de la différenciation, l'étude du déterminisme des comportements, l'analyse des causes du maintien au cours des générations de l'extraordinaire variabilité des populations naturelles. Les succès que connaît la génétique sont dus à ce qu'elle s'intéresse aux processus essentiels qui opèrent chez tous les êtres vivants et au fait que ceux-ci sont dotés de remarquables capacités d'amplification. Une mutation a souvent pour origine le remplacement de quelques atomes dans une base nucléique donnée. Il en résulte, via la modification d'une protéine, une cascade d'événements qui aboutit à l'apparition d'un caractère nouveau, d'une différence héréditaire susceptibles d'observation et d'expérimentation.

POUR EN SAVOIR PLUS

L. E. Hood, J. H. Wilson, W. B. Wood, *Molecular Biology of Eucaryoticells*, vol. 1, Amsterdam, Benjamins, 1974.

F. Jacob, *la Logique du vivant*, Gallimard, 1970 ; *le Jeu des possibles*, Fayard, 1981.

A. Jacquard, *Éloge de la différence*, Éd. du Seuil, 1978.

Ph. L'Héritier, *la Grande Aventure de la génétique*, Flammarion, 1984.

F. Lints, *Génétique*, Bruxelles, Office international de librairie, 1981.

J. Monod, *le Hasard et la Nécessité*, Éd. du Seuil, 1970.

J. A. Peters, *Classic Papers in Genetics*, Prentice Hall, 1959.

P. J. Russel, *Cours de génétique, De la biologie moléculaire aux lois de Mendel*, trad. G. Gonzy-Tréboul, MEDSI, 1981.

E. Schrödinger, *What is Life ?*, Cambridge University Press, 1974.

W. D. Stanfield, *Genetics*, McGraw Hill, 1975.

G. S. Stent, *Molecular Genetics*, W. H. Freeman and Co, 1971.

J. H. Taylor, *Selected Papers on Molecular Biology*, Academic Press, 1975.

J. D. Watson, *Biologie moléculaire du gène*, 3ᵉ éd., InterÉditions, 1978.

La Recherche, mai 1984

3. Les structures de l'ADN

Claude Hélène

L'observation quotidienne du monde qui nous entoure fait ressortir l'immense diversité des êtres vivants, des végétaux aux animaux. Sous cette apparente diversité se cache en réalité une fascinante unité dans le fonctionnement intime des cellules vivantes, unités élémentaires utilisées pour construire tout organisme vivant et dont les interrelations en assurent le fonctionnement harmonieux. Au sein d'une même espèce, les ressemblances entre individus sont grandes, et pourtant il n'existe pas deux individus rigoureusement identiques (à l'exception des vrais jumeaux). Dès la fin du XIXe siècle, les travaux de G. Mendel établirent les lois essentielles régissant la transmission héréditaire des caractères, d'une génération à l'autre. Au début du XXe siècle, les expériences de T. H. Morgan aux États-Unis démontrèrent que les caractères héréditaires élémentaires étaient dus à des unités matérielles, les *gènes*, localisés dans les *chromosomes* et attachés les uns aux autres de façon linéaire.

En 1944, les travaux de O. T. Avery, C. M. McLeod et M. McCarty aux États-Unis assignèrent aux gènes une nature chimique précise : ils sont constitués d'acide désoxyribonucléique ou ADN. Dix ans plus tard, une structure physique était proposée pour cet ADN par J. D. Watson et F. H. C. Crick à Cambridge. La longue molécule d'ADN est constituée d'une double hélice et la complémentarité chimique entre les deux hélices permet de comprendre comment l'information génétique peut être fidèlement répliquée (= recopiée) et transmise au cours des générations successives.

Parallèlement à ces découvertes sur la nature chimique et la structure des gènes, de nombreux travaux essayaient d'analyser les « produits » des gènes (c'est-à-dire les molécules qui, dans les cellules, sont synthétisées sous le contrôle des gènes).

Ceux de B. Ephrussi en France, de G. W. Beadle et E. Tatum aux États-Unis devaient imposer l'idée, peu avant la Seconde Guerre mondiale, que les « produits » des gènes sont des protéines. Un gène porte donc l'information nécessaire pour que la cellule puisse accomplir une réaction donnée grâce à la fabrication de la protéine (enzyme) correspondante. Il fallut attendre les années 1960 pour que soit déchiffré le mécanisme complexe qui permet à la cellule de décoder l'information contenue dans l'ADN pour la traduire sous forme de protéines *(encadré I)*. Grâce, notamment, aux travaux de Nirenberg aux États-Unis, une loi de correspondance, appelée « code génétique », fut établie entre ADN et protéines.

Une cellule vivante n'exprime cependant pas à un instant donné tous les gènes dont elle dispose. Chez les organismes supérieurs, les cellules remplissent d'ailleurs des fonctions très différentes selon l'organe dans lequel elles sont localisées (foie, cœur, cerveau...). Pourtant, elles renferment toutes les mêmes chromosomes et la même information génétique (le même ADN). Dans une cellule donnée, à un moment donné, certains gènes sont exprimés, d'autres cessent de l'être. Il fallait comprendre comment est réalisé ce contrôle (ou régulation) de l'expression des gènes. Le premier modèle fut proposé par F. Jacob et J. Monod à Paris en 1960. Il implique la fixation très spécifique de protéines sur des régions particulières de l'ADN, à proximité des gènes. Chez les bactéries, les grandes lignes des mécanismes de régulation de l'expression des gènes sont maintenant connues. Il n'en est pas de même chez les organismes supérieurs (plantes et animaux), et de nombreux laboratoires consacrent actuellement leurs travaux à l'élucidation de cette question. La régulation de l'expression génétique commande les grandes réponses biologiques comme la différenciation des cellules, l'embryogenèse, le développement des organismes, l'apparition des tumeurs... Ces recherches ont mis récemment en lumière la diversité (ou polymorphisme) de la structure physique des acides nucléiques au sein des cellules vivantes. La double hélice d'ADN, telle que l'avait décrite Watson et Crick en 1953, connaît en fait bien des « avatars » au cours de la vie cellulaire. Loin d'être anecdotiques, ces « avatars » pourraient être impliqués à différentes étapes de la réplication de l'ADN et de l'expression des gènes. Après avoir

A

double hélice d'ADN	3' ... 5' / 5' ... 3'
brin matrice d'ADN	3' GTGGTACCCGAGGTAGCCGCGTCGTTCG 5'
ARN messager	5' CACCAUGGGCUCCAUCGGCGCAGCAAGC 3'

codon 1, codon 2, codon 3, codon 4, codon 5, codon 6, codon 7, codon 8

protéine : méthionine – glycine – sérine – iso-leucine – glycine – alanine – alanine – sérine

→ transcription
→ traduction

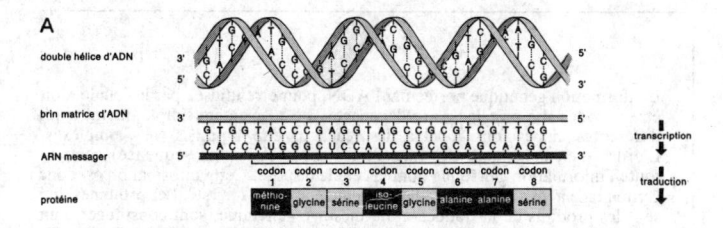

Ces schémas illustrent le principe du décodage de l'information génétique. En A, sont présentées les deux étapes de ce décodage : la transcription est la recopie d'un des brins de la double hélice en un ARN messager ; la traduction constitue le décodage proprement dit, au cours duquel la séquence en nucléotides de l'ARN messager est convertie en séquence d'acides aminés de la protéine qui est le produit du gène. En B, le tableau donne la correspondance entre groupes de 3 nucléotides (ou codons) et acides aminés (les nucléotides sont représentés par leur base azotée A, U, G ou C). Les acides aminés (au nombre de 20) sont représentés par un symbole à 3 lettres (Phe : phénylalanine, Leu : leucine...). Le codon AUG qui code pour l'acide aminé *Mét*hionine sert également de codon d'initiation (pour initier la lecture du message). Les 3 codons UAA, UAG et UGA signalent la fin d'un message et imposent l'arrêt de la traduction. (Voir *encadré I*, page suivante.)

B

seconde lettre

première lettre		U		C		A		G		troisième lettre
U		UUU Phe	UUC Phe	UCU Ser	UCC Ser	UAU Tyr	UAC Tyr	UGU Cys	UGC Cys	U / C
		UUA Leu	UUG Leu	UCA Ser	UCG Ser	UAA ponctuation	UAG terminaison	UGA	UGG Trp	A / G
C		CUU Leu	CUC Leu	CCU Pro	CCC Pro	CAU His	CAC His	CGU Arg	CGC Arg	U / C
		CUA Leu	CUG Leu	CCA Pro	CCG Pro	CAA Gln	CAG Gln	CGA Arg	CGG Arg	A / G
A		AUU Ile	AUC Ile	ACU Thr	ACC Thr	AAU Asn	AAC Asn	AGU Ser	AGC Ser	U / C
		AUA Ile	AUG Met Ponct	ACA Thr	ACG Thr	AAA Lys	AAG Lys	AGA Arg	AGG Arg	A / G
G		GUU Val	GUC Val	GCU Ala	GCC Ala	GAU Asp	GAC Asp	GGU Gly	GGC Gly	U / C
		GUA Val	GUG Val Ponct	GCA Ala	GCG Ala	GAA Glu	GAG Glu	GGA Gly	GGG Gly	A / G

I. LE DÉCODAGE DE

L'information génétique portée par l'ADN, pour être utilisée par la cellule, doit être décodée. Le principe de ce décodage est extrêmement simple, même si les différentes étapes font appel à des réactions enzymatiques très complexes. L'ordre d'enchaînement des nucléotides dans l'ADN (la séquence) contient toute l'information génétique dont la cellule dispose. Cette information est donc écrite grâce à un alphabet de 4 lettres seulement : A, T, G, C. Les protéines, qui sont les produits de la traduction du message génétique, sont constituées d'un enchaînement de briques élémentaires, appelées *acides aminés*. Toutes les protéines des systèmes vivants sont construites à l'aide de 20 acides aminés différents. Il faut donc que la cellule sache lire des instructions codées dans un langage à 4 lettres pour fabriquer des produits qui utilisent 20 briques élémentaires. Le tableau de correspondance entre ces deux langages porte le nom de *code génétique*. Il a été déchiffré dans les années 1960-1965 et peut être résumé de la façon suivante : à l'aide des 4 lettres de l'alphabet « nucléique » sont écrits des mots de 3 lettres et les mots assemblés pour former des phrases, chaque phrase représentant un *gène*. A chaque mot de 3 lettres (appelé *codon*) correspond un acide aminé ou un signal nécessaire pour commencer ou terminer la lecture. La grille de correspondance, ou code génétique, est donnée par le tableau de la figure. A l'aide d'un alphabet de 4 lettres, on peut écrire 64 mots de 3 lettres (les mots peuvent être lus dans un seul sens, 5' → 3', sur la chaîne nucléique, c'est-à-dire que ATG n'a pas la même signification que GTA). Puisqu'il n'y a que 20 acides aminés, le code génétique est dit *dégénéré* : plusieurs mots ont le même sens ; il existe donc des codons synonymes.
Comme dans toute écriture, il est nécessaire que le message écrit dans le langage nucléique possède des signaux de ponctuation. Toute phrase commence en général par le codon ATG, appelé codon d'initiation. Elle se termine par un ou plusieurs codons d'arrêt (TAG, TGA ou TAA) qui signalent la fin du message. En outre, chaque gène possède, en amont du codon d'initiation, une ou plusieurs régions de régulation de son expression (voir texte).
L'information génétique n'est pas lue directement sur l'ADN. Il existe une étape intermédiaire, appelée *transcription*, qui permet à la cellule de recopier l'information portée par l'une des chaînes de l'ADN. Cette transcription se fait gène par gène, ou par groupe de gènes, grâce à une enzyme, l'ARN polymérase. Le produit de cette copie est un acide ribonucléique qui porte le nom d'ARN messager. Un ARN messager est constitué d'une seule chaîne qui se distingue de l'ADN par le remplacement du désoxyribose de l'enchaînement phosphate-sucre par un ribose et le remplacement de la thymine (T) par l'uracile (U). Les règles qui président à la copie de l'ADN par l'ARN polymérase au cours de la transcription sont les mêmes que celles qui régissent la copie de l'ADN par l'ADN polymérase au cours de la réplication : A est incorporé en face de T, U (au lieu de T) en face de A, C en face de G, G en face de C. L'ordre (la séquence) des nucléotides sur l'ARN messager est donc le même que celui de la deuxième chaîne d'ADN, celle qui n'est pas copiée par l'ARN polymérase.
Alors que, chez les procaryotes, comme les bactéries, les gènes sont continus, il

rappelé la structure de la double hélice de Watson et Crick, qui fut la seule admise pendant vingt-cinq ans, nous décrirons les développements récents de recherches sur le polymorphisme

> **L'INFORMATION GÉNÉTIQUE**
>
> n'en est pas de même chez les eucaryotes (mammifères, oiseaux, levure du boulanger, etc.). L'information nécessaire à la fabrication d'une protéine se trouve morcelée : un gène est constitué de fragments d'ADN (exons) séparés par de longues séquences qui ne possèdent pas, en général, de propriétés de codage connues (les introns) (voir l'article de A. Danchin et P. P. Slonimski, p. 77). Lors de la transcription de l'ADN par l'ARN polymérase, les exons et les introns sont copiés les uns à la suite des autres pour donner un ARN prémessager. Celui-ci subit dans le noyau une série de réactions qui excisent les introns et attachent les exons bout à bout. L'ARN messager ainsi obtenu sort du noyau ; il est pris en charge par le système de *traduction* qui décode l'information contenue dans la séquence de ses nucléotides. L'assemblage des acides aminés pour fabriquer les protéines se fait dans le cytoplasme au niveau d'organites cellulaires appelés *ribosomes*. Tout se passe comme si l'usine que représente une cellule enfermait ses plans (gènes de l'ADN) dans une bibliothèque (le noyau) mais que, ne désirant pas commettre une fausse manœuvre, elle n'utilisait que des photocopies (ARN messagers) plutôt que l'original (ADN). La machine à photocopier (l'ARN polymérase) réalise son travail page par page (gène) ou chapitre par chapitre (opéron). Les photocopies sont glissées sous la porte de la bibliothèque ou plutôt par de petites ouvertures (les pores de la membrane nucléaire). Elles sont alors utilisées par des chaînes de montage (les ribosomes) qui possèdent la grille de décodage (code génétique) leur permettant de réaliser les produits finis (les protéines) en utilisant les briques (acides aminés) apportées du milieu extérieur ou fabriquées le cas échéant dans la cellule.
>
> Comment se fait le décodage ? Il n'existe pas de relation directe entre les codons portés par l'ARN messager et les acides aminés de la protéine correspondante. La traduction d'un codon en acide aminé nécessite l'intervention d'un adaptateur, un ARN de transfert. Ces petits ARN (environ 80 nucléotides) possèdent une structure tridimensionnelle caractéristique [1]. A l'une de leurs extrémités se trouve une boucle qui porte une suite de 3 nucléotides, l'*anticodon*, complémentaire de l'un des codons. A l'autre extrémité de l'ARN de transfert se trouve fixé l'acide aminé correspondant au codon que reconnaît l'anticodon, la règle de correspondance étant donnée par le code génétique. Sur le ribosome, l'ARN de transfert va donc « lire » un codon de l'ARN messager grâce à son anticodon, et simultanément accrocher son acide aminé à la chaîne protéique en croissance qui se trouvait attachée à l'ARN de transfert précédent.
>
> Les ribosomes qui assurent la traduction de message génétique sont eux-mêmes constitués de protéines et d'acides ribonucléiques. L'information nécessaire à la fabrication des protéines des ribosomes est portée par des gènes bien définis de l'ADN. Les ARN des ribosomes sont obtenus par transcription de gènes portés par l'ADN. A la différence des ARN messagers, ils ne sont pas traduits, mais utilisés directement dans la construction des ribosomes. Les ARN de transfert sont également obtenus par copie de segments d'ADN par l'ARN polymérase.
>
> 1. « Du bon usage du code génétique », *la Recherche*, 129, janvier 1982, p. 99.

structural de l'ADN et les grands mécanismes qui assurent la réplication fidèle de l'information génétique et la régulation de l'expression des gènes.

La double hélice d'ADN

Chez les organismes supérieurs, l'information génétique, comme nous l'avons vu, est contenue dans les chromosomes. Ceux-ci sont, à l'intérieur de la cellule, localisés dans le noyau. Une membrane sépare ce noyau du reste des constituants cellulaires qui forment le cytoplasme. La membrane nucléaire possède des *pores* qui permettent le transfert de substances de l'intérieur du noyau, où se trouve l'information, vers l'extérieur, le cytoplasme, où cette information est exploitée.

Chez les bactéries, le matériel génétique n'est pas séparé du reste de la cellule. Il n'y a pas de noyau. Comme nous le verrons cette situation conduit à des différences dans l'exploitation de l'information génétique. Les organismes ne comportant pas de noyau sont appelés *procaryotes* ; ceux qui enferment leur information dans un noyau sont appelés *eucaryotes*.

L'acide désoxyribonucléique, ADN, est une très longue molécule, une *macromolécule*, formée par l'enchaînement en série d'un groupement phosphate et d'un sucre, le désoxyribose *(fig. 1)*. Sur chaque désoxyribose est attachée une base azotée ; il n'existe que quatre bases azotées dans l'ADN : deux purines (adénine A et guanine G), deux pyrimidines (thymine T et cytosine C). L'ensemble phosphate-sucre-base porte le nom de *nucléotide*. Puisque le squelette de la macromolécule d'ADN est la répétition d'un motif unique (l'ensemble phosphate-sucre), toute information contenue dans l'ADN ne peut venir que de l'ordre dans lequel les quatre bases azotées se succèdent le long de la chaîne. L'information génétique est donc écrite dans un langage extrêmement simple avec un alphabet de quatre lettres seulement : A, T, G, C.

La macromolécule d'ADN n'est cependant pas constituée d'une seule chaîne mais de deux chaînes qui s'enroulent l'une autour de l'autre pour former une *double hélice (fig. 1)*. Alors que les liens entre les différentes unités (les nucléotides) de chaque chaîne sont constitués de liaisons chimiques fortes (appelées liaisons covalentes), celles qui permettent aux deux chaînes de s'associer sont des liaisons faibles (appelées liaisons hydrogène), faciles à rompre à la température où vivent la plupart des organismes. Ces liaisons faibles associent les bases azotées deux à deux, mais seules deux combinaisons sont possibles : A avec T, G avec C. On parle de paires de bases A.T et G.C. Jusqu'en 1975, il était extrêmement laborieux de déterminer l'ordre d'enchaînement (la séquence) des bases de l'ADN. A cette époque, deux méthodes élégantes et rapides furent mises au point par les équipes de W. Gilbert à Harvard et de F. Sanger à Cambridge. A la fin de l'année 1983, le nombre total de bases dont l'enchaînement est connu approche les deux millions. Les séquences ainsi déterminées concernent des fragments d'ADN d'origines diverses. Le « record de longueur », actuellement publié, pour un ADN unique, est détenu par l'équipe de F. Sanger qui a déterminé la séquence des 48 502 paires de bases du bactériophage λ (un virus du colibacille). Cette même équipe a terminé (mais non encore publié) la séquence d'un virus de la famille de l'herpès, le virus d'Epstein-Barr (environ 140 000 paires de bases !).

La structure en double hélice fut proposée par J. Watson et F. H. C. Crick en 1953 sur la base de résultats obtenus par R. Flanklin et R. H. Wilkins en utilisant la diffraction des rayons X par des fibres orientées d'ADN. Elle permet de comprendre comment l'information que renferme l'enchaînement des nucléotides de chaque chaîne peut être répliquée. Un enzyme appelé ADN polymérase ouvre les paires de bases, sépare les deux brins de la double hélice et assemble les nucléotides d'une nouvelle chaîne le long de chaque brin en respectant la règle d'appariement des bases *(fig. 1)* : en face de l'adénine A est introduite une thymine T dans la chaîne en cours de fabrication ; A est incorporé en face de T ; C en face de G ; G en face de C. Chaque chaîne de la double hélice initiale étant ainsi recopiée, on obtient deux doubles hélices filles parfaitement identiques à la double hélice parentale. Chacune d'entre elles va être affectée à l'une des deux cellules filles issues d'une division cellulaire. Ainsi l'information contenue dans le génome (= patrimoine génétique) par l'ordonnancement des quatre bases est-elle recopiée fidèlement et transmise d'une cellule à l'autre lors des divisions cellulaires successives.

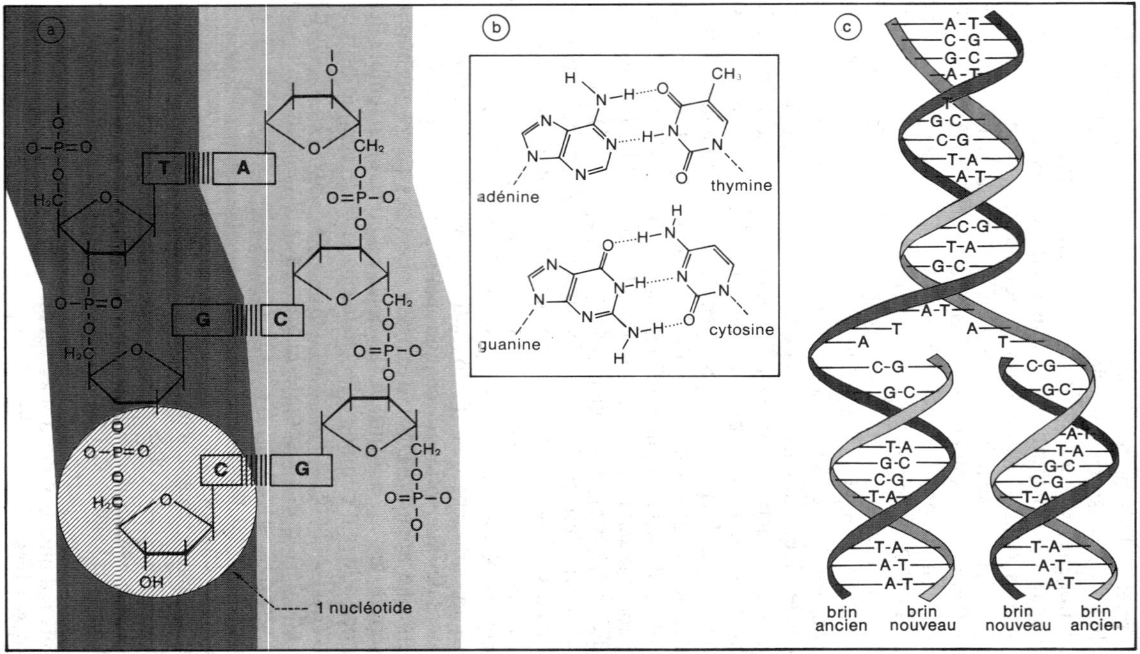
a
T
A
G
C
C
G
1 nucléotide
b
adénine
thymine
guanine
cytosine
c
brin ancien
brin nouveau
brin nouveau
brin ancien

Une double hélice qui tourne à gauche

Pendant les vingt-cinq ans qui suivirent sa publication, la double hélice de Watson et Crick fut considérée comme la seule structure possible de l'ADN. Or, sans remettre en cause l'appariement de A avec T, de G avec C, il existe d'autres possibilités d'enrouler les deux chaînes l'une autour de l'autre. En regardant la double hélice de Watson et Crick dans le sens de son axe et en progressant sur l'une ou l'autre des chaînes à partir de l'extrémité la plus proche, la rotation a lieu dans le sens des aiguilles d'une montre (comme le long d'un tire-bouchon). On la nomme hélice *droite*. Grâce au développement des méthodes chimiques de synthèse de courts fragments d'ADN, il devint possible, vers la fin des années 1970, d'obtenir des cristaux de mini-doubles hélices dont la séquence des bases avait été préalablement choisie. Les cristaux obtenus par l'équipe d'A. Rich au Massachusetts Institute of Technology et celle de R. Dickerson au California Institute of Technology se prêtaient à une analyse structurale (par diffraction des rayons X) beaucoup plus précise que celle réalisée vingt-cinq ans plus tôt sur de longues fibres d'ADN. La première structure ainsi résolue devait provoquer une (mini) révolution dans le monde des spécialistes de l'ADN pour qui la double hélice de Watson et Crick était LA structure immuable.

⟵

Fig. 1. La double hélice de l'ADN est formée de deux chaînes enroulées l'une autour de l'autre et symbolisées à droite par des « rubans ». Chaque « ruban » est constitué de l'enchaînement en série de groupements phosphates et de sucres (désoxyribose) (schéma a). Les molécules de sucre sont reconnaissables à leur cycle pentagonal comportant un atome d'oxygène. Le schéma b montre comment les deux chaînes sont maintenues ensemble par des liaisons entre les bases azotées : l'adénine (A) s'apparie avec la thymine (T), la cytosine (C) avec la guanine (G). Tandis que les liaisons sucre-phosphate sont fortes, les liaisons entre les bases azotées sont faibles (liaisons hydrogène). Cela autorise la séparation des deux chaînes de la double hélice préalablement à la formation des deux doubles hélices filles (schéma c). La loi d'appariement (A.T, G.C) permet de comprendre pourquoi les deux doubles hélices filles présentent la même succession de paires de bases que la double hélice originale.

Il s'agissait bien d'une double hélice mais elle s'enroulait à gauche et non à droite. D'autre part, alors que l'enroulement des liaisons phosphate-sucre dans la double hélice de Watson et Crick se fait de façon régulière, dans la double hélice gauche cet enchaînement présente une allure en zigzag, d'où le nom d'ADN-Z donné à cette structure par A. Rich et ses collaborateurs. Depuis cette « première », les structures de différents fragments d'ADN ont été établies avec une très grande précision (inférieure à une fraction d'angström, un dixième de milliardième de mètre). Leur comparaison révèle que, si le modèle en double hélice (droite ou gauche) ne doit pas être remis en cause, la structure locale (pas de l'hélice, inclinaison des bases par rapport à l'axe de l'hélice, etc.) varie suivant l'ordre d'enchaînement des nucléotides. Des différences reflétant la séquence des bases pourront donc être reconnues de l'extérieur par toute molécule qui interagit avec l'ADN, et notamment par les systèmes enzymatiques complexes impliqués dans l'expression des gènes.

Les différentes structures dont il a été question plus haut ne doivent pas être considérées comme figées ; la double hélice est en fait le siège de mouvements incessants. Les plus rapides qui aient été détectés à ce jour se déroulent dans des domaines de temps de l'ordre de la picoseconde (1 millionième de millionième de seconde). Ils mettent en jeu des déformations de certaines liaisons au sein de l'ossature de chacune des chaînes de l'ADN. Des mouvements beaucoup plus lents se produisent au niveau des paires de bases A.T et G.C qui s'ouvrent et se ferment dans des domaines de temps qui s'étalent du millième de seconde à l'heure, en fonction de la structure locale adoptée par l'ADN. En quelque sorte, la double hélice « respire ». Pour une molécule qui s'approche de l'ADN à la recherche d'un site de fixation, la double hélice n'apparaîtra donc pas comme une surface lisse et inerte, mais comme un objet présentant beaucoup d'« aspérités » et se déformant sans cesse.

Une double hélice enroulée sur elle-même

De nombreuses contraintes sont en permanence imposées à la double hélice d'ADN au sein de la cellule, notamment lors de l'interaction avec des protéines. La double hélice réagit aux contraintes de torsion par un surenroulement (elle se vrille et forme des 8). Il est facile de l'observer pour les ADN courts qui sont fermés sur eux-mêmes, par exemple l'ADN circulaire de certains virus *(fig. 2* et *encadré II)*. Dans ce cas particulier, toute contrainte de torsion ne peut pas être compensée par une rotation d'extrémités libres. On obtient ainsi des structures supertorsadées (= surenroulées) dans lesquelles des changements structuraux peuvent s'opérer. Si la torsion appliquée est trop importante, certaines régions de la double hélice vont voir leurs deux brins se séparer localement *(fig. 2 B)*, exposant ainsi les bases à une interaction éventuelle avec des protéines ou des enzymes. D'autres régions passeront d'une structure en hélice droite à une structure en hélice gauche *(fig. 2 B)*, transition particulièrement favorisée lorsque les bases puriques (A ou G) et pyrimidiques (C ou T) alternent. Tous ces changements structuraux ont pour but de compenser en partie les contraintes imposées à la double hélice.

Le surenroulement n'est pas limité aux petits ADN circulaires. Le long ADN des bactéries (trois millions de paires de bases chez le colibacille) est refermé en cercle. Dans les cellules des organismes supérieurs, l'ADN est ancré sur l'armature protéique des chromosomes et forme des boucles qui réagiront aux contraintes de torsion de la même manière qu'un cercle fermé.

Dans le noyau d'une cellule eucaryote et même au sein d'une bactérie, la longue macromolécule d'ADN doit résoudre un problème d'encombrement. Pour mesurer l'ampleur du problème posé dans une cellule humaine, il faut rappeler que chaque noyau, qui mesure au plus un centième de millimètre,

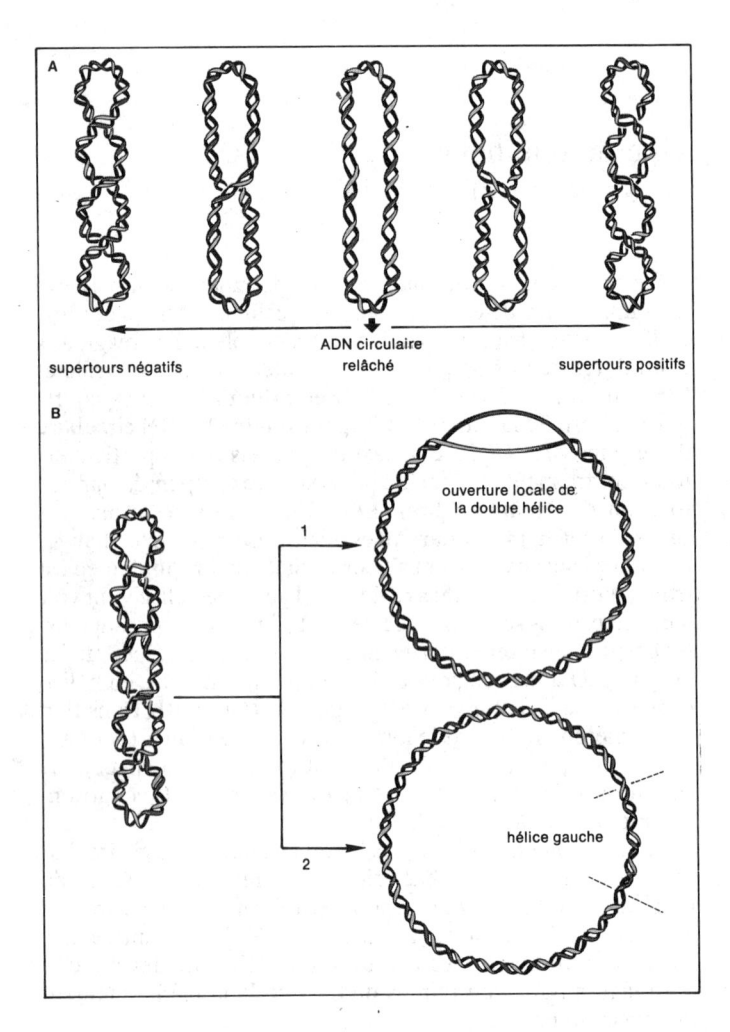

Fig. 2. Cette série de schémas illustre les « avatars » que subit l'ADN lorsqu'il subit des torsions. On a choisi de représenter le cas d'un petit ADN circulaire, tel qu'il se rencontre chez les virus *(encadré II)*. Lorsqu'un ADN circulaire est soumis à des contraintes, par exemple lors de l'interaction avec des protéines, la double hélice s'enroule sur elle-même, en formant des « 8 » (schéma A). Le sens des profondeurs des supertours formés dépend des contraintes imposées à la double hélice *droite* d'ADN. L'ADN circulaire extrait des cellules vivantes est toujours surenroulé

Les structures de l'ADN

renferme plus d'un mètre de ce long filament (dont le diamètre ne dépasse pas 2 milliardièmes de mètre). Les bactéries ont à résoudre un problème semblable : chaque colibacille, par exemple, renferme un ADN dont la longueur est voisine d'un millimètre alors que la dimension maximale de la bactérie est de l'ordre d'un micron (un millième de millimètre). C'est l'enroulement de l'ADN autour de protéines et les repliements de l'ensemble qui confèrent à l'ADN une superstructure lui permettant d'occuper un espace minimum.

Vers le milieu des années 1970, les équipes de D. Olins aux États-Unis, R. Kornberg en Angleterre et P. Chambon à Strasbourg, ont observé que la double hélice, dans les chromosomes, s'enroule autour de globules protéiques, composés de protéines particulières, les histones. Les unités ainsi constituées, appelées nucléosomes, donnent à la chromatine l'allure d'un collier de perles à l'observation en microscopie électronique. Dans les chromosomes, la chaîne des nucléosomes est de plus enroulée sur elle-même pour former des sortes de solénoïdes qui, à leur tour, s'organisent en structures très compactes. Ce sont tous ces repliements successifs qui permettent à l'ADN d'occuper un volume restreint. Lorsque les contraintes sont relâchées artificiellement, la pelote d'ADN se déroule et le long filament envahit l'espace qui lui est offert, tout en restant attaché à une trame protéique qui constitue en quelque sorte l'ossature du chromosome.

---

négativement. Pour relâcher les contraintes dues au surenroulement *négatif*, la double hélice peut utiliser plusieurs stratégies dont deux sont représentées dans le schéma B : soit ouvrir un certain nombre de paires de bases (l'ouverture de 10 paires de bases environ entraîne une diminution du nombre de supertours d'une unité), soit faire passer une région d'une structure en hélice *droite* à une structure en hélice *gauche* (lorsque 10 paires de bases passent d'une hélice *droite* à une hélice *gauche*, le nombre de supertours varie de 2 unités).

II. LES « PETITS »

Au sein des cellules eucaryotes, le noyau n'est pas le seul compartiment qui contienne de l'ADN. Les mitochondries, qui assurent la respiration des cellules, possèdent un ADN qui leur est propre. Il en est de même des chloroplastes, siège de la photosynthèse dans les cellules végétales. L'ADN des mitochondries et des chloroplastes est beaucoup plus petit que celui du noyau (quelques dizaines ou centaines de *milliers* de nucléotides au lieu de quelques *milliards*). Ces organites cellulaires possèdent leurs propres systèmes de transcription et de traduction mais ne fabriquent pas toutes les protéines dont ils ont besoin. Ils doivent importer du cytoplasme certains enzymes (ou certaines de leurs sous-unités) dont les gènes sont contenus dans le noyau. Cette coopération noyau-mitochondrie (ou chloroplaste) s'étend même à la régulation de certains gènes, l'élément régulateur de l'expression d'un gène mitochondrial, par exemple, pouvant être « codé » par le noyau.

La taille de l'ADN mitochondrial est très variable d'un organisme à l'autre. Contrairement aux végétaux et aux levures, l'ADN des mitochondries humaines ne renferme pas d'introns ; l'information génétique y est très compacte. La séquence des 16 569 nucléotides de cet ADN est connue. Il semble donc qu'au cours de l'évolution les organismes aient progressivement éliminé les introns de leur ADN mitochondrial.

Les virus sont des entités qui possèdent une information génétique propre, mais qui sont dans l'impossibilité de l'exploiter eux-mêmes. Il leur faut donc infecter une cellule-hôte dont ils vont détourner la machinerie à leur profit. Au bout d'un certain nombre de cycles de réplication, ils quittent la cellule dont ils viennent d'épuiser les possibilités pour aller infecter les cellules voisines.

Alors que le matériel héréditaire de toutes les cellules vivantes est constitué par un ADN, les virus peuvent renfermer soit un ADN, soit un ARN. En général, le matériel génétique est contenu à l'intérieur d'une enveloppe, ou capside, constituée de protéines et de lipides. Le virus de la grippe contient ainsi huit chaînes d'ARN bien caractérisées dont les longueurs varient d'environ 800 à 5 000 nucléotides. Le virus de l'herpès renferme un ADN en double hélice d'environ 140 000 paires de bases. D'autres virus, comme celui de l'hépatite B, renferment

La réplication de l'ADN

Nous avons vu plus haut que la structure en double hélice, régie par la loi des appariements A.T et G.C , permettait de comprendre aisément comment s'effectue la duplication de

ADN

des ADN beaucoup plus petits (quelques milliers de nucléotides). Les modalités d'expression de l'information génétique des virus varient beaucoup d'un virus à l'autre. Certains virus utilisent leur ARN comme ARN messager ; d'autres recopient leur ARN pour faire une chaîne d'ARN complémentaire qui servira d'ARN messager. D'autres virus à ARN commencent par copier leur ARN en ADN grâce à un enzyme, la transcriptase inverse, dont ils possèdent le gène. Cet ADN peut être ensuite intégré dans le génome de la cellule-hôte ; c'est le cas des *rétrovirus* qui sont responsables de nombreuses maladies, en particulier du développement de tumeurs, chez un grand nombre d'animaux (poulet, souris) [1]. Les virus à ADN utilisent en général directement le matériel enzymatique de la cellule pour se répliquer et fabriquer les protéines dont ils ont besoin. Dans certains cas, l'ADN viral (ou l'ADN copié à partir de l'ARN viral) s'intègre dans le génome de la cellule-hôte et reste à l'état latent sans s'exprimer sous forme de particules virales. Il est répliqué en même temps que l'ADN cellulaire et se comporte alors comme une partie intégrante de cet ADN. Cependant, l'ADN viral peut brusquement s'exprimer sous l'effet d'une perturbation apportée à la vie de la cellule. C'est le cas du virus de l'herpès, qui peut rester en sommeil pendant des années avant de se manifester. Par exemple, les « boutons de fièvre » qui apparaissent sur les lèvres à la suite d'un coup de soleil sont dus « au réveil » d'un virus de la famille de l'herpès.

Que leur matériel génétique soit constitué par des ARN ou des ADN, les virus ont adopté des stratégies très diverses pour détourner à leur profit la machinerie cellulaire. Certains de ces virus peuvent même emporter avec eux un fragment de l'information cellulaire au moment où ils quittent la cellule. C'est le cas de certains rétrovirus [2]. Lors d'une infection ultérieure, cette information génétique d'origine cellulaire leur permet de déclencher un processus de transformation qui libère la cellule du contrôle exercé par ses voisines et conduit à l'apparition d'une tumeur. L'analyse de la structure de ces *oncogènes* cellulaires a récemment permis de franchir un pas important dans la compréhension des mécanismes qui président au dérèglement du contrôle cellulaire et à la cancérisation.

1. « L'origine des rétrovirus », *la Recherche, 152,* février 1984, p. 192. — 2. *Ibid.*

l'information génétique. L'enzyme qui joue le rôle essentiel dans ce processus s'appelle ADN polymérase. Cependant, il ne peut agir seul sur l'ADN cellulaire. L'ouverture de la double hélice, nécessaire pour que l'enchaînement des bases puisse être lu et recopié, est facilitée par une série de protéines qui précèdent l'ADN polymérase. Le déroulement d'une double hélice pose des problèmes topologiques que ne saurait résoudre l'ADN polymérase seule. En effet, lorsque l'on essaie d'ouvrir une double hélice, il se crée, en aval du point de séparation des deux chaînes, des contraintes qui vont rapidement empêcher la poursuite de l'opération. L'expérience peut être facilement réalisée en utilisant une corde constituée de deux brins enroulés l'un autour de l'autre avec un nœud à l'une des extrémités ; la séparation des deux brins, en partant de l'extrémité où ils sont libres, s'accompagne d'une torsion (un enroulement) de plus en plus importante au fur et à mesure que la séparation des deux brins progresse. Il est impossible de dépasser une certaine limite dans la séparation des deux brins. Pour que l'ADN polymérase puisse progresser, il est donc nécessaire d'éviter ou de supprimer les contraintes ainsi créées au niveau du point de séparation des deux chaînes (appelé fourche de réplication). Cette opération est réalisée par une série d'enzymes dont fait partie la gyrase, découverte chez le colibacille par M. Gellert à Bethesda en 1975. Cet enzyme induit des torsions de la double hélice de sens contraire à celles créées par la progression de la fourche de réplication. Ainsi les contraintes imposées par le désenroulement des deux brins de la double hélice en cours de réplication sont-elles compensées à l'avance par la gyrase.

L'étude du mécanisme d'action de la gyrase a fait l'objet de nombreux travaux depuis sa découverte, notamment ceux des équipes de J. Wang à Harvard et N. Cozzarelli à Chicago. Cet enzyme coupe les deux brins de la double hélice, maintient les deux extrémités proches l'une de l'autre, fait passer une autre région (intacte) de la double hélice au travers de la brèche ainsi créée et finalement ressoude les extrémités pour restaurer l'intégrité de la double hélice *(fig. 3)*. Il existe une autre famille d'enzymes, les topoisomérases I, qui ne coupent qu'un seul brin de la double hélice, s'attachent à l'une des extrémités ainsi créées, font passer le brin intact au travers de la brèche et referment la coupure. Alors que ces derniers enzymes ne peuvent que relâcher des contraintes, la gyrase est capable d'introduire des torsions supplémentaires dans la double hélice d'ADN. Un équilibre est d'ailleurs atteint *in vivo* par l'action conjuguée de la gyrase et de la topoisomérase I. Les modifi-

Les structures de l'ADN

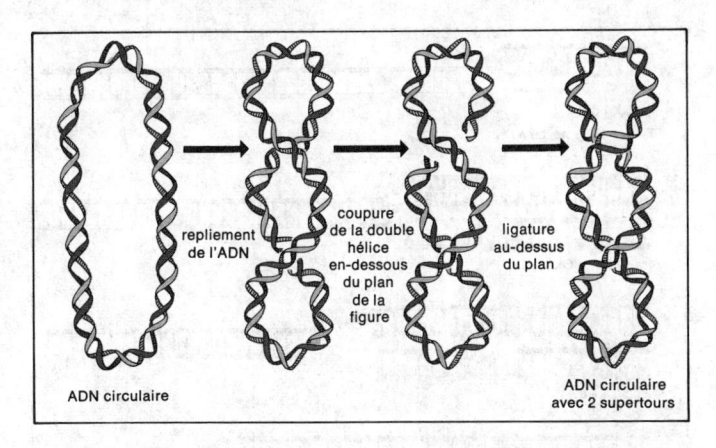

Fig. 3. Un enzyme, la gyrase, introduit des supertours dans un ADN circulaire. Bien que le mécanisme d'action de la gyrase soit certainement différent de celui proposé sur ce schéma, ce dernier permet de comprendre comment l'enzyme introduit deux supertours de la double hélice lors de chaque réaction. Il coupe les deux brins de la double hélice, maintient les extrémités à proximité l'une de l'autre, fait passer la double hélice dans la brèche ainsi créée et referme la double hélice. C'est ainsi que la gyrase peut compenser à l'avance les supertours en sens inverse qui apparaissent lors de la réplication et de la transcription.

cations de cet équilibre entraînent un mauvais fonctionnement de la cellule et parfois sa mort. Certains antibiotiques comme la coumermycine ou l'acide nalidixique ont pour rôle de bloquer les fonctions de la gyrase chez les bactéries, ce qui entraîne un arrêt de la réplication et donc l'absence de multiplication de ces bactéries.

La réplication de l'ADN pose au système enzymatique qui en est chargé un autre problème lié au fait que les deux chaînes qui constituent la double hélice n'ont pas la même orientation *(fig. 4)*. En effet, le désoxyribose n'est pas symétrique et les liaisons qui l'attachent aux deux phosphates voisins ne sont pas identiques. Le dernier nucléotide d'une chaîne est, par définition, celui qui porte un groupement hydroxyle libre (= non engagé dans une liaison) en position 3' (c'est-à-dire sur l'atome de carbone n° 3' de la molécule de sucre) *(fig. 1)*. C'est par cette extrémité de la chaîne que se fait, éventuellement, l'allongement de cette dernière. L'autre extrémité de la chaîne est

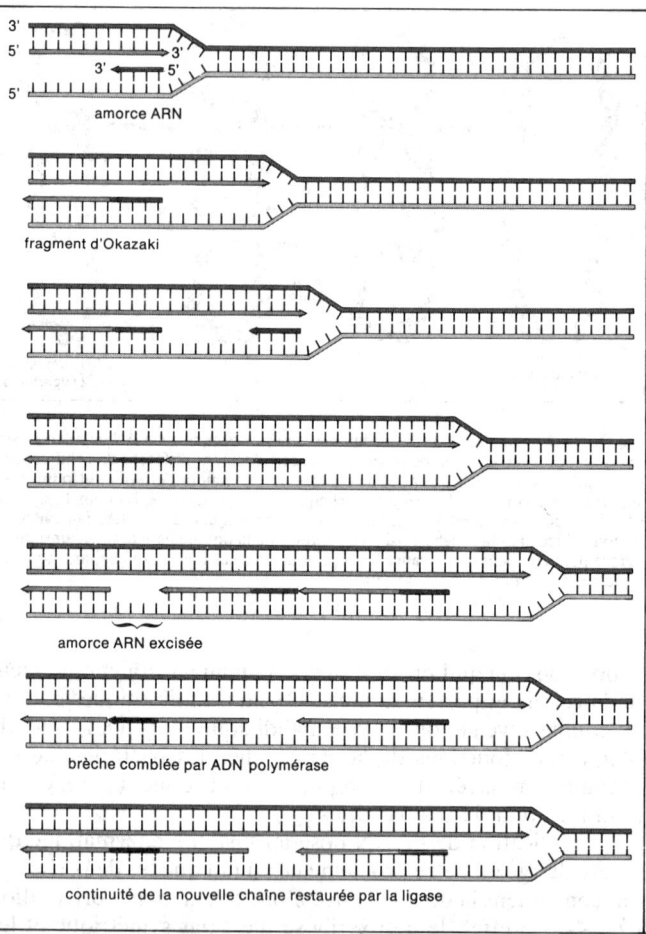

Fig. 4. Au cours du processus de réplication, l'information portée par la double hélice d'ADN est recopiée en deux exemplaires : il apparaît deux doubles hélices filles qui sont donc identiques entre elles et à la double hélice parentale. Lors de la division cellulaire, chaque cellule fille comportera un exemplaire de la double hélice. Du fait que les deux brins de la molécule d'ADN sont orientés en sens inverse l'un de l'autre, et que l'ADN polymérase (enzyme qui réalise la réplication) ne travaille que dans un sens, le processus ne se produit pas de la même manière pour chacun des deux brins.

L'ADN polymérase, fonctionnant uniquement dans le sens 5' → 3', la chaîne ayant l'orientation 3' → 5' (celle du haut) est recopiée de manière continue (flèche claire du désignée par 5' (c'est le numéro d'un atome de carbone de la molécule de sucre, qui est porteur du groupe phosphate entrant dans la constitution d'un nucléotide). En progressant le long de la double hélice d'ADN, l'une des chaînes est parcourue de son extrémité 5' vers son extrémité 3', l'autre l'est en sens inverse. Les deux chaînes sont dites antiparallèles. Or, l'ADN polymérase ne sait polymériser que dans un sens : elle accroche le phosphate figurant en position 5' d'un nucléotide à un groupement hydroxyle (OH) libre en position 3' du désoxyribose, c'est-à-dire qu'elle fonctionne dans le sens 5' → 3' *(fig. 4)*. Au fur et à mesure que la double hélice s'ouvre et que la « fourche de réplication » progresse, l'ADN polymérase ne peut copier de façon continue que l'une des chaînes, celle dont l'orientation est 3' → 5'. Pour l'autre chaîne, l'opération doit se faire dans le sens opposé à celui de progression de la fourche de réplication. Une ADN polymérase doit attendre que cette fourche soit suffisamment avancée pour commencer son travail en remontant le courant. La synthèse de la nouvelle chaîne complémentaire de la chaîne orientée dans le sens 5' → 3' se fait donc de façon discontinue. Les fragments d'ADN obtenus sont appelés fragments d'Okazaki, d'après le nom du chercheur japonais qui fut le premier à les mettre en évidence. Leur longueur peut atteindre plusieurs milliers de nucléotides chez les procaryotes. Ils sont plus courts chez les eucaryotes (100-200 nucléotides). L'intervention d'un autre enzyme, la ligase, est nécessaire pour attacher ces fragments les uns au bout des autres. La situation est encore compliquée par le fait que l'ADN polymérase ne sait pas commencer seule la fabrication d'une nouvelle chaîne. Il lui faut une amorce constituée par un petit fragment d'acide ribonucléique (ARN), lui-même fabriqué par un autre enzyme, la primase. Un ARN est un enchaînement de nucléo-

---

haut). Mais pour l'autre, l'ADN polymérase doit attendre que la « fourche de réplication » (au niveau de l'ouverture) soit suffisamment avancée pour commencer son travail en remontant le courant : la copie de la chaîne orientée dans le sens 5' → 3' (chaîne du bas) est donc faite par fragments successifs (ou fragments d'Okazaki, flèches claires du bas). L'ADN polymérase ne sait pas commencer seule la fabrication d'une nouvelle chaîne : il lui faut une amorce constituée par un petit fragment d'ARN (en foncé). Celui-ci étant indésirable dans le produit fini, il est finalement éliminé. La brèche ainsi créée est ensuite comblée par de l'ADN polymérase. Puis un autre enzyme (la ligase) agit pour souder les fragments d'Okazaki l'un à l'autre, établissant la continuité de la nouvelle chaîne.

tides dans lequel le désoxyribose est remplacé par le ribose ; trois bases (A, G, C) sont identiques à celles de l'ADN ; la quatrième (T) est remplacée par l'uracile (U) qui ne diffère de la thymine que par l'absence du groupement méthyle. Cette amorce d'ARN étant indésirable dans le produit fini (qui doit être une chaîne continue d'ADN), elle est éliminée (hydrolysée) par une ribonucléase. La brèche ainsi créée est comblée par une ADN polymérase qui « lit » la séquence de bases sur la chaîne complémentaire. C'est seulement après cette « réparation » de l'ADN que la ligase agit pour souder les fragments d'Okazaki l'un à l'autre.

La réplication de l'ADN qui va permettre aux deux cellules filles d'emporter la même information génétique que la cellule mère est donc un processus enzymatique très complexe qui fait intervenir un nombre appréciable de composants protéiques. Il est très important de savoir avec quelle précision sont réalisées ces différentes étapes.

La réplication est-elle fidèle ?

Lorsqu'une ADN polymérase copie une chaîne d'ADN, il lui arrive de commettre des erreurs et d'incorporer dans la chaîne en croissance un nucléotide incorrect, par exemple d'introduire A au lieu de C en face de G. La fréquence de ces erreurs peut être mesurée dans un tube à essais au cours d'expériences utilisant une ADN polymérase purifiée, par exemple celle du colibacille ou celle du thymus de veau. En moyenne, une ADN polymérase commet une erreur tous les cent mille nucléotides incorporés dans la chaîne en croissance. Il s'agit donc d'une opération relativement précise (dans un texte imprimé, il y a environ trois mille caractères par page ; la précision de l'ADN polymérase équivaut donc à moins d'une erreur typographique toutes les trente pages). De plus, la vitesse à laquelle se déroule la réaction est très élevée : environ mille nucléotides sont attachés les uns aux autres en une seconde !

Les structures de l'ADN

Cette précision n'est cependant pas suffisante, même pour les bactéries. Chaque chaîne de l'ADN du colibacille, par exemple, est faite de trois millions de nucléotides environ. Si l'ADN polymérase commet une erreur tous les cent mille nucléotides, au cours de la réplication trente nucléotides incorrects auront été introduits. Pour l'ADN humain, dont chaque chaîne contient cinq milliards de nucléotides, le nombre d'erreurs serait de cinquante mille à chaque génération cellulaire. Il est évident que ce nombre d'erreurs est beaucoup trop élevé et que, très rapidement, l'information de départ serait perdue au fil des divisions cellulaires. La cellule doit donc ou bien éviter ces erreurs ou bien les corriger. C'est cette deuxième solution qui a été retenue par le monde vivant : la cellule répare les erreurs commises par l'ADN polymérase.

La première stratégie *(fig. 5)* est à mettre au compte de l'ADN polymérase elle-même chez les bactéries et, probablement, d'un enzyme qui lui est associé chez les organismes supérieurs. L'ADN polymérase du colibacille sait faire autre chose que polymériser des nucléotides ; elle possède une deuxième activité enzymatique, appelée *exonucléase*, qui lui permet d'éliminer le dernier nucléotide incorporé s'il n'est pas correctement associé avec le nucléotide de la chaîne complémentaire. Après chaque étape de polymérisation, l'ADN polymérase « regarde » derrière elle avant d'avancer d'un cran pour incorporer le nucléotide suivant. Si le nucléotide qu'elle vient de fixer à la chaîne en croissance est correctement « apparié » avec celui qui se trouve sur la chaîne en face (C en face de G, par exemple), elle avance d'un cran. Mais, si l'appariement n'est pas correct (A en face de G, par exemple), elle excise le nucléotide incorrect et réinsère le nucléotide correct (elle enlève A et remet C). Cette « relecture » suivie de correction n'est cependant pas parfaite. L'ADN polymérase peut avancer d'un nucléotide avant d'avoir eu le temps de corriger l'erreur qu'elle laisse ainsi derrière elle. Cette opération permet cependant de gagner un facteur cent à mille sur la précision de la copie, mais un certain nombre d'erreurs subsistent encore dans la chaîne qui vient d'être synthétisée et relue.

Reprenons l'exemple donné plus haut : l'ADN polymérase

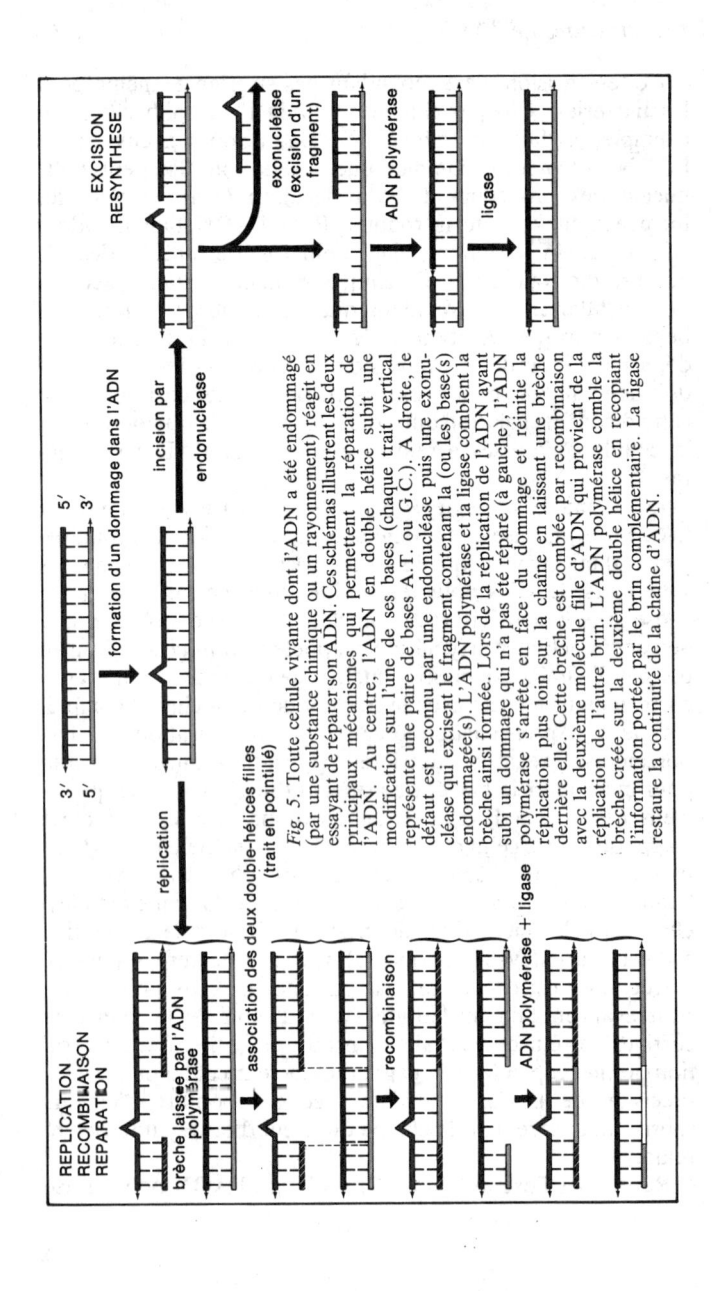

Fig. 5. Toute cellule vivante dont l'ADN a été endommagé (par une substance chimique ou un rayonnement) réagit en essayant de réparer son ADN. Ces schémas illustrent les deux principaux mécanismes qui permettent la réparation de l'ADN. Au centre, l'ADN en double hélice subit une modification sur l'une de ses bases (chaque trait vertical représente une paire de bases A.T. ou G.C.). A droite, le défaut est reconnu par une endonucléase puis une exonucléase qui excisent le fragment contenant la (ou les) base(s) endommagée(s). L'ADN polymérase et la ligase comblent la brèche ainsi formée. Lors de la réplication de l'ADN ayant subi un dommage qui n'a pas été réparé (à gauche), l'ADN polymérase s'arrête en face du dommage et réinitie la réplication plus loin sur la chaîne en laissant une brèche derrière elle. Cette brèche est comblée par recombinaison avec la deuxième molécule fille d'ADN qui provient de la réplication de l'autre brin. L'ADN polymérase comble la brèche créée sur la deuxième double hélice en recopiant l'information portée par le brin complémentaire. La ligase restaure la continuité de la chaîne d'ADN.

vient d'incorporer A au lieu de C en face de G puis elle a continué son chemin sans « relire ».

a. 5'———T A G ^{A} A T A
           • • •   • • •
b. 3'———A T C $_G$ T A T C———5'

a. chaîne en cours d'allongement par l'ADN polymérase ;
b. chaîne à copier.

Il s'agit d'abord pour la cellule de détecter l'erreur ; il lui faut ensuite savoir sur quelle chaîne se trouve l'erreur (devra-t-elle enlever A et le remplacer par C, ce qui restaurerait l'information initiale, ou enlever G et le remplacer par T, ce qui pérenniserait l'erreur). Toute une stratégie subtile est mise en œuvre pour résoudre ces difficultés. L'ADN polymérase est escortée par une « patrouille » de protéines et d'enzymes capables de reconnaître l'absence d'appariement (A en face de G). Les travaux de M. Radman, en 1980, ont montré qu'un autre enzyme suit à plus grande distance et « balise » la chaîne nouvelle en accrochant, de temps à autre, un groupement chimique (un groupe méthyle, CH_3) sur certaines bases (les adénines contenues, par exemple, dans une séquence G A T C). Les enzymes qui suivent immédiatement l'ADN polymérase « voient » donc une chaîne balisée (celle qui sert de matrice à l'ADN polymérase et qui est en train d'être copiée) et une chaîne qui ne l'est pas encore (celle que l'ADN polymérase est en train d'allonger). C'est cette différence qui permet au système enzymatique de reconnaître sur quelle chaîne la correction doit être faite. Alors se déclenche l'opération de correction elle-même (réparation) dont les principaux acteurs seront décrits ultérieurement. Le procédé utilisé est le même lorsqu'un nucléotide de l'ADN est attaqué par une substance chimique ou un rayonnement indésirables.

L'ADN est la cible d'agressions extérieures

Lorsqu'une cellule vivante (ou un organisme) est soumise à l'action de rayonnements, par exemple les radiations ultraviolettes de longueurs d'ondes inférieures à 300 nm ou les rayons X ou γ, un certain nombre de lésions sont créées dans l'ADN. Dans le cas du rayonnement ultraviolet, la modification principale est la formation de liaisons chimiques fortes entre deux bases pyrimidiques successives sur la même chaîne. La double hélice est alors désorganisée au niveau de ce couple de bases car celles-ci rompent leurs liaisons (faibles) avec les bases complémentaires de l'autre chaîne. Quant aux rayonnements ionisants (X ou γ), ils provoquent essentiellement des cassures de chaînes par un effet indirect impliquant les produits de radiolyse de l'eau (des radicaux H et OH, très réactifs).

Des modifications sont également induites en différents sites sur l'ADN par des substances chimiques qui agissent soit directement, soit, le plus souvent, après avoir été modifiées (métabolisées) au sein de la cellule ou de l'organisme. Par exemple, l'aminofluorène, un cancérogène puissant, est d'abord métabolisé pour donner toute une série de dérivés dont l'un, le N-acétoxy, N-2 acétylaminofluorène, se lie fortement avec les bases guanines (G) de l'ADN. Les hydrocarbures polycycliques aromatiques, comme le benzopyrène, présents en quantités appréciables dans la fumée de cigarette, sont d'abord métabolisés pour donner des diols-époxydes fortement réactifs, capables de modifier les bases de l'ADN.

Certaines substances, en réagissant avec une base purique (A ou G) de l'ADN, affaiblissent la liaison entre la base et le désoxyribose. L'ADN peut alors perdre facilement sa base purique. La même réaction se produit d'ailleurs spontanément, en l'absence de toute attaque par une substance chimique. Une cellule humaine perd ainsi en moyenne environ

20 000 bases par jour à 37 °C. On mesure donc l'importance que revêt la réparation de ces sites « apuriniques » pour la survie de la cellule.

Devant les agressions dont son ADN est la victime, toute cellule vivante réagit en déclenchant des processus de réparation qui lui permettent de restaurer l'intégrité de l'information génétique.

La cellule répare son ADN

Les stratégies développées par les cellules vivantes pour réparer les dommages subis par leur matériel génétique sont très diverses. Deux mécanismes de réparation peuvent être distingués. Ils diffèrent par la nature des réactions chimiques mises en jeu.

Une première catégorie est constituée par les systèmes enzymatiques qui réparent l'ADN sans coupure des chaînes phosphate-sucre ni resynthèse d'ADN. La réaction chimique impliquée est l'inverse de celle qui a conduit à la lésion. Par exemple, l'enzyme de photoréactivation est capable de couper les liaisons « anormales » qui ont été créées par l'irradiation ultraviolette entre deux bases pyrimidiques adjacentes sur une même chaîne de l'ADN. Autre exemple : si une guanine a été modifiée sur son atome d'oxygène par fixation d'un groupement alkyle, une protéine, fabriquée à cet effet par la cellule, est capable d'enlever ce groupement alkyle pour restaurer l'intégrité de la base initiale.

Le deuxième mécanisme de réparation, le plus général, fait intervenir l'excision d'un fragment d'ADN contenant le dommage et la resynthèse de ce fragment par une ADN polymérase. Le dommage est reconnu par une endonucléase plus ou moins spécifique qui fait une incision dans la chaîne d'ADN contenant la lésion. Chez le colibacille, il existe une endonucléase qui reconnaît un ensemble de défauts caractérisés par l'ouverture de plusieurs paires de bases (défauts créés par l'irradiation ultraviolette par exemple, ou par la fixation de groupements aromatiques sur les bases...). Une autre endonucléase reconnaît les sites de l'ADN qui ont perdu une base purique.

Lorsque la chaîne d'ADN a été incisée à proximité du dommage, un fragment d'ADN est excisé, créant ainsi une brèche dans la double hélice, dont la taille est variable (de quelques nucléotides à plusieurs centaines) suivant la nature chimique du dommage initial et l'enzyme qui réalise cette opération. Une ADN polymérase comble alors cette brèche en utilisant l'extrémité 3'-OH pour initier la synthèse, et l'information portée par la chaîne intacte de la double hélice pour le choix des nucléotides à incorporer. Finalement une ligase ressoude l'extrémité du fragment ainsi synthétisé et celle de la chaîne d'ADN à l'endroit où s'arrêtait la brèche. Ainsi est restaurée l'intégrité des deux chaînes de l'ADN. C'est vraisemblablement un mécanisme du même type qui permet à la cellule de corriger les erreurs commises par l'ADN polymérase au cours de la réplication *(fig. 5)*.

Si l'agression dont l'ADN cellulaire a été la victime s'est produite au moment où la cellule est en train de répliquer son ADN, et que le défaut n'est pas réparé, la réplication risque de se trouver bloquée car l'ADN polymérase ne sait « lire » que les quatre bases (A, T, G, C) qui sont normalement présentes dans l'ADN. La réplication pourra reprendre si l'ADN polymérase « saute » un peu plus loin sur la chaîne matrice, laissant ainsi une brèche plus ou moins longue derrière elle dans la chaîne en formation. Cependant, la cellule possède une capacité importante à échanger des fragments d'ADN entre deux doubles hélices homologues *(fig. 5)*. La brèche peut donc être comblée par un fragment d'ADN provenant de la seconde double hélice fille produite au cours de la réplication. Ce transfert crée une brèche équivalente sur la seconde double hélice, mais l'ADN polymérase peut la combler en utilisant l'information intacte de la chaîne complémentaire. Après ligation des fragments transférés ou réparés, les deux doubles hélices sont continues et possèdent bien la séquence correcte de nucléotides, à l'exception du défaut non réparé qui est toujours présent dans l'une d'entre elles. Il sera donc transmis à l'une des cellules filles mais se trouvera « dilué » au fur et à mesure que les cellules se diviseront.

Lorsque l'ADN présente un trop grand nombre de défauts,

ils ne peuvent plus être pris en charge par les enzymes de réparation. La cellule essaie alors de résoudre son problème en lançant un SOS général. Le message, s'il est reçu à temps, déclenche la fabrication d'enzymes supplémentaires qui vont aider la cellule à éliminer les lésions de son matériel génétique. C'est au niveau de la fourche de réplication que se produit le signal SOS. Ce mécanisme est bien connu chez le colibacille (il est peu ou mal connu chez les organismes eucaryotes). La fourche de réplication continuant à s'ouvrir, tandis que l'ADN polymérase est stoppée dans son travail de « recopie », la chaîne matrice d'ADN va se trouver exposée en « simple brin » sur une certaine longueur. Sur cette portion d'ADN en simple brin se fixe alors une protéine appelée RecA, du nom du gène qui lui donne naissance. Ainsi fixée, celle-ci stimule une fonction enzymatique qui permet de couper en deux une autre protéine, appelée LexA. En temps normal, la protéine LexA interdit l'expression de toute une série de gènes impliqués dans la réparation. Lorsqu'elle est coupée par l'activation de la protéine RecA, la protéine LexA ne peut plus assurer son rôle normal. Les gènes qu'elle contrôle s'expriment donc et, par suite, les enzymes de réparation correspondants sont synthétisés dans la cellule. Cette réponse « SOS » se produit en un temps très court (de l'ordre d'une minute chez le colibacille) et permet à la cellule d'éliminer rapidement des lésions qui bloquent la réplication de son ADN. Il s'agit en fait d'une course contre le temps, car un arrêt prolongé de la réplication signifie la mort de la cellule. Cette réparation SOS a une conséquence importante. En voulant aller vite, la cellule répare mal son ADN : par exemple, elle introduit un nucléotide au hasard en face de la lésion de la chaîne parentale. Mais cela permet à la réplication de reprendre. La nouvelle double hélice est dotée d'une information génétique non conforme à l'information originale. Cette *mutation* sera transmise à l'une des cellules filles qui, elle-même, la transmettra au fil des divisions ultérieures. C'est le prix qu'il a fallu payer pour que la réplication puisse reprendre et que la cellule mère ne meure pas.

III. LA FLUIDITÉ DU

Pendant très longtemps, on s'est représenté le patrimoine génétique comme un ensemble de gènes disposés de manière linéaire le long des chromosomes dans un ordre immuable. Cette vision figée du génome est en train d'évoluer considérablement à la suite d'observations démontrant que certains gènes pouvaient se déplacer, sauter d'un endroit à un autre, au sein du génome. Il y a plus de trente ans, Barbara McClintock avait déjà formulé une telle conclusion à la suite de ses travaux sur le maïs. Mais les esprits n'étaient pas encore prêts à accueillir favorablement cette vision dynamique du génome et il fallut attendre les années 1970-1980 pour que le bien-fondé des conclusions de B. McClintock soit reconnu et finalement récompensé par le prix Nobel de physiologie et de médecine en 1983.

L'existence de gènes « sauteurs » chez les bactéries a été mise en évidence par la caractérisation des séquences d'insertion (IS) et des transposons (Tn) [1]. Les séquences d'insertion sont des fragments d'ADN dont la longueur est inférieure à 2 000 paires de bases. Leurs extrémités sont constituées de courtes séquences identiques orientées en sens inverse dont le rôle dans la mobilité des gènes sauteurs est fondamental. La séquence de nucléotides que renferme chaque IS code vraisemblablement pour les protéines nécessaires à son déplacement au sein du génome.

Les transposons sont des éléments génétiques plus longs que les IS (de 2 000 à 25 000 paires de bases). Les extrémités des transposons sont constituées soit par deux séquences identiques dont les orientations sont opposées (comme dans les IS) soit par deux IS identiques. En général, les transposons codent non seulement pour les protéines nécessaires à leur déplacement au sein du génome (la *transposition*), mais également pour des enzymes conférant la résistance à un antibiotique ou à un composé toxique. Ainsi le gène de résistance à la pénicilline est porté par le transposon Tn3. La mobilité de ces éléments génétiques explique, en partie, la rapidité avec laquelle les bactéries acquièrent le caractère de résistance aux antibiotiques. La transposition d'une séquence d'insertion ou d'un transposon au sein du génome s'accompagne d'ailleurs d'une duplication de l'information génétique qui reste présente au site d'origine. Cette particularité confère aux éléments génétiques mobiles un caractère envahissant.

La mobilité de l'information génétique n'est pas l'apanage des seules bactéries. Des associations variables de fragments de gènes au sein du génome des lymphocytes permettent de générer la grande diversité des anticorps [2]. Certains parasites mettent également à profit la possibilité de déplacer certains gènes pour échapper à la surveillance de leur hôte. C'est le cas, par exemple, du trypanosome responsable de la maladie du sommeil. A la surface de ce parasite se trouve un tapis de glycoprotéines (protéines auxquelles sont attachés des sucres de structures chimiques diverses). L'organisme infecté réagit en fabriquant des anticorps dirigés contre cette glycoprotéine dans le but de se débarrasser du parasite. Ce dernier essaie de déjouer la manœuvre en changeant sa glycoprotéine de surface. Pour cela, il dispose de tout un répertoire de gènes (plus d'une centaine) qui sont en réserve dans une région inactive de son génome. Le trypanosome fabrique une copie de l'un de ces gènes et l'insère dans une région active où il est transcrit et traduit pour fabriquer la glycoprotéine de surface. Pour se défendre, l'organisme infecté doit donc fabriquer un nouvel anticorps à chaque fois que le trypanosome change de « manteau ». Tous les gènes en réserve peuvent être mis, tour à tour, à contribution. Il en résulte donc des oscillations du nombre de trypanosomes présents dans le sang mais l'infection persiste, l'organisme étant pris en défaut à chaque cycle par l'apparition d'une nouvelle glycoprotéine de surface et la disparition de celle contre laquelle il savait lutter.

Les éléments génétiques mobiles que Barbara McClintock avait initialement caractérisés chez le maïs existent chez tous les organismes vivants. Outre les séquences d'ADN codant pour des protéines, le patrimoine génétique des organismes supérieurs renferme des séquences répétées (voir l'article de P. Kourilsky, p. 105). Celles-ci correspondent à des familles d'éléments mobiles. Chez la drosophile (la mouche du vinaigre), elles sont réparties sur différents chromosomes, chaque famille comprenant un nombre d'exemplaires compris entre 10 et 100. La taille de chaque élément est variable, mais en général chacun d'entre eux renferme plusieurs milliers de paires de bases. Ces éléments mobiles n'ont pas tous la même structure : certains sont encadrés par des séquences identiques longues et de sens opposé ; d'autres possèdent des séquences répétées directes (dans le même sens) à chacune de leurs extrémités. Bien que le mécanisme de la transposition ne soit pas encore connu chez les organismes supérieurs, la similitude des arrangements de séquence aux extrémités des éléments mobiles laisse supposer que la transposition s'opère comme chez les bactéries. L'information contenue dans ces éléments mobiles est dupliquée à chaque transposition, une copie restant au site d'origine tandis que l'autre est intégrée ailleurs dans le génome, d'où leur caractère envahissant. Les éléments mobiles ne sont pas tous transcrits ou traduits, ce qui a conduit certains chercheurs à les considérer plutôt comme des parasites qui se maintiennent grâce à leur caractère envahissant (le nom d'« ADN égoïste » a été proposé pour cette partie du génome). Cependant même si un élément mobile n'est ni transcrit, ni traduit, sa mobilité peut avoir des conséquences très importantes pour la cellule qui le contient (voir l'article de P. Kourilsky, p. 105). Il peut venir s'insérer au sein d'un gène et donc le perturber de façon plus ou moins importante selon le site d'intégration (intron ou exon). Dans certains cas, le gène pourra ne plus s'exprimer du tout. Si deux éléments transposables viennent s'insérer de part et d'autre d'un gène normalement stable, ils peuvent l'entraîner dans leur déplacement. Si l'insertion d'un élément mobile se fait dans la région de régulation d'un gène, l'expression de celui-ci sera profondément altérée. Enfin, en raison même des mécanismes de transposition, des réarrangements chromosomiques importants pourront se produire. Ainsi, même si un élément mobile ne transporte pas en son sein d'information génétique propre, il est la source de bouleversements potentiels dans l'expression, qualitative et quantitative, des gènes nécessaires à la vie et à l'évolution d'un organisme. Il faut souligner que beaucoup d'éléments mobiles sont transcrits (en ARN) et même traduits (en protéines), et qu'ainsi ils peuvent non seulement altérer l'expression de gènes essentiels, mais également apporter leur propre contribution aux changements observés.

Les éléments mobiles ne se « promènent » pas à leur propre guise au sein du génome. Ils sont soumis à un contrôle génétique qui détermine la fréquence à laquelle se font les transpositions. Ils constituent donc une source potentielle capitale de la variabilité d'une espèce. Des recherches très actives ont lieu actuellement pour comprendre le mode de fonctionnement de ces éléments génétiques mobiles et les modalités du contrôle de leur transposition. Leur utilisation pour introduire des gènes étrangers et les « greffer » dans le génome d'un organisme préalablement choisi ouvre la voie au développement de nouveaux outils pour modifier le patrimoine génétique des eucaryotes.

1. « Les gènes sauteurs », *la Recherche, 81*, septembre 1977, p. 784. — 2. « Le réseau immunitaire », *la Recherche, 126*, octobre 1981, p. 1056.

Le contrôle de l'expression des gènes

Le décodage de l'information portée par l'ADN implique plusieurs étapes *(encadré I)*. La première en est la formation d'une molécule appelée ARN messager, grâce à l'action d'un enzyme, l'ARN polymérase. La seconde est la traduction de la séquence des nucléotides de l'ARN messager en une séquence d'acides aminés, constituant une protéine telle qu'un enzyme par exemple.

Comme nous l'avons déjà dit, la cellule n'a pas besoin à chaque instant de toute l'information génétique contenue dans les chromosomes. Cela est évident chez les organismes supérieurs où les cellules d'un organe, le foie par exemple, ne fabriquent pas les mêmes enzymes que ceux d'un organe voisin, le pancréas, bien que toutes les cellules d'un même individu possèdent le même ADN dans leur noyau. Mais cela est également vrai des bactéries qui n'exploitent, à chaque instant, que la partie de l'information génétique dont elles ont réellement besoin. Nous avons vu plus haut que l'information nécessaire pour fabriquer une protéine était contenue dans un fragment d'ADN appelé *gène*. Souvent, plusieurs gènes qui codent pour des protéines impliquées dans des étapes connexes de la vie cellulaire sont regroupés à proximité les uns des autres, afin que le contrôle (ou régulation) de leur expression se fasse de façon coordonnée. Cet ensemble coordonné porte le nom d'opéron.

La régulation de l'expression des gènes s'effectue à différents niveaux. L'ARN polymérase n'initie pas la fabrication d'un ARN messager au hasard. Cet enzyme possède une affinité particulière pour une région de l'ADN *(le promoteur)* située en amont du début du gène. Cela lui permet d'initier la synthèse de l'ARN messager en un endroit précis. Mais la vitesse à laquelle se forme l'ARN messager dépend de la séquence des bases du promoteur. En outre, des protéines appelées *répresseurs* « décident » si l'ARN polymérase doit ou non commencer son travail de transcription. Un répresseur reconnaît de façon très spécifique un court segment d'ADN (*l'opérateur*) au début d'un gène. Lorsqu'il y est fixé, il empêche l'ARN polymérase de progresser le long de l'ADN ; la formation d'ARN messager est bloquée. Lorsque la cellule a besoin de la protéine qui est le produit du gène, il lui faut donc séparer le répresseur de son opérateur. Deux tactiques sont utilisées par les bactéries. Un exemple de chacune d'entre elles permettra de comprendre les mécanismes impliqués.

Le premier exemple concerne la régulation de l'expression de trois gènes du colibacille, constituant ce qu'on appelle « l'opéron lactose ». Les gènes ont pour produit des enzymes impliqués dans le métabolisme du lactose. Tant que le milieu où se trouve le colibacille ne contient pas de lactose, la bactérie n'a pas besoin des enzymes en question. Le répresseur de l'opéron lactose reste donc fixé sur son opérateur où il bloque l'expression des gènes correspondants. Si du lactose est fourni à la bactérie, la petite fraction qui pénètre est modifiée pour donner une molécule voisine, l'allolactose. Celui-ci se fixe sur le répresseur et le détache alors de l'opérateur. L'ARN polymérase n'est plus bloquée ; elle peut poursuivre son chemin et former les ARN messagers correspondant aux gènes de l'opéron lactose. Les enzymes, produits de ces gènes, sont alors fabriqués, ce qui permet à la bactérie de faire entrer le lactose en grande quantité et de le métaboliser.

Une régulation du type de celle décrite pour l'opéron lactose est dite *négative*. Il existe également un mécanisme de régulation *positive*. Par exemple, l'ensemble des enzymes assurant la synthèse d'un acide aminé au sein de la cellule bactérienne est régulé par un répresseur qui ne se fixe sur son opérateur qu'en présence d'un excès de l'acide aminé. C'est lorsque ce dernier vient à manquer que le répresseur se détache de son opérateur et que les enzymes nécessaires pour le fabriquer sont produits.

Les opérateurs sont des fragments d'ADN relativement courts, comprenant une vingtaine de paires de bases en moyenne. Le répresseur doit reconnaître ces vingt paires de bases parmi les trois millions que renferme l'ADN de la bactérie. La comparaison de ces nombres permet d'apprécier la sélectivité dont fait preuve une protéine, le répresseur, vis-à-vis d'une séquence de bases nucléiques. Comment le répresseur peut-il atteindre son opérateur ? Des éléments de réponse ont été fournis dans le courant des années soixante-dix par différentes équipes, tant aux États-Unis qu'en Europe. Tout commence par une fixation faible et non spécifique du répresseur sur une séquence quelconque d'acide nucléique. Puis le répresseur migre soit par sauts successifs au sein du domaine constitué par la pelote d'ADN, soit par diffusion le long de la double hélice d'ADN jusqu'à ce qu'il soit « piégé » par l'opérateur. Ces deux mécanismes accélèrent beaucoup le processus qui permet au répresseur de trouver finalement son opérateur où il se fixe fortement. L'interaction répresseur-opérateur doit être forte et sélective (la constante d'équilibre pour la fixation du répresseur de l'opéron lactose sur son opérateur est de 10^{12} M^{-1}). Le temps pendant lequel le répresseur reste sur son opérateur est, en moyenne, d'une vingtaine de minutes. Le complexe ainsi formé est donc très stable.

On pourrait penser que le répresseur représente la protéine qui a l'affinité la plus forte pour une séquence nucléique donnée (l'opérateur). Il n'en est rien. Des répresseurs « mutants » ont été caractérisés, dans lesquels un acide aminé sur les 360 qui constituent la protéine a été échangé pour un autre. Parmi ces mutants certains ont une affinité cent à dix mille fois plus forte pour l'opérateur. Néanmoins les bactéries qui renferment ces répresseurs mutants sont incapables de bloquer l'expression des gènes de l'opéron lactose ! En augmentant l'affinité pour la séquence opérateur spécifique, la mutation a augmenté simultanément l'affinité pour toute séquence d'acide nucléique. Le répresseur mutant passe donc plus de temps sur les régions non spécifiques, ce qui ralentit considérablement sa recherche du site opérateur (voir plus haut). Le temps de division du colibacille est de l'ordre de vingt minutes ; ce temps n'est pas suffisant pour que le répresseur mutant trouve sa cible spécifique. La bactérie ne régule plus l'expression des gènes de l'opéron lactose. Cet exemple illustre bien un principe général de fonctionnement du monde vivant : un système donné (ici le couple répresseur-opérateur) est *optimisé* pour un certain type de fonctionnement global. Il n'est pas « maximalisé » pour une réaction particulière (la fixation sur l'opérateur).

La régulation de l'expression génétique chez les organismes eucaryotes est plus complexe que chez les bactéries. Il existe trois ARN polymérase différentes, chacune présidant à la synthèse d'un type d'ARN différent : ARN des ribosomes, ARN de transfert *(encadré I)*, ARN messagers. Plusieurs régions en amont (du côté 5') du gène exprimé, et même parfois en son sein, sont impliquées dans la régulation de cette transcription de l'ADN en ARN. Des régions activatrices permettent une transcription plus efficace de certains gènes. La caractérisation de ces différents signaux de régulation est actuellement l'objet de recherches actives dans de nombreux laboratoires.

Le contrôle de l'expression des gènes se fait généralement au niveau de la transcription. Il existe cependant des exemples connus de régulation au niveau de la traduction. Une fois l'ARN messager synthétisé, il est « lu » par les ARN de transfert sur les ribosomes. Certaines protéines sont capables de se fixer de façon sélective sur leur propre ARN messager, empêchant ainsi les ribosomes de faire leur travail et donc de synthétiser la protéine en plus grande quantité.

Le monde vivant a ainsi mis au point un ensemble de stratégies pour réguler avec le maximum d'efficacité l'expression des gènes de son ADN. Pour éviter un gaspillage d'énergie, la cellule ne fabrique à un instant donné que les éléments dont elle a besoin pour utiliser au mieux les ressources dont elle dispose.

POUR EN SAVOIR PLUS

A. Rich, « Left-handed DNA in Chemical and Biological Structures », in *Structure, Dynamics, Interactions and Evolution of Biological Macromolecules*, C. Hélène (ed.), Reidel, 1983.

A. Rich, G. J. Quigley, A. H.-J. Wang, « DNA : Right-handed and Left-handed Helical Conformation », *Biomolecular Stereodynamics, 1*, R. M. Sarma (ed.), Adenine Press, 1981.

M. Bradbury, « La chromatine », *la Recherche, 91,* juillet-août 1978, p. 644.

J. C. Wang, « DNA Topoisomerases », *Sci. Am.*, juillet 1982, p. 84.

J. W. Little, D. W. Mount, *Cell, 29*, 1982, p. 11.

T. Takeda, D. H. Ohlendorf, W. F. Anderson, B. W. Matthews, « DNA-Binding Proteins », *Science, 221*, 1983, p. 1020.

C. Hélène, « La reconnaissance sélective des acides nucléiques par les protéines », *la Recherche, 75*, février 1977, p. 122.

La Recherche, mai 1984

4. Les gènes en morceaux

Antoine Danchin et Piotr P. Slonimski

La génétique moléculaire a été marquée il y a sept ans par une véritable révolution. Jusqu'alors, les chercheurs n'avaient étudié la structure et le fonctionnement des unités élémentaires de l'hérédité, les gènes, que chez des êtres vivants relativement simples, les bactéries et les virus parasitant celles-ci. Au cours de la deuxième moitié des années 1970, les biologistes ont enfin disposé de diverses techniques permettant d'étudier la structure et le fonctionnement des gènes chez des organismes plus complexes comme les mammifères, les oiseaux ou les amphibiens. Et ils se sont aperçus alors que les gènes de ces organismes étaient constitués différemment de ceux des bactéries. De manière inattendue, leur structure apparaissait faite de « pièces et de morceaux » au lieu d'être d'un seul tenant comme chez les bactéries. En d'autres termes, si l'on se représente les gènes comme des textes (contenant l'information génétique), ceux des bactéries sont généralement ininterrompus, tandis que ceux des organismes supérieurs apparaissent interrompus en de multiples endroits par des « encarts » d'autres textes — à la manière dont les articles d'un journal sont interrompus par de multiples encarts publicitaires. En outre, il apparut rapidement que ces cellules éliminaient les « encarts » lorsqu'elles voulaient utiliser l'information génétique du texte principal pour les besoins de la vie de tous les jours, réalisant ainsi une sorte de « traitement de texte » génétique. Plusieurs questions importantes se posaient alors : que pouvait bien signifier cette information génétique excédentaire contenue dans les gènes ? Quel était le mécanisme de sa conservation au cours des générations ? Et par quels mécanismes biochimiques les cellules des organismes supérieurs réalisaient-elles son élimination ? Pourquoi, enfin, les organismes supérieurs possédaient-ils des gènes en morceaux et non les bactéries ? Toutes ces questions sont loin d'être résolues aujourd'hui. On ne possède guère que des éléments de réponse dans la plupart des cas et la place est encore largement ouverte à toutes les hypothèses et les spéculations, comme nous allons le voir.

1977 : la surprise

Rappelons tout d'abord que les gènes sont faits d'acide désoxyribonucléique (ADN) : celui-ci est un enchaînement d'éléments chimiques appelés nucléotides. Les gènes ont pour rôle de déterminer la synthèse des protéines — enzymes ou matériaux de construction de la cellule. On dit, pour abréger, que les gènes « codent » pour les protéines. Une protéine est aussi faite d'un enchaînement d'éléments chimiques appelés acides aminés. Un gène donné détermine la synthèse d'une protéine particulière — ou « code » pour cette protéine — parce que l'enchaînement de ses propres éléments dicte l'enchaînement des éléments de cette dernière. Il y a en effet une règle de correspondance — appelé code génétique — qui associe à chaque groupe de trois nucléotides successifs dans le gène un acide aminé dans la protéine. Les étapes biochimiques de la synthèse d'une protéine sous la direction d'un gène ont été élucidées chez les bactéries dès les années 1960. L'enchaînement des nucléotides du gène est d'abord transcrit, c'est-à-dire recopié par un enzyme en un enchaînement de nucléotides de type un peu différent, un acide ribonucléique ou ARN. Il s'agit donc d'une copie du gène et elle est appelée ARN messager. Cette copie du gène peut « voyager » dans le cytoplasme cellulaire à la différence du gène lui-même qui est partie intégrante du chromosome de la bactérie, une structure filamenteuse embobinée au sein de la cellule. Au contact de corpuscules particulaires appelés ribosomes, la matrice d'ARN messager est traduite en une protéine par un mécanisme biochimique complexe (voir l'article de C. Hélène, p. 43).

C'est en 1977 que, de divers côtés, vint ce qui fut pour

presque tous les chercheurs une surprise [31] : des chercheurs comme Philip Sharp (du Massachusetts Institute of Technology) avaient constaté que, chez un virus parasitant les animaux (un adénovirus, responsable d'infections respiratoires), la chaîne des nucléotides d'un gène particulier était beaucoup plus longue que la chaîne des nucléotides de son ARN messager [32] *(fig. 1)*. Celui-ci n'était donc pas le simple produit du « recopiage » du gène : ce dernier comprenait des portions excédentaires de nucléotides absentes de l'ARN messager. Le même phénomène fut aussi constaté chez un autre virus du singe, SV40 [33]. L'organisation des gènes des virus est en général semblable à celle des êtres vivants qu'ils parasitent : les résultats obtenus chez l'adénovirus ou le SV40 laissaient prévoir que les gènes des animaux devaient être aussi beaucoup plus longs que leurs ARN messagers. Cela ne tarda pas à se confirmer : fin 1977-début 1978, P. Chambon à Strasbourg, dans un gène codant pour l'ovalbumine de poule [34], S. Tonegawa à Bâle, dans un gène codant pour une chaîne d'immunoglobuline de souris [35], P. Leder à Bethesda [36] et R. Flavelt [37] à Amsterdam, dans des gènes codant pour une chaîne d'hémoglobine de lapin ou de souris, trouvèrent tous que des portions excédentaires de nucléotides figuraient dans les gènes, portions qui ne se retrouvaient pas dans leurs ARN messagers respectifs. Dès 1978, Walter Gilbert (Harvard), l'inventeur d'une méthode de déchiffrage de l'enchaînement des nucléotides dans les gènes, proposa une nouvelle terminologie : les portions excédentaires de nucléotides du gène seraient appelées introns, les portions du gène recopiées dans l'ARN messager seraient appelées exons. Le fait remarquable était que les introns n'étaient en général pas situés à l'une ou à l'autre des extrémités du gène — ce qui n'aurait pas paru trop gênant ! —, mais bel et bien *en plein milieu* de l'enchaînement des nucléotides codant pour la protéine. Autrement dit, ces gènes d'organismes supérieurs apparaissaient fragmentés, morcelés en portions codantes — les exons —, séparés par des portions non codantes — les introns. Et cette fragmentation pouvait être considérable : par exemple, dans les gènes codant pour chacune des chaînes de l'hémoglobine (le pigment rouge du sang), il y avait trois exons séparés par deux introns ; dans les gènes codant pour la chaîne

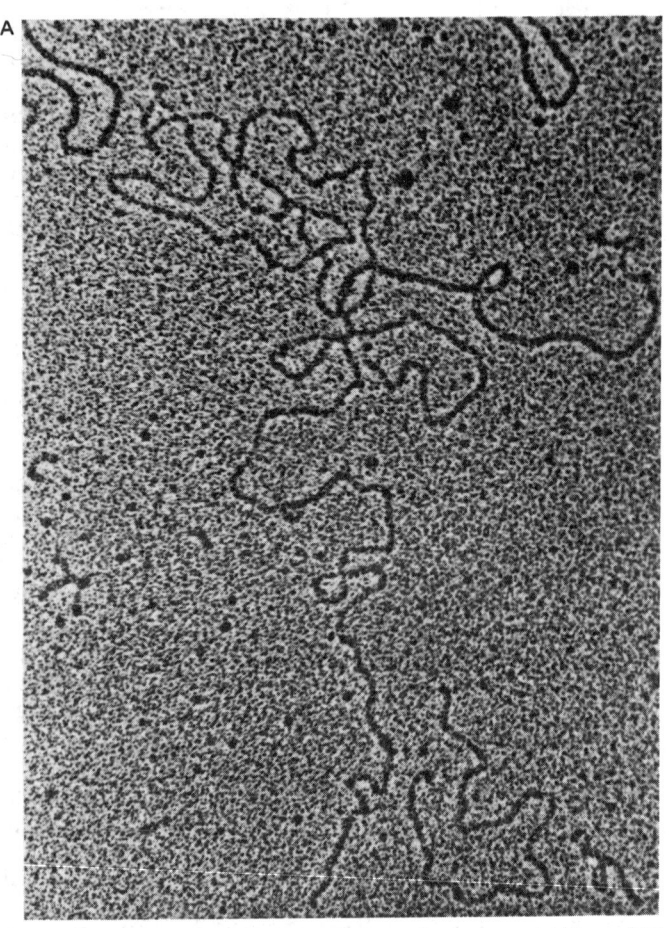

Fig. 1. L'une des premières observations d'un gène en morceaux a été faite en 1977 par P. Sharp chez un virus appelé adénovirus, parasite des voies respiratoires chez les primates. Cette photo (A) en microscopie électronique représente une longue chaîne d'ADN dont une partie correspond à un gène de l'adénovirus. Cette chaîne d'ADN a été mise en présence de la chaîne d'ARN messager, copie du gène en question. Les deux chaînes se sont accouplées (hybridées) sur certaines portions mais non sur toute leur longueur (là où les chaînes sont hybridées, le filament visible sur la photo est plus épais ; les portions non hybridées forment des boucles). Cela prouve que l'ARN messager est plus court que le gène dont il est issu. Autrement dit, celui-ci possède des portions excédentaires de nucléotides ou introns qui ne se retrouvent pas dans l'ARN messager. *(Cliché droits réservés.)*

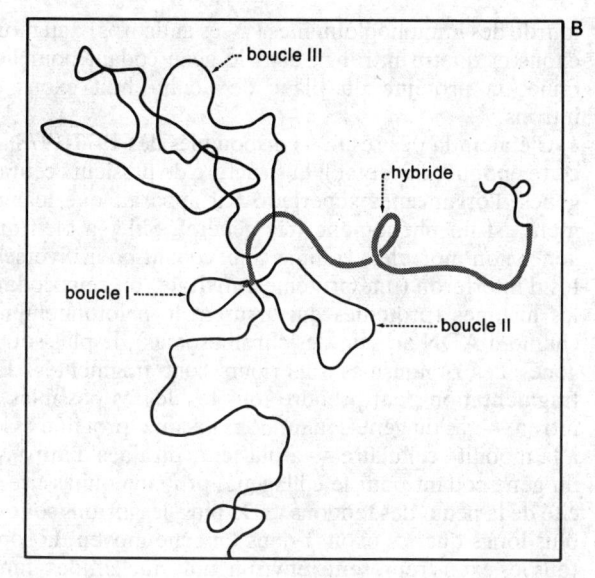

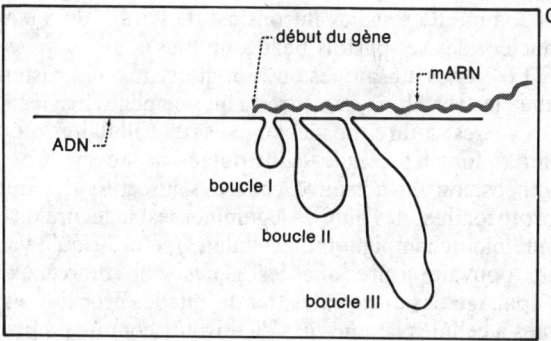

Le dessin (B) explicite l'observation que l'on peut faire sur la photo. On voit que les deux chaînes s'hybrident sur leur plus grande portion (zone épaissie). C'est seulement à une extrémité du gène que la chaîne d'ADN forme trois boucles (dénommées I, II, III) qui correspondent à des zones de non-appariement entre ADN et ARN messager : ces boucles représentent donc les nucléotides excédentaires ou introns dans le gène.

En C, ce schéma théorique permet de comprendre comment s'hybrident le gène de l'adénovirus et son ARN messager dans la photo. On voit bien que la chaîne d'ADN correspondant au gène contient des nucléotides supplémentaires qui se replient en boucles. Seules les portions de l'ADN qui sont parallèles à l'ARN messager s'associent avec celui-ci.

lourde des immunoglobulines (= les anticorps) : au moins cinq exons et quatre introns ; dans le gène codant pour l'ovalbumine, la protéine du blanc de l'œuf : huit exons et sept introns.

C'étaient là des résultats disponibles dès 1977-1978. Depuis cette époque, on a établi la structure de plusieurs centaines de gènes d'organismes supérieurs : il apparaît que le morcellement est un phénomène très général. S'il y a bien quelques gènes non morcelés, comme ceux codant pour diverses variétés d'interféron (une protéine antivirale) ou ceux codant pour les histones (protéines qui assurent le pelotonnement de la chaîne d'ADN au sein des chromosomes), le plus souvent les gènes des organismes supérieurs sont fragmentés. Et cette fragmentation peut prendre tous les degrés possibles : de un intron — cas du gène codant pour l'actine, protéine essentielle à la mobilité cellulaire — à plusieurs dizaines d'introns — cas du gène codant pour le collagène, protéine qui assure l'élasticité de la peau, des tendons... De plus, les introns sont souvent plus longs que les exons : dans un gène moyen, la somme de tous les exons représente environ mille nucléotides, tandis que la somme de tous les introns est de l'ordre de 5 000 à 20 000 nucléotides (et parfois beaucoup plus).

Les gènes mosaïques ou « en morceaux » n'existent pas que chez les vertébrés, mais très généralement chez les « eucaryotes », c'est-à-dire tous les organismes cellulaires ou pluricellulaires dont les cellules sont dotées de noyau. Ces dernières années, on en a trouvé chez des insectes, des oursins, des protozoaires, des plantes légumineuses, la levure du boulanger (un microchampignon unicellulaire), etc. Jusqu'à l'an dernier, on pouvait croire que les gènes « en morceaux » étaient l'apanage des eucaryotes, tandis que les procaryotes (organismes à cellules dépourvues de noyaux, comme les bactéries, les algues bleues, etc.) paraissaient dotés uniquement de gènes non morcelés. Toutefois, cette distinction a dû être nuancée après juin 1983 ; à cette date, le groupe de C.R. Woese aux États-Unis a rapporté que certaines bactéries appartenant au groupe des archéobactéries ont aussi des gènes « en morceaux » [38]. Les archéobactéries, qui comprennent les bactéries méthanogènes (productrices de méthane), certaines bactéries halophiles (vivant dans l'eau salée), les bactéries thermophiles (vivant dans les sources d'eau chaude des fonds marins), etc., ont d'ailleurs bon nombre d'autres caractères qui les distinguent de la majorité des bactéries. En tout cas, ces données invitent à repenser les grandes lignes de l'évolution des espèces, depuis l'apparition des premières cellules sur la Terre. Nous allons y revenir. Mais, auparavant, nous allons passer en revue les données actuelles sur les mécanismes biochimiques qui permettent l'excision des introns et sur la signification des gènes en morceaux.

Ne pas changer le cadre de lecture

Dès 1978, il était clair que, pour diriger la synthèse d'une protéine, un gène « en morceaux » requérait une étape supplémentaire par rapport aux processus connus chez les bactéries. En bref, il apparaissait que le gène morcelé était tout d'abord recopié (transcrit) intégralement — c'est-à-dire avec tous ses exons et tous ses introns — en une molécule d'ARN prémessager. Celle-ci était ensuite débarrassée de ses introns et les exons réassociés bout à bout de façon à donner un ARN messager comprenant uniquement les enchaînements de nucléotides capables de coder pour la protéine finale *(fig. 2)*.

De la sorte, l'information génétique retrouvait une structure continue, comme dans le cas classiquement décrit jusqu'alors chez les bactéries. Des processus biochimiques devaient réaliser ces travaux d'excision des introns et de raccordement (ou épissage) des exons. Il était logique de penser qu'il s'agissait d'enzymes comme dans tous les processus du vivant. Il s'agissait de les identifier et de comprendre comment ils excisaient et épissaient avec précision. Ce problème de spécificité de reconnaissance des extrémités des introns n'est pas mince. Il faut se rappeler, entre autres choses, que le codage des acides aminés de la protéine est réalisé par des groupes de trois nucléotides successifs ou codons *(fig. 3)* : si les enzymes d'excision-épissage font mal leur travail, le raccordement des exons va mettre à la « queue-leu-leu » des nucléotides qui, pris

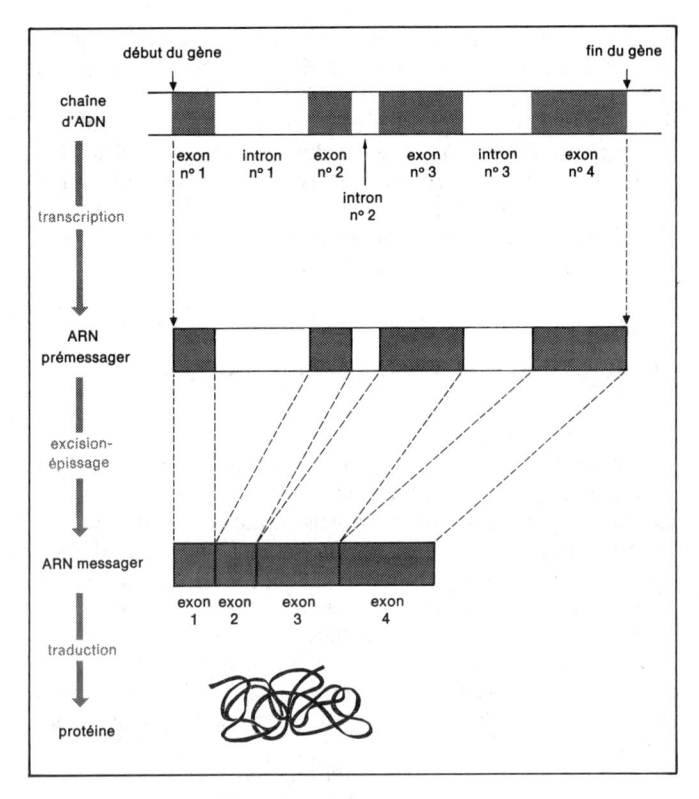

Fig. 2. Pour diriger la synthèse d'une protéine, un gène « en morceaux » requiert une étape supplémentaire par rapport aux processus connus chez les bactéries. Le gène est d'abord intégralement recopié (= transcrit) en une molécule d'ARN prémessager. Celui-ci est alors soumis à une maturation, c'est-à-dire à un processus d'excision des introns et de raccordement des exons. La molécule d'ARN messager, finalement obtenue, ne contient plus qu'une suite non interrompue de nucléotides utilisés pour le codage de la protéine correspondant au gène. Elle est alors « traduite » en une chaîne d'acides aminés, chaîne qui constitue la protéine. Il est à noter que le plus souvent l'ensemble des introns occupe la plus grande partie du gène (de 80 à 95 % de la longueur de la chaîne d'ADN correspondant au gène).

trois par trois, vont coder pour une suite d'acides aminés dans la protéine, tout à fait différente de celle qui est normale. On dit que le cadre de lecture des nucléotides est changé. Une comparaison très simple avec ce qui se passe en typographie éclaire très bien l'importance de cette notion. Soit la phrase : « Luc vagit et remue » ; si l'on décale d'un caractère le cadre de la lecture, on obtient : « ucv agite tr emue » (un espacement entre mots comptant pour un caractère). Donc, il est de la plus haute importance que le processus biochimique d'excision-épissage des ARN prémessagers sache reconnaître avec précision les frontières entre introns et exons, de façon à ne pas changer le cadre de lecture des nucléotides dans l'ARN messager.

Depuis la découverte des introns, on n'a pas encore éclairci la nature des processus enzymatiques mis en jeu dans l'élaboration de l'ARN messager final à partir de l'ARN prémessager. En fait, on reconnaît à l'heure actuelle, au moins trois ou peut-être quatre types différents de mécanismes d'excision-épissage.

Un intron qui s'excise tout seul

Ces trois types correspondent à différents types de gènes morcelés et à différentes classes d'introns. Il n'y a pas en effet, dans le patrimoine génétique, des organismes eucaryotes que des gènes situés dans les chromosomes du noyau et codant pour des protéines : certains gènes codent pour de petites molécules d'ARN, dites ARN de transfert, qui ont pour fonction de permettre la traduction des ARN messagers. D'autres gènes, situés comme les précédents dans les chromosomes contenus dans le noyau cellulaire, codent pour des ARN ribosomiques, c'est-à-dire des molécules participant à l'édification des ribosomes. Enfin, il existe des gènes situés hors du noyau cellulaire, dans les organites du cytoplasme, tels que les mitochondries ou les chloroplastes. Les mitochondries sont de petits organites assurant la respiration cellulaire et la production d'énergie. Elles possèdent leur propre patrimoine géné-

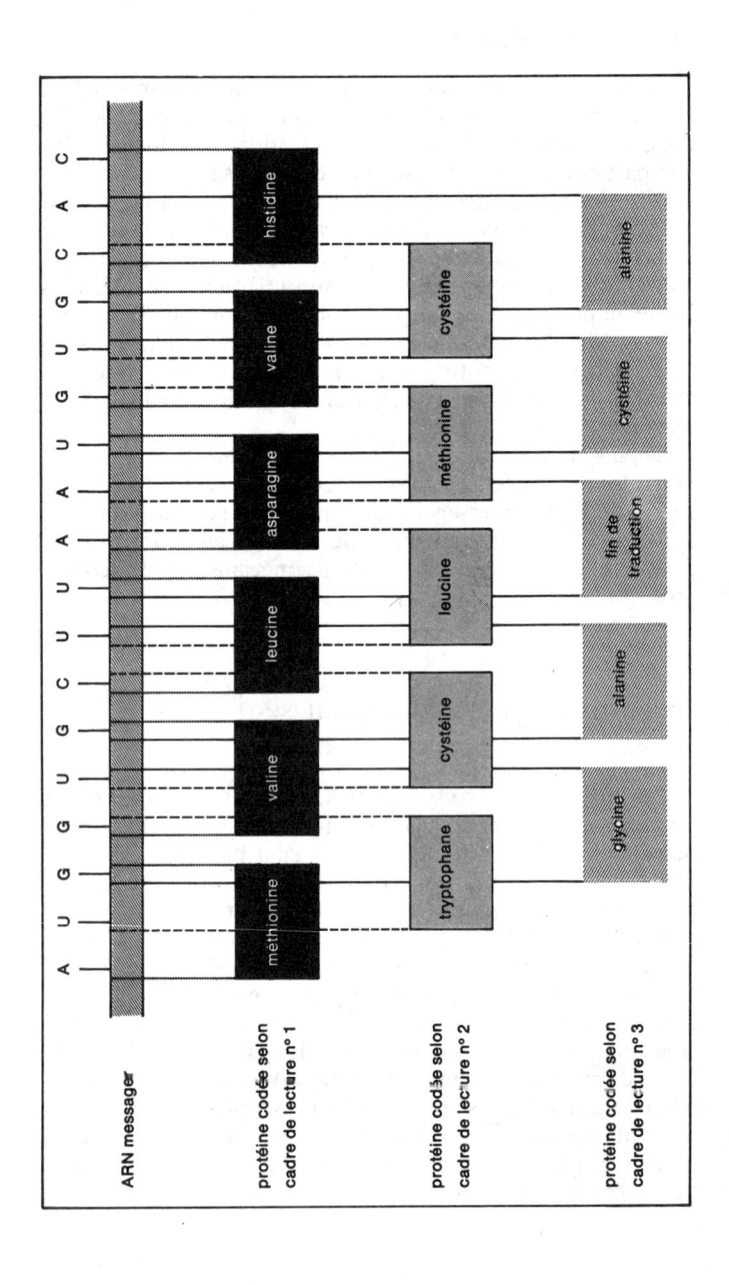

ARN messager	A	U	G	G	U	C	U	U	A	A	U	G	U	C	A	C
protéine codée selon cadre de lecture n° 1	méthionine			valine			leucine			asparagine			valine			histidine
protéine codée selon cadre de lecture n° 2		tryptophane			cystéine			leucine			méthionine			cystéine		
protéine codée selon cadre de lecture n° 3			glycine			alanine			fin de traduction			cystéine			alanine	

tique, indépendant de celui qui est contenu dans les chromosomes du noyau cellulaire. C'est aussi le cas des chloroplastes (qui assurent la photosynthèse chez les végétaux).

Outre les gènes morcelés du noyau codant pour les protéines, on a trouvé que certains gènes des ARN de transfert étaient morcelés, de même que les gènes des ARN ribosomiques ou les gènes des mitochondries (dans le cas de la levure de boulanger, de certaines moisissures, algues et protozoaires). Et dans chaque cas, le mécanisme d'excision-épissage paraît différent. Le cas le plus simple est celui des gènes d'ARN de transfert. Ils ne possèdent qu'un seul intron, très court (une quinzaine de nucléotides), au milieu du gène, lui-même court (environ 80 nucléotides). Dès le début des années 1980, John Abelson aux États-Unis a mis en évidence des enzymes capables de réaliser *in vitro* l'excision de l'intron d'un ARN de transfert [39]. La spécificité de l'excision paraît ici être liée à la capacité qu'ont en général tous les enzymes de reconnaître avec précision des structures tridimensionnelles (pour agir sur une molécule-substrat, un enzyme doit reconnaître certains détails significatifs de son architecture). Les ARN de transfert fonctionnels ont en effet des structures tridimensionnelles parfaitement définies, des sortes de L ou de « boomerangs » [40]. L'ARN précurseur de l'ARN de transfert fonctionnel possède par rapport à la forme finale une boucle excédentaire, due aux nucléotides de l'intron : c'est cette boucle qui est probablement reconnue et éliminée par les enzymes d'excision-épissage.

Dans le cas des ARN ribosomiques, une découverte tout à fait inattendue a été faite à la fin de 1982. Thomas R. Cech à l'université du Colorado a observé qu'un intron d'ARN ribosomique (chez un protozoaire) pouvait s'exciser *tout seul* [41], sans le secours d'aucun enzyme ni besoin d'énergie.

←

Fig. 3. Le message porté par l'ARN est traduit en protéines selon un code très précis. Ce code génétique établit une correspondance entre nucléotides (A, U, G, C) de l'ARN et acides aminés (méthionine, valine, etc.) de la protéine, de telle sorte qu'à chaque groupe de trois nucléotides successifs (ou codon) correspond un acide aminé. Étant donné une suite de nucléotides, il est possible de « lire » les codons selon trois cadres différents. Dans chaque cas, cela conduit à une protéine différente. Remarquez qu'avec le troisième cadre, il apparaît un codon de fin de traduction signalant l'interruption de la synthèse de la chaîne protéique.

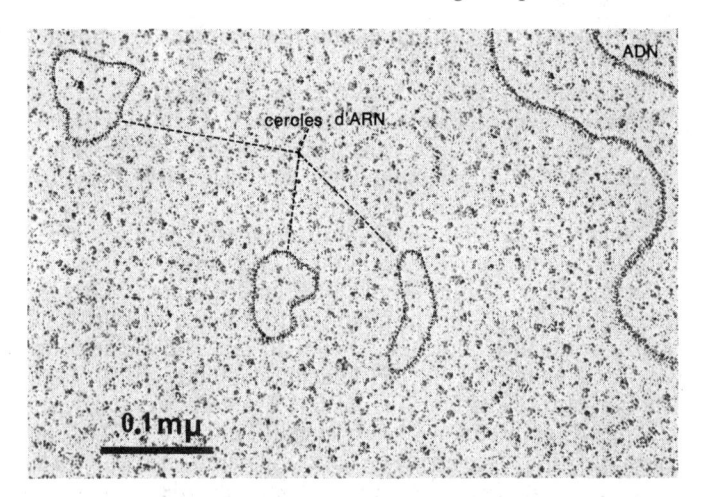

Fig. 4. Une des découvertes inattendues de ces dernières années est l'existence d'introns qui peuvent s'exciser *tout seuls,* sans le secours d'aucun enzyme, ni besoin d'énergie. Cette photo en microscopie électronique montre un cercle d'ARN ; il correspond à l'intron n° 1 du gène *cob-box* des mitochondries de levure, après son excision de l'ARN prémessager. Il est possible que cet intron s'auto-excise, sans le concours d'aucun enzyme, à la manière dont s'excise le fameux intron d'ARN ribosomique observé par T. Cech en 1982 (voir l'article). Ce chercheur a en effet, lui aussi, observé des cercles formés par les introns excisés. *(Cliché C. Grandchamp, Centre de génétique moléculaire du CNRS.)*

Il s'agit là d'une découverte révolutionnaire car elle démontre qu'un acide nucléique peut effectuer une catalyse (une autocatalyse en l'occurrence), alors qu'on pouvait croire que cette propriété était l'apanage des protéines (Cech a appelé ce type d'ARN à activité catalytique : ribozyme) *(fig. 4)*. Toutefois, cette réaction observée *in vitro* est beaucoup plus lente que ce qu'on observe *in vivo* dans la cellule, ce qui pourrait impliquer la participation dans la cellule de protéines qui accélèrent la réaction.

Des mutations dans les introns

Dans le cas de gènes morcelés de mitochondries, il fut proposé dès 1979 que certains introns étaient excisés au moyen d'un enzyme dont le codage était en partie assuré par les introns eux-mêmes ! Il convient de s'arrêter un instant sur la méthode qui a conduit à ce résultat : alors que ce qu'on sait des gènes morcelés des organismes supérieurs a généralement été obtenu au moyen de méthodes biochimiques (*via* le recours fréquent au génie génétique), la démonstration que certains gènes de mitochondries sont morcelés a été faite en premier lieu par des méthodes génétiques classiques. Cela a consisté, dans le laboratoire du Centre de génétique moléculaire du CNRS de Gif-sur-Yvette et dans le laboratoire de A. Tzagoloff à la Columbia University (New York), à obtenir tout d'abord un grand nombre de mutations dans l'ADN mitochondrial, à les classer entre différents gènes, et enfin à les localiser au sein d'un même gène. Dès 1977, il est apparu par cette méthode que le gène mitochondrial *cob-box* était fragmenté en morceaux [42]. Le nom complexe de ce gène reflète la complexité de sa fonction et de sa structure : il code pour un enzyme de la respiration cellulaire, le *c*ytochrome *b*, il régule la formation d'un autre enzyme respiratoire, la cytochrome *ox*ydase et finalement il est composé de plusieurs portions ou boîtes distinctes (c'est-à-dire *box*es). Or, ce qui est assez unique dans l'histoire toute récente des gènes morcelés, c'est que les chercheurs étaient ainsi en mesure, dès cette époque, de pouvoir aborder la question : les introns ont-ils une quelconque utilité, c'est-à-dire ont-ils un rôle dans la vie de la cellule ? Ou bien, au contraire, sont-ils inutiles et ne sont-ils présents dans les gènes « en morceaux » que pour être éliminés ? Car, si les introns ne servaient à rien, la modification de leur structure ne devrait absolument pas affecter la vie de la cellule. Autrement dit, on ne devrait pas, dans ce cas, trouver de mutation localisée dans un intron. En revanche, s'ils étaient

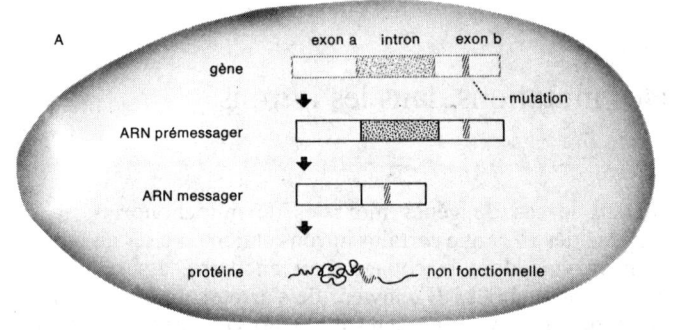

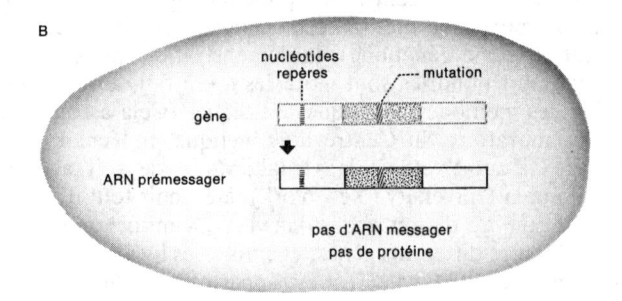

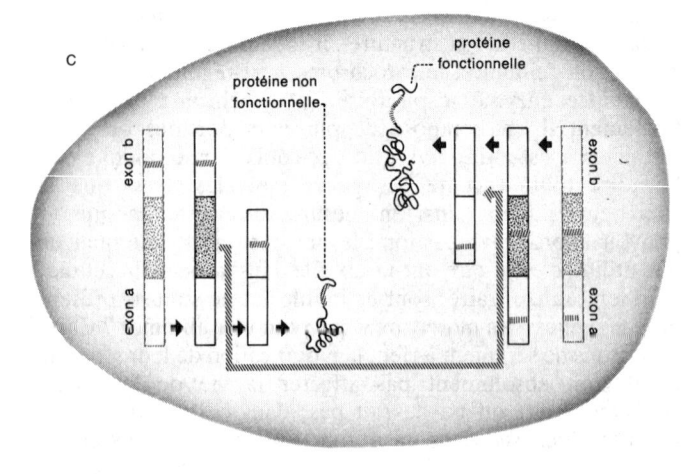

A

- exon a | intron | exon b
- gène --- mutation
- ↓
- ARN prémessager
- ↓
- ARN messager
- ↓
- protéine --- non fonctionnelle

B

- nucléotides repères
- gène --- mutation
- ↓
- ARN prémessager

pas d'ARN messager
pas de protéine

C

- exon b / exon a
- protéine non fonctionnelle
- protéine fonctionnelle
- exon b / exon a

Les gènes en morceaux

utiles, leur changement devrait affecter la vie cellulaire, ce qui veut dire qu'on devrait pouvoir localiser des mutations dans les introns. C'est avec ce type de méthode que, depuis Mendel, la génétique a toujours procédé pour mettre en évidence l'existence et le fonctionnement des gènes.

Or, on a trouvé des mutations dans les introns du gène *cob-box,* rendant les levures aussi incapables de synthétiser le cytochrome *b* actif que les mutations dans les exons de ce gène [43]. Donc, certains introns du gène *cob-box* jouent un rôle dans la synthèse du cytochrome *b* actif. Mais lequel ? Un test de génétique classique, dit de complémentation, permit de la préciser. A. Kochko et A. Lamouroux à Gif-sur-Yvette firent en 1977-1978 fusionner des cellules de levure A présentant une mutation dans un exon du gène *cob-box* avec des cellules de levure B présentant une mutation dans l'intron n° 2 de ce même gène. Prises à part, les cellules A comme les cellules B étaient incapables d'assurer la synthèse du cytochrome *b*. Et pourtant, la cellule C, issue de la fusion d'une cellule A et d'une cellule B (C est équivalent à un œuf, A et B à des cellules sexuelles), se montrait capable de cette synthèse *(fig. 5)* ! Les chercheurs du Centre de génétique moléculaire avaient, grâce à un système d'étiquetage (cf. *fig. 5*), la preuve que le cytochrome *b* ainsi synthétisé était obtenu à partir de la traduction des exons du gène *cob-box* apporté par la cellule B (à mutation intronique). Il devenait donc évident que la cellule

⟵

Fig. 5. Les introns sont-ils utiles dans la cellule ? Si tel est le cas, un changement à leur niveau devrait affecter la vie cellulaire, ce qui veut dire qu'on devrait pouvoir localiser des mutations dans les introns. C'est effectivement ce qui a été observé. Mais quel est alors le rôle des introns ? Une expérience qu'on appelle test de complémentation a permis de le préciser. Il s'agit de faire fusionner deux souches de levure. La souche A est incapable de synthétiser une protéine fonctionnelle, car le gène morcelé qui code pour elle présente une mutation dans un exon. La souche B est incapable de synthétiser la protéine en question parce qu'elle présente une mutation dans un intron du gène morcelé. En outre, l'un des exons de ce même gène présente certains nucléotides « repères » qui, lorsqu'ils sont traduits dans une protéine, confèrent une certaine particularité à celle-ci (ce qui permet de l'identifier). Une cellule C résultant de la fusion d'une cellule de souche A et d'une cellule de souche B se montre capable de synthétiser une protéine fonctionnelle. Celle-ci ne peut avoir été codée que par le gène aux exons intacts : cela est prouvé par la présence de la particularité codée par l'exon doté d'un repère. Cela veut donc dire que le gène à l'intron intact a contribué par un produit diffusible à la formation de cette protéine : vraisemblablement, il a permis le processus d'excision-épissage de l'ARN prémessager du gène aux exons intacts.

A (à mutation exonique), quant à elle, avait contribué à la synthèse du cytochrome *b* par l'intron n° 2 intact de son gène *cob-box*. Il fallait ainsi admettre que celui-ci avait agi à distance, c'est-à-dire qu'il avait gouverné la synthèse d'un ARN ou d'une protéine libre de « voyager » dans la cellule. Et cette molécule synthétisée par l'intron n° 2 intact du gène *cob-box* permettait donc l'excision des introns mutés et l'épissage des exons *(fig. 5)* intacts de l'ARN prémessager dû à l'autre gène *cob-box*.

Les fonctions d'un intron de mitochondrie

Ainsi, pour la première fois, était mis en évidence le rôle d'un intron dans le mécanisme d'excision-épissage. Pour savoir quelle était la nature des nucléotides figurant dans cet intron, Claude Jacq et Jaga Lazowska, à Gif-sur-Yvette, s'attachèrent à déterminer la séquence de l'ADN de l'intron actif. Il apparut alors un résultat tout à fait inattendu [44] : l'enchaînement de nucléotides de l'intron n° 2 du gène *cob-box* pouvait être « lu » par groupe de trois sans interruption sur une grande longueur. Cela rendait plausible l'idée que l'intron n° 2 du gène codait pour une protéine. En fait, la présomption était très forte puisque, en théorie, la double chaîne de nucléotides d'une molécule d'ADN peut être lue par groupe de trois nucléotides (ou codon), selon six cadres de lectures différents (trois sur une chaîne, trois sur l'autre). Or, seul un cadre de lecture s'avérait permettre une lecture des nucléotides de l'intron sans interruption sur une longue distance. Les autre cadres conduisaient à rencontrer très rapidement dans la chaîne de l'intron des groupes de trois nucléotides correspondant à un codon de « fin de traduction ». De plus, le cadre de lecture de l'intron était le même que celui de l'exon le précédant immédiatement, ce qui assurait une lecture « en phase » de l'exon et de l'intron : il était donc vraisemblable qu'une protéine devait être codée de concert par les exons n°s 1 et 2 du gène *cob-box* et par une longue portion de l'intron n° 2 *(fig. 6)*. Enfin, chez des souches à mutations introniques, il apparut que la mutation rendant impossible la synthèse du cytochrome *b* consistait en la substitution d'un codon codant pour un acide aminé par un codon spécifiant la fin de la traduction. Tous les résultats concordaient donc pour indiquer que l'intron n° 2 du gène *cob-box* participait à la synthèse d'une protéine d'excision que l'un de nous a baptisée mARN-maturase. Cette protéine existe bien : elle vient d'être identifiée grâce à une collaboration entre le Centre de génétique moléculaire de Gif et l'Institut Pasteur. D'autres expériences ont aussi indiqué que certaines maturases codées par les introns de mitochondries ont un rôle supplémentaire, celui de régler les quantités de protéines codées par les gènes morcelés. Ainsi, la maturase codée par l'intron n° 4 sert non seulement à l'excision de cet intron, mais aussi à l'excision d'un intron homologue dans un autre gène mitochondrial, le gène *oxi 3* (qui code pour une sous-unité d'un enzyme complexe, la cytochrome oxydase). Cette maturase contrôle donc la synthèse de deux enzymes en même temps, ce qui permet à la mitochondrie d'en équilibrer les quantités relatives. Par ailleurs, M. Labouesse et P. Pajot à Gif-sur-Yvette ont réussi à obtenir une souche de levure totalement dépourvue d'introns dans son gène *cob-box*. Dans ce cas, la synthèse de cytochrome *b* a lieu. En revanche, il n'y a pas de synthèse de la protéine codée par le gène *oxi 3*. Il suffit d'introduire l'intron n° 4 dans le gène du cytochrome *b* pour que la synthèse de la cytochrome oxydase reprenne. De plus, cette régulation peut être modifiée par le chercheur. G. Dujardin a isolé une mutation située dans l'intron n° 4 du gène *oxi 3* et qui active une maturase normalement silencieuse. A la suite d'un seul changement de nucléotide, sur plus de mille présents dans l'intron, la maturase de l'oxydase assure maintenant l'excision de l'intron du cytochrome *b* ! Cela démontre que les maturases codées par les introns jouent un rôle régulateur dans la coordination de l'expression des gènes mitochondriaux [45]. Tous les introns mitochondriaux ne sont pas excisés par des maturases mitochondriales. Le premier intron du gène *cob-box* est excisé en l'absence de synthèse des protéines dans la mitochondrie. Il se pourrait qu'il s'excise par lui-même, comme dans le cas de l'intron ribosomique observé

	exon 1	intron 1	exon 2	intron 2	exon 3	

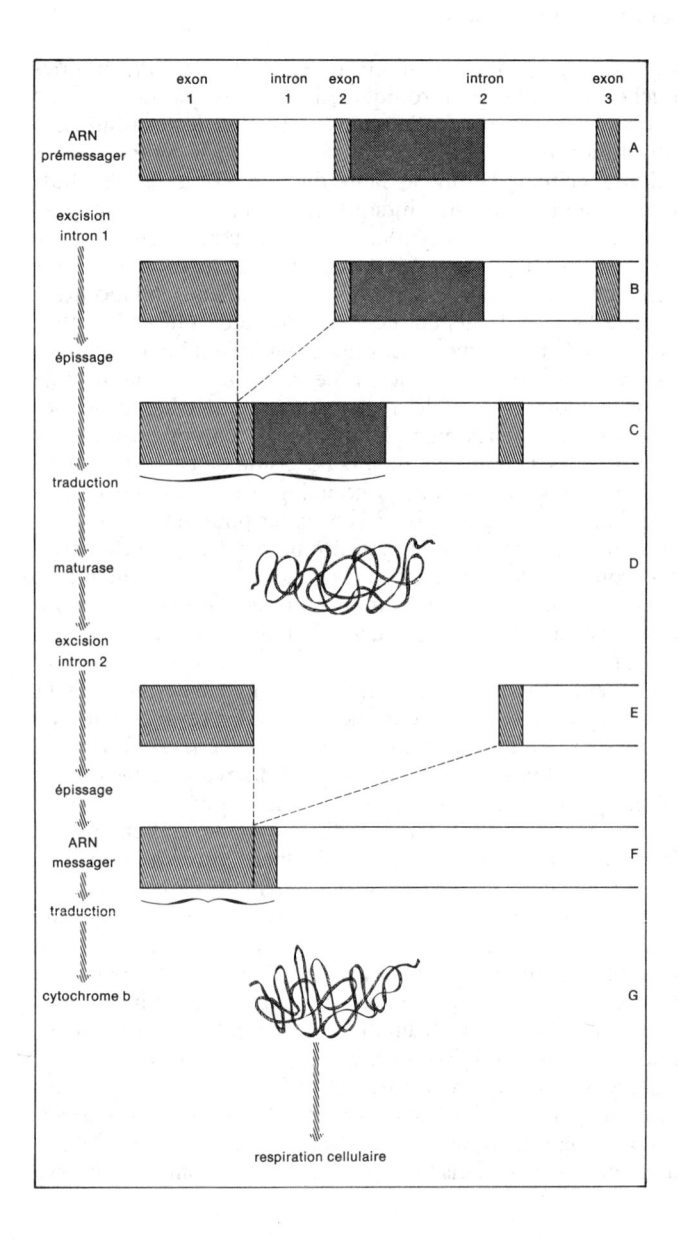

ARN prémessager — A

excision intron 1

B

épissage

C

traduction

maturase — D

excision intron 2

E

épissage

ARN messager — F

traduction

cytochrome b — G

respiration cellulaire

par T. Cech. Il se pourrait d'ailleurs que les maturases soient dans certains cas des protéines destinées à accélérer l'excision autocatalytique des introns comme celle que l'on a déjà évoquée.

Les frontières entre exons et introns

Reste enfin le cas des gènes morcelés codant pour des protéines et situés sur les chromosomes du noyau cellulaire. L'excision de leurs introns au cours de la formation de l'ARN messager n'était pas toujours clairement comprise à la fin de l'année 1983. P. Chambon a proposé, dès 1978, que la limite entre les introns et les exons devait probablement être repérée par les enzymes d'excision-épissage, grâce à la présence de nucléotides « balises » [46].

De fait, pour tous les gènes en morceaux dont l'enchaînement des nucléotides a été déterminé jusqu'ici, il semble bien que les introns commencent toujours par deux nucléotides GU et finissent toujours par deux nucléotides AG (un nucléotide peut se distinguer d'un autre nucléotide au niveau de sa base azotée qui peut être de l'adénine A, de la guanine G, de la thymine T, de la cytosine C ou de l'uracile U) (cf. l'article de C. Hélène, p. 43). Or, ces balises ne suffisent certainement pas à désigner sans ambiguïté le lieu de l'exci-

←

Fig. 6. Dans les gènes de mitochondries de la levure, certains introns codent pour une protéine assurant l'excision et l'épissage de l'ARN prémessager. On a choisi de représenter ici le cas du gène mitochondrial appelé *cob-box* et codant pour le cytochrome *b*. On n'a représenté que le début de l'ARN prémessager (A). L'intron n° 1 a pour particularité de s'exciser tout seul (B) (cf. *fig. 4*). Les exons 1 et 2 sont alors raccordés (C) et la machinerie de traduction se met alors à « lire » les nucléotides des exons 1 et 2 et d'une portion de l'intron n° 2 : il en résulte une protéine baptisée mARN-maturase (D) : celle-ci assure ensuite l'excision de l'intron n° 2 (E) et le raccordement des exons 1-2 avec l'exon n° 3 (F). Cela a deux effets : la formation de l'ARN messager mature (F) codant pour le cytochrome *b* (G), protéine nécessaire à la respiration cellulaire et, d'autre part, la destruction de l'ARN codant pour la maturase (C). Cet effet « matricide » assure une autorégulation de la synthèse de la maturase et implique que sa concentration est extrêmement faible et permet un contrôle « économique » de l'expression du gène.

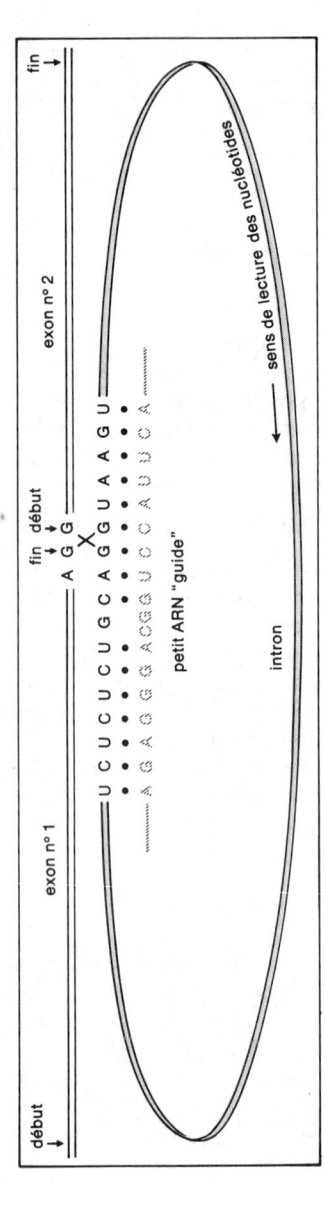

Fig. 7. De petites molécules d'ARN paraissent intervenir dans le processus d'excision-épissage : elles pourraient servir de « séquences-guides » pour le raccordement des exons. Les introns se replient en boucles *(fig. 1)*. Divers chercheurs ont établi que de petits ARN (environ 160 nucléotides) présentent des suites de nucléotides pouvant s'apparier plus ou moins bien aux suites de nucléotides figurant aux extrémités d'un intron. Les appariements entre nucléotides (signalés par les points) se font, en général, mais pas toujours, selon la loi de Watson-Crick observée au sein de la double hélice : A s'apparie avec U et G avec C. Remarquez que l'intron représenté ici commence par les deux nucléotides GU et se termine par les deux nucléotides AG, comme c'est le cas pour la grande majorité des introns (d'après M.-R. Lerner et al., *Nature*, 283, 1980, p. 220).

sion : en effet, des groupes de nucléotides GU ou AG se rencontrent aussi très fréquemment dans les chaînes de nucléotides des exons et des introns. Leur rôle paraît donc être moins précis qu'on ne pouvait le supposer initialement : ils permettent sans doute d'attirer et de retenir le complexe moléculaire assurant l'excision-épissage dans la région de l'intron. Mais la spécificité rigoureuse de la coupure aux frontières entre exons et introns met probablement en œuvre plusieurs autres mécanismes additionnels. En particulier, comme l'a montré l'analyse de mutations introniques [47], il est probable que la chaîne des nucléotides constituant l'intron a pour propriété de se replier dans l'espace selon une forme complexe de structure définie, de telle sorte que les frontières de l'intron se trouvent rapprochées l'une à côté de l'autre (cela semble bien vérifié dans le cas des introns des organites cellulaires [48]). Les enzymes d'excision-épissage devant distinguer très précisément les groupes des nucléotides, marquant les bornes d'un intron donné, des autres groupes identiques figurant ailleurs dans l'ARN prémessager, auraient ainsi leur travail facilité. Enfin, de petites molécules d'ARN paraissent aussi intervenir dans le processus d'excision-épissage [49] : elles pourraient jouer le rôle de « séquences-guides ». Comme le groupe de J.A. Steitz à Yale University l'a montré en 1980, certaines de ces petites molécules d'ARN ont des séquences de nucléotides complémentaires des séquences de nucléotides des introns autour des extrémités GU et AG [50]. Les « séquences-guides » d'ARN joueraient alors le rôle de « gabarit d'assemblage », permettant d'aligner deux exons sans déphasage du cadre de lecture *(fig. 7)*.

Une histoire d'évolution

Lorsque l'existence des introns chez les eucaryotes a été connue, la première réaction de la plupart des chercheurs a été de considérer qu'ils étaient apparus tardivement dans l'évolution des espèces vivantes. En effet, jusqu'à cette époque, on admettait que les procaryotes avaient fait leur apparition sur la

Terre bien avant les eucaryotes. Comme les seuls gènes étudiés jusque-là au niveau moléculaire étaient ceux des procaryotes, et qu'ils apparaissaient non fragmentés, il était logique de penser que les gènes morcelés des eucaryotes représentaient une structure évolutive plus tardive. Mais W.F. Doolittle à l'université Dalhousie à Halifax (Canada) a suggéré en 1978 que, vraisemblablement, l'histoire évolutive devait être inverse et que les premiers êtres unicellulaires devaient avoir des gènes « en morceaux » [51]. En effet, au début de l'histoire de la vie, les processus de traduction et de réplication de l'ADN devaient être assez imprécis. Dans ces conditions, les premiers êtres unicellulaires avaient besoin de plusieurs exemplaires du même exon pour s'assurer qu'au moins l'un d'eux dirige la synthèse d'une petite protéine. Les gènes de ces organismes primitifs ne pouvaient donc qu'être morcelés en de nombreuses unités (les exons) séparées par des séquences non codantes, les introns.

Ces derniers auraient eu pour rôle de permettre les recombinaisons entre exons, comme l'a suggéré, dès 1978, Walter Gilbert [52]. Il s'agit du rapprochement au voisinage l'un de l'autre, sur un chromosome donné, d'exons codant chacun pour une petite protéine différente : dès lors qu'ils auraient pu être simultanément exprimés, ces groupes d'exons auraient donné des protéines plus grosses, combinant les propriétés des petites protéines. Ainsi, l'acquisition de nouvelles fonctions biologiques aurait été énormément accélérée grâce à la structure « morcelée » des gènes (il est infiniment plus rapide d'obtenir une nouvelle protéine à partir de la « combinatoire » des exons que par un processus « séquentiel » de mutations successives affectant une protéine initiale). Cette manière de voir conduit à admettre que les bactéries, avec leurs gènes d'un seul bloc, ne sont pas les premiers êtres unicellulaires apparus sur la Terre. Les premiers microbes durent être du type de ces archéobactéries actuelles qui ont des gènes morcelés. De ces premiers microbes seraient nés ensuite les eucaryotes, puis les procaryotes. Ces derniers auraient progressivement éliminé tous les introns pour ne conserver que des gènes d'un seul « tenant », réalisant ainsi un patrimoine génétique compact. Donc, contrairement à l'ancienne opinion, les bactéries procaryotes actuelles seraient des êtres vivants extrêmement évolués et n'auraient pas précédé les eucaryotes.

Actuellement, de plus en plus de chercheurs inclinent à penser que les introns ne sont pas aussi énigmatiques qu'on l'avait d'abord cru. Ils pourraient bien faire partie de cette classe d'éléments génétiques appelés « gènes sauteurs » ou « transposons », et découverts, voici quarante ans, par Barbara McClintock chez le maïs [53], et par la suite retrouvés chez pratiquement tous les organismes vivants (champignons, mouches, mammifères) [54]. En deux mots, il s'agit d'unités génétiques n'occupant pas une position fixe dans le patrimoine génétique d'une souche donnée d'êtres vivants : contrairement aux gènes « ordinaires », ces « gènes sauteurs » changent de position sur la carte chromosomique lorsqu'on passe d'une souche à l'autre (cf. l'article de C. Hélène, p. 43). Or, c'est exactement ce que l'on trouve en comparant le même gène, par exemple celui codant pour le cytochrome *b*, de diverses souches de levure ou de diverses espèces d'organismes telles que les champignons, moisissures ou plantes : les introns de ce gène ne sont pas toujours localisés au même endroit dans la chaîne d'ADN de ce gène. De plus, les introns très semblables de par leur structure interne (et par des maturases s'ils en possèdent) peuvent être présents dans des gènes et dans des organismes très différents [55]. Tout se passe comme si les introns pouvaient se déplacer sur l'ADN, quitter un gène pour en envahir un autre, être présents chez un organisme et absents chez un autre. Des expériences récentes suggèrent même que les protéines codées par les introns (maturases elles-mêmes ou protéines qui leur sont semblables) pourraient participer à cette mobilité d'introns dans le patrimoine génétique [56].

Il ne faudrait cependant pas en déduire que les introns sont nécessairement distribués au hasard dans les gènes « en morceaux ». Dès 1979, S. Tonegawa de l'Institut de Bâle avait fait remarquer que, dans le cas des immunoglobulines, les introns séparent les exons de telle sorte que chacun des exons correspond à un « domaine » de la protéine (c'est-à-dire à un sous-ensemble de l'architecture de la molécule). Cependant, en 1980, Mitiko Go de l'université de Kyushiu (Japon) a montré que, le plus souvent, les exons correspondent à des éléments architecturaux des protéines, plus petits que des « domaines » [57]. Il s'agit le plus souvent d'un module architectural, c'est-à-dire d'une pièce de l'architecture protéique (une ligne droite, ou bien une courbe, etc.).

Des fonctions pour des introns du noyau ?

Il reste enfin la question de savoir si les introns ne sont que des vestiges de l'évolution (ou le prix à payer pour l'évolution), et s'ils ne figurent dans les gènes « en morceaux » que pour être enlevés. Cette hypothèse n'est d'ailleurs pas à exclure, au moins pour certains introns. S'ils codaient, par exemple, pour des protéines leur permettant de se propager au sein des chromosomes, la compétition entre leur élimination et leur propagation leur permettrait éventuellement de subsister très longtemps.

Nous avons vu que, dans le cas des gènes mitochondriaux, certains introns participaient à la régulation de l'expression des gènes (c'est-à-dire au contrôle de la quantité de protéines synthétisées sous la direction des gènes). Se pourrait-il que certains introns participent aussi à la régulation de l'expression des gènes situés dans les chromosomes du noyau ? Cette question de la régulation de l'expression des gènes chez les eucaryotes est particulièrement centrale à la biologie d'aujourd'hui. En effet, au cours de la différenciation des cellules vers les différents tissus d'un embryon, différents groupes de gènes se mettent à diriger des synthèses protéiques selon des quantités et des moments bien définis. Nous avons fait l'hypothèse en 1980 que certains introns de gènes morcelés du noyau pourraient participer à la régulation de l'expression de ces gènes [58]. Sur la base de l'observation des maturases mitochondriales, nous avons postulé qu'il pourrait exister des protéines codées par certains introns des gènes nucléaires et que ces protéines, baptisées m-protéines pour protéines « messagères », joueraient un rôle dans la formation de l'ARN messager et la translocation de celui-ci à travers la membrane nucléaire. Dans un cas exemplaire, une m-protéine serait codée de concert par le premier exon du gène et l'intron qui le suit. Sa partie codée par l'intron se logerait dans la membrane du noyau et attirerait alors l'ARN messager : pour cela, la partie de la m-protéine codée par l'exon attirerait une nouvelle chaîne d'acides aminés en train d'être traduite à partir du même exon *(fig. 8)*. Comme une chaîne protéique en cours de traduction est solidaire de son ARN, la molécule du prémessager serait attachée au niveau de la membrane du noyau. A ce niveau, se situerait le complexe enzymatique d'excision-épissage. Le rôle des m-protéines serait de mettre les ARN prémessagers en position d'être excisés-épissés, ce qui serait réalisé au moment précis où se ferait l'interaction entre la m-protéine et le début de la protéine en cours de traduction et indiquerait par là le lieu exact du début de l'intron (balisé par ailleurs par GU). A mesure que ce processus d'excision-épissage progresserait, l'ARN messager, débarrassé des introns, serait expulsé par un pore nucléaire. De plus, une m-protéine pourrait prendre en charge différents ARN prémessagers, contrôlant ainsi de concert l'expression de plusieurs gènes (de la même manière que la maturase de l'intron n° 4 du gène *cob-box* assure l'excision de l'intron homologue du gène *oxi 3*, chez la levure).

Un gène codant pour plusieurs protéines

Tout cela n'est bien sûr que largement hypothétique. L'intérêt d'une telle spéculation est de généraliser un résultat trouvé dans des mitochondries : se peut-il que le codage d'une protéine par un intron n'existe qu'à ce niveau ? Et pourquoi les eucaryotes conserveraient-ils des introns dans leurs gènes nucléaires s'ils n'ont vraiment aucun rôle ? Contrairement à ce que l'on croyait il y a peu, les cellules peuvent se débarrasser aisément de leurs introns au niveau de leurs chromosomes, et

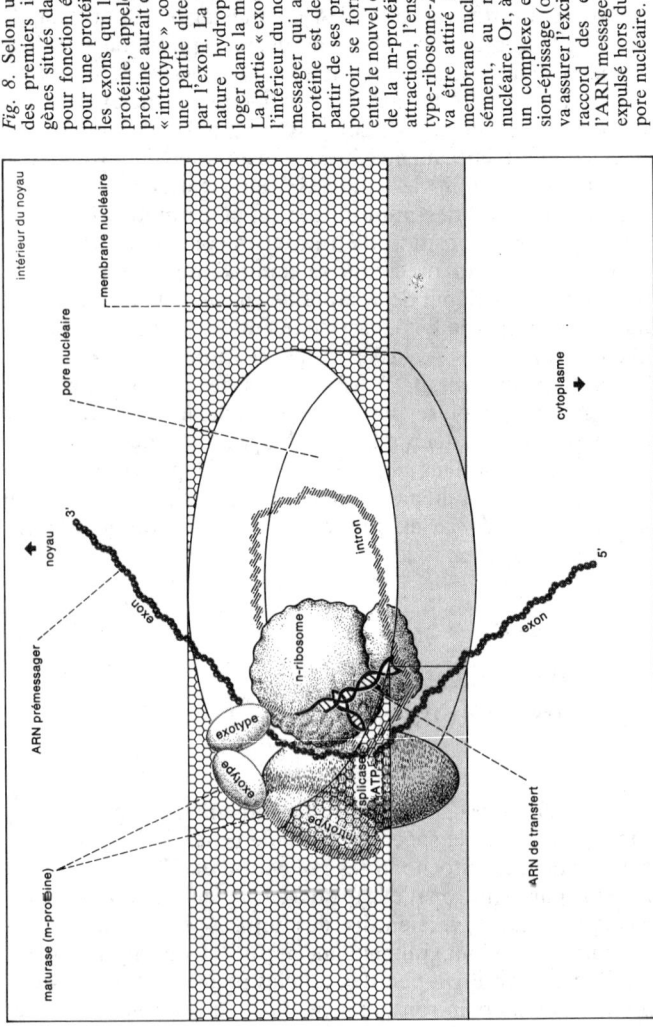

Fig. 8. Selon une hypothèse, l'un des premiers introns de certains gènes situés dans le noyau aurait pour fonction éventuelle de coder pour une protéine de concert avec les exons qui la précédent. Cette protéine, appelée maturase ou m-protéine aurait donc une partie dite « introtype » codée par l'intron et une partie dite « exotype » codée par l'exon. La partie introtype de nature hydrophobe pourrait se loger dans la membrane du noyau. La partie « exotype » émergerait à l'intérieur du noyau. Si l'ARN prémessager qui a déjà fourni la m-protéine est de nouveau traduit à partir de ses premiers exons, il va pouvoir se former une attraction entre le nouvel exotype et l'exotype de la m-protéine. Grâce à cette attraction, l'ensemble nouvel exotype-ribosome-ARN prémessager va être attiré au voisinage de la membrane nucléaire et, plus précisément, au niveau d'un pore nucléaire. Or, à ce niveau se trouve un complexe enzymatique d'excision-épissage (ou splicase). Celui-ci va assurer l'excision de l'intron et le raccord des exons, tandis que l'ARN messager ainsi formé va être expulsé hors du noyau à travers le pore nucléaire.

c'est d'ailleurs bien ce qu'ont fait les procaryotes. Cela suggère bien que, si beaucoup d'introns ont été conservés par les eucaryotes, c'est parce qu'ils ont un rôle particulier chez eux, rôle qui n'existe pas chez les procaryotes. Or, ce qui différencie fondamentalement les procaryotes de la plupart des eucaryotes, c'est que les seconds conduisent à des processus de différenciation cellulaire. Ainsi, faire l'hypothèse d'une liaison entre l'existence des introns nucléaires et une fonction de régulation de l'expression des gènes n'est pas gratuit !

Un argument qui va dans le sens d'une fonction pour certains introns nucléaires est que la séquence de nucléotides d'introns, comme le premier intron du gène de la globine, a beaucoup moins varié au cours de l'évolution des espèces que celle des exons adjacents. Un autre élément en faveur de l'hypothèse d'une fonction pour les introns nucléaires est que, dans un petit nombre de cas, les enchaînements de nucléotides des introns paraissent effectivement pouvoir être « lus » par groupe de trois, sans interruption sur une assez grande distance et en phase avec la lecture de l'exon précédent. Ce nombre augmente d'ailleurs si l'on applique le code génétique utilisé au niveau des mitochondries (qui n'est pas le même code que celui appliqué dans le cytoplasme). Il est aussi remarquable que, dans beaucoup de cas où les introns sont susceptibles d'être traduits, ils codent pour un enchaînement d'acides aminés hydrophobes : cela concorde avec l'idée que la partie intronique de la m-protéine postulée pourrait s'ancrer dans la membrane riche en lipides du noyau. Enfin, il existe dans le noyau les éléments nécessaires à la traduction d'un ARN : éléments des ribosomes, ARN de transfert, enzymes de charge des ARN de transfert...

L'existence de séquences codantes dans les introns peut d'ailleurs avoir une autre fonction, révélée dès 1980, dans le cas des immunoglobulines, et dès 1977-1978 dans le cas des virus comme le polyome ou SV40. L'excision-épissage peut varier suivant l'état de différenciation de la cellule. Ce qui est un intron dans un cas peut devenir (au moins en partie) un exon dans l'autre, et inversement. Rappelons que l'intron du cytochrome *b* est un exon codant pour la maturase. Ainsi un même gène peut conduire à la synthèse de plusieurs protéines différentes. Ce phénomène a été aussi observé plus récemment par R. Evans et M. Rosenfeld au Salk Institute en Californie : le même gène « en morceaux » chez le rat code soit pour une hormone, la calcitonine, dans la glande parathyroïde, soit pour un neuropeptide dans l'hypophyse. De même, fin 1983, les chercheurs de l'unité de biologie moléculaire du gène de l'Institut Pasteur ont observé qu'un gène d'histocompatibilité pouvait coder pour deux protéines différentes. Tout cela ouvre d'extraordinaires perspectives de régulation de l'expression de gènes. On voit ainsi se dessiner la notion d'une fluidité (ou flexibilité) de l'expression génétique, qui complète la notion récemment acquise de la fluidité (= mobilité) de la structure du patrimoine génétique (cas des gènes sauteurs). Ces deux notions sont incontestablement d'importantes nouveautés en génétique.

Ainsi, si l'on avait pensé, il y a quelques années, que l'âge d'or des grandes innovations en biologie moléculaire était passé, l'histoire toute récente des gènes « en morceaux » montre qu'au contraire les idées les mieux ancrées sont discutables et que l'organisation du vivant est encore plus inattendue et passionnante qu'on ne le pensait.

POUR EN SAVOIR PLUS

Cold Spring Harbor Symp. Quant. Biol., *42*, 1977.
J. Abelson, *Ann. Rev. Biochem.*, *48*, 1979, p. 1035.
F. H. C. Crick, *Science*, *204*, 1979, p. 264.
P. Borst, L. A. Grivell, *Nature*, *289*, 1981, p. 439.
P.P. Slonimski, P. Borst, G. Attardi, *Mitochondrial genes*, Cold Spring Harbor Monograph *12*, 1982.
R. Breathnach, P. Chambon, *Ann. Rev. Biochem.*, *50*, 1981, p. 349.

La Recherche, mai 1984

5. L'organisation de l'information génétique

Philippe Kourilsky et Gabriel Gachelin

Imaginons, comme dans un film de science-fiction, un voyage vers l'intérieur d'une cellule d'homme ou de tout autre organisme supérieur. Après avoir franchi la membrane qui la cerne, nous pénétrons dans le cytoplasme. Là, des foules de petites molécules subissent des transformations chimiques : là, s'élaborent les composants de l'architecture cellulaire, la production d'énergie chimique utilisable par la cellule. Tous ces phénomènes sont mis en œuvre, catalysés par des protéines, les enzymes. Comment ces dernières sont-elles fabriquées ? Par de petites usines moléculaires (les ribosomes) qui traduisent le message porté dans le cytoplasme par les ARN messagers (ARNm). D'où proviennent ces derniers ? Des gènes situés dans le noyau et dont ils sont les copies. Poursuivons notre voyage plus avant en remontant le chemin des ARNm. Nous pénétrons dans le noyau, structure encore très mystérieuse. Il nous importe seulement de savoir qu'il héberge les chromosomes dont on sait, depuis le début de ce siècle, qu'ils sont le siège de la mémoire génétique. Examinons un chromosome. Chimiquement, il est constitué d'une immense molécule d'acide désoxyribonucléique, l'ADN qui, déroulée, serait longue de plusieurs centimètres pour un chromosome humain, associée à diverses sortes de protéines. C'est l'ADN qui est le support matériel de l'hérédité — en d'autres termes, qui porte les gènes — tout comme la bande magnétique est, dans une cassette, le support matériel de l'enregistrement. L'ADN ne présente pas, tout au long du chromosome, une organisation uniforme : l'ADN en double hélice est enroulé autour de petits paquets de protéines et l'ensemble adopte, par endroits, une forme compacte faite de spires analogues à celles d'un ressort à boudin. A de tels endroits, les gènes sont inactifs. Dans d'autres régions de l'ADN, ce dernier est déployé et l'on voit des gènes actifs couverts de molécules d'une enzyme, l'ARN polymérase : là sont synthétisées les molécules d'ARN messager exportées dans le cytoplasme où sera fabriquée la protéine codée par son gène.

Mais, si les gènes sont portés par les chromosomes, l'ADN chromosomique n'est pas réductible au seul enchaînement de milliers de gènes. La raison en est que l'ADN des cellules d'organismes supérieurs ne sert pas seulement à produire des ARN messagers et donc des protéines. En d'autres termes, l'ADN des chromosomes n'est pas équivalent à un ensemble de gènes, car il contient en abondance des séquences d'ADN dépourvues de capacité de codage. Cette certitude est tout à fait récente et repose largement sur les résultats obtenus grâce au génie génétique [59]. Ce n'est que depuis 1975-1978 que ces techniques, développées simultanément dans plusieurs laboratoires — et en particulier par F. Rougeon, P. Kourilsky et B. Mach, principalement à Genève et à l'Institut Pasteur ; T. Maniatis à Harvard dans le Massachusetts ; R. Davies à Stanford en Californie ; S. Tonegawa à Bâle ; P. Leder à Bethesda dans le Maryland ; P. Chambon et P. Kourilsky à Strasbourg et à l'Institut Pasteur ; et d'autres encore —, permettent d'isoler des gènes de toute origine à partir de l'ADN des chromosomes et d'étudier leur organisation. Depuis, les données sur la structure des gènes et sur leur environnement dans les chromosomes s'accroissent très rapidement. En outre, grâce aux techniques développées par A. Maxam et W. Gilbert, à Harvard, États-Unis, et F. Sanger, à Cambridge, Grande-Bretagne, il est devenu possible de déterminer la séquence, c'est-à-dire l'ordre dans lequel sont enchaînés, dans les gènes, et de manière plus générale dans l'ADN, les quatre motifs moléculaires élémentaires : les quatre nucléotides comprenant chacun la base adénine, thymidine, cytosine ou guanine (cf. l'article de C. Hélène, p. 43). Le total des séquences d'ADN connues fait plus que doubler chaque année, nourrissant des banques de données qui, fin 1983, contiennent des enchaînements d'environ 2×10^6 paires de bases, et qu'il est désormais impossible d'exploiter sans l'aide de l'informatique [60].

De toutes ces études dérivent deux conclusions inéluctables. D'abord, une très grande partie de l'ADN des organismes supérieurs — ce que l'on appellera ici leur génome — est de type non codant, c'est-à-dire qu'il ne code pour aucune protéine ou ARN. Cette première conclusion est fondamentale puisque 80 % au moins de l'ADN humain, voire 90 % ou plus, est en apparence « inutile ». Ensuite, cet ADN génomique contient des quantités importantes de séquences répétées, certaines jusqu'à plusieurs centaines de milliers de fois, au point que les séquences non répétées, dites uniques, apparaissent plutôt l'exception que la règle. Tout ceci nous force à reconsidérer les idées usuelles sur la structure et la dynamique des génomes de cellules supérieures.

Les gènes sont perdus dans un océan d'ADN non codant

Sur quoi reposent ces conclusions, inimaginables il y a dix ans, et d'abord l'importance de l'ADN non codant ? Il est maintenant bien établi, à la suite de travaux initialement menés en 1977 dans les laboratoires de R. Flavell, alors à Amsterdam, P. Chambon, à Strasbourg, et P. Leder, à Bethesda, que nombre de gènes de cellules d'organismes supérieurs (les eucaryotes) ont une structure en morceaux et qu'il existe de l'ADN non codant jusqu'à l'intérieur des gènes eux-mêmes. Ces derniers sont, en effet, constitués de blocs de séquences d'ADN, les exons, que l'on retrouve dans l'ARN messager exporté dans le cytoplasme, séparés par d'autres blocs de séquences, les introns, qui n'y figurent pas. Le gène est d'abord recopié sur toute sa longueur en un précurseur d'ARN messager qui contient introns et exons, puis les introns sont éliminés au cours du processus de maturation qui donne naissance à l'ARN messager final. Ces introns sont parfois petits (environ 100 paires de bases, soit 0,1 kb) (1 kb = 1 kilobase = 1 000 paires de bases), souvent grands (1 kb et plus). Leur nombre est très variable : 2 dans les gènes des

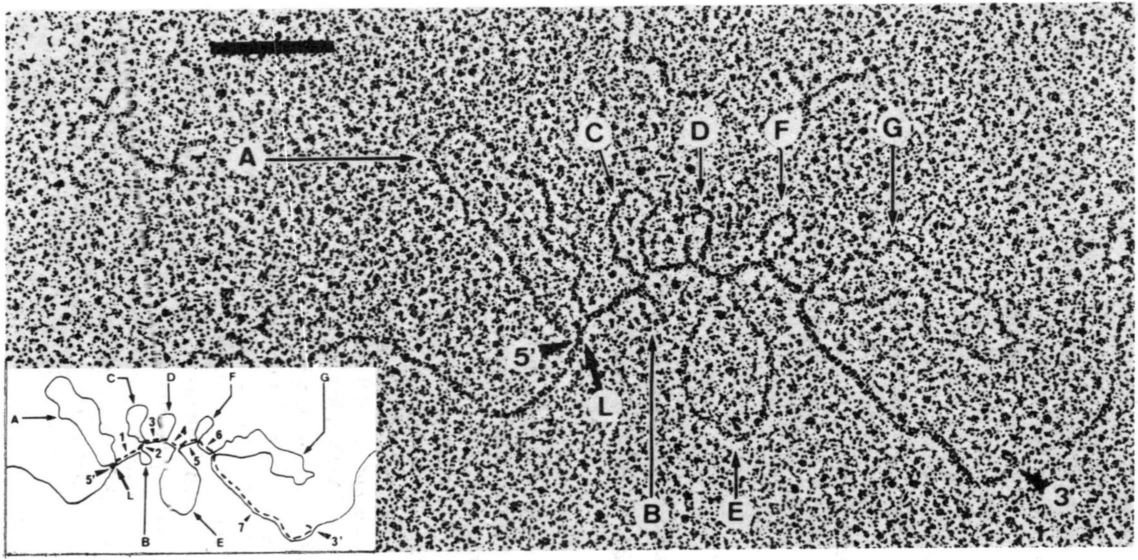
A
C
D
F
G
5'
L
B
E
3'
1
2
3
4
5
6
7

composants de l'hémoglobine, 7 dans celui d'une protéine du blanc d'œuf, l'ovalbumine *(fig. 1)* plusieurs dizaines dans celui du collagène humain. Dans la majorité des cas, l'analyse des séquences nucléotidiques des introns suggère très fortement qu'ils sont impropres à coder pour quoi que ce soit. En outre, il existe, aux deux extrémités des gènes, des séquences non codantes qui sont, elles, retrouvées dans les ARN messagers et qui sont, parfois, d'assez belle taille (voir l'article de A. Danchin et P. P. Slonimski, p. 77). Finalement, il n'est pas rare que dans un gène morcelé (long, typiquement, de 3 à 10 kb), 80 à 90 % de l'ADN soit — au moins dans l'état actuel de nos connaissances — de type non codant.

Dans l'ADN chromosomique des cellules eucaryotes, on trouve aussi de l'ADN non codant dans les régions qui séparent les gènes. Examinons non plus un gène, mais la région qui l'entoure, et prenons pour exemple la région chromosomique qui contient les gènes de la globine. Ceux-ci servent à fabriquer le pigment des globules rouges humains, l'hémoglobine. Cette protéine complexe provient de l'association de quatre sous-unités protéiques, deux α et deux β, qui enchâssent la molécule fixatrice d'oxygène (l'hème). Les chaînes α et β sont codées par des gènes localisés sur deux chromosomes distincts, le 11 et le 6 respectivement chez l'homme. Mais, si l'on explore l'organisation de la région du gène β, comme l'a fait, en particulier, T. Maniatis de Harvard depuis 1978, on trouve non pas un gène, mais plusieurs, qui

←

Fig. 1. Dans un certain nombre de gènes d'organismes supérieurs, comme celui de l'ovalbumine du blanc d'œuf, il existe des séquences d'ADN « inutile », les introns, intercalés entre les séquences « utiles », les exons. Ce fait a été mis en évidence en essayant d'apparier expérimentalement à l'ADN la molécule qui sert de relais au message génétique, autrement dit l'ARN messager (ou ARNm). Les chercheurs se sont ainsi aperçus que l'ADN de l'ovalbumine est beaucoup plus long que l'ARNm correspondant et forme des boucles, bien visibles ici sur la photographie. Ces boucles, notées A, B, C, D, E, F, G, représentent les 7 introns du gène de l'ovalbumine. Le gène, constitué de 7 introns et de 8 exons est d'abord textuellement recopié en un ARN prémessager ; puis celui-ci est débarrassé de ses séquences « inutiles » pour donner l'ARNm proprement dit. Les introns, inexistants chez les bactéries classiques, apparaissent chez les organismes supérieurs et semblent être un signe de degré d'évolution de ces organismes, réduisant encore la part de l'ADN « utile » sur les chromosomes. (Cliché P. Chambon, repris de *Nature, 278,* 1979, p. 428.)

fragment de l'ADN du chromosome 11 humain

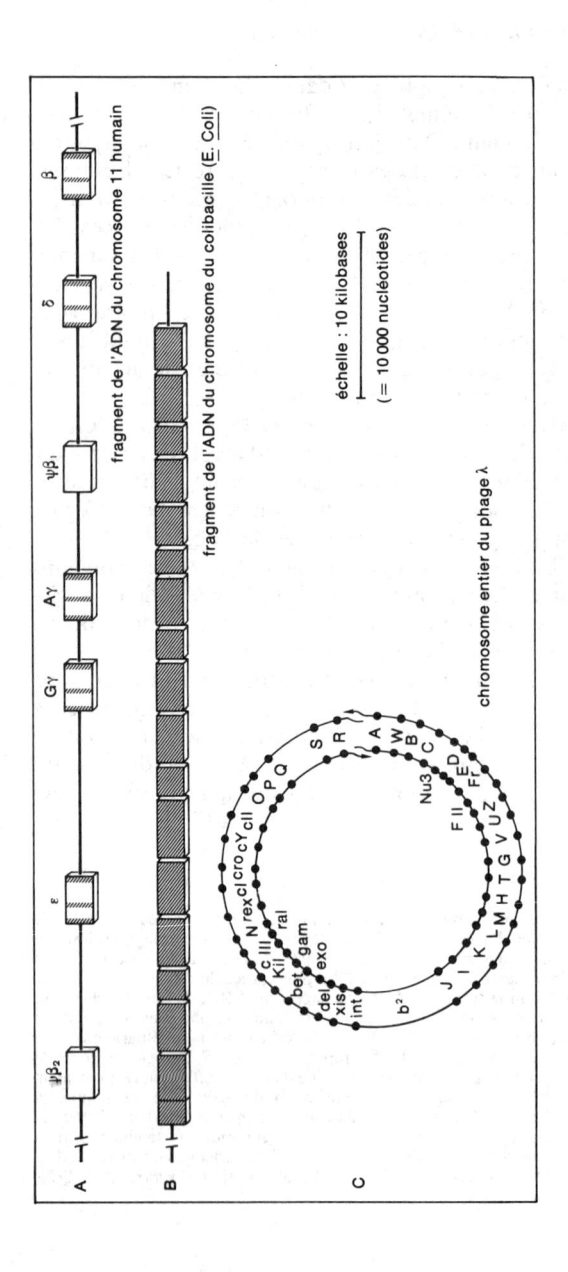

fragment de l'ADN du chromosome du colibacille (E. Coli)

échelle : 10 kilobases
(= 10 000 nucléotides)

chromosome entier du phage λ

codent chacun pour une chaîne β d'hémoglobine différente utilisée à diverses étapes de la vie, embryonnaire précoce, fœtale, prime enfance et adulte. Cinq gènes homologues sont ainsi dispersés dans une région longue de 80 kb [61]. Incidemment, on trouve aussi dans cette région deux petits « pseudogènes » (appelés $\psi\beta_1$ et $\psi\beta_2$ dans la *fig. 2*) qui, bien que de séquence apparentée à celle des gènes normaux, présentent des aberrations, qui les empêchent de coder pour une protéine et sont donc de l'ADN non codant qui dérive, par inactivation, de gènes normaux. L'étude fine de ces 80 kb (en fait la séquence complète) réalisée en 1983 et 1984 par le groupe de S. Weissman, Yale, États-Unis, n'a révélé, dans l'état actuel de l'analyse, aucun autre gène actif. Dans ces conditions, sur les 80 000 paires de bases de la région, moins de 3 000, celles correspondant donc aux seuls exons des gènes globines, soit environ 4 % du total, sont de type codant.

L'observation n'est pas unique : dans d'autres familles de gènes, comme les trois gènes de la famille de l'ovalbumine (*fig. 3*) (protéine majoritaire du blanc d'œuf de la poule, étudiée par P. Chambon et nous-mêmes en 1979 [62]) ou comme les 25-35 gènes codant pour les antigènes majeurs d'histocompatibilité de la souris (responsable des rejets de greffe) analysés par le groupe de L. Hood au Caltech, en 1982, les gènes sont espacés par 5 à 15 kb d'ADN non codant. Aucun gène actif n'a été identifié dans ces intervalles, pourtant bien assez grands pour en héberger. Bien sûr, il reste difficile d'affirmer qu'il n'en existe aucun qui soit exprimé, fût-ce de façon fugace au cours de la vie de l'organisme ou dans une

←

Fig. 2. Chez les organismes multicellulaires, les gènes ne sont pas juxtaposés les uns à côté des autres. Ils sont le plus souvent séparés par de longues séquences d'ADN qui ne semblent pas avoir de fonction. La représentation en A d'un fragment d'ADN du chromosome humain n° 11 montre que les différents gènes qui codent pour les chaînes β de l'hémoglobine exprimées à différents âges de la vie se trouvent séparés par des distances qui peuvent dépasser 10 kilobases (ou 10 000 nucléotides). Cinq gènes actifs homologues (ε, Gγ, Aγ, δ et β), composés chacun de deux introns (en blanc) et de trois exons (en gris) sont ainsi dispersés sur une région longue de 80 kilobases, qui comprend en outre deux pseudo-gènes inactifs : $\psi\beta_1$ et $\psi\beta_2$. Par comparaison, un fragment de même longueur de l'ADN du chromosome du colibacille (Escherichia coli) (B) présente des dizaines de gènes contigus les uns aux autres (en gris) et dépourvus d'introns. Enfin la totalité de l'information génétique dans un virus comme le bactériophage λ (C) se trouve contenue dans une molécule d'ADN d'environ 50 kilobases.

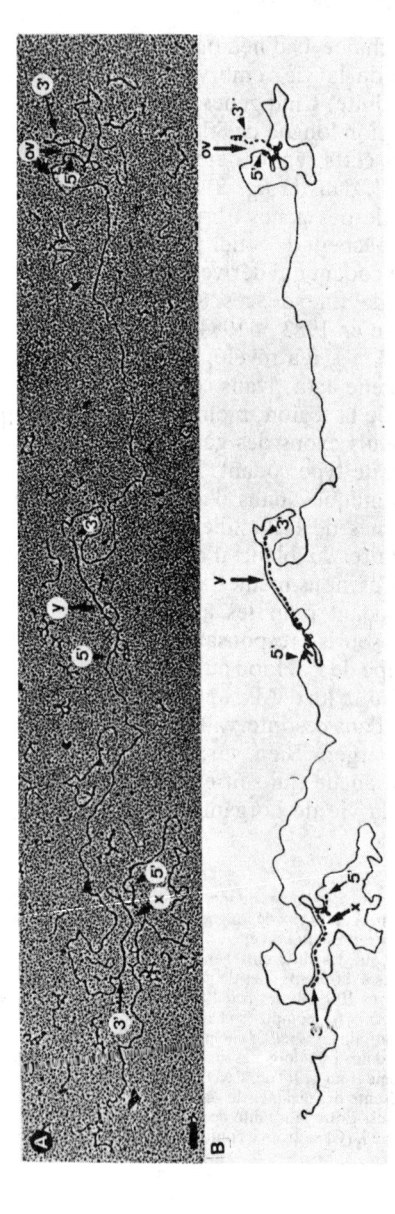

Fig. 3. Des gènes présentant une forte homologie entre eux sont souvent rassemblés à proximité les uns des autres sur un fragment d'ADN chromosomique : ils forment des « familles multigéniques ». L'un des premiers exemples de découverte d'une telle famille concerne des gènes apparentés à celui de l'ovalbumine du blanc d'œuf. La photographie (A) et le schéma correspondant (B) montrent un fragment d'ADN contenant le gène de l'albumine (OV) à droite et deux gènes homologues, appelés X et Y en 1979, lors de leur découverte par A. Royal et ses collaborateurs. Ces trois gènes appartiennent à la même famille et sont « reconnus » par l'ARN messager de l'ovalbumine (voir *fig. 1*). Les chiffres 5' et 3' correspondent au début et à la fin de l'ARN messager mature. Sur le schéma (B), l'ARNm est représenté en pointillé et il est facile de voir qu'une partie de l'ADN pour les trois gènes est étroitement appariée à l'ARNm. Entre ces gènes, s'étend un espace intergénique « non codant », long de 5 à 10 kilobases, dans lequel on n'a jamais réussi à mettre en évidence d'autres gènes. (Cliché P. Chambon, repris de *Nature*, 279, 1979, p. 128.)

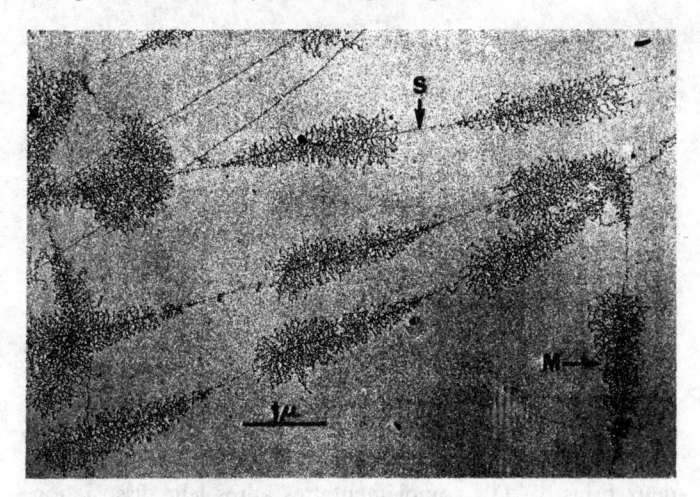

Fig. 4. Les gènes qui codent pour certains ARN des ribosomes (particules cytoplasmiques sur lesquelles s'opère la synthèse des protéines) existent par centaines de copies identiques, regroupées en quelques zones de certains chromosomes. Dans ces régions, l'ADN est déployé et les gènes apparaissent, au microscope électronique, comme des sortes de plumes. Perpendiculairement à la fibre axiale, constituée d'ADN, partent de chaque côté des dizaines de fibrilles d'ARN. Au bout de chaque fibrille se trouve une molécule de l'enzyme responsable de la synthèse de l'ARN, l'ARN-polymérase, visible ici sous forme de granules. Les gènes des ARN ribosomiques sont un bon exemple de la redondance du programme génétique contenu dans l'ADN de certains chromosomes chez les organismes supérieurs. *(Cliché droits réservés.)*

classe de cellules très minoritaire. Mais, si l'on extrapole ces résultats à l'ensemble du génome, on en conclut bien en effet que 10 % de l'ADN, au mieux, est de type codant.

Codant comme non codant, l'ADN se répète

L'exemple de la région globine illustre déjà notre deuxième proposition selon laquelle il existe des répétitions de séquences à l'intérieur du matériel génétique. Cette répétition concerne donc d'abord des séquences codantes des gènes. Les gènes globine eux-mêmes constituent ainsi une famille dite multigénique contenant un petit nombre de membres dont les séquences sont voisines *(fig. 2)* [63]. D'autres familles multigéniques sont plus abondantes. C'est, par exemple, le cas des 25 à 35 gènes qui spécifient les antigènes majeurs d'histocompatibilité (H-2) [64] chez la souris et qui, selon les groupes de Flavell, à Londres, et Hood, au Caltech, sont éparpillés le long de 1 000 à 2 000 kb. Quant aux gènes qui fabriquent les ARN ribosomiques, ils sont présents à raison de plusieurs centaines d'exemplaires quasi identiques regroupés en certaines zones de quelques chromosomes dans tous les organismes supérieurs examinés *(fig. 4)* [65].

Il y a pire que ces centaines de copies d'un gène ; dès 1968, J. R. Britten et D. E. Kohne du Carnegie Institute, aux États-Unis, en étudiant la cinétique de réappariement des deux brins d'ADN complémentaires après leur dissociation, notèrent une anomalie [66] : dans la plupart des ADN des cellules supérieures, une fraction de séquences se réappariait beaucoup trop rapidement. Ils en déduisirent, fort justement, que ces séquences devaient être répétées des milliers, voire des centaines de milliers de fois. Grâce aux méthodes du génie génétique, certaines de ces séquences ont été isolées et étudiées. Les séquences hautement répétées dans le génome sont, au contraire des précédentes, de type non codant. Il en existe plusieurs types qui constituent des familles relativement homogènes, très étudiées, entre autres par les groupes de G. P. Georgiev à Moscou, G. Bernardi à Paris, G. Roizes à Montpellier et W. R. Jelinek aux États-Unis. Ainsi, chez l'homme, 30 % à 50 % de l'ADN appartiennent à de telles familles hautement répétées et peuvent être distribuées en plusieurs familles différentes, dont les plus fournies représentent jusqu'à 1 à 2 % de la totalité du génome : c'est le cas, par exemple, des séquences dites « *Alu* » qui, longues d'environ 0,5 kb et répétées plus de 100 000 fois, représentent à elles seules 1 à 2 % du génome de l'homme, soit l'équivalent du génome de la drosophile !

Certaines séquences répétées possèdent la remarquable propriété d'être « mobiles » dans le génome ou encore « transposables ». Découvertes à l'origine chez le maïs par B. Mac-

Clintock à Cold Spring Harbor, États-Unis, à partir de 1940, ces éléments génétiques mobiles changent de place dans le génome à l'occasion de certains cycles chromosomiques, abandonnant parfois une petite séquence qui marque leur emplacement d'origine. On les repère par leurs effets sur le fonctionnement d'autres gènes. Par exemple, les analyses de Gehring, à Bâle, entre 1978 et 1983, et celles de Bregliano, à Clermont-Ferrand, sur la drosophile ont montré que beaucoup de mutations, comme celles trouvées au locus « white » et qui modifient la couleur de l'œil, résultent de l'insertion de ces éléments mobiles ou transposons, probablement dans un gène intervenant dans la pigmentation de l'œil qui, de ce fait, se trouve inactivé. Souvent, ces éléments mobiles ne contiennent pas de séquences codantes et existent dans le génome comme membres d'une famille répétée d'ADN non codant. Cependant, chez les vertébrés, on trouve intégrées, à l'intérieur des génomes, des séquences d'ADN ou provirus provenant de rétrovirus libres et qui présentent une grande analogie structurale avec les transports du maïs ou de la drosophile. Ces provirus sont répétés, transposables et codants. Ainsi, la plupart des souris de laboratoire hébergent-elles des milliers de génomes de rétrovirus à l'état intégré. Ils sont le plus souvent bénins (puisque l'animal n'en paraît pas affecté). Cependant, l'inactivation du gène du collagène par l'insertion d'un rétrovirus de souris, comme l'a montré récemment R. Jaenish de Hambourg, crée une mutation mortelle pour l'embryon de souris [67]. L'ensemble de ces provirus peut représenter jusqu'à 1 % de tout l'ADN chez les souris et constitue ainsi une famille répétée majeure [68].

Ces quelques exemples montrent l'importance, en quantité, des séquences de nucléotides répétées dans l'ADN, aussi bien des séquences codantes (des gènes multiples apparentés appartenant donc à des familles dites multigéniques) que non codantes.

Quelle est donc la fonction de cette répétition ? Pour les familles multigéniques, il est souvent facile d'en entrevoir la finalité. Ainsi, lorsque les gènes des ARN ribosomiques sont pleinement actifs, ils suffisent tout juste à fournir à la cellule les ARN ribosomiques dont elle a besoin pour fabriquer ses protéines [69]. La répétition des gènes de cette famille répond donc, sans doute, à des critères quantitatifs. Dans d'autres cas, les membres de la famille présentent des séquences nucléotidiques très voisines, mais codant pour des produits distincts, bien qu'apparentés. L'existence d'une famille multigénique permet alors d'engendrer une certaine diversité de produits : diversité limitée dans le cas évoqué plus haut de la globine humaine, et qui permet une adaptation des besoins du transport d'oxygène aux différentes étapes de la vie ; diversité immense, parce que associée à une très grande diversification supplémentaire [70], dans le cas maintenant bien connu des gènes des immunoglobulines.

Pour ce qui est des séquences non codantes, la situation est beaucoup plus obscure. A quoi sert l'ADN accumulé au voisinage du centromère, point d'attachement des chromosomes sur le fuseau de division cellulaire ? A ce niveau, il existe, en effet, de courtes séquences non codantes, longues de quelques nucléotides seulement, mais répétées en tandem quasiment *ne varietur,* des centaines de milliers de fois et appelées ADN « satellite ». Sa fonction est totalement inconnue. Il en va de même de la plupart des séquences répétées trouvées entre les gènes. Pour certaines séquences répétées, cependant, des hypothèses fonctionnelles ont été proposées. Certains auteurs comme Jelinek pensent que les séquences *Alu* humaines pourraient porter les multiples sites à partir desquels se réplique l'ADN chromosomique. On sait, en effet, que la réplication des chromosomes ne s'effectue pas de bout en bout en une seule étape, mais par tronçons à partir d'origines multiples, peut-être donc localisées dans les séquences *Alu ?* D'autres hypothèses existent, mais, à dire vrai, on ignore même si certaines séquences répétées sont autre chose que des parasites de l'ADN : c'est l'hypothèse très controversée dite de l'ADN « égoïste » qui a fait couler beaucoup d'encre en 1980, sous les plumes de F. Crick et F. Doolittle notamment [71], mais qui méconnaissait largement notre... immense ignorance sur le fonctionnement d'un génome d'organisme supérieur.

Une autre vision des génomes d'organismes supérieurs

Notre vision de l'organisation des génomes eucaryotes se trouve ainsi profondément modifiée : il est vrai qu'elle était, au départ, largement fondée sur la connaissance des génomes bactériens. On imaginait ceux-ci, et d'ailleurs à juste titre, comme un ensemble compact de gènes, pauvre en ADN non codant, et économe de répétitions. De fait, chez les bactéries les plus courantes, les gènes ont une structure non morcelée ; les espaces séparant les gènes sont minimes et les familles multigéniques sont rares. De telles situations « économes » existent d'ailleurs aussi dans l'ADN des mitochondries d'organismes supérieurs [72]. A l'inverse, l'ADN des chromosomes d'eucaryotes est riche en ADN non codant et en ADN répété, qu'il soit codant ou non codant. A mesure que l'on gravit l'échelle évolutive, on trouve, en nombre croissant, des gènes à structure morcelée, des espaces intergéniques de plus en plus vastes, des familles multigéniques de plus en plus fréquentes et des séquences répétées de plus en plus abondantes. Voilà donc les données nouvelles introduites récemment par la génétique moléculaire et voici les deux notions qui en découlent : l'existence d'ADN non codant et celle de séquences répétées. Ceci définit quatre protagonistes dans l'évolution du génome : les gènes uniques, les familles multigéniques, les séquences non codantes uniques et l'ADN non codant des séquences répétées.

Ces observations sont troublantes à plus d'un titre. Notons, tout d'abord, qu'elles interdisent toute déduction portant sur le nombre et la nature des gènes, que l'on voudrait esquisser à partir de la taille du génome total. Ainsi, on estime à 4 000 environ le nombre des gènes de la bactérie *Escherichia coli*. Il serait totalement faux d'en déduire, d'après le rapport des tailles de génomes, que celui de l'homme comprend plusieurs millions de gènes. Le génome humain contient apparemment 80 à 90 % ou plus d'ADN non codant. Plusieurs estimations, assez grossières, il est vrai, convergent vers des valeurs de 50 000 à 100 000 gènes seulement. D'ailleurs, certains amphibiens, que l'on serait tenté de qualifier de plus primitifs que l'*Homo sapiens*, possèdent beaucoup plus d'ADN par cellule, sans qu'il y ait lieu de leur prêter beaucoup plus de gènes.

Ce point étant réglé, la question se pose de réapprécier la relation qui existe entre la structure des génomes et leur évolution. Selon l'idée la plus répandue, l'évolution de l'ADN, au sein du matériel génétique, reposerait essentiellement sur l'accumulation de mutations ponctuelles, de transpositions ou d'accidents chromosomiques ayant, le plus souvent, un effet sur le phénotype (voir l'article de J. Tavlitzki, p. 19). C'est probablement ce qui se passe surtout pour les séquences uniques dans le génome dont nous ne parlerons plus ici. L'important est que, d'une part, la redondance des séquences ouvre un nouveau potentiel de variation du matériel génétique ; que, d'autre part, si les génomes eucaryotes contiennent tant d'ADN non codant, on peut se demander quel est l'effet de modification touchant ce dernier. Bien que très partielles encore, les réponses que la biologie moléculaire esquisse peuvent modifier profondément nos idées sur l'évolution des génomes et peut-être des espèces.

Les séquences redondantes permettent une grande variation génétique

Toutes sortes d'événements peuvent altérer, au cours du temps, la structure de l'ADN. Les plus connus sont les mutations ponctuelles qui remplacent un nucléotide par un autre. Ces mutations sont rares : elles apparaissent à la fréquence de 10^{-10} par nucléotide et par division cellulaire chez la bactérie *E. coli*. D'autres types de modifications, additions ou pertes de petites séquences, existent. Mais, d'autres événements réassocient entre eux des fragments d'ADN issus de chromosomes différents. Tous sont appelés « recombinaisons » [73]. On distingue classiquement la recombinaison dite

« par homologie » qui intervient entre deux séquences d'ADN homologues (en pratique, le plus souvent, entre séquences alléliques, chacune portée par un des deux chromosomes homologues des cellules eucaryotes) et la recombinaison dite « illégitime ». Celle-ci, plus rare, se produit par cassure et réunion de segments d'ADN n'ayant que peu ou pas d'homologie de séquences.

Ce n'est que depuis deux ou trois ans que l'on a réalisé, dans différents laboratoires, que l'existence de séquences répétées chez les organismes supérieurs pouvait être responsable de variations génétiques très particulières. Un premier type de variations se traduira par des amplifications et contractions de zones entières du génome. Ainsi, considérons deux séquences d'ADN, A et B, homologues et répétées en tandem. A et B peuvent être deux gènes suffisamment homologues d'une famille multigénique, par exemple les gènes β et δ de la globine humaine *(fig. 2),* ou deux séquences non codantes, comme deux séquences *Alu* chez l'homme. Une recombinaison par homologie entre A et B au sein du même chromosome produira la perte (ou délétion) des séquences comprises entre A et B. Lorsque les mêmes séquences A et B se trouvent portées par les deux chromosomes d'une même paire, une recombinaison dite inégale entre la séquence A d'un premier chromosome et la séquence B du second engendrera une situation asymétrique : l'un des chromosomes portera désormais trois séquences, l'autre, n'en ayant plus qu'une, aura donc subi une délétion. Pour reprendre l'exemple de la région globine chez l'homme, des délétions provoquées par un tel mécanisme semblent être à l'origine de maladies héréditaires de l'hémoglobine, comme certaines thalassémies. Une hémoglobine particulière, dite Lepore, est ainsi le fruit d'une recombinaison entre les gènes δ et β qui produit une molécule hybride, tandis que la région entre les deux gènes a disparu, comme l'a montré le groupe de R. Flavell, en 1978 *(fig. 5)* [74]. Il existe également, dans cette même région, des délétions de gène globine bornées par des séquences *Alu* [75]. En outre, il faut noter que des recombinaisons inégales successives peuvent entraîner des dilatations et des contractions du matériel génétique localisé dans, et entre, les séquences répétées, comme cela a été clairement montré chez la levure, en 1982, par T. Petes de l'université de Chicago [76].

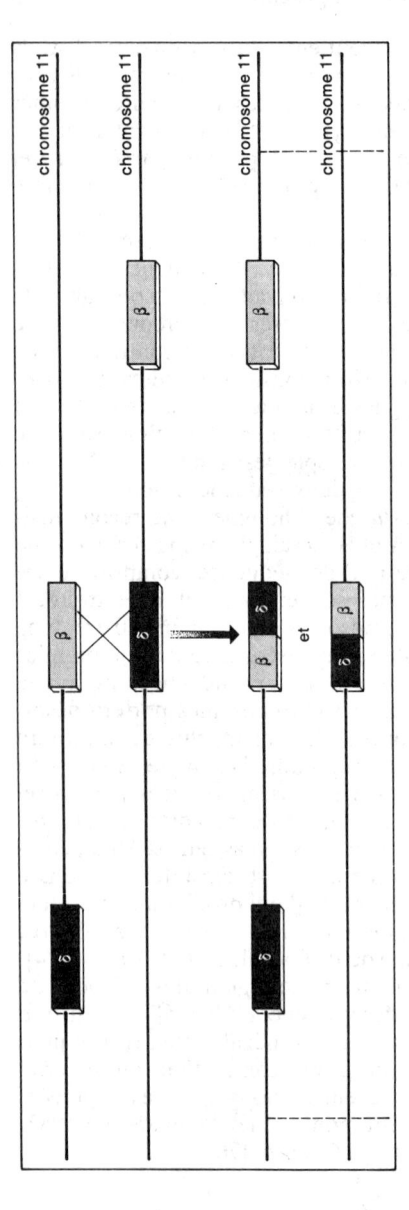

Fig. 5. La famille multigénique des gènes de l'hémoglobine chez l'homme constitue un cas exemplaire de recombinaison inégale par appariement défectueux de deux chromosomes homologues au cours de la méiose (division cellulaire qui donne naissance aux cellules reproductrices). La portion d'un des deux chromosomes n° 11 portant les gènes δ et β se retrouve avec trois séquences : δ, βδ, et β ; l'autre, n'en ayant plus qu'une (δβ), a donc subi la perte d'un segment d'ADN entre δ et β. Le résultat est l'apparition d'une hémoglobine anormale, dite « Lepore », qui est à l'origine d'une anémie grave. D'autres maladies de l'hémoglobine, certaines thalassémies, pourraient résulter elles aussi d'une recombinaison entre deux membres non alléliques de la famille multigénique de l'hémoglobine. Ces événements de recombinaison « inégale » se traduisent donc par une amplification du nombre de gènes sur un chromosome, et la perte d'un segment chromosomique sur l'autre.

Un second type de variation, en apparence plus discret, est responsable de changements internes aux séquences répétées. Ce mécanisme, différent des précédents et strictement lié à la redondance des séquences, est la conversion génique, formalisée notamment par G. Rizet à Orsay, vers 1960, en termes purement génétiques, et popularisée depuis peu sous une forme moléculaire, en particulier par D. Baltimore en 1981. Nous l'illustrerons par l'image suivante : imaginons deux versions successives A et B d'un même manuscrit et qui donc diffèrent l'une de l'autre par quelques changements de mots ou de phrases. Une possibilité pour en produire une troisième à partir des deux autres consiste à découper A et B pour faire, par collage, deux « hybrides » A-B et B-A — comme dans une recombinaison réciproque. Mais, dans ce cas, les versions d'origine ont disparu. En revanche, si l'on fait une photocopie de B dont l'original reste intact, que l'on en extrait un paragraphe que l'on colle sur la partie correspondante de A, on produira un hybride A-B-A tout en conservant B intact. De même, s'agissant d'un échange entre deux séquences nucléotidiques homologues A et B (que nous imaginerons identiques, à l'exception de quelques différences nucléotidiques qui permettent de les distinguer), B transfère tout ou partie de sa séquence dans A mais reste identique à lui-même. Le résultat de la conversion est donc que le couple (A, B) est « converti » en (A-B-A, B) *(fig. 6)*. L'existence d'un tel mécanisme a été démontrée, au plan génétique, entre 1970 et 1980 par J. L. Rossignol et son groupe à Orsay, sur le champignon *Ascobolus* [77] et, au plan moléculaire, chez la levure *Saccharomyces cerevisiae*, en 1982 par le groupe de Petes à Chicago [78].

La conversion génique se caractérise donc par un transfert unidirectionnel de matériel génétique redondant et légèrement différent (s'il était identique, on ne le repérerait pas !), une séquence servant de récepteur et l'autre de donneur, et le donneur n'étant pas modifié au cours de l'opération. La démonstration de phénomènes de conversion génique est difficile à apporter chez les organismes supérieurs, où l'analyse génétique est moins facile. Toutefois, son pouvoir explicatif est très puissant et rend compte de façon satisfaisante des variations observées dans des gènes d'immunoglobuline de

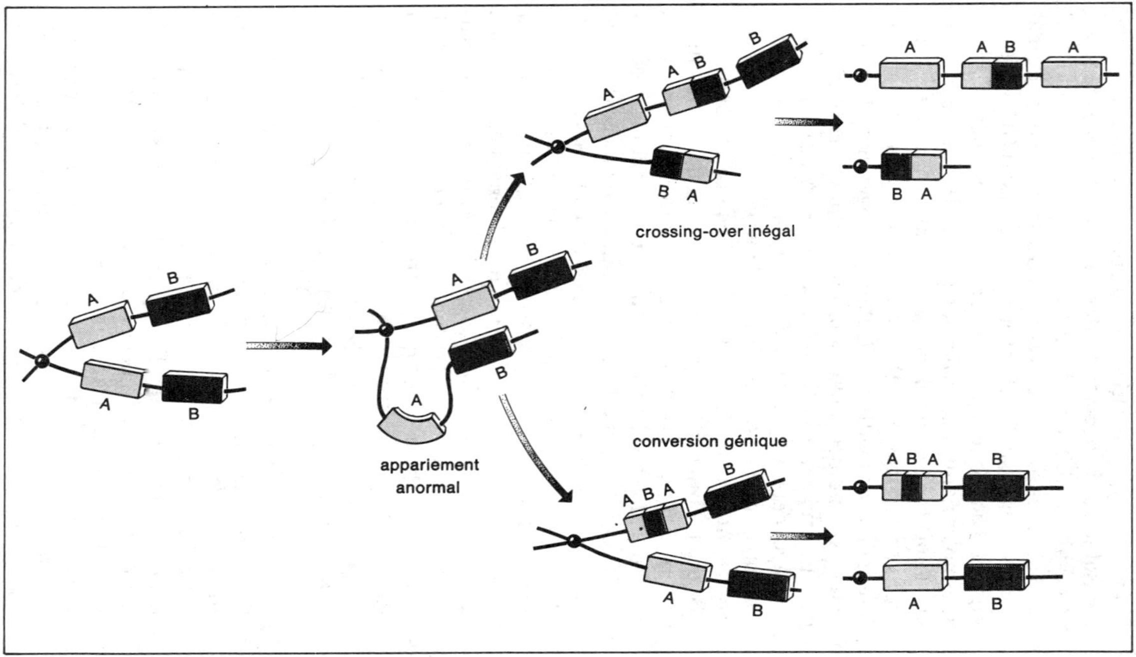

A
B
A
B
appariement
anormal
crossing-over inégal
conversion génique

souris par F. Rougeon (Institut Pasteur) [79], ainsi que celles des antigènes majeurs d'histocompatibilité, comme nous l'avons suggéré, en 1982 [80], et comme R. Flavell, à Londres, l'a démontré en 1983 [81]. La conversion génique est probablement un mécanisme très général qui peut opérer aussi bien entre deux allèles, c'est-à-dire dans le cadre de la redondance fondamentale de toute cellule diploïde, qu'au sein de familles de séquences répétées, codantes comme non codantes, bien entendu (c'est-à-dire, là, entre membres non alléliques) [82]. Ce mécanisme a sans doute deux effets simultanés : introduction d'une grande variabilité (par incorporation dans un gène A d'une séquence homologue mais différente, empruntée à un gène B) et une homogénéisation des séquences qui permettrait, à terme, aux membres d'une famille multigénique de rester voisins les uns des autres.

Ainsi, l'importance de ces phénomènes génétiques liés à la redondance des séquences d'ADN dans les cellules est considérable. Si l'on y ajoute que certaines séquences [83] ont la capacité de se « transposer » de place en place sur le chromosome, en en modifiant localement les propriétés, on aboutit à des capacités de variation de l'ADN jusque-là insoupçonnées : délétion, contraction et expansion de familles de séquences, production de gènes hybrides par recombinaison ou conversion, changement de localisation de certaines séquences, etc.

←

Fig. 6. Au cours de l'appariement des chromosomes homologues pendant la méiose, deux catégories d'événements peuvent se produire entre deux gènes d'une famille multigénique, c'est-à-dire entre deux gènes très voisins mais non alléliques : le *crossing-over* inégal et la conversion génique. Dans le cas du *crossing-over* inégal (en haut sur le schéma), la recombinaison produit des gènes hybrides (AB et BA) et se traduit par une répartition inégale des gènes sur les deux chromosomes homologues. Au cours de cette recombinaison, il y a perte d'un segment d'ADN sur l'un des deux chromosomes. Une succession de *crossing-over* inégaux peut entraîner des dilatations et des contractions du nombre de gènes. Dans le cas de la conversion génique (en bas sur le schéma), il y a transfert d'une partie de gène, B par exemple, dans l'autre et il se forme un gène chimérique, ABA. Comme le gène B reste inchangé sur l'autre chromosome, on suppose que ce transfert d'ADN se produit pendant la synthèse de l'ADN au cours de la méiose. Le résultat de la conversion génique est la présence de gènes normaux (A et B) sur l'un des chromosomes homologues et, sur l'autre, d'un gène normal (B) et d'un gène « converti » (ABA).
Ces deux types d'événements, qui semblent relativement répandus et fréquents, sont à l'origine de remaniements importants des séquences d'ADN, considérés aujourd'hui comme l'un des moteurs essentiels de l'évolution du matériel génétique, et peut-être de l'évolution des espèces.

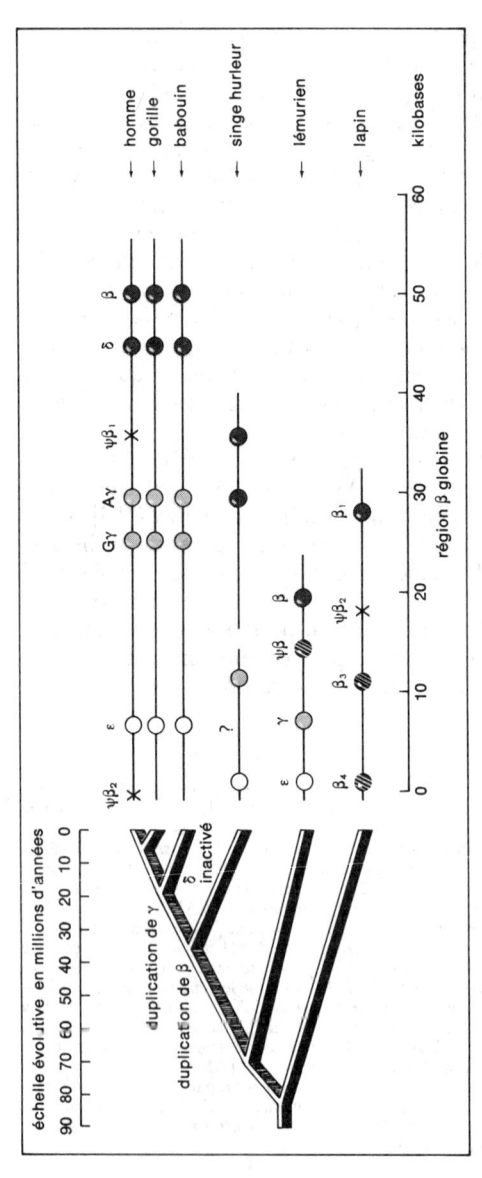

Dans la famille multigénique de la globine β, l'apparition des divers gènes (ε, γ, θ, β, etc.) s'est effectuée au cours des temps géologiques, en plusieurs étapes, à partir d'une forme ancestrale commune, β. Comme le montre ce schéma, après duplication du gène β, puis du gène γ dérivé de β, le nombre de gènes de cette famille a augmenté à mesure que l'on s'élève dans l'échelle évolutive ; le lapin a 4 gènes, le babouin 5 et l'homme 7, en comptant les 2 pseudogènes ψβ₁ et ψβ₂. On peut ainsi en déduire un arbre généalogique de la famille des gènes de la globine et dater approximativement des duplications : β̄ se serait dédoublé il y a quarante millions d'années, γ il y a vingt millions d'années.

La comparaison des gènes entre eux a permis, dans ce cas précis, de fixer un temps de l'évolution de chacun de ces gènes, de l'ordre d'un million d'années pour le remplacement de 1 % des séquences d'ADN. Mais l'évolution de cette famille de gènes s'est effectuée par brusques changements de l'organisation de ce segment de chromosome. Dans ces conditions, la notion d'« horloge moléculaire » de l'évolution, qui a été postulée dans les années 1970, paraît bien sujette à caution. (Voir *encadré*, ci-contre.)

EXISTE-T-IL UNE HORLOGE MOLÉCULAIRE DE L'ÉVOLUTION ?

La définition même de l'échelle de temps évolutifs requiert la plus grande prudence. Les arbres évolutifs sont construits à partir de données morphologiques et moléculaires obtenues sur les êtres vivants, ce qui permet d'apprécier leur degré de parenté, combinées à la datation de l'apparition d'espèces fossiles. La tentation a donc été très grande d'établir, par la comparaison de séquences d'ADN, une « horloge moléculaire » dont la lecture donnerait une indication de la distance qui sépare deux espèces. Mais on est loin de savoir définir rigoureusement une horloge moléculaire, et encore moins une horloge moléculaire unique, fût-ce au sein d'une même famille comme celle des vertébrés. On pourrait croire que les variations dans l'ADN non codant, parce qu'elles échappent aux pressions de sélection qui s'exercent sur les protéines, assurent une meilleure mesure des distances (au sens mathématique du terme) entre espèces. Pour en déduire une horloge, on postule, d'ordinaire, que ces variations sont ponctuelles et aléatoires dans l'espace (*i.e.*, au sein des séquences considérées) et dans le temps. Ceci est *grosso modo* correct pour certains gènes, comme la globine [1] *(fig. 5)* et Perler [2] et Estratiadis [3] en 1980, ont pu ainsi fixer une vitesse d'évolution qui est de l'ordre de quelque 1 % d'écart entre séquences nucléotidiques par million d'années. Pourtant, les hypothèses sur lesquelles repose cette règle peuvent toutes souffrir d'importantes exceptions : ainsi, il peut exister des points chauds de mutations ponctuelles et, surtout, des mutations non ponctuelles (conversion génique au sein des familles multigéniques, etc.). L'intervention d'agents mutagènes externes (radiations, etc.), voire la perte provisoire de contrôles internes (déficience transitoire des systèmes de réparation de l'ADN) pourraient conduire à une accumulation de mutations dans un court laps de temps évolutif. Enfin, on date l'apparition des espèces en millions d'années plutôt qu'en nombre de cycles de réplication du génome. Il n'est pas si facile de convertir l'un dans l'autre car il faudrait connaître précisément pour les espèces considérées le mécanisme de formation des gamètes, les mutations dans la lignée germinale devant seules être prises en compte. Ainsi, l'horloge moléculaire est sans doute assez inexacte et pourrait avancer par saccades, à certains moments, plutôt que régulièrement.

1. R. Lewin, *Science, 214,* 1981, p. 426. — 2. F. Perler et al., *Cell, 20,* 1980, p. 555. — 3. A. Estratiadis et al., *Cell, 21,* 1980, p. 653.

Certes, ces événements sont relativement rares mais ils existent et doivent être tenus comme de brusques discontinuités dans l'évolution « mutationnelle » du génome. A long terme, les génomes n'ont donc pas la stabilité d'organisation qui permit à Mendel de découvrir ses lois. Dans quelle mesure, d'ailleurs, l'évolution du génome ne procède-t-elle pas de graves désobéissances aux lois de Mendel ?

Des entorses à la génétique mendélienne

Peut-on passer de ces observations qui restent moléculaires, à une échelle plus macroscopique, à celle d'une cellule ou d'un organisme ? Depuis les observations des premiers cytogénéticiens, au début du siècle, on sait que, dans les organismes supérieurs, les cellules sont diploïdes, c'est-à-dire qu'elles possèdent deux jeux de chromosomes hérités, l'un du père, l'autre de la mère. Pour se reproduire, ces organismes fabriquent des cellules sexuelles, ou gamètes, qui portent un seul jeu de chromosomes provenant d'un tirage au sort des chromosomes parentaux. Lors de la fécondation, la fusion d'un gamète mâle et d'un gamète femelle assure le retour à l'état diploïde, l'œuf fécondé possédant un double jeu de chromosomes. De là dérivent les célèbres lois de Mendel qui décrivent, sous une forme statistique, le processus aléatoire de séparation et de réassortiment des chromosomes parentaux.

Il est assez fréquent et « normal » que deux chromosomes paternel et maternel se recombinent au cours de leur appariement méiotique. Ces chromosomes sont, en règle générale, quasi identiques, à quelques « accidents » près qui peuvent avoir des répercussions repérables et sont appelés « marqueurs » (la couleur des yeux d'une drosophile, du pelage d'une souris, etc.). On observe donc souvent l'échange de deux parties de chromosomes, échange *réciproque* puisque le chromosome paternel reçoit un morceau de chromosome maternel et vice versa. Lorsque l'on examine la distribution des deux marqueurs situés sur un même chromosome, on observe donc que, au lieu d'être toujours associés comme un

L'organisation de l'information génétique

tout inséparable, ces marqueurs peuvent passer sur le chromosome homologue avec une certaine fréquence qui est *grosso modo* fonction croissante de la distance qui les sépare. C'est d'ailleurs ainsi que l'on construit les cartes chromosomiques (cf. article de J.-L. Guénet, p. 189). Toutefois, du fait de la réciprocité de la recombinaison, chacun des marqueurs obéit aux lois de Mendel.

Le point important ici est que plusieurs des mécanismes de variation génétique associés aux séquences redondantes qui ont été décrits plus haut sont de type *non réciproque* : loin de provoquer un simple réassortiment des marqueurs génétiques au sein de la population des chromosomes, ils biaisent en effet la distribution des marqueurs. Ceci est évident pour la conversion génique qui provoque, dans l'exemple des spores d'*Ascobolus*, une ségrégation asymétrique des marqueurs (5:3, 6:2, etc., au lieu de 4:4) [84]. De même, la duplication d'une séquence suivie ou non de sa transposition en un autre endroit du génome est un événement génétique qui modifie la fréquence de cette séquence dans la descendance. Il en sera de même de la délétion d'une séquence.

En d'autres termes, ces échanges non réciproques engendrent toutes sortes d'entorses aux lois de Mendel. Comme ils sont, en général, relativement rares, ils n'invalident pas ces dernières et on les tenait, jusqu'à une date récente, pour des observations marginales, sinon négligeables. On leur prête maintenant une attention croissante, en particulier parce qu'ils possèdent l'importante propriété de pouvoir être, en quelque sorte, *orientés*. L'exemple suivant, fondé sur la conversion génique, va éclairer cette notion.

Reprenons les spores d'*Ascobolus*, colorées soit en brun, soit en blanc, sous l'action de deux gènes A et B. A code pour une enzyme qui intervient dans la pigmentation. B est tout simplement le même gène porteur d'une mutation qui inactive l'enzyme : faute de pigment, les spores seront blanches. Une conversion génique de B dans A change brun en blanc et vice versa. Imaginons que, pour une raison quelconque, la conversion de B dans A soit plus fréquente, ou plus probable, que la conversion de A dans B. Une proportion croissante de spores brunes va tourner au blanc. Au fil des générations, la population tendra donc à devenir blanche. Plus formellement, prenons une famille de séquences A, B, C... où se produirait une conversion préférentielle de A dans B, C, etc., de toute évidence, les séquences de la famille tendront à adopter une séquence homogène dictée par la séquence A : la séquence A aura envahi la famille multigénique. C'est ce que l'on appellera avec G. Dover de Cambridge (G.B.) [85], et T. Ohta du Laboratoire national de génétique de Mishima, au Japon [86], une « *évolution concertée* » de cette famille.

On trouve effectivement des traces de ces « évolutions concertées » dans les génomes eucaryotes. Un des premiers exemples a été fourni par D. Brown du Carnegie Institute, dès 1972 : l'étude des gènes codant pour les ARN ribosomiques de deux espèces relativement voisines de grenouille montre que, dans chaque espèce, il existe quelques centaines de gènes très homologues entre eux, alors qu'entre les deux espèces les gènes présentent des divergences significatives. Ceci suppose une homogénéisation des séquences après que les gènes primitifs ont été séparés au cours de l'évolution. De la même manière, les séquences *Alu* chez l'homme, qui sont répétées plus de 100 000 fois, sont assez homogènes entre elles, de même que leurs homologues (les séquences B1) chez la souris, alors que les *Alu* et B1 présentent entre elles de nombreuses différences. La meilleure explication que l'on puisse donner de ces phénomènes d'évolution concertée repose, comme l'ont bien souligné G. Dover et T. Ohta [87] sur l'existence des processus orientés non mendéliens évoqués plus haut. En fait, rappelons que, dès qu'un gène se duplique, apparaît un potentiel génétique de variations accélérées, formidable par rapport à celui des seules mutations, la multiplication du nombre de gènes, leur diversification, l'homogénéisation de leurs séquences, la création de gènes hybrides, les délétions, etc. L'existence de familles multigéniques est donc probablement un moteur évolutif puissant.

Quid de la sélection darwinienne ?

Mais, à ce stade, nous ne pouvons plus échapper à une interrogation majeure qui dérive de cette autre caractéristique fondamentale des génomes eucaryotes : l'existence de quantités importantes d'ADN non codant influence-t-elle l'évolution ? Dans la conception darwinienne, qui a, jusqu'à présent, prédominé, une mutation se répand dans une population si elle confère à l'individu qui la porte un avantage sélectif. Mais que dire de mutations qui touchent l'ADN non codant, dont il faut rappeler qu'il pourrait représenter 80 % ou plus de l'ADN humain ?

Tout d'abord, bien que ne codant pas pour des protéines, cet ADN n'est pas nécessairement dépourvu de fonction. Quelle est l'architecture d'un chromosome ? Quelles sont même les limites fonctionnelles d'un gène ? De l'ADN non codant et non transcrit intervient-il dans les deux cas ? On est en droit de penser qu'il existe, à l'intérieur des génomes, d'importantes contraintes structurales et fonctionnelles qui pourraient faire intervenir des avantages sélectifs liés à la présence et à la distribution de l'ADN non codant. Mais, si l'on compare les séquences codantes et non codantes de différentes espèces, on s'aperçoit qu'en général la divergence des premières est bien moindre que celle des secondes. A l'évidence, si des contraintes existent sur tout ou partie de l'ADN non codant, elles sont moins fortes que celles qui s'exercent sur la portion codante des gènes. Enfin, il reste possible qu'une partie au moins de l'ADN non codant et, en particulier, celle qui n'est pas répétée, soit dépourvue de fonction. Ceci peut paraître choquant dans un raisonnement darwinien étroit, mais de tels arguments se sont déjà trouvés faux par le passé, nul n'étant capable d'appréhender l'ensemble de l'économie cellulaire, ni de ses relations avec l'environnement.

Tout nous conduit donc à penser — et de nombreuses observations le confirment — que des mutations peuvent altérer l'ADN non codant sans grand effet sur le fonctionnement de la cellule ou de l'organisme. Doit-on pour autant considérer ces mutations comme neutres à long terme sur le plan évolutif ? Certainement pas. Prenons un exemple qui est étayé par l'expérience et qui repose, là encore, sur l'intervention de séquences répétées. Supposons qu'au voisinage d'un gène donné se trouve insérée une séquence de type *Alu*. Imaginons qu'une deuxième séquence, identique à la première, vienne s'introduire, à l'autre extrémité du gène, dans une région dépourvue de toute fonction. Longtemps cet événement va rester silencieux. Mais, si l'orientation physique des deux séquences sur l'ADN est la même, elles auront une propension à se recombiner entre elles, ce qui aura pour résultat de déléter le gène qu'elles encadrent. Ainsi, la présence de séquences *Alu* dans de l'ADN non codant de la région globine n'est sans doute pas étrangère à l'apparition de certaines délétions. Cet exemple suggère bien que des altérations sans effet immédiatement « visible » peuvent préparer le terrain à d'autres événements génétiques qui affecteront, de façon cette fois-ci manifeste, des gènes ou des zones fonctionnelles de l'ADN. Le nombre énorme de telles séquences répétées peut donc conférer une très grande mobilité potentielle au génome.

La dynamique interne des génomes eucaryotes

Donc, en dépit de beaucoup d'imprécisions et d'incertitudes, nous voici confrontés à un tableau bien surprenant des génomes eucaryotes : les gènes, c'est-à-dire l'ADN codant, sont, en quelque sorte, engravés sur une toile de fond d'ADN non codant. L'ensemble, mais surtout la toile de fond, le décor, est riche en répétitions (l'ADN redondant) qui sont à la fois le signe et la source de nombreuses variations génétiques. Certaines échappent aux lois de Mendel, d'autres ignorent probablement toute sélection, modifiant la toile de fond plutôt que les gènes. Mais ceux-ci, les acteurs cellulaires, ne peuvent être tout à fait indifférents aux variations du décor.

L'organisation de l'information génétique

Que pouvons-nous déduire de ces éléments pour l'évolution des espèces, lorsque nous envisageons des variations à long terme, à la mesure des temps évolutifs ?

Retenons une première idée-force : à la redondance des séquences est associée, par le canal de mécanismes génétiques non réciproques, la notion, que nous avons décrite plus haut, d'évolution concertée. Mais, avec G. Dover et T. Ohta [88], précisons que ces biais génétiques, qui permettent à une séquence nucléotidique d'envahir une population de gènes, peuvent se produire en l'absence, et même à l'encontre, de toute sélection naturelle. Comme nous l'avons exposé plus haut, dans une conversion génique, il peut arriver que la conversion de B vers A soit « préférée » à celle de A vers B. Dans l'optique darwinienne, on penserait immédiatement que l'individu porteur de A est meilleur, au regard de la sélection naturelle, que l'individu porteur de B. Mais l'analyse de l'ADN non codant, confirmée par diverses expériences génétiques, nous indique que la préférence B vers A peut être indépendante de toute sélection, et sans doute liée à la nature des séquences elles-mêmes. Dans ce cas, il existerait donc une sorte de dynamique interne des génomes qui dicterait une partie de leur évolution. Dans cette logique, si la perte du caractère B au profit de A est néfaste pour l'individu mais dictée par cette mécanique probabiliste interne, une population d'individus évoluerait de façon concertée, et statistiquement inéluctable, vers une population de monstres. La sanction de la sélection naturelle « à la Darwin » interviendrait *in fine* pour éliminer l'espèce.

Ajoutons encore ceci : dans la mesure où les génomes des cellules eucaryotes contiennent tant d'ADN non codants, nombre de mutations doivent toucher le décor des gènes plutôt que les gènes eux-mêmes. Que ces mutations soient purement aléatoires, ou qu'elles obéissent aux règles de dynamique interne évoquées ci-dessus, le décor varie plus vite que les acteurs. Peut-être l'accumulation de ces mutations, au terme d'un long et obscur travail évolutif qui modifie le décor d'ADN non codant, autorise-t-elle l'émergence d'autres mutations qui subiront, elles, l'épreuve de la sélection naturelle. La génétique moléculaire, à ce stade, ne peut guère aider la biologie de l'évolution, sauf par cette interrogation provocante : les modifications des génomes les plus significatives sur le plan évolutif ne seraient-elles pas celles qui, initialement, échappent à toute sélection ?

POUR EN SAVOIR PLUS

B. Lewin, *Gene Expression*, New York, Wiley Interscience, 1982.

G. A. Dover et R. B. Flavell, *Genome Evolution*, New York, Academic Press, 1982.

M. Kimura, *The Neutral Theory of Evolution*, Cambridge (G.B.), Cambridge University Press, 1983.

B. Albertis et al., *Molecular Biology of the Cell*, New York, Garladld Publishing inc., 1982.

T. Ohta, *Evolution and Variation of Multigene Families*, Berlin, Springer Verlag, 1982.

F. J. Ayala, *Biologie moléculaire de l'évolution*, Masson, 1982.

P. Kourilsky, *Biochimie, 65*, 1983, p. 85.

M. R. Rose et W. F. Doolittle, *Science, 220*, 1983, p. 117.

R. E. Dickerson and I. Geis, *Hemoglobin, Structure, Function, Evolution and Pathology*, Menlo Park, Calif. (USA), The Benjamin Cummings Publishing Co., 1982.

La Recherche, mai 1984

6. Génie génétique et industries biomédicales

Paul Tolstoshev et Jean-Pierre Lecocq

L'association pourtant familière de « génie » et de « génétique » sonne étrange : génie renvoie aux techniques de l'ingénieur ; génétique renvoie à la transmission des caractères héréditaires. En fait, le génie génétique, en permettant l'analyse fine du support matériel de l'hérédité, rend possible sa modification [89] ; son application à la médecine consiste en des modes originaux de production de substances biologiques d'intérêt médical et de diagnostic de maladies héréditaires. Quant à la correction de ces maladies ou à la manipulation génétique d'embryons, même si elles ne sont plus totalement inaccessibles, elles restent encore largement du domaine de l'imagination.

Tout part d'une constatation simple : face à de nombreuses maladies, le médecin aurait besoin, pour soigner son malade, de substances biologiques diverses. Or, si elles sont d'origine humaine, il existe un risque non négligeable qu'elles soient contaminées par un agent infectieux comme le virus de l'hépatite B, par exemple ; rappelons que, l'an passé, certaines préparations de facteurs sanguins indispensables au traitement d'une maladie du sang comme l'hémophilie, se sont révélées être contaminées par l'agent du SIDA [90]. D'autre part, si la substance est d'origine animale, elle peut être rejetée par le système immunitaire du malade. Tout pousse donc à la production de matériels biologiques humains, sans avoir recours à leur extraction à partir d'organes ou de sang, d'autant que leur purification requiert souvent la collecte d'énormes quantités de matériel de départ. Dans l'état actuel des choses, seul le génie génétique permet de produire des substances pures, libres de toutes contaminations et identiques

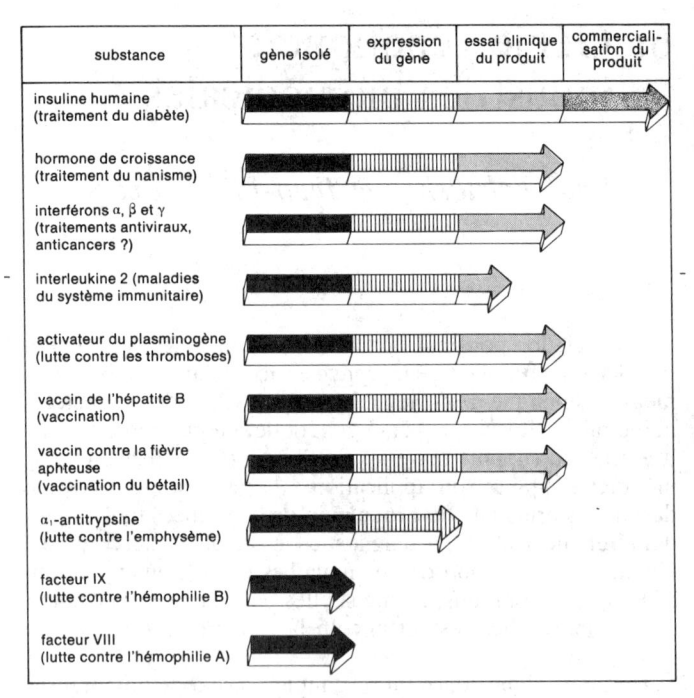

substance	gène isolé	expression du gène	essai clinique du produit	commercialisation du produit
insuline humaine (traitement du diabète)				
hormone de croissance (traitement du nanisme)				
interférons α, β et γ (traitements antiviraux, anticancers ?)				
interleukine 2 (maladies du système immunitaire)				
activateur du plasminogène (lutte contre les thromboses)				
vaccin de l'hépatite B (vaccination)				
vaccin contre la fièvre aphteuse (vaccination du bétail)				
α_1-antitrypsine (lutte contre l'emphysème)				
facteur IX (lutte contre l'hémophilie B)				
facteur VIII (lutte contre l'hémophilie A)				

Tableau. Les techniques du génie génétique servent déjà à la production d'une dizaine de protéines indispensables au traitement de maladies humaines ou animales. Mais, dans la plupart des cas, à part l'insuline humaine déjà fabriquée industriellement et commercialisée, les recherches en sont au mieux au stade des essais cliniques, ou même, tout simplement, à celui de l'isolement du gène de la protéine. C'est ce qui se passe pour les gènes des facteurs VIII et IX de la coagulation sanguine, dont les défectuosités entraînent, respectivement, l'hémophilie A et l'hémophilie B : leur isolement est très récent, et l'« approche » de la production des protéines correspondantes ne fait que débuter.

à celles trouvées chez l'homme. La liste des substances d'intérêt médical qui peuvent être ainsi produites est longue *(tableau)* ; nous avons choisi de décrire ici l'impact du génie génétique sur la pathologie des composants principaux du sang humain.

Les maladies qui affectent les protéines du sang sont souvent bien caractérisées au plan moléculaire et l'injection de la protéine normale permet en général d'en atténuer très fortement les symptômes. De plus, celles de ces maladies qui sont héréditaires peuvent déjà ou seront prochainement diagnostiquées grâce au génie génétique. Ainsi, une description de la manière dont ces techniques « interviennent » en pathologie du sang permet d'aborder ces deux aspects en même temps, tout en posant les principes plus généraux des applications du génie génétique en médecine.

L'isolement d'un gène exige la maîtrise de nombreuses techniques

Supposons que l'on veuille produire hors de l'organisme humain une protéine du sang comme l'albumine sérique normalement synthétisée par le foie : la stratégie (et elle vaut pour toute autre protéine) consiste à isoler le gène qui code pour l'albumine humaine, et le faire fonctionner efficacement... ailleurs (c'est-à-dire dans toute autre cellule). Tout ce qui vient ensuite est un problème de rentabilité économique.

Or, dans un organisme supérieur, tout gène n'est finalement qu'un fragment plus ou moins long de l'ADN dit « génomique » porté par les chromosomes et dont, depuis Avery et McLeod en 1944, tout biologiste sait qu'il est le support de l'hérédité. L'ADN consiste en de longues molécules issues de l'enchaînement (la séquence) de quatre composants élémentaires, les nucléotides portant respectivement les bases adénine (A), thymine (T), cytosine (C) et guanine (G). Au sein de l'ADN, la séquence de nucléotides qui conserve, dans cet alphabet à quatre lettres, l'information nécessaire à la synthèse d'une protéine, constitue le gène de cette protéine. En fait aucun gène n'est directement « traduit » en protéine. Il doit d'abord être copié (transcrit) en ARN messager (ou ARNm) qui est spécifique et complémentaire du gène. Cet ARN est ensuite traduit en protéine, grâce à ce dictionnaire bilingue qu'est le code génétique : à un groupe de trois nucléotides sur l'ARNm et donc sur le gène, correspond un acide aminé

foie

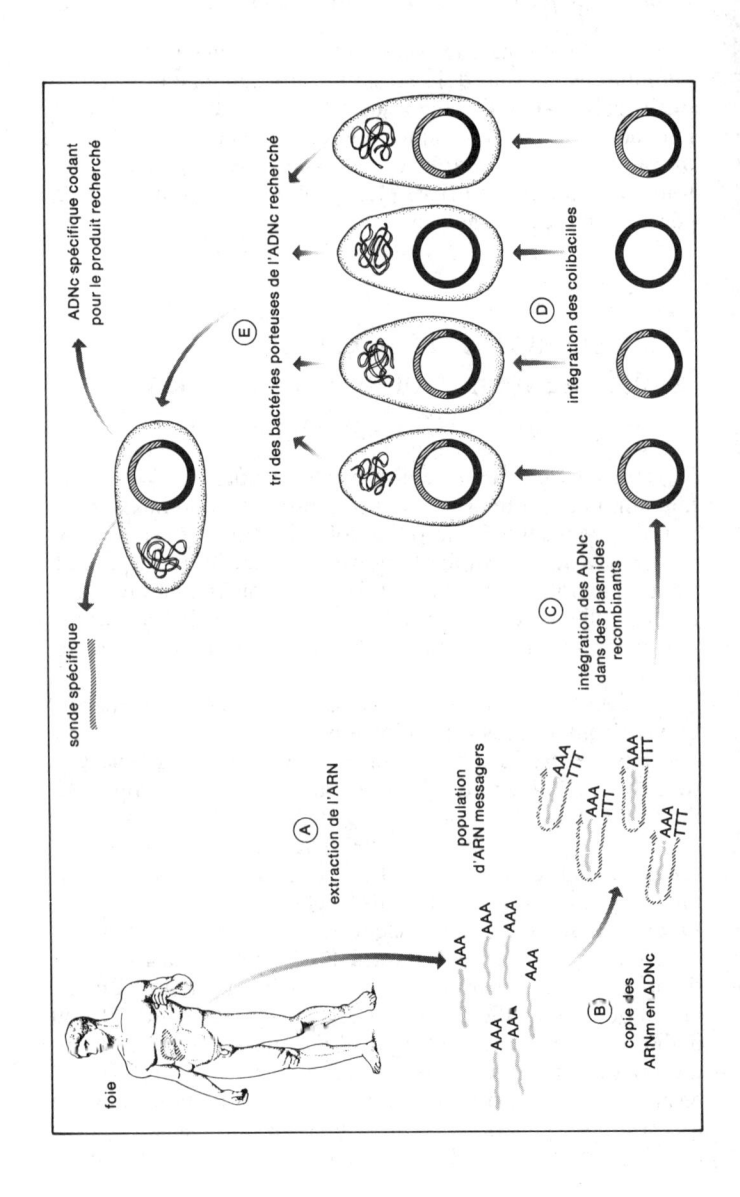

(A) extraction de l'ARN

population d'ARN messagers

(B) copie des ARNm en ADNc

(C) intégration des ADNc dans des plasmides recombinants

(D) intégration des colibacilles

tri des bactéries porteuses de l'ADNc recherché

(E)

sonde spécifique

ADNc spécifique codant pour le produit recherché

donné. Ainsi, l'expérimentateur qui veut isoler un gène dispose au départ de trois outils : les protéines, les ARN messagers et l'ADN génomique. Comment procéder ? De nos jours, isoler un gène (le cloner...) devient progressivement une affaire de routine *(fig. 1)*.

Le clonage direct à partir de l'ADN génomique reste techniquement difficile. Dès lors, le clonage reste fondé sur une procédure qui permet de remonter de l'ARNm à l'ADN. Prenons l'exemple du clonage des gènes codant pour les facteurs sanguins. On recherche tout d'abord l'organe dans lequel le gène que l'on souhaite isoler est le plus exprimé, c'est-à-dire dans lequel le taux d'ARNm spécifique doit être le plus élevé. L'expression maximale peut être au demeurant fort médiocre : ainsi, l'ARNm de certains facteurs de la coagulation du sang (facteur IX) est présent au mieux à la fréquence de 1 pour 10^4 molécules dans le foie !

Après extraction des ARNm de ce tissu (qui, dans un foie par exemple, représentera une population de quelques milliers d'ARNm différents, produits de tous les gènes exprimés dans les cellules de foie) prend place une étape délicate : leur transformation en copie d'ADN (appelée ADNc ou ADN complémentaire), grâce à la transcriptase reverse, enzyme virale dont la découverte valut à D. Baltimore et H. Temin le prix Nobel en 1975 [91]. L'ADNc est beaucoup plus stable que l'ARNm correspondant ; une fois rendu double-brin, il peut alors être inséré dans des plasmides (sorte de minichromosomes bactériens) que l'on introduit ensuite dans une bactérie comme le colibacille ; ces plasmides, utilisés maintenant par

←

Fig. 1. La première étape vers la production d'une protéine par génie génétique est l'isolement — le clonage — de l'ADN qui code pour cette protéine. Cette opération s'effectue presque toujours selon la même procédure et consiste à cloner l'ADNc, copie de l'ARN spécifique de la protéine. La première étape consiste à isoler l'ARNm total d'un organe, par exemple le foie (A) ; il est copié ensuite en ADNc par la transcriptase reverse (B). Ces ADNc sont ensuite greffés sur un « vecteur » approprié, en général un plasmide (C). Ces plasmides « greffés » sont alors introduits dans des colibacilles (D). Puis la population bactérienne « transformée » est triée par différentes méthodes, jusqu'à isolement du clone qui contient l'ADNc, recherché (en clair pour l'ARNm, en foncé pour l'ADNc tout au long de ce schéma, les autres espèces d'acides nucléiques étant en noir). Dès qu'un ADNc est complet, au moins pour sa partie codante, il peut être introduit dans un vecteur d'expression, à fins de production de la protéine.

tous les laboratoires de génie génétique, sont en fait des dérivés des plasmides naturels ; ils conservent pour la plupart deux gènes de résistance à certains antibiotiques (pénicilline et tétracycline par exemple). Ces marqueurs de résistance permettent de sélectionner toutes les bactéries qui hébergent un plasmide, et de repérer celles dont le plasmide aura bien reçu l'ADNc ; si, en effet, l'ADNc est intégré à l'intérieur du gène de résistance à la pénicilline, ce gène « disloqué » devient inactif et les bactéries deviennent sensibles à cet antibiotique. La résistance à la tétracycline, elle, ne sera pas modifiée. Il suffira donc d'étaler les bactéries dans lesquelles on a introduit les plasmides recombinés sur un milieu de culture contenant de la tétracycline pour sélectionner les bactéries portant un plasmide, puis de repérer celles qui hébergent un plasmide dit recombinant et qui seront donc sensibles à la pénicilline. Ce que l'on aura construit ainsi est une « banque d'ADNc », nommée d'après la nature des ARNm de départ. C'est ainsi que l'on parlera souvent ici de banque d'ADNc de foie humain.

L'étape suivante consiste à repérer, parmi 10^4 et 10^5 colonies bactériennes indépendantes, les bactéries qui possèdent l'information génétique nécessaire à la production du facteur sanguin recherché. On peut imaginer que ce travail de tri est très fastidieux... Plusieurs stratégies simplificatrices ont été mises au point selon les informations moléculaires dont on peut disposer au départ sur la protéine.

Supposons que l'on connaisse ne fût-ce que des fragments de la séquence en acides aminés de cette protéine dont on veut sélectionner l'ADNc ; grâce à la connaissance du code génétique, le chimiste va fabriquer tous les différents petits fragments d'ADN (longs de 14 à 18 nucléotides) qui correspondent à cette séquence ; après marquage avec du phosphore radioactif, le biologiste peut alors s'en servir comme hameçon moléculaire pour identifier la colonie bactérienne qui héberge l'ADNc correspondant ; les ADNc de séquences identiques ont en effet la capacité de s'apparier spécifiquement l'un à l'autre (de s'hybrider). La colonie bactérienne qui contient un ADNc de séquence homologue à n'importe lequel des petits fragments d'ADNc peut alors être repérée par impression d'un film photographique. Cette technique s'est considérablement améliorée ces deux dernières années grâce aux énormes progrès de la synthèse chimique de l'ADN [92]. Notons que l'isolement d'un ADNc humain peut se faire en deux étapes : isolement de l'ADNc homologue d'une autre espèce animale et ensuite utilisation de cet ADNc comme sonde. En effet, les deux ADNc (par exemple homme-souris) s'hybrideront en général assez efficacement car, d'un mammifère à l'autre, les séquences d'ADN restent très proches.

La situation se complique lorsque la séquence en acides aminés de la protéine n'est pas connue. Il faut alors repérer le bon clone par le produit dont il peut diriger la synthèse. Une technique utilisée par de nombreux laboratoires consiste à faire s'exprimer directement les ADNc dans la bactérie et à détecter les colonies bactériennes productrices grâce à des anticorps spécifiques. C'est ainsi que l'ADNc de l'insuline humaine a été cloné dès 1979 par W. Gilbert et son groupe à Harvard [93]. La capacité de l'ADNc de s'apparier à l'ARNm peut également être utilisée. Après hybridation, chaque ARNm est élué et traduit en protéine dans un système acellulaire ou par injection dans un œuf de batracien. La protéine produite est alors caractérisée sur la base de ses propriétés moléculaires ou de son activité biologique. Ce fut le cas des interférons α, ß clonés en 1980 respectivement par Weissman à Genève et Taniguchi à Tokyo [94]. D'autres astuces technologiques améliorant la détection des clones sont régulièrement mises au point. Il est clair actuellement que plusieurs techniques doivent être utilisées parallèlement lors de l'isolement d'un clone. Aucune ne donne d'avance un résultat garanti. Cependant, même si la démarche est parfois longue, il est pratiquement toujours possible d'isoler le bon clone d'ADNc.

Après le clonage, le travail d'« exploitation » de l'ADNc commence. L'étude de l'ADNc permet de connaître très rapidement la structure primaire de la protéine qui lui correspond. L'ADNc peut, dans la majorité des cas, être directement utilisé pour la production de « sa protéine ». Il peut, d'autre part, servir à isoler le gène naturel auquel il correspond, tout simplement par hybridation spécifique avec une banque d'ADN génomique. L'étude de ces gènes permet de comprendre leur organisation et la manière dont ils fonctionnent dans l'organisme.

Le génie génétique et l'hémophilie

C'est grâce à cette évolution technique considérable que l'on a lieu d'espérer pouvoir venir en aide dans un avenir proche à de nombreux malades souffrant d'altérations de facteurs sanguins [95]. Prenons le cas des hémophiles. Lorsqu'on se blesse, un peu de sang coule, puis le saignement s'arrête parce qu'un caillot s'est formé qui obture les vaisseaux lésés. Le mécanisme de la coagulation du sang est d'une extrême complexité, mais peut se ramener à une cascade de réactions enzymatiques. Des précurseurs des enzymes de la coagulation circulent dans le sang à l'état inactif. Au site de la lésion, ils vont être transformés en facteurs activés par des coupures spécifiques de leur chaîne d'acides aminés. Chaque facteur activé va alors pouvoir s'attaquer au précurseur inactif de l'enzyme responsable de l'étape suivante et l'activer à son tour, etc., jusqu'à l'apparition du constituant du caillot, la fibrine, également à partir d'un précurseur, le fibrinogène. Bien entendu, cette réaction en chaîne est régulée, faute de quoi, à la moindre coupure, tout notre sang se prendrait en masse. Il existe ainsi, surimposé au système d'activation, un système d'inactivation des facteurs activés.

Des maladies connues depuis des siècles affectent ce processus complexe. Les plus connues sont héréditaires, comme l'hémophilie qui affectait par exemple certaines familles royales et impériales au début de ce siècle. Les deux types principaux d'hémophilies sont l'hémophilie A et l'hémophilie B. Dans l'hémophilie A, qui frappe environ 4 000 sujets en France, le facteur VIII est absent ou inactif. Dans l'hémophilie B, qui frappe environ 800 personnes dans notre pays, c'est le facteur IX qui est déficient. Suivant le niveau d'activité résiduelle des facteurs atteints, la maladie est absolue, modérée, ou légère. Les patients atteints de formes absolues ou modérées ne doivent leur survie qu'à l'injection régulière de facteurs VIII ou IX, partiellement purifiés à partir de sang humain. Les risques de contamination liés à l'usage de ce matériel sont notables et connus. Devant l'intérêt médical et industriel de la production de facteurs VIII et IX purs, plusieurs laboratoires de génie génétique se sont lancés dans le clonage des gènes correspondant à ces facteurs.

Voyons les difficultés auxquelles les chercheurs se sont heurtés. Le facteur IX est en très faible quantité dans le sang (environ 4 µg/ml), ce qui augure mal de la fréquence de son ARNm dans le foie, lieu de production. La séquence en acides aminés du facteur IX bovin était donc seule accessible et avait été déterminée par E. Davie et collaborateurs en 1979 à Seattle [96]. Il était ainsi possible de prédire les séquences nucléotidiques correspondant à certaines régions de la protéine. Deux laboratoires, ceux de Davie et Brownlee ont donc préparé des mélanges de petits fragments d'ADN de synthèse (15-19 nucléotides), puis s'en sont servis pour isoler des clones d'ADNc du facteur IX dans des banques d'ADNc de foie [97].

Mais l'utilisation de petits fragments d'ADN conduit à isoler des clones faussements positifs, ce qui retarde considérablement le travail, surtout quand le clone recherché est rare. C'est la raison pour laquelle notre laboratoire a préféré synthétiser une sonde unique mais très longue (de 52 nucléotides) en vue d'accroître sa spécificité d'hybridation. Cette sonde, qui correspond à la séquence la plus probable d'une partie de l'ADNc du facteur IX, nous a permis en 1982 un isolement très rapide et sans ambiguïté de clones du facteur IX humain [98]. Ce succès était prometteur pour l'isolement ultérieur d'autres molécules par la même technique d'utilisation de sonde unique et longue. Cet ADNc du facteur IX va permettre la construction de cellules productrices de facteur IX humain et, comme nous le verrons en fin de cet article, va permettre également un diagnostic original de l'hémophilie B et d'autres maladies héréditaires associées au chromosome sexuel X.

La situation reste beaucoup plus difficile, en ce qui concerne le facteur VIII dont l'absence est responsable de l'hémophilie A. Il se trouve à l'état de traces dans le sérum (100 à 200 ng/ml). Sa structure moléculaire est fort mal connue et dès lors sa séquence en acides aminés difficile à déduire. La protéine et donc l'ARNm correspondant sont sans doute très longs. Ajoutons enfin que son lieu de synthèse chez l'homme n'est pas établi avec certitude... Dans ces conditions, il est bien clair que l'étude du facteur VIII humain a tout à gagner des techniques du génie génétique.

Le clonage du facteur VIII a été entrepris par de nombreux laboratoires. Fin 1984, l'isolement du gène et son expression étaient obtenues par la société Genentech (San Francisco) et la société Genetics Institute (Boston) *.

D'autre part, il peut arriver que des caillots se forment de manière incongrue dans le corps humain et viennent obstruer des vaisseaux sanguins. Les maladies qu'ils provoquent, les thromboses, sont une cause majeure de décès en Europe et en Amérique du Nord. On comprend donc que la recherche des moyens de dissoudre physiologiquement les caillots sanguins soit très active.

Le système dit « fibrinolytique » empêche normalement la formation des caillots ou leur extension. L'acteur principal en est la plasmine, une enzyme qui dégrade la fibrine. Cette enzyme est produite à partir d'un précurseur inactif, le plasminogène, lui-même activé par une autre protéine appelée activateur du plasminogène. Deux activateurs principaux ont été identifiés chez l'homme et sont devenus rapidement des candidats à une production par génie génétique : l'un, l'urokinase, est extrait de l'urine où il est présent à l'état de traces ; l'autre, l'activateur tissulaire du plasminogène est produit par des cellules qui tapissent l'intérieur des vaisseaux sanguins. L'activateur du plasminogène se révèle d'une importance clinique considérable et constitue la cible de choix pour le traitement physiologique des thromboses. En effet, contrairement à l'urokinase, il active seulement le plasminogène incorporé dans le caillot et pas le plasminogène circulant ou d'autres enzymes du système de coagulation, ce qui diminue les risques d'hémorragie, observés notamment avec l'urokinase. De nombreux laboratoires se sont donc orientés vers l'isolement du gène codant pour l'activateur tissulaire du plasminogène. La purification de petites quantités d'activateur tissulaire a permis de déterminer la séquence d'une fraction de la chaîne d'acides aminés. Les oligonucléotides correspondants

---

* « Le génie génétique au secours des hémophiles », *la Recherche*, 163, février 1985. *(N.d.E.)*

ont été synthétisés et utilisés comme sonde par le laboratoire Genentech en 1983 pour l'isolement de l'ADNc complet [99]. Qui dit ADNc complet dit évidemment possibilité d'expression, et de production de l'activateur tissulaire du plasminogène. La lutte physiologique contre les thromboses est donc engagée.

Le génie génétique et le traitement de l'emphysème pulmonaire

Un troisième groupe de protéines circule dans le sang : les antiprotéases, inhibiteurs des protéases (enzymes capables de dégrader les protéines). Leur fonction est de protéger les tissus et certaines protéines du sang contre l'action des protéases sécrétées notamment par les globules blancs. L'absence de ces inhibiteurs est à l'origine de nombreuses maladies [100].

Une des antiprotéases majeures est l'α_1-antitrypsine dont la fonction principale est d'inhiber l'élastase. L'élastase peut digérer l'élastine, le composant principal du tissu conjonctif, responsable de l'élasticité de nombreux tissus ou organes. La destruction de l'élastine entraîne donc des conséquences cliniques importantes. L'α_1-antitrypsine est synthétisée par le foie ; elle est capable de diffuser hors du système circulatoire et permet la protection des tissus. L'organe qui est principalement protégé est le poumon, où l'absence d'α_1-antitrypsine active provoque notamment une destruction et une dilatation anormale des alvéoles pulmonaires (l'emphysème). Le rôle protecteur de l'α_1-antitrypsine dans le poumon est maintenant tout à fait clair grâce à la démonstration, chez certains patients souffrant d'emphysème, que leur gène d'α_1-antitrypsine porte une mutation. La fréquence de ces mutations semble exceptionnellement élevée (1/5 000 en Europe du Nord). Bien entendu, ces déficiences génétiques en α_1-antitrypsine ne représentent qu'environ 1 % de tous les emphysèmes : cependant, il est généralement admis que toutes les formes d'emphysème proviennent d'un déséquilibre entre l'élastase et ses inhibiteurs dans le poumon. Il est donc essentiel au plan médical de disposer d'α_i-antitrypsine humaine pure.

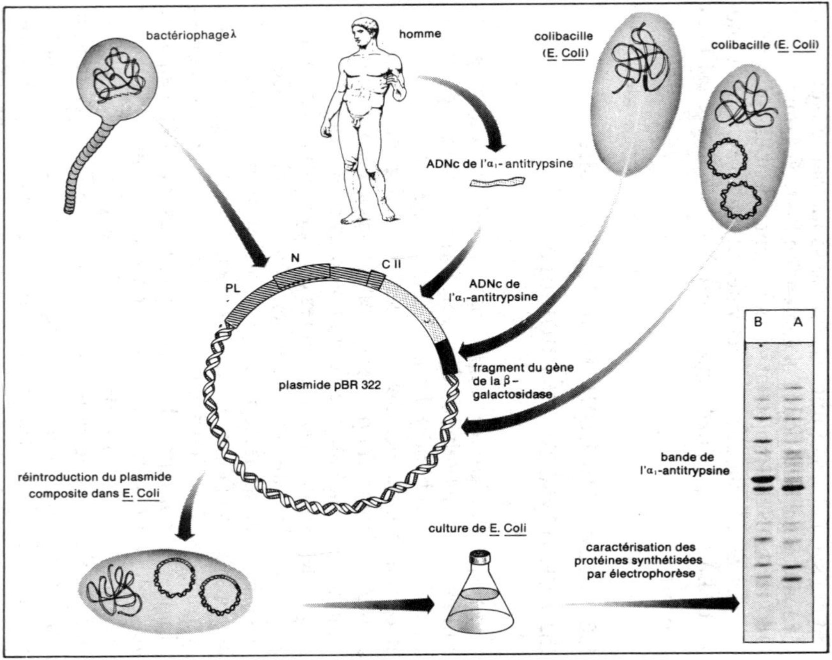
bactériophage λ
homme
colibacille
(E. Coli)
colibacille (E. Coli)
ADNc de l'α₁- antitrypsine
N
C II
PL
ADNc de
l'α₁-antitrypsine
fragment du gène
de la β –
galactosidase
plasmide pBR 322
B
A
bande de
l'α₁-antitrypsine
réintroduction du plasmide
composite dans E. Coli
culture de E. Coli
caractérisation des
protéines synthétisées
par électrophorèse

I. COMMENT CONTRAINDRE UN COLIBACILLE A SURPRODUIRE UNE PROTÉINE HUMAINE

Comment produire l'α_1-antitrypsine humaine chez le colibacille ? Disposer de l'ADNc de cette protéine n'est pas suffisant pour garantir son expression par un colibacille : il faut lui adjoindre toute une batterie de signaux moléculaires qui, d'une part, le rendent « décodable » par la machinerie bactérienne et, d'autre part, permettent un très haut taux d'expression. Donc, l'ADNc codant pour l'α_1-antitrypsine humaine a été intégré dans un vecteur d'expression. L'ossature de ce vecteur est dérivée du plasmide, pBR322 (en double hélice sur la figure) hôte du colibacille. On lui greffe une séquence « promoteur » (pL, en hachuré) dérivée du génome d'un phage de bactérie (le phage λ) et contrôlée négativement par la présence d'un répresseur thermosensible produit par le colibacille hôte. La production d'ARNm est activée si l'on transfère les bactéries à 42 °C, température à laquelle le répresseur est inactivé. En aval du promoteur se trouve le gène codant pour la protéine N également du phage λ (en hachuré), dont la fonction est d'éliminer les arrêts éventuels de transcription à l'intérieur de l'ADNc de l'α_1-antitrypsine. La région d'initiation de la traduction de l'ARNm est celle correspondant au gène cII du phage λ (en hachuré). Le cDNA codant pour l'α_1-antitrypsine contient un site unique coupé par l'enzyme de restriction BamHI situé immédiatement après le premier acide aminé de la protéine-mature. Ce site est utilisé pour intégrer l'ADNc dans le vecteur d'expression (en noir). Cet ADN très composite, cette construction, est réintroduit dans le colibacille. Il permet l'expression à 42 °C d'une protéine fusionnée comprenant les 13 premiers acides aminés correspondant à la région N-terminale de la protéine cII du phage λ, 4 acides aminés de liaison dus à la construction génétique et 453 acides aminés de l'α_1-antitrypsine humaine. Le taux d'expression par la bactérie de cette protéine composite est de l'ordre de 10 à 15 % des protéines totales de la bactérie *E. coli*, ce qui se traduit par une bande majeure (flèche) lors d'une analyse électrophorétique des protéines synthétisées par cette bactérie (en bas à droite). Cette α_1-antitrypsine hybride est reconnue par des anticorps dirigés contre l'α_1-antitrypsine humaine naturelle et présente une activité biologique similaire. Cet exemple démontre bien la faisabilité des techniques de génie génétique pour obtenir des quantités « industrielles » d'une protéine humaine.

←

Pour faire produire une protéine humaine par un colibacille, il ne suffit pas d'insérer le gène (ici l'ADNc) de cette protéine dans un plasmide de la bactérie. Il faut lui adjoindre une série de fragments d'ADN (dits de régulation) permettant à la bactérie de décoder le message de ce gène, et de produire la protéine en quantités notables. Le schéma représente les différentes étapes de la construction d'un plasmide capable de produire l'α_1-antitrypsine humaine. L'ADNc humain de l'α_1-antitrypsine est inséré (en clair) dans le plasmide pBR322 du colibacille. Puis, on greffe en amont de l'ADNc une séquence « promoteur » (en hachuré) provenant du bactériophage λ, ainsi que le gène codant pour la protéine N du même bactériophage. Ce gène a pour fonction d'empêcher les arrêts éventuels de transcriptions. La traduction est rendue la plus efficace par l'utilisation du site d'attachement des ribosomes du gène cII provenant également du phage λ. Ce plasmide composite est réintroduit dans une bactérie. Dans certaines conditions de température, il exprime en abondance l'α_1-antitrypsine humaine, ce que l'on vérifie en faisant une analyse électrophorétique (en bas à droite du schéma) des protéines produites par le colibacille en absence d'ADNc (A) et en sa présence (B) : l'α_1-antitrypsine, indiquée par une flèche, est devenue une protéine majoritaire de la bactérie. *(Cliché Transgène.)*

Le cDNA et le gène de l'α_1-antitrypsine humaine ont été clonés [101] initialement par l'équipe de Wu à Houston en 1979. Il est à noter que, dans le cas de l'α_1-antitrypsine, et contrairement à d'autres molécules (hormone de croissance...), d'énormes quantités devront être disponibles pour envisager un usage thérapeutique. Nous décrivons *(encadré I)* les constructions génétiques qui nous ont permis de forcer le colibacille à synthétiser de grandes quantités de cette substance. Le gène d'un autre inhibiteur de protéase a été également cloné et exprimé : celui de l'antithrombine III qui contribue à limiter l'extension des caillots de fibrine.

Le sang humain contient des dizaines d'autres protéines, toutes importantes et susceptibles d'être produites par génie génétique. Le clonage des gènes correspondants est d'ailleurs déjà réalisé pour bon nombre d'entre elles.

Le colibacille reste le « cheval de labour » des productions du génie génétique

Et maintenant, comment produire toutes ces protéines par les techniques du génie génétique ? En général, lorsqu'un ADNc est introduit dans une cellule, il s'exprime peu ou pas. De nombreuses étapes de chirurgie génétique sont donc nécessaires pour adapter l'expression de l'ADNc à la cellule où l'on désire qu'il s'exprime. En d'autres termes, le passage à la production est fortement tributaire de nos connaissances sur la manière dont les gènes fonctionnent aussi bien dans les bactéries que dans les cellules animales.

Le choix de la cellule-hôte de production se présente de manières différentes selon l'utilisation de la protéine produite (pharmaceutique ou alimentaire) et selon que la protéine doit ou non subir des modifications post-traductionnelles pour devenir active. Le colibacille *(E. coli)* est incapable de réaliser des modifications post-traductionnelles (glycosylation, carboxylation...) qui sont de règle dans les protéines sécrétées par les cellules animales, et dont les composants du sang sont autant d'exemples... Cependant, pour des raisons de facilité de culture et de manipulation, le colibacille n'en reste pas moins le favori des biotechnologistes chaque fois que cela est possible. Certaines substances, comme l'insuline humaine, les interférons et l'hormone de croissance sont déjà produites industriellement par cette bactérie et il est possible d'envisager également la production de certains produits sanguins *(tableau)*. La condition *sine qua non* pour qu'un ADN soit exprimé dans le colibacille est qu'il passe sous le contrôle des éléments de régulation génétique de cette bactérie. Ces signaux de régulation [102] sont introduits dans les « vecteurs » qui servent au clonage, les transformant alors en « vecteurs d'expression ». Ainsi, l'initiation de la copie de l'ADN en ARNm nécessite la présence, au début du gène, d'une séquence dite « promoteur », sur laquelle s'exercent divers types de contrôle. Comme les séquences bactériennes sont différentes de celles des gènes des organismes supérieurs, elles doivent être introduites après prélèvement sur des gènes bactériens ou viraux homologues. De même, la terminaison de la copie (à la fin d'un gène) d'ARNm est contrôlée par des signaux reconnus par certaines protéines spécifiques. Ces signaux doivent être présents en fin du gène greffé. Enfin, d'autres éléments de régulation peuvent être ajoutés astucieusement, de façon à assurer une transcription efficace. L'ARNm étant produit, sa traduction en protéine nécessite la présence en amont de la séquence codant pour la protéine, d'une séquence nucléotidique particulière, identifiée par deux chercheurs australiens Shine et Dalgarno, et nécessaires à l'attachement des ribosomes ; ce signal étant absent des ADNc des vertébrés, il doit donc être introduit entre le promoteur et le début de l'ADNc.

On conçoit donc que l'expression d'un ADNc soit le résultat d'un très grand nombre d'opérations de microchirurgie sur l'ADN : coupures spécifiques, enlèvement et addition de séquences, etc., favorisées par l'existence d'un arsenal d'enzymes et d'oligonucléotides de synthèse. On se rendra compte de cette complexité technique en examinant la manière dont nous sommes arrivés à hyper-produire une antitrypsine humaine dans *E. Coli (encadré I)*.

D'autres micro-organismes que le colibacille pourraient être utilisés en production ; les deux systèmes les plus étudiés actuellement sont la bactérie *Bacillus subtilis* [103] et la levure [104], principalement pour leur capacité à sécréter des protéines et à cause de leur acceptabilité dans l'industrie alimentaire. Il est clair, cependant, qu'un énorme travail fondamental est encore nécessaire, avant leur réelle application industrielle.

Une solution du futur : l'expression dans des cellules supérieures

Comme nous l'avons dit, l'un des désavantages principaux de la bactérie *E. coli* est son incapacité à réaliser les modifications chimiques de protéines postérieures à leur synthèse qui, dans la plupart des cas, sont déterminantes pour l'activité de la protéine. Ces modifications jouent un rôle particulièrement important pour certaines protéines du système de coagulation. Ainsi le facteur IX doit être carboxylé pour être actif. La plupart de ces protéines sont de plus pourvues de chaînes sucrées latérales (glycosylation). Dès lors, si l'on veut produire une telle molécule par les techniques du génie génétique, il faut choisir une cellule hôte capable de réaliser ces opérations. Les cellules animales semblent donc le choix évident, mais de nombreux problèmes techniques sont à surmonter.

Il faut d'abord faire entrer l'ADN étranger dans la cellule. Un tout premier système a été mis au point dans le laboratoire de R. Axel, de New York, dans les années 1978. Certaines cellules animales en culture peuvent en effet absorber de l'ADN étranger qui leur est présenté sous forme de précipités, mais seul un très petit pourcentage de cellules est capable d'une telle opération. Cette très faible fréquence rend nécessaire de travailler dans un système génétique où l'on peut sélectionner les cellules « positives » ; plusieurs systèmes de sélection ont été mis au point ces dernières années. Une autre technique consiste à injecter les gènes étrangers directement dans le noyau des cellules suivant une méthode mise au point par Graessman à Berlin d'abord, puis développée par

M. Capecchi à Salt Lake City, vers la fin des années 1970. Ces techniques permettent l'expression de gènes étrangers dans des cellules animales pour autant qu'un morceau assez grand d'ADN encadrant le gène soit encore présent : le fragment en amont du gène contient en effet la plupart des différents signaux nécessaires à son expression. Ces signaux ont été caractérisés dans le laboratoire de Pierre Chambon à Strasbourg [105]. Mais, pour obtenir une expression compatible avec les besoins industriels, il est souvent nécessaire de substituer les signaux de régulation naturels par d'autres plus performants. De plus, la région codante provenant de l'ADNc est préférentiellement utilisée pour des raisons techniques.

L'ADN introduit est donc de plus en plus souvent « manipulé ». Depuis quelques années, et en particulier sous l'impulsion de P. Berg en Californie et de R. Mulligan maintenant au MIT, se développe la mise au point de vecteurs d'expression dans les cellules supérieures. Les chercheurs utilisent surtout des dérivés de virus capables de se multiplier dans ce type de cellules : le virus simien SV40, l'adrénovirus, le papillome bovin et le virus de la vaccine [106] ; ce dernier subit actuellement un développement spectaculaire [107]. La connaissance et, par conséquent, le taux d'expression d'un gène étranger dans une cellule animale sont en progrès constant et laissent entrevoir une utilisation de plus en plus grande de ce type de cellules comme hôte de production.

Le génie génétique permettra le diagnostic de la majorité des maladies héréditaires

Il est donc clair que nous sommes à l'aube d'une production industrielle des protéines du sang humain par les techniques du génie génétique. Cependant, il existe une autre application immédiate de cette technologie : le diagnostic des maladies héréditaires.

Le génie génétique est en effet à l'origine d'une véritable

Dans l'opinion publique, une des craintes les plus répandues est que l'on puisse intervenir sur le patrimoine génétique des individus, bref de le manipuler plus ou moins à volonté. Cette crainte appelle deux groupes de commentaires. Le premier est que la généralisation de diagnostics prénatals de la majorité des maladies génétiques associée au dépistage des porteurs sains de gènes « délétères » ou simplement non souhaités offre la possibilité d'un eugénisme qui ne dit pas son nom et sur lequel il est urgent de réfléchir. Le second est que, si la « manipulation du génome » est une idée saugrenue, il n'en est peut-être pas de même de la correction de maladies génétiques par introduction de gènes et, d'une manière plus générale, l'introduction stable de gènes dans différentes espèces de mammifères.

En fait, l'introduction de gènes dans des lignées de mammifères connaît des développements remarquables, du moins chez la souris. On arrive ainsi à fabriquer des souris dites transgéniques qui ont incorporé dans leur génome et transmettent à leur descendance un gène provenant d'une espèce étrangère [1]. Rappelons le principe de ces expériences. Un œuf de souris juste fécondé est retiré de l'organisme maternel. Un peu d'une solution du gène que l'on souhaite étudier est injecté dans le noyau. L'œuf « manipulé » est ensuite replacé dans l'utérus d'une mère adoptive où il se développera le plus souvent en une souris normale. Dans certains cas, le gène injecté s'intègre dans l'ADN de l'hôte et se retrouve dans toutes les cellules y compris celles de la lignée germinale. Il est donc transmissible à la descendance. Mais, le plus souvent, il ne s'exprime pas. En revanche, dans quelques cas, il le fait et l'un des résultats spectaculaires de l'an passé a été l'obtention de souris devenues géantes, parce qu'elles avaient reçu le gène de l'hormone de croissance, et que ce gène s'exprimait dans l'organisme en croissance [2]. Mais ce type de résultats n'est pas la règle, sans que l'on comprenne vraiment pourquoi. Il est probable que, comme le gène injecté va s'intégrer dans les chromosomes un peu au hasard, il a davantage de chances de le faire dans des zones d'ADN inactives. Il existe sans doute d'autres raisons liées plus spécifiquement à l'organisation du gène injecté. Tout ceci constituait un bilan intéressant, mais un peu décevant, ne fût-ce que pour l'étude de l'expression de gènes étrangers au cours du développement d'un embryon. D'autant que le succès même de l'intégration n'est pas garanti, et que B. Mintz de Philadelphie a montré en décembre 1983 que l'intégration d'un gène étranger, tel celui de l'hormone de croissance, s'accompagnait de l'apparition à haute fréquence de mutations létales récessives [3].

Pourtant, une expérience rapportée par R. Brinster fin 1983, et réalisée dans son laboratoire de Pennsylvanie, modifie quelque peu la situation. Pour résumer, disons qu'un obstacle important des manipulations précédentes était le suivant : le bon gène doit s'intégrer avec une bonne efficacité au bon endroit et répondre aux stimuli physiologiques normaux. Or, si l'intégration au « bon endroit » par recombinaison avec le gène homologue semble avoir été effectivement observée dans des cellules de souris par le groupe de L. Hood en Californie [4], ce n'est toujours pas le cas des gènes injectés dans l'embryon. Cependant, l'identification par différents groupes suisse et américains [5] de séquences d'ADN permettant l'expression d'un gène intégré dans le tissu où il s'exprime normalement et pas ailleurs permet de pallier sans doute les effets d'une intégration au hasard. Ces séquences dites « *enhancer* » permettent par exemple que les gènes des anticorps soient exprimés dans certains globules blancs et pas dans des cellules nerveuses. L'expérience de Brinster consiste donc à introduire dans des œufs de souris, suivant la même technique que pour le gène de l'hormone de croissance, le gène d'un composant des anticorps, pourvu de sa séquence *enhancer* spécifique [6]. Des souris nées de ces embryons possèdent le gène intégré dans le génome de, sans doute, la plupart de leurs cellules. Mais elles expriment le gène dans le bon tissu, c'est-à-dire dans la rate et pas dans le foie. La présence (en sus éventuellement d'autres facteurs comme certaines séquences en amont des gènes tout récemment identifiés) de la séquence *enhancer* spécifique a donc pu rétablir une certaine spécificité d'expression tissulaire [7]. Ces résultats demandent confirmation et généralisation. Il est cependant clair que l'effet parasite de l'intégration au hasard d'un gène étranger peut être combattu par la présence de séquences enhancers spécifiques. A terme, si d'autres séquences nucléotidiques se révélaient permettre l'expression dans un type de cellules et pas dans un autre, on peut imaginer la fabrication d'animaux transgéniques ayant intégré un gène étranger dans leur génome et susceptibles de l'exprimer de manière adéquate. En outre, si le nombre de gènes intégrés et exprimés est grand, on pourrait envisager une production *in vivo* de la protéine codée par ce gène, ce qui réglerait sans doute de nombreux problèmes industriels. Pourquoi ne pas produire dans un bovin dont l'œuf a été manipulé un facteur de coagulation du sang humain ? C'est sans doute de ce côté-là que les applications du génie génétique aux organismes entiers a le plus de chance de voir le jour.

Il n'en reste pas moins que le succès de telles expériences rapproche de la possibilité de corriger, au moins dans un système modèle comme la souris, certaines maladies héréditaires causées par des mutations simples affectant un gène dont on a cloné l'équivalent normal. Ceci permettrait de comprendre à tout le moins la manière dont ces gènes sont exprimés au cours du développement. Même si le prix à payer, comme le souligne B. Mintz, est une haute fréquence de mutations, les informations scientifiques peuvent être très importantes. Mais de là à passer à l'homme, il y a plus qu'un pas. L'injection de gènes dans un embryon humain avant implantation requerrait que soit posé un diagnostic prénatal... ce qui est matériellement impossible. Le risque de mutations, acceptable chez la souris, ne l'est évidemment pas chez l'homme. Bref, une thérapie génique fondée sur la transformation d'embryons est une utopie pure et simple. En est-il de même d'une thérapie palliative qui viserait à rétablir le fonctionnement d'un gène dans le tissu affecté ? On se souvient qu'en 1981 Cline en Californie avait tenté de traiter deux patientes souffrant d'une maladie grave de l'hémoglobine en introduisant dans les cellules de leur moelle osseuse (qui contiennent les précurseurs des globules rouges) le gène normal de la globine. Le résultat avait été un échec complet, et la réaction de la communauté scientifique et médicale avait été unanime pour blâmer cette tentative tenue pour imprudente et coupable. Cette tentative portait donc sur l'introduction du gène normal dans la cellule supposée l'exprimer. Ceci est-il possible dans l'organisme entier ? Peu de cellules, sauf celles de la moelle osseuse, peuvent être manipulées hors de l'organisme puis réintroduites en lui. Comment avoir accès à des organes comme le foie ou le pancréas ? Il est intéressant de noter que C. Nicolau à Orléans, en utilisant comme transporteurs de gènes des vésicules lipidiques pourvues d'une certaine affinité pour le foie du rat, a obtenu dans les cellules hépatiques l'expression du gène en question [8]. On peut très bien concevoir la mise au point de vecteurs viraux ayant une affinité pour tel tissu et pas pour tel autre, ce qui permettrait une pénétration facilitée du gène et une spécificité d'intégration, voire d'expression, tissulaire, etc. Il est bien évident que penser de telles expériences en terme de correction de maladies héréditaires est encore une naïveté. Pourtant, si la généralisation des diagnostics prénatals et le dépistage des porteurs vont poser incessamment un problème de droit, les légistes pourraient bien avoir à inscrire en seconde priorité sur leurs agendas l'introduction de gènes dans des organismes [9].

La Recherche.

1. Cf. « Les manipulations génétiques d'embryons », *la Recherche*, 135, juillet-août 1982. p. 832 ; et « Les souris géantes ont-elles un avenir », *la Recherche*, 143, avril 1983, p. 528. — 2. R. L. Brinster et al., *Nature*, 300, 1982, p. 611. — 3. E.F. Wagner et al., *Cell*, 36, 1983, p. 647. — 4. R. S. Goodenow et a., *Nature*, 301, 1983, p. 388. — 5. M. Mercola et al., *Science*, 221, 1983, p. 663 ; J. Banerji et al., *Cell*, 33, 1983, p. 729 ; S. D. Gilles, *Cell*, 33, 1983, p. 717. — 6. D. Picard et W. Schaffner, *Nature*, 397, 1984, p. 80. — 7. R. L. Brinster et al., *Nature*, 306, 1983, p. 332. — 8. P. Soriano et al., *Proc. Natl. Acad. Sci. USA*, 80, 1983, p. 728. — 9. A. G. Motulsky, *Science*, 219, 1983, p. 135.

révolution dans le diagnostic de certaines maladies héréditaires. Il devra être possible, également, ce qui n'est pas sans poser problème, de détecter dans la population humaine, les porteurs sains de « tares génétiques », c'est-à-dire les individus qui les transmettent, mais qui n'en présentent aucune manifestation symptomatique. Les premiers résultats ont été obtenus dans le cas des altérations génétiques de l'hémoglobine (anémie falciforme, thalassémie) par le groupe de Y. Kan à San Francisco en 1978. Ces résultats sont à la base d'une technique déjà utilisée en routine dans certains pays [108].

Disposer du gène « normal » d'une protéine humaine permet en effet de repérer au niveau du chromosome quelles sont les altérations responsables de certaines maladies héréditaires. Les diagnostics d'anomalies génétiques reposent tous sur la comparaison entre une séquence d'ADN normale et sa contrepartie pathologique. Ceci suppose simplement la purification d'un peu d'ADN chromosomique, que l'on coupe ensuite avec des enzymes de restriction (enzymes coupant l'ADN au niveau de séquences bien précises, différentes pour chaque enzyme) ; les centaines de milliers de fragments d'ADN qui résultent de ces coupures sont séparés, et les fragments qui possèdent une séquence homologue à celle de l'ADNc dont on dispose sont repérés par hybridation spécifique avec l'ADNc radioactif. Par comparaison avec une situation dite « normale », la nature des altérations génétiques qui affectent le gène peut alors être rapidement mise en évidence, suivant les anomalies montrées par les bandes. Voyons lesquelles. L'événement le plus important qui puisse affecter un gène est la perte partielle ou totale de ce gène (délétion), ce qui provoque en général une disparition complète de l'activité de la protéine correspondant à ce gène ; une délétion se traduit au niveau de l'ADN par une disparition partielle ou complète des bandes correspondant au gène. Un certain nombre de délétions du gène du facteur IX ont été récemment mises en évidence chez certains patients souffrant d'hémophilie B [109]. Les diagnostics de délétion sont relativement faciles car les diagrammes d'hybridation sont fortement altérés. Dans ce cas, les diagnostics anténatals ainsi que la détection de porteurs sains peuvent être réalisés sans grands problèmes. Ce genre de diagnostic est d'ailleurs déjà utilisé en routine pour les thalassémies.

Mais les délétions ne représentent qu'une faible proportion des altérations affectant les gènes chez l'homme. Dans de nombreux cas, un seul nucléotide est changé dans la séquence complète du gène. Dès lors, il est quasi impossible de détecter ce changement de base par cette seule analyse, sauf situation exceptionnelle. Dans quelques rares cas, en effet, le changement de base détruit un site normal d'enzyme de restriction ou en crée un nouveau. Ceci fait disparaître ou apparaître une bande sur le film. De tels cas ont été décrits chez certains patients souffrant d'hémoglobinopathies.

Une deuxième approche a donc été nécessaire et est de portée plus générale. Il est bien connu que toutes les copies d'un gène donné dans une population humaine ne sont pas identiques d'individu à individu, mais montrent certaines variations dans la séquence de l'ADN, que l'on appelle « polymorphisme ». Ce polymorphisme provoque souvent l'apparition de nouveaux sites d'enzymes de restriction dans le gène, ou plus souvent dans les séquences voisines du gène. Ainsi, lorsque de l'ADN provenant d'individus normaux différents est digéré avec différentes enzymes de restriction, et analysé avec une sonde ADNc spécifique, les diagrammes observés ne sont pas toujours les mêmes. L'expérience réalisée avec l'ADNc correspondant au facteur IX humain le confirme. Les diagrammes obtenus avec l'enzyme de restriction « Taq I » par exemple ne sont pas identiques. La présence de ce polymorphisme permet la distinction entre les gènes de facteur IX portés par chaque chromosome et donc autorise le développement de diagnostics. Ainsi, lorsqu'une femme a un fils hémophile B, il est facile d'analyser l'ADN de ce garçon et de déterminer quel fragment de restriction porté par le chromosome X il a acquis de sa mère ; en effet, pour des maladies liées au chromosome X telles que l'hémophilie, les mâles, ayant un seul chromosome X, ont donc une seule copie du gène du facteur IX *(fig. 2)*. Ce point établi, l'étude du polymorphisme de l'ADN dans la famille permet de prédire la structure génétique des individus. Il est important de faire remarquer que ce type d'analyse n'implique aucune connaissance précise de la mutation affectant le gène responsable de la maladie héréditaire. En fait, cette technique peut être utilisée sans même avoir à identifier le gène responsable de la maladie

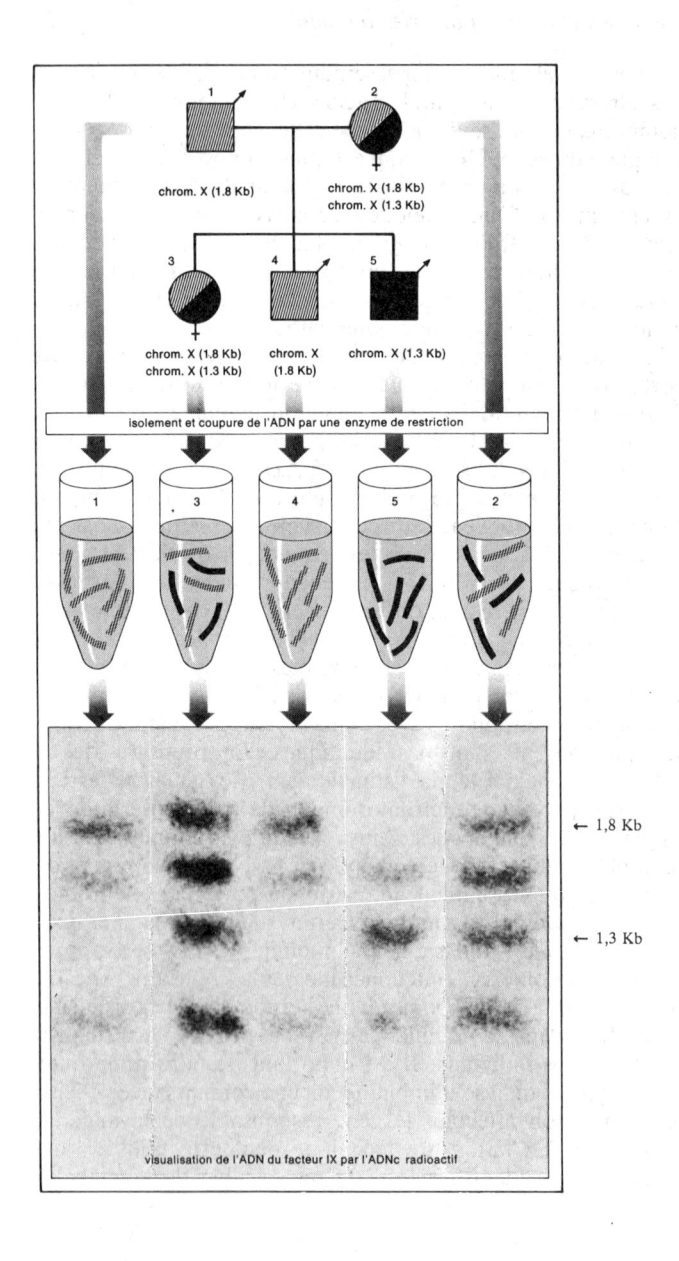

chrom. X (1.8 Kb) — 1
chrom. X (1.8 Kb) / chrom. X (1.3 Kb) — 2
chrom. X (1.8 Kb) / chrom. X (1.3 Kb) — 3
chrom. X (1.8 Kb) — 4
chrom. X (1.3 Kb) — 5

isolement et coupure de l'ADN par une enzyme de restriction

← 1,8 Kb

← 1,3 Kb

visualisation de l'ADN du facteur IX par l'ADNc radioactif

héréditaire à condition bien sûr qu'un polymorphisme particulier soit toujours associé au phénotype et que des sondes ADN suffisamment proches du gène muté soient disponibles. C'est ainsi qu'une maladie associée au chromosome X, le handicap mental lié à la fragilité du chromosome X, a été diagnostiquée fin 1983 par le groupe de J.-L. Mandel à Strasbourg et M. Mattei à Marseille [110], en utilisant les ADNc et le polymorphisme liés au gène du facteur sanguin IX. Le succès de cette méthode dépend, bien sûr, de la fréquence du polymorphisme. Il est à remarquer également qu'un tel diagnostic est spécifique d'une famille particulière et d'un gène particulier, et n'est pas associé à la maladie elle-même. Évidemment, cette technique sera de plus en plus utilisée lorsque le nombre de polymorphismes identifiés sera grand. C'est pourquoi de nombreux laboratoires recherchent actuellement de nouveaux polymorphismes de sites d'enzymes de restriction en utilisant tous les ADNc de protéines humaines actuellement disponibles.

Enfin, troisième approche, lorsque la cause moléculaire

←

Fig. 2. Il y a quelques années que le génie génétique est appliqué au diagnostic des maladies héréditaires de l'hémoglobine. Ces méthodes se sont rapidement développées : il est devenu possible d'effectuer un diagnostic prénatal et de repérer le porteur sain d'un gène muté. La méthode, qui a la portée la plus générale, repose sur l'analyse de la variation de l'organisation de l'ADN autour, et dans, le gène. Prenons le cas de l'hémophilie B (liée à un défaut du facteur IX de la coagulation du sang) dont un cas est manifeste dans une famille. A partir de quelques globules blancs prélevés sur les différents membres de la famille, on prépare les quelques microgrammes d'ADN nécessaires au test ; on les digère par l'enzyme de restriction Taq I et les fragments obtenus sont séparés par électrophorèse. Tous ceux qui sont homologues avec l'ADNc du facteur IX sont révélés par leur hybridation avec cette sonde radioactive. Le résultat est un film photographique où apparaissent plusieurs bandes. Comment les interpréter ? Ce que l'on va rechercher est un polymorphisme, c'est-à-dire une « variation » d'individu à individu : il est clair que deux bandes ne sont pas représentées chez tout le monde : l'une a une taille de 1,8 Kb, l'autre de 1,3. Souvenons-nous que le gène du facteur IX est porté par le chromosome sexuel X et que si les femmes sont XX, les hommes n'ont qu'un chromosome X, étant XY. Le père, dans cette famille, porte un gène caractérisé par le fragment 1.8 ; la mère, qui a deux X, est hétérozygote 1.8/1.3. La fille est comme la mère, elle a donc reçu l'X 1.8 du père et l'X 1.3 de sa mère. Quant aux deux fils, ils diffèrent à l'évidence selon l'X reçu de leur mère. Ainsi, si par exemple, dans cette famille, l'hémophilie B était associée au X (1.3), le typage, tant du porteur que des filles porteuses, serait très aisé. Un tel typage s'effectue d'ailleurs en routine en ce qui concerne le diagnostic prénatal de certaines maladies de l'hémoglobine. Comme, en outre, point n'est besoin de connaître exactement le gène responsable de la maladie, un diagnostic « moléculaire » des maladies héréditaires est sans doute à notre portée. *(Cliché Transgène.)*

d'une maladie est constante, c'est-à-dire quand elle est liée à une mutation unique et définie, il est toujours possible de préparer des sondes ADN « spécifiques » de la maladie. Ainsi, il y a au moins deux cas bien caractérisés où une maladie héréditaire est due à une mutation ponctuelle unique. La première maladie est une anémie ; la seconde est un emphysème héréditaire dû à une déficience en α_1-antitrypsine : dans ces deux cas, des fragments d'ADN synthétiques correspondant aux deux séquences, mutée et normale, ont été synthétisés. Ces oligonucléotides de 19 bases de longueur s'hybrident avec, respectivement, les ADN mutés ou normaux [111]. Cette technique, extrêmement spécifique, est applicable chaque fois que la mutation ponctuelle dans le gène est identifiée.

Il est donc clair que nous sommes à l'aube d'un développement extrêmement important de l'analyse de l'ADN humain et que le nombre de diagnostics au niveau de cet ADN sera sans cesse croissant. Cette technique de diagnostics, par son extrêmement grande spécificité et sa précision, peut se présenter comme la méthode de choix par comparaison aux analyses d'activité protéique dans des échantillons de sang fœtaux. Comme des techniques récentes permettent d'obtenir des villosités chorioniques du fœtus entre la septième et la dixième semaine [112], un diagnostic pourra être réalisé très tôt pendant la grossesse.

On réalise que les techniques du génie génétique sont riches de conséquences pour la production industrielle de protéines et pour le diagnostic des maladies héréditaires. Des étapes importantes ont été franchies avec succès, parfois spectaculaires. Les premiers produits issus du génie génétique sont d'ores et déjà sur le marché (insuline, par exemple). Mais, pour les protéines de plus grande complexité, de nombreux problèmes sont encore à résoudre avant d'atteindre le stade industriel.

POUR EN SAVOIR PLUS

P. Kourilsky, « Le génie génétique », *la Recherche, 110*, 1980, p. 390.
Impacts of Applied Genetics. Microorganisms, Plants and Ani-

mals, Office of Technology Assessment, Congress of the United States, US Govt. Printing Office, 1981.

R. Williamson (ed.), Séries : *Genetic Engineering,* Londres, Academic Press, vol. 1-4, 1981-1983.

« Biotechnologies », *Science, 219,* numéro spécial, 1983.

A. L. Bloom, « Benefits of Cloning Genes for Clotting Factors », *Nature, 303,* 1983, p. 474.

Forum International : « What is the Prospective Impact of Recombinant DNA Technique on the Production of Human Plasma Derivatives ? Which are the Derivatives where Donor Plasma could be Replaced ? » *Vox Sang, 44,* 1983, p. 390.

A. Motulsky, *Science, 219,* 1983, p. 135.

Banbury report n° 14, *Recombinant DNA. Applications to Human Disease,* Cold Spring Harbor, 1983.

La Recherche, mai 1984

7. L'hérédité des maladies humaines

Josué Feingold et Nicole Feingold

Diverses maladies, des plus bénignes aux plus graves, apparaissent plus fréquemment dans certaines familles que dans d'autres. Les médecins, les scientifiques, les philosophes, voire l'opinion publique, n'ont pas attendu que Mendel formule ses lois de la transmission des caractères héréditaires pour faire cette constatation. Maupertuis, au XVIIIe siècle, décrivait la présence d'un doigt surnuméraire, la polydactylie, comme une maladie familiale. Nasse, au début du XIXe siècle, établissait les règles d'apparition d'une autre maladie familiale, l'hémophilie, maladie du sang qui n'affecte que les garçons, et ceci longtemps après que le *Talmud* eut rapporté que la survenue, dans une famille, de saignements difficiles à arrêter, était une raison d'exemption de la circoncision. La génétique médicale n'est cependant née qu'au début de ce siècle en Angleterre, en même temps que la redécouverte des lois de Mendel. En 1902, un médecin d'Oxford, A. Garrod, reconnaissait dans la transmission familiale d'une maladie bénigne du métabolisme d'un acide aminé, l'alcaptonurie, un exemple d'hérédité récessive. Il faut reconnaître que cette démarche fut possible grâce à Batteson, généticien propagateur du mendélisme en Grande-Bretagne ; il fallait à cette époque du courage et de la persévérance pour diffuser les idées de Mendel au sein d'une génétique anglaise encore engluée dans la biométrie... En 1903, Farabee décrivait la transmission héréditaire dominante d'une anomalie morphologique des doigts, la brachydactylie. La génétique humaine visait alors à déterminer quelles maladies pouvaient être tenues comme héréditaires au sens mendélien du terme, et se développait sous le sceau de l'eugénisme : le journal dans lequel la plupart des résultats des quarante premières années du siècle furent publiés ne s'appelait-il pas *Annals of Eugenics*, devenu après la Seconde Guerre mondiale, *The Journal of Human Genetics*... ? Depuis, la génétique médicale s'est développée selon deux axes. Le premier vise à repérer des maladies dont le déterminisme est essentiellement génétique. Ceci est essentiel à nos connaissances médicales : même si un traitement de la maladie est seulement parfois possible, cette connaissance débouche sur un conseil génétique, voire une proposition d'un diagnostic prénatal pour certaines maladies comme l'anémie falciforme et, dans les cas les plus graves, l'indication d'un avortement thérapeutique. Le second axe s'est développé au cours des vingt dernières années selon une approche différente, qui vise à mettre en évidence la contribution génétique dans l'apparition de maladies fréquentes, comme le diabète, les cancers, l'hypertension, etc. Dans ce cas, les conclusions tirées sont beaucoup moins certaines et dépendent très fortement des modèles génétiques utilisés. Il convient donc d'être très circonspect et d'examiner en détail les méthodes de la génétique médicale actuelle pour préciser le degré de certitude associé à tel ou tel résultat publié. Il ne faut pas en effet minimiser l'importance que revêt l'affirmation publique que telle maladie ou tel comportement, comme l' « intelligence » ou plus exactement le QI, sont « héréditaires ». Il convient d'examiner sur quelles observations, en fonction de quels modèles, une telle affirmation peut être avancée : bref, adopter une attitude critique, qui sera la nôtre tout au long de ce texte.

Le généticien humain est d'abord un généalogiste

L'observation de départ est presque toujours la même : un patient consulte en génétique parce qu'une maladie particulière s'est manifestée dans sa descendance, ou bien parce que, du fait d'antécédents familiaux, il craint d'avoir des enfants souffrant d'une maladie « familiale ». Le premier geste du praticien, mais ce sera aussi celui du chercheur en génétique humaine, va être de rechercher chez quels sujets la maladie a été décelée, avec quelle gravité, et comment ces sujets sont apparentés entre eux : bref, il va retracer un arbre généalogique sur lequel il rapportera la présence ou l'absence de la maladie et ses caractéristiques. Cette démarche est de règle même pour des maladies bien connues. Elle est indispensable pour des maladies nouvelles en cours d'étude ou pour des cas douteux. C'est l'image insolite qui frappe lorsqu'on ouvre un article de génétique médicale, fût-il moléculaire !

Reconstituer un arbre généalogique n'est pas une tâche facile : il faut, en effet, d'abord établir les liens réels de parenté entre les individus d'une famille. Ensuite, il faut définir avec la plus grande précision, le phénotype de chaque individu. Pour la réalisation de ces deux étapes essentielles, il faut interroger et examiner le maximum d'individus vivants. La consultation des dossiers médicaux est nécessaire. Dans certains pays, les certificats de décès sont descriptifs et permettent de connaître les raisons du décès de sujets disparus. Si l'on veut remonter au-delà des grands-parents ou des arrière-grands-parents, il faut dépouiller les registres d'état civil ou de paroisse, bref réaliser un travail de généalogistes. Ce type d'étude permet de repérer un ancêtre commun à plusieurs malades qui ne semblaient pas apparentés. C'est ainsi que, par exemple, C. Laberge, au Québec, a montré, en 1969 [113], que, vraisemblablement, tous les Québécois atteints de tyrosinémie (un excès de tyrosine dans le sang, qui se traduit par des troubles hépatiques graves) avaient pour ancêtres un couple de Normands qui avait immigré au Canada au XVIIe siècle !... C'est ce que nous avons réalisé nous-mêmes sur des familles réunionnaises atteintes d'une forme d'amyotrophie spinale infantile (une maladie du système nerveux) [114].

La construction d'un arbre généalogique est un élément essentiel de la consultation de génétique. Il s'y ajoute le recueil du maximum d'informations médicales (examens, radiographies, etc.), ainsi que, dans certains cas, la réalisation de tests biologiques comme l'identification des groupes sanguins, le typage des antigènes d'histocompatibilité, etc. Cette collecte d'informations permet de cerner au mieux l'« identité génétique et médicale » de l'individu examiné, et de sa parenté. Nous verrons plus loin que ces éléments sont importants dans les approches modernes de la génétique médicale. A partir du moment où ces informations sont réunies, le chercheur se référera à des modèles, certains classiques, comme la pure transmission mendélienne de caractères, d'autres encore en cours de développement, comme les modèles actuels de « ségrégation ». On ne répétera en effet jamais assez à quel point le généticien humain contemporain est tributaire de modèles génétiques complexes bien plus que les généticiens de la souris ou de la drosophile...

Le pain blanc des généticiens humains : les maladies « mendéliennes »

Dans toute une catégorie de cas, la conclusion s'impose : la maladie est génétique. Ce sont d'ailleurs ces cas qui avaient été repérés comme familiaux, même avant la montée en ligne de la génétique mendélienne. Le simple examen des arbres généalogiques permet, parfois, de reconnaître le mode héréditaire de la maladie. Ces situations sont celles dans lesquelles la distribution de la maladie dans une famille s'effectue en bon accord avec les lois de Mendel. Le noyau de chaque cellule somatique humaine renferme 46 chromosomes, répartis en 23 paires, dont chacune est constituée d'un chromosome d'origine paternelle et d'un chromosome d'origine maternelle. 22 paires sont de morphologie identique dans les deux sexes. Ces 44 chromosomes sont appelés les autosomes. La 23ᵉ paire est représentée par les chromosomes sexuels : deux chromosomes X chez la femme, un chromosome X et un chromosome Y chez l'homme. Selon la localisation, sur un autosome ou sur un chromosome sexuel, du gène responsable d'une maladie, et selon que son effet est observé en présence d'un seul gène anormal (effet dominant) ou nécessite la présence de deux doses de gènes anormaux (effet récessif), le généticien va

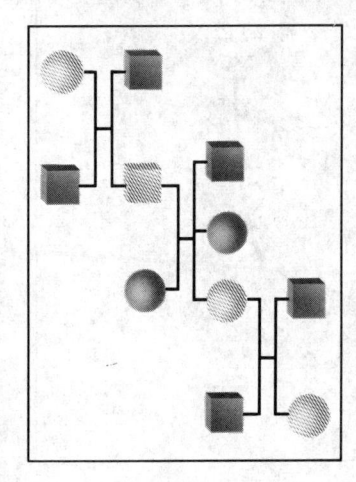

Fig. 1. Certaines maladies génétiques se manifestent les garçons comme chez les filles. Elles ne sont donc pas liées aux chromosomes sexuels mais le sont par conséquent aux autres, les « autosomes ». Comme, en outre, elles apparaissent dans environ un cas sur deux dans la descendance d'un sujet atteint, elles sont donc « dominantes » et portent le nom générique de maladies « dominantes autosomiques ». Un arbre généalogique typique de telles maladies est représenté ci-contre. Les filles sont figurées par un cercle, les garçons par un carré. Lorsque la pathologie est manifestée, le carré ou/et le rond sont en clair. Ainsi, du couple « fondateur » (un homme sain, une femme malade) sont nés deux enfants, deux garçons, dont l'un est malade. Du mariage de ce dernier avec une femme non atteinte naissent trois enfants, dont une fille est malade, etc.

Cet exemple, étalé sur plusieurs générations, illustre bien la fréquence de transmission et la non-liaison de la maladie au sexe. Dans le tableau, sont données les caractéristiques des maladies « dominantes autosomiques » les plus fréquentes. Certaines viennent de connaître une véritable célébrité, comme une maladie du système nerveux appelée chorée de Huntington, car la possibilité d'un dépistage au niveau moléculaire a été récemment étudiée. La liste des maladies dominantes autosomiques connues n'est évidemment pas restreinte à ces quatre cas cités.

MALADIES DOMINANTES AUTOSOMIQUES

Nom de la maladie	Pathologie caractéristique	Fréquence de la maladie	Existence d'un diagnostic prénatal
Achondroplasies	nanisme	rare	échographie (?)
Maladie de Recklinghausen	maladie cutanée d'intensité très variable allant de quelques taches cutanées « café au lait » à la présence de multiples tumeurs	relativement fréquente	
Chorée de Huntington	maladie apparaissant à l'âge adulte associant des mouvements anormaux, démence...	0,4 à 0,8/10 000	récemment possible en théorie, mais jamais réalisé à ce jour
Otospongiose	surdité progressive apparaissant à l'âge adulte. L'intensité de la pathologie est très variable.	1/500 à 1/1000	

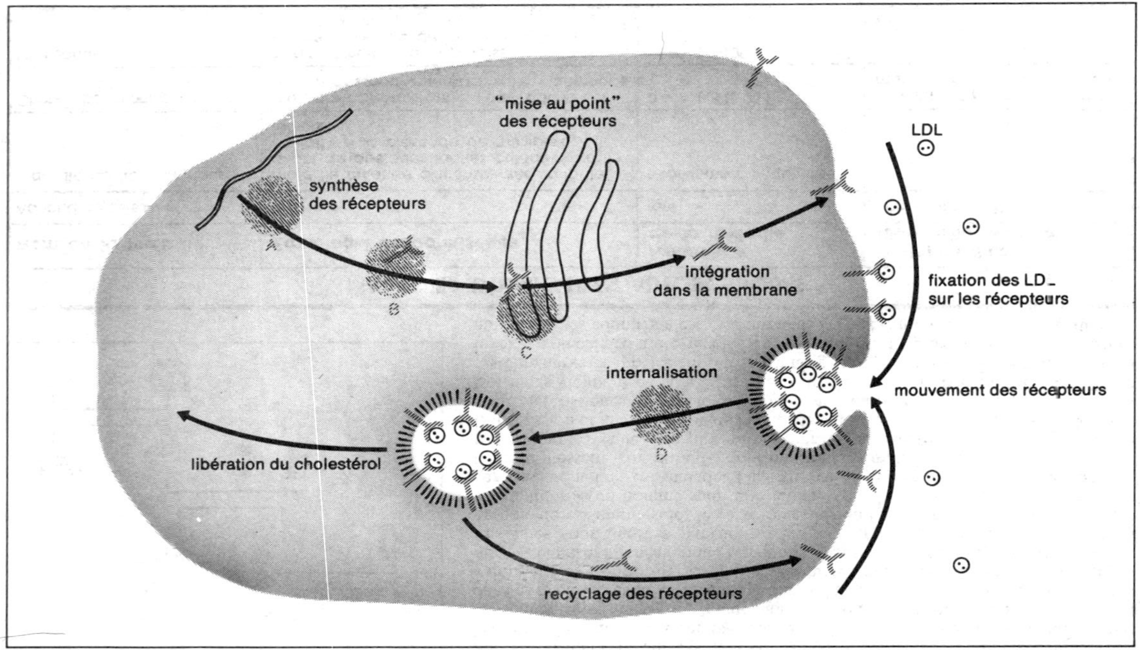

"mise au point"
des récepteurs
synthèse
des récepteurs
A
B
C
D
LDL
intégration
dans la membrane
fixation des LD_
sur les récepteurs
internalisation
mouvement des récepteurs
libération du cholestérol
recyclage des récepteurs

L'hérédité des maladies humaines

distinguer quatre modes d'apparition des maladies héréditaires : dominant ou récessif autosomique, dominant ou récessif lié au sexe. Examinons ces quatre cas successivement.

Parfois, l'examen de l'arbre généalogique montre que la maladie apparaît chez 50 % des descendants d'un sujet atteint, garçons ou filles indifféremment. Cette situation est caractéristique d'une hérédité autosomique d'un caractère pathologique dominant : la pathologie est déterminée par un gène que nous appellerons (a), situé sur un autosome. Même si le gène correspondant sur l'autre chromosome est normal (A), la pathologie se manifestera chez les sujets hétérozygotes « Aa ». Les sujets sains seront « AA ». Du mariage d'un sujet Aa (malade) avec un sujet sain AA, vont naître pour moitié des enfants atteints (Aa) et pour moitié des enfants sains (AA), la maladie atteignant les sujets des deux sexes avec une fréquence égale *(fig. 1)*. Cette situation est celle par exemple de l'achondroplasie, à l'origine d'un certain nanisme, de l'aniridie ou absence d'iris, d'une forme de diabète au moins, de certaines formes d'excès de cholestérol dans le sang (hypercholestérolémie dite familiale), étudiée en particulier au plan biochimique par le groupe d'Anderson, Brown et Goldstein au Texas *(fig. 2)*, et qui frappe de 1/500 à 1/1 000 sujets, etc. [115]. Dans la plupart des cas, on ne connaît pas la forme de la maladie chez des sujets homozygotes aa, porteurs de deux

←

Fig. 2. Il existe, dans la littérature médicale, la description d'un assez grand nombre de mutations qui, parce qu'elles affectent le métabolisme du cholestérol sanguin, se traduisent par une élévation du taux de ce dernier (hypercholestérolémie), responsable à son tour d'athérosclérose, d'infarctus, etc. Certaines de ces mutations affectent le système très complexe qui permet l'entrée du cholestérol, transporté sous forme de complexes avec les lipoprotéines de sérum (les LDL) dans le sang, vers l'intérieur des cellules. Là, le cholestérol sera libéré, et viendra contrôler le niveau de synthèse du cholestérol endogène. Suivons les mutations le long du chemin parcouru par le cholestérol : une première famille affecte le récepteur des LDL et le rend inactif (A). Une seconde affecte son passage vers l'appareil de Golgi (B). Une autre interdit (C) les modifications secondaires de la chaîne polypeptidique de récepteur, essentielles à son activité et à son intégration normale dans la membrane. Une autre (D) s'oppose au retour des récepteurs chargés de LDL vers l'intérieur des cellules…
La description de ces mutations responsables de l'hypercholestérolémie familiale, a permis une excellente compréhension de la manière dont la synthèse du cholestérol est régulée dans les cellules. Ces mutations dominantes se traduisent par une dérégulation de la synthèse et par une production accrue de cholestérol endogène, ainsi que par un mauvais métabolisme du cholestérol sanguin. La même pathologie observée peut donc avoir des causes bien différentes que l'analyse biochimique a ici permis de cerner.

MALADIES RECESSIVES AUTOSOMIQUES

Nom de la maladie	Pathologie caractéristique	Fréquence de la maladie	Existence d'un diagnostic prénatal
Drepanocytose	Anémie avec falciformation des globules rouges. L'hémoglobine dite s est présente chez sujets atteints	1/100 dans certaines régions d'Afrique centrale	oui
Maladie de Tay Sachs	Maladie due à un déficit en enzymes hexosaminidases A et S. Elle est caractérisée par une régression psychique et motrice	1/3 000 dans les populations juives originaires d'Europe orientale	Possible par l'étude des cellules amniotiques.
Mucoviscidose	Maladie associant des troubles respiratoires et digestifs, l'évolution se faisant vers l'insuffisance respiratoire. On ne connaît pas le trouble primaire.	1/2 000 dans les populations européennes. Rare ou absente dans les autres populations.	Possible par des méthodes non spécifiques d'où un petit risque d'erreur.
Phenylcetonurie	Affection due à un déficit en enzyme phenyl alamine hydroxylase. Depistée à la naissance un traitement diététique approprié permet d'éviter l'altération mentale.	1/10 000 environ dans les populations européennes.	Possible depuis que e gène a été isolé.
Maladie de Sandhof	Maladie due à un déficit en hexosominidases A et B. Les signes cliniques sont ceux du Tay Sachs.	Se rencontre dans toutes les populations.	Possible par l'étude des cellules amniotiques.

gènes mutés, sans doute à cause de sa gravité même. C'est effectivement le cas dans l'hypercholestérolémie familiale : l'affection est beaucoup plus grave chez les sujets homozygotes qui sont frappés de troubles cardiaques dès l'enfance. Ces pathologies dominantes autosomiques sont d'identification évidente.

Dans une autre classe de pathologies, l'examen de l'arbre généalogique suggère qu'il faut deux doses d'un gène anormal porté par un autosome pour que la pathologie apparaisse. Dans ce cas, la maladie ne se manifeste que chez les sujets garçons et filles, homozygotes pour un gène anormal dit b ; ces individus naissent dans la proportion d'un quart dans la descendance d'hétérozygotes Bb, qui sont eux des porteurs aussi sains que les homozygotes BB. Contrairement au mode héréditaire précédent, les sujets atteints n'appartiennent qu'à une seule fratrie. Cette situation est donc celle d'une hérédité récessive autosomique *(fig. 3).* Les mariages consanguins favorisent évidemment l'apparition de telles maladies car ils augmentent la fréquence des mariages entre porteurs sains d'une dose du même gène anormal. A cette famille de pathologies appartient la majorité des maladies de l'hémoglobine, pigment des globules rouges essentiel au transport de l'oxygène, qu'il s'agisse de l'anémie falciforme, des thalassémies, etc., toutes maladies particulièrement fréquentes dans les populations noires, ainsi qu'autour de la Méditerranée. C'est également le cas pour la phénylcétonurie, maladie grave, mais dont on sait pallier les effets sur le développement

←

Fig. 3. Certaines maladies génétiques apparaissent indifféremment chez les garçons et les filles, et ne sont donc pas liées aux chromosomes sexuels. La mutation qui en est responsable est donc portée par un chromosome non sexuel, par un « autosome ». Cependant, à la différence des maladies décrites dans la *fig. 1,* les sujets ne sont malades que s'ils ont reçu de chacun des parents un chromosome porteur de la mutation ; les sujets porteurs d'une seule dose de gène muté sont en effet sains. Ces maladies portent donc le nom de « maladies récessives autosomiques » et apparaissent dans la descendance d'un couple de parents sains. Quelques exemples classiques de telles maladies sont donnés dans le tableau. Certaines sont très connues, comme l'anémie falciforme. D'autres le sont moins, ne serait-ce que pour ce que leur fréquence n'est pas constante d'une population humaine à une autre. C'est ainsi que la maladie de Tay-Sachs est relativement fréquente dans les populations juives originaires d'Europe centrale, et rare ailleurs. En revanche une maladie très voisine, celle de Sandhof, est trouvée avec une fréquence égale dans toutes les populations humaines.

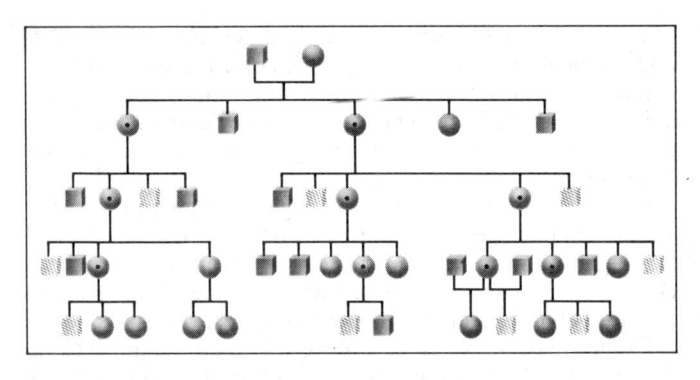

MALADIES LIÉES AU SEXE			
Nom de la maladie	Pathologie caractéristique	Fréquence de la maladie	Existence d'un diagnostic prénatal
Hémophilies A ou B	Trouble de la coagulation du sang.	1/10 000 chez les garçons.	Possible.
Myopathie de Duchenne.	Affection progressive s'accompagnant d'une diminution de la force musculaire.	1/5 000 environ chez les garçons.	Aucune méthode actuellement ne permet de poser le diagnostic avec certitude. Cependant celui-ci sera possible dans un avenir proche.

Fig. 4. Lorsque l'on établit l'arbre généalogique de certains patients, on observe que la maladie frappe un seul sexe, l'autre étant en bonne règle épargné. Le plus souvent, la maladie liée au sexe est due à une anomalie d'un gène porté par le chromosome sexuel X et se manifeste chez les garçons, dont la formule chromosomique est XY. Pour reprendre les deux exemples du tableau, par exemple les hémophiles A et B se traduisent par une plus grande difficulté du sang à coaguler ; la myopathie de Duchenne, trouble musculaire grave, appartient au type des maladies récessives liées au sexe. Un simple coup d'œil à l'arbre généalogique d'un malade (ci-dessus) suggère très fortement que la femme du premier couple devait porter le gène de la maladie, et qu'elle l'a transmise à ceux de la descendance qui ont hérité de son « X » porteur de gène anormal. Les femmes sont représentées par des cercles, les hommes par des carrés. Ces symboles sont en clair lorsque la maladie apparaît : il est évident que ce n'est le cas que chez les garçons. Dans certains cas, les femmes porteuses saines du chromosome X muté ont pu être repérées — ce que l'on symbolise par un point dans le cercle —, ce qui confirme le mode de transmission de cette maladie liée au sexe.

intellectuel, grâce à une alimentation pauvre en phénylalanine. C'est encore le cas de la mucoviscidose, trouble pulmonaire relativement fréquent qui frappe environ 1 enfant sur 2 000 en France [116].

Enfin, certaines pathologies sont liées à des événements

génétiques dépendant des chromosomes sexuels. On ne connaît pas de pathologies dues à des gènes localisés sur le chromosome mâle Y. Les pathologies liées au sexe sont toutes dues à des gènes récessifs, ou dominants, situés sur le chromosome X. Si les caractères dominants liés au sexe sont rares, en revanche, on connaît de nombreuses maladies récessives *(fig. 4)* liées au sexe. C'est le cas de la myopathie de Duchenne ou des hémophilies A et B, du retard mental lié à une fragilité du chromosome X ou encore à une anomalie non pathologique comme le daltonisme. Notons qu'un gène récessif lié au chromosome X se manifeste toujours dans le sexe masculin, car celui-ci ne possède qu'un chromosome X, tandis que, dans le sexe féminin, seules les homozygotes peuvent être atteintes, mais ce fait est évidemment beaucoup plus rare : c'est ce qui explique pourquoi l'hémophilie est une maladie masculine. Finalement, environ un millier de maladies différentes ont pu être classées comme génétiques. On en découvre toujours de nouvelles, parce qu'on examine de nouvelles populations, ou que l'on utilise de nouvelles techniques biologiques.

Des faux pas dans la transmission mendélienne d'une maladie

En pratique, les maladies héréditaires sont aisément repérées. Cependant, il existe des exceptions aux distributions mendéliennes. Elles furent notées très tôt. Leurs causes sont autant d'illustrations des difficultés de la génétique humaine.

Un premier type d'exception est purement biologique : il s'agit d'une mutation apparue chez un parent au sein d'une généalogie nouvelle. C'et le cas de l'achondroplasie, responsable de certains nanismes, qui, dans 8 cas sur 10, est liée à une mutation nouvelle survenue chez l'un des parents. Bien entendu, toutes les maladies génétiques sont dues à des mutations, mais celles-ci sont le plus souvent anciennes : ici, l'exception est que l'on voit apparaître « sous nos yeux » la mutation responsable d'une maladie transmissible à une descendance éventuelle. Deux phénomènes plus difficiles à comprendre, pénétrance incomplète et expressivité variable, traduisent simplement le fait qu'une mutation connue n'a pas toujours le même effet — allant de la pathologie grave à la non-maladie —, selon le sujet. D'autres exceptions sont d'ordre purement statistique. Considérons un couple de sujets hétérozygotes Bb chez lesquels b est l'allèle récessif anormal responsable, à l'état homozygote (bb), d'une maladie héréditaire comme l'anémie falciforme par exemple. Les lois de Mendel nous enseignent qu'un tel couple devrait donner naissance 3 fois sur 4 à un enfant normal (BB ou Bb) et 1 fois sur 4 à un enfant malade (bb). Dans les familles humaines, on ne retrouve pas le plus souvent les classiques proportions 3/4-1/4, mais un excès de sujets bb. Ce fait a été noté dès l'année 1912 par Weinberg [117] qui travaillait en Allemagne. L'explication de cette anomalie est simple : les familles, où l'allèle (b) circule, ne sont recensées que si l'un de leurs enfants au moins est atteint, c'est-à-dire possède le génotype bb. Les couples formés par deux sujets hétérozygotes, mais n'ayant que des enfants normaux, ne seront pas « repérés » : ceci explique le déficit observé en familles recensées d'enfants sains bien que les parents soient hétérozygotes. Weinberg décrivait la première méthode mathématique pour corriger l'erreur introduite par le non-recensement des familles n'ayant aucun enfant malade, dans une situation où l'on attend une proportion mendélienne d'enfants atteints, ici 1/4 d'entre eux.

Ce biais statistique illustre une des difficultés spécifiques à la génétique des maladies humaines. De nombreuses autres sont apparues lorsqu'on s'est attaqué à des situations de plus en plus complexes. En génétique expérimentale, on croise des animaux ou des plantes qui ne diffèrent que par les caractères que l'on veut étudier ; ceux-ci sont peu nombreux, en général au nombre de un ou deux. En outre, le caractère pathologique, même s'il est complexe, peut toujours être isolé d'une population d'animaux de laboratoires : ainsi peut-on étudier des souris génétiquement de souche pure obèses, sourdes, etc. (cf. l'article de J.-L. Guénet, p. 189). Le généticien humain, en revanche, ne peut qu'observer le résultat des « croisements », les mariages, qu'il n'a heureusement pas mis sous forme de protocoles ! Les sujets étudiés diffèrent par de très nombreux caractères. On admet, certes, que des différences génétiques, ne concernant pas le caractère que l'on veut étudier, n'influencent pas ce dernier, mais ce n'est pas toujours vrai. Le généticien expérimental travaille en milieu physique, culturel, relationnel, « constant », ce qui n'est évidemment pas le cas en génétique humaine : la correspondance entre la structure génétique d'un sujet (son génotype) et sa réalisation (le phénotype) est donc plus difficile à établir qu'en génétique expérimentale. Les familles humaines sont relativement petites, d'où la nécessité d'en étudier beaucoup et de pouvoir « additionner » les résultats. Enfin, l'observateur et l'observé ont le même temps de génération, d'où la difficulté de suivre sur plusieurs générations la transmission d'un gène muté. Ainsi, obtenir une certitude par simple examen des arbres généalogiques est le « pain blanc » du généticien humain... Il se fait rare et, finalement, les méthodes utilisées pour l'analyse de la contribution génétique à la genèse de maladies humaines échappent, en général, à l'analyse mendélienne simple et ont recours à un appareillage mathématique sophistiqué, nécessaire pour tenter d'« y voir clair » dans des étiologies complexes.

Comment traiter les données pour faire apparaître les lois de Mendel

La méthode la plus proche de l'analyse mendélienne est l'analyse de ségrégation, déjà ancienne puisque introduite dans sa formule initiale par Weinberg, mais sans cesse modernisée. Elle cherche, au moyen de coefficients de corrections, à retrouver, sous les observations, une transmission mendélienne classique, déjà fortement suggérée par l'examen de l'arbre généalogique. Par l'étude des distributions de la maladie dans les familles, on estime la proportion théorique de sujets atteints (ce que l'on appelle le taux de ségrégation) dans les fratries, connaissant le phénotype des parents. Ces taux, comme nous l'avons vu, sont théoriquement de 0,50 dans le cas d'une maladie dominante autosomique et de 0,25 dans le cas d'une maladie récessive autosomique. En fait, ces valeurs sont rarement observées. Un premier travail consiste à affecter ces données de coefficients de corrections pour tenter de « retomber » sur les lois de Mendel après qu'un premier examen eut suggéré tel ou tel mode de transmission héréditaire. Cette analyse prend en compte des paramètres tels que la pénétrance du gène ; la fréquence des formes non héréditaires de la maladie ou phénocopies (ainsi, une cataracte congénitale peut être héréditaire, mais peut avoir pour origine une embryopathie due au virus de la rubéole ; il est très difficile de distinguer entre les divers types de surdité, dont certains sont pourtant génétiques, etc.) et surtout la probabilité de recensement d'un sujet peu atteint. Une mauvaise estimation de ce dernier paramètre entraîne une erreur sur le calcul du taux de ségrégation et, par-là même, une erreur sur l'appréciation du mode de transmission héréditaire. La probabilité de recensement d'un sujet atteint dépend elle-même de multiples facteurs : gravité de la maladie, connaissance de la maladie par le corps médical, nombre de sujets atteints dans la famille... En effet, la plupart des maladies héréditaires sont rares et, par conséquent, mal connues de la plupart des médecins. Le diagnostic ne peut souvent être fait que dans un hôpital spécialisé. Le premier cas de maladie dans une famille peut donc ne pas être recensé et ce n'est que la naissance d'un deuxième sujet malade qui sera à l'origine du recensement de la famille, car il conduira les parents à consulter dans un service spécialisé.

Ce type d'analyse a pour but de confirmer un mode héréditaire déjà fortement suggéré à la seule vue des généalogies : c'est en fait un mode de traitement des données pour éliminer le « bruit de fond » qui les enchâsse... C'est la forme la plus classique de l'analyse de ségrégation, qui a permis à Morton de préciser en 1959 [118] le mode de transmission génétique de certaines dystrophies musculaires.

La méthode des jumeaux permet d'apprécier les effets de l'environnement

Dès qu'on ne retrouve pas facilement les lois de Mendel, avec ou sans corrections des données, il faut avoir recours à des méthodes spécifiques pour identifier la composante génétique dans telle maladie. Dès la deuxième moitié du XIXe siècle, les généticiens utilisèrent les jumeaux pour montrer qu'un caractère pathologique était en partie héréditaire. Le principe de la méthode est simple : elle consiste à comparer des jumeaux monozygotes (issus du clivage d'un même œuf fécondé et donc de même structure génétique) (JMZ) à des jumeaux dizygotes (issus de deux œufs fécondés différents, et donc de structure génétique différente pour moitié) (JDZ). On recherche ainsi le taux de concordance, ou fréquence d'apparition simultanée de la maladie dans chaque paire de jumeaux. Ainsi, si le taux de concordance d'une maladie est plus élevé chez des « couples » de JMZ que chez des couples de JDZ, on sera tenté de conclure que des facteurs héréditaires sont en partie à l'origine de la maladie. Par exemple, dans une étude danoise réalisée par B. Harvald à Copenhague, et déjà ancienne, le taux de concordance pour l'hypertension artérielle est de 25 % chez les JMZ et seulement 9 % chez les JDZ de même sexe [119]. De là à conclure que l'hypertension artérielle est héréditaire, il y a plus d'un pas, ne serait-ce que parce que les JMZ partagent plus souvent le même milieu que les JDZ... Cette méthode a permis des observations intéressantes sur la transmission génétique de certains diabètes ou de certaines formes de cancer. Ainsi, deux jumeaux JMZ ont une probabilité plus grande de développer le même type de cancer, sans que la fréquence des cancers, toutes formes confondues, soit plus grande chez les jumeaux que chez les populations ordinaires. Malgré la très grande difficulté à interpréter de façon non ambiguë les comparaisons entre JMZ et JDZ, ce type d'étude continue d'être réalisé. Rosental a écrit à ce sujet : « Presque invariablement, les différences intrapaires sont plus faibles pour les jumeaux MZ... Ce résultat se reproduit avec une régularité si monotone que l'on peut parfois se demander pourquoi les chercheurs ont continué à faire essentiellement la même chose au fil des ans. Est-ce que quelqu'un s'attend à trouver des traits pour lesquels les différences intrapaires sont plus grandes pour les jumeaux MZ que pour les jumeaux DZ [120] ? »

Du fait des limites de la méthode, un certain nombre d'études actuelles ne concerne plus que des jumeaux monozygotes, car alors une discordance dans leur état de santé témoigne d'un effet du milieu. Pour un caractère comme la schizophrénie, la non-concordance entre les JMZ élevés ensemble est spectaculaire, démontrant ainsi, s'il en était besoin, l'effet important du milieu dans l'apparition de cette maladie [121], et ne permet pas de clore un débat très ancien... A l'inverse, même si le taux de concordance entre JMZ était proche de 100 %, on ne pourrait affirmer pour autant que le caractère étudié est totalement héréditaire : c'est par exemple le cas du diabète de la maturité [122], maladie dont la genèse est très influencée par le milieu. Cette observation montre alors simplement que, chez les JMZ, les facteurs non génétiques dans l'origine de ce diabète sont le plus souvent semblables... On conçoit donc les limites de l'usage de cette méthode, même si ce n'est pas la même chose pour le spécialiste de la transmission des comportements.

Des maladies génétiques à la génétique des maladies

Pourquoi telle personne est-elle frappée d'un cancer, de la lèpre, ou d'une grippe, et pas telle autre ? Y a-t-il une base génétique à la vieille notion médicale de « terrain » ? Y a-t-il une base génétique à la susceptibilité à une maladie ? Le grand tournant de la génétique humaine date de 1960, quand les généticiens ont commencé à s'intéresser aux « distributions familiales » de maladies communes telles les malformations congénitales, le diabète sucré, l'hypertension artérielle, certains cancers, etc. C'est en effet une observation banale que certaines de ces pathologies courantes sont plus fréquemment décelées dans certaines familles que dans d'autres. C'est ainsi que, chez les frères, sœurs ou les parents d'un patient atteint d'un bec de lièvre associé ou non à une fente palatine, une étude partiellement réalisée dans notre laboratoire en 1982 montre que la fréquence des sujets atteints de la même malformation est de 2 à 4 %, proportion nettement plus élevée que la fréquence de cette malformation dans la population générale, qui n'est que de 1 pour 1 000 environ [123]. Mais la distribution de la maladie n'est pas compatible avec une ségrégation mendélienne. Dans quelle mesure cette concentration familiale de cas est-elle génétique ? Si elle l'est, ce n'est sûrement pas de façon simple !

Pour résoudre ce problème, il faut un changement d'objectif et d'approche : le bec de lièvre n'est pas une maladie « génétique » au sens de l'anémie falciforme, par exemple, même si la concentration familiale indique une « certaine » dimension génétique. La détermination de la maladie est multifactorielle et il faut déceler les contributions respectives des différents composants génétiques et du milieu.

On fait appel aux concepts de l'hérédité dite quantitative. On suppose l'existence d'une variable « non mesurable » qui a trait à la « susceptibilité » d'un individu à une maladie. Cette variable serait sous la dépendance, d'une part, de plusieurs gènes situés à des sites chromosomiques différents (polygénie) et, d'autre part, de facteurs apportés par le milieu. Chaque gène, ou chaque facteur de milieu, a un « petit effet » sur le caractère. La maladie apparaîtrait dès que la « susceptibilité » atteint un seuil « critique » *(fig. 5)*. Les apparentés d'un sujet atteint partagent avec lui un certain nombre de gènes de « susceptibilité » à la maladie, d'où, parmi eux, une proportion plus grande de sujets malades que dans la population générale. Malheureusement, un tel modèle, s'il explique donc les concentrations familiales de maladies communes (cancers, diabète, malformations, en particulier du système nerveux, hypercholestérolémie, etc.), a le grand tort de ne pas être

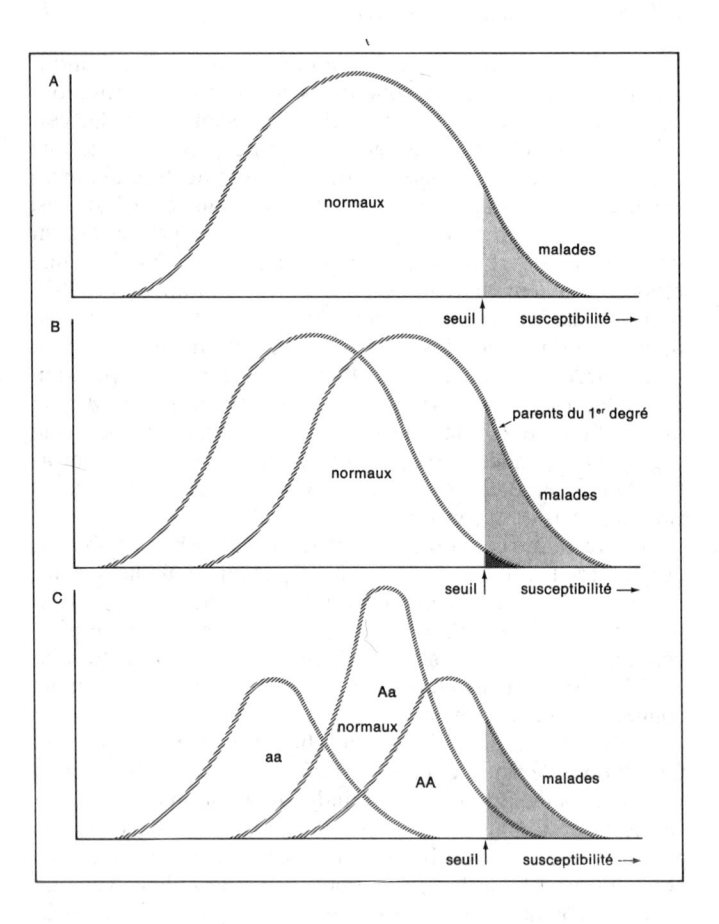

Fig. 5. Comment repérer une éventuelle contribution génétique à l'apparition de maladies courantes, diabète, cancers, troubles cardiaques, etc. ? La génétique des maladies communes fait appel à des modèles mathématiques plus ou moins complexes dans lesquels la notion centrale est celle de « susceptibilité ». Cette susceptibilité est sous la dépendance de nombreux gènes différents et de facteurs de milieu, dont l'effet individuel est petit. Si l'on représente la distribution dans la population des différentes valeurs prises par la « susceptibilité » à une maladie, la courbe résultante a une forme de cloche (distribution gaussienne, A). Dès que la susceptibilité dépasse un certain seuil, la maladie apparaît (en grisé à droite sur la courbe A). Dès que l'on quitte la population générale pour sérier des populations particulières, et notamment les parents des sujets atteints, les distributions de la susceptibilité vont varier (en B). Ainsi, chez les parents au premier degré des sujets atteints, la distribution de la susceptibilité est décalée vers des zones de plus forte

démontrable ! En outre, il ne fournit aucune hypothèse concernant les facteurs environnementaux.

Il existe une autre manière de concevoir une origine génétique de ces concentrations familiales de maladies courantes. Depuis une dizaine d'années, les généticiens ont construit différents modèles qui permettent de rechercher dans des situations complexes s'il existe un ou plusieurs gènes majeurs responsables de la susceptibilité à une maladie. Ces méthodes sont en plein développement et sont en fait une extension des études de ségrégation.

Ces modèles se fondent, selon les cas, sur la ségrégation de deux gènes de susceptibilité situés à un locus majeur, ou, au contraire, sur celle de plusieurs gènes situés à des loci différents dans le cas d'une hérédité dite polygénique : il s'agit là de deux situations extrêmes. Un modèle mixte plus complexe fait intervenir, dans la survenue d'une maladie, une « prédisposition » génétique sous la dépendance d'un locus majeur, d'une composante génétique polygénique et de facteurs de milieu *(fig. 5)*. Ces derniers peuvent être de type aléatoire, ou, au contraire, être communs aux membres d'une même famille. C'est par exemple le cas des habitudes culturelles, alimentaires (nourriture diabétogène sucrée, salée ou non dans le cas d'hypertension, etc.), des conditions de vie, etc. La prise en compte des facteurs familiaux non génétiques est importante car ils peuvent parfois expliquer à eux seuls les concentrations familiales de certaines maladies. L'existence de ces facteurs a été à l'origine de nombreux travaux dont le but est d'analyser l'hérédité dite « culturelle » dans les ressemblances à l'intérieur des familles.

---

susceptibilité (ici vers la droite). On trouvera donc dans cette sous-population un excès de sujets atteints par rapport à ce que l'on attend de la distribution de la maladie dans la population générale.
Enfin, selon un modèle dit mixte (C), la susceptibilité est sous le contrôle d'un gène majeur A ; mais dont l'action peut être modulée par d'autres gènes et par des facteurs de milieu. La figure C représente la distribution de la susceptibilité dans la population, en relation avec le type de gène majeur des sujets. Ainsi, les individus aa seront-ils normaux. Les individus AA auront une probabilité plus forte que les sujets Aa d'être malades, dès lors que, dans l'effet d'autres gènes et de facteurs de milieu, leur susceptibilité dépasse un certain seuil (en grisé, à droite). L'analyse génétique qui repose sur ces modèles a donc essentiellement pour but d'identifier les diverses composantes d'une pathologie courante pour laquelle on observe certains regroupements familiaux.

L'étude des variables quantitatives permet une analyse plus fine des différents facteurs et est un domaine en plein développement. Le but est donc de rechercher, par l'analyse de la distribution dans les familles d'un caractère quantitatif mesurable (comme le taux de cholestérol, celui d'acide urique, la pression intra-oculaire dans le cas des glaucomes, etc.), l'existence d'un gène majeur. On recherche également une pluralité d'origines génétiques pour le caractère étudié. Il faut noter qu'il est plus simple d'analyser l'hérédité du taux de cholestérol ou de la tension artérielle, qui sont le résultat non interprété d'une mesure, que celle de l'hypercholestérolémie ou de l'hypertension artérielle qui sont des caractères « qualitatifs ». En effet, c'est la définition d'un seuil arbitraire qui a transformé une variable continue (par exemple, le cholestérol sanguin total au sein d'une population mélangée va de 2,6 à 8 m moles/litre) en une variable qualitative à deux classes (l'hypercholestérolémie débute chez l'homme adulte aux environs de 7 m moles/litre, selon certains auteurs).

Les stratégies sont diverses. L'analyse de ségrégation des caractères pathologiques a été appliquée avec succès à l'étude de la génétique de diverses maladies : malformations congénitales telles les fentes labiales (bec de lièvre), le glaucome congénital [124], la non-fermeture de la colonne vertébrale (spina bifida) [125], les différents types de diabète, le cancer du sein particulièrement étudié dans la population des Mormons, etc. Dans certaines conditions de modélisation, elle a montré que les distributions familiales observées étaient compatibles avec l'existence d'un gène majeur, impliqué dans l'étiologie de la maladie, mais en association avec d'autres facteurs. L'analyse de ségrégation des caractères quantitatifs a, de son côté, permis de confirmer que l'hypercholestérolémie familiale était une maladie dominante, dont le gène majeur est porté par un autosome ; que le taux des immunoglobulines E dans le sang était, peut-être, contrôlé par un gène récessif.

En fait, tous ces modèles sont en plein développement et en cours de confirmation sur des situations connues. Cette approche se développe actuellement pour l'étude de maladies à pénétrance très faible : c'est le cas d'une anomalie du métabolisme des hémoglobines comme les porphyries, étudiées dans notre laboratoire par C. Bonaïti, et dans celui de Nordmann à l'hôpital L. Mairier de Colombes.

A côté de ces progrès prudents, l'étude d'un trouble de comportement comme la schizophrénie constitue un bon exemple des limites de ce type d'analyse. Stewart et ses collaborateurs ont montré en 1980 à Paris que les distributions familiales de la schizophrénie étaient compatibles avec un modèle à un locus majeur, les malades étant, dans ce modèle, homozygotes pour un certain gène x [126]. Mais, selon ce modèle, les sujets homozygotes xx ont cependant une probabilité de 65 % d'être normaux. Ce type de résultat doit être interprété avec précaution et il ne s'agit que d'une étape toute provisoire dans la recherche d'une éventuelle contribution génétique à l'étiologie de cette maladie. En effet, le modèle mathématique, qui s'est révélé le meilleur, n'est pas forcément le vrai et on doit se souvenir que les conclusions sont la simple réponse d'un modèle prenant en compte de multiples contraintes. En outre, il ne faut pas mettre sur le même plan ces gènes hypothétiques, dont on ne sait pas mettre en évidence le produit, et celui qui coderait pour un groupe sanguin, par exemple. En effet, il ne serait que l'un des éléments d'une étiologie complexe : un sujet porteur du gène x à l'état homozygote ne développerait la schizophrénie que dans certaines circonstances. Le caractère temporaire de ce type d'analyse a été bien montré par A. Zalc en 1982 à Paris, qui, en utilisant les mêmes données que Stewart mais en suivant une autre méthode d'analyse ne retrouve pas la même conclusion [127]...

L'exemple de la schizophrénie est presque exemplaire des difficultés que l'on rencontre dans l'analyse de ségrégation des maladies communes : le facteur milieu familial est évidemment mal contrôlé ; la technique utilisée permet de comparer les hypothèses, mais non réellement de les tester ; toutes les hypothèses possibles ne sont pas étudiées ; une hétérogénéité génétique est difficile à mettre en évidence, etc. C'est dire l'extrême prudence avec laquelle il faut interpréter les résultats : la mise en évidence d'un gène majeur par cette méthode doit être confirmée par sa mise en évidence biologique et/ou par l'étude et son association avec d'autres marqueurs génétiques. Ce dernier type d'étude est le complément de l'analyse de ségrégation et connaît lui aussi d'importants développements.

De quel gène connu le gène inconnu est-il proche ?

Une deuxième approche pour cerner une origine génétique possible d'un caractère, pathologique ou non, consiste à rechercher s'il est associé de manière significative à un marqueur génétique. La recherche systématique d'associations entre une maladie et des marqueurs génétiques connus (comme les groupes sanguins ou les antigènes d'histocompatibilité) est en fait une variante de méthodes très classiques en génétique expérimentale (cf. l'article de J.-L. Guénet, p. 189). La technique d'étude est relativement simple : on compare la fréquence d'une série de marqueurs génétiques, chez les malades et chez des témoins.

Les premiers travaux ont concerné le système des groupes sanguins ABO et remontent à 1921. Les groupes sanguins sont des molécules exprimées à la surface des globules rouges et particulièrement aisées à étudier. Ce n'est cependant qu'en 1953 que I. Aird montra en Angleterre que le groupe sanguin A était légèrement plus fréquent chez les sujets atteints de cancer de l'estomac que chez les témoins [128] (la différence était significative car le nombre de sujets étudiés était grand, mais les populations étaient très mélangées). Un peu plus tard, l'équipe de R. Doll en Grande-Bretagne montrait vers 1960 une association du groupe O et du système génétique qui conditionne la non-sécrétion de l'antigène de ce groupe sanguin dans la salive, avec l'ulcère du duodénum [129]. Mais cette association n'explique cependant qu'une faible partie de la pathologie observée. D'ailleurs, toutes les associations entre maladies et le groupe sanguin ABO sont faibles et, sur le plan génétique, elles ne peuvent être interprétées que dans le cadre d'une hérédité à plusieurs gènes.

Dans ces conditions, les associations, au niveau des populations, marqueurs génétiques-maladies ont peu intéressé les généticiens humains, jusqu'au jour où fut montré que des liaisons fortes entre un marqueur et une maladie pouvaient exister. Elles concernent surtout actuellement les associations avec le système majeur d'histocompatibilité et, en particulier, les gènes du HLA [130]. Les antigènes HLA sont des molécules exprimées à la surface des cellules de l'organisme. Ils sont très variables d'un individu à un autre et constituent donc une véritable carte d'identité, très aisément repérable au laboratoire par des méthodes immunologiques. On va donc « typer » des populations de patients souffrant de diverses maladies, et comparer la fréquence de tel antigène chez les malades par rapport à une population témoin. C'est ainsi que l'antigène B27 est présent chez 90 % des sujets atteints de spondylarthrite ankylosante et chez seulement 9 % des témoins. Cette association extrêmement forte suggère que le gène responsable est soit B27 lui-même, soit qu'il en est très proche et se comporte comme un gène dominant. Cependant, même dans ce cas, la pénétrance n'est plus complète et des facteurs de milieu viennent conditionner l'apparition ou la gravité de la maladie. Dans le diabète insulino-dépendant (DID), la différence est moins spectaculaire : 90 % des malades possèdent les antigènes DR3 et/ou DR4, alors que cette proportion est de 55 % environ chez les témoins. De telles associations sont très étudiées, en particulier par le laboratoire de J. Dausset à Paris et dans ceux des pionniers du système HLA en particulier, celui de B. Amos à Durham, W. Bodmer à Londres, Svejgaard à Copenhague, R. Cepellini à Bâle, J. J. Van Rood à Leiden, Terasaki à Los Angeles, etc. Toutes les associations HLA-maladies ne sont pas spectaculaires, mais elles sont nombreuses (cf. *tableau*) [131]. La situation est ici particulièrement intéressante car les antigènes d'histocompatibilité sont des molécules qui jouent un rôle essentiel dans une série de phénomènes immunologiques. Ont-ils un rôle direct dans l'apparition de ces maladies qui seraient, pour partie, dues à des défauts génétiques d'interaction cellules-cellules au sein du système immunitaire, par exemple ? Cependant, l'interprétation de ces associations en termes de susceptibilité génétique n'est pas évidente et a donné lieu à de nombreux travaux. Il s'agissait surtout d'étudier les répartitions familiales de la maladie et du système HLA et de déduire le mode héréditaire de la susceptibilité génétique (cf. *encadré*).

ASSOCIATIONS ENTRE ANTIGÈNES HLA ET MALADIES

Nom de la maladie	Antigène HLA associé	Fréquence des : malades	Fréquence des : contrôles	risques associés
Maladie de Hodgkin	A1	40	32	1.4
Spondylarthrite ankylosante	B27	90	9.4	87.4
Maladie de Reiter	B27	79	9.4	37.0
Psoriasis	Cw6	87	33.1	13.3
Sensibilité à l'herpès	DR3	85	26.3	15.4
Maladie coeliaque	DR3	79	26.3	10.8
Maladie d'Addison	DR3	69	26.3	6.3
Diabète insulino dépendant	DR4	75	32.2	6.4
	DR2	10	30.5	0.2
Myasthénie	DR3	50	28.2	2.5
Lupus érythémateux diffus	DR3	70	28.2	5.8
Anémie pernicieuse	DR5	25	5.8	5.4

Tableau. Chez l'homme, un court segment du chromosome 6 héberge quelques dizaines de gènes dont les produits (et en particulier les antigènes HLA) jouent des rôles multiples et essentiels dans un ensemble de phénomènes immunologiques. Les molécules pour lesquels ces gènes codent sont très faciles à repérer. Comme elles varient considérablement d'un individu à un autre, le typage des antigènes HLA permet l'établissement d'une véritable carte d'identité immunogénétique des individus. Certains antigènes HLA sont plus fréquemment retrouvés dans des populations de sujets atteints de diverses maladies que dans les populations contrôles. Cela confère un risque relatif important dans certains cas (comme la spondylarthrite ankylosante et la maladie de Reiter qui en est proche), le plus souvent relativement faible. Dans quelques cas, comme celui du diabète insulino-dépendant, un certain antigène comme D1DR2 protège même contre la maladie ! Ces études de corrélation ne préjugent pas de la relation « physique » ou « génétique » qui existe entre l'expression d'un certain antigène et la manifestation d'une maladie. Ainsi, on notera que l'antigène D/DR3 se retrouve dans bien des pathologies. Or, il appartient à une famille de molécules qui contrôlent l'intensité des réponses du système immunitaire. Cette association entre DR3 et de nombreuses maladies est-elle liée à une anomalie du fonctionnement du système immunitaire ?

Et le génie génétique ?

L'étude des associations entre les marqueurs génétiques et les maladies sont donc, malgré les difficultés d'interprétation, un bon outil pour analyser la composante génétique des maladies communes. Cependant, jusqu'à ces dernières années, seules les associations entre système ABO et HLA et maladies étaient analysées. Grâce aux progrès du génie génétique, cette recherche connaît une véritable explosion. Il s'agit là de la découverte de ce que l'on appelle les polymorphismes de l'ADN.

En effet, l'ADN présente de notables différences d'individu à individu, ce que l'on appelle son polymorphisme. Il suffit de pouvoir associer une de ces différences avec une pathologie, pour avoir un accès génétique et moléculaire à cette maladie. (cf. l'article de P. Tolstoshev et J.-P. Lecocq, p. 133). C'est ainsi que des études familiales permettent dans certains cas de repérer les porteurs sains d'une anomalie génétique potentielle. A la fin de l'année 1983, on a ainsi pu diagnostiquer, par les voies du génie génétique, des maladies comme la chorée de Huntington [132], la myopathie de Duchenne [133], certaines hémophilies [134], le retard mental dû à la fragilité du chromosome X [135], etc., tout ceci se greffant sur un énorme corpus de données de génétique moléculaire des maladies génétiques de l'hémoglobine, réalisé en particulier par les groupes de T. Maniatis [136], D. J. Weatherhall [137], etc.

Cela dit, pour qu'une telle analyse soit enrichissante, il faut disposer d'une sonde moléculaire qui va reconnaître une séquence d'ADN assez proche du ou des gènes responsables de la pathologie. Il faut en outre qu'il existe un polymorphisme important dans cette région de l'ADN. Enfin, les études ne peuvent être que familiales, sauf cas très particulier où l'événement génétique responsable n'est apparu qu'une fois et, en outre, est déjà connu. Bref, ce type de recherche est en plein développement. Ses principaux intérêts scientifiques sont la diversification des marqueurs génétiques étudiés, et la possibilité d'avoir un accès à la zone d'ADN qui porte une

> LA DÉPRESSION NERVEUSE
>
> On observe, dans les populations humaines, des associations préférentielles entre certaines maladies et des traits génétiques particuliers. Le cancer de l'estomac est ainsi plus fréquent chez les sujets de groupe sanguin A. Cependant, l'existence de telles associations n'implique pas nécessairement une relation de cause à effet entre le marqueur génétique et la maladie. Cela ne permet même pas de dire que la maladie ait une composante génétique.
>
> Pour en apporter la preuve, il faut montrer que ces deux entités se transmettent de manière non indépendante dans les familles, démarche classique en génétique. En 1935, Penrose proposait déjà un test simple de transmission indépendante de deux traits génétiques [1]. Il utilisait des couples de germains (frères ou sœurs) qu'il classait selon la présence ou l'absence de chacun des deux traits. Dans le cas particulier des maladies associées aux antigènes d'histocompatibilité HLA, plusieurs auteurs comme Day et Simmons en 1976 [2], Thomson et Bodmer en 1977 [3] et Suarez et al. [4] en 1978, ont proposé des adaptations de la méthode de Penrose. On utilise seulement des couples de germains atteints, et ces couples sont classés dans trois catégories suivant leur génotype HLA. En cas d'indépendance génétique de la maladie et de HLA, les proportions théoriques dans ces catégories sont 25 %, 50 %, 25 %. On admettra donc qu'il existe une liaison génétique réelle entre HLA et la maladie si on observe un écart significatif par rapport à ces proportions. C'est le cas, par exemple, du diabète insulino-dépendant pour lequel la distribution observée est de 5 %, 40 %, 55 %.
>
> Le système HLA se révèle donc être un outil très utile pour apporter la preuve de l'existence de facteurs génétiques là où ceux-ci étaient déjà soupçonnés, mais aussi dans des cas où ils l'étaient moins, comme dans la susceptibilité à des maladies infectieuses telles que la lèpre. D'où la tentation, pour certains, de rechercher s'il existe dans la région HLA des gènes de maladies pour lesquelles la controverse génétique-environnement est souvent passionnelle — c'est le cas, par exemple, des pathologies mentales ou comportementales. C'est ainsi qu'en 1981 un journal scientifique américain de grand renom, *The New England Journal of Medecine*, publiait un article intitulé *Dépression et HLA, Un gène sur le chromosome 6 qui peut affecter le comportement* [5]. L'écho

responsabilité directe ou indirecte dans l'étiologie de certaines maladies. C'est ainsi, par exemple, que le groupe de J. Nerup (Copenhague) vient de montrer qu'une zone voisine du gène de l'insuline est associée à un risque accru d'athérosclérose [138].

EST-ELLE HÉRÉDITAIRE ?

que cet article trouva dans la presse fut très grand, pas seulement d'ailleurs dans la presse scientifique ou de vulgarisation. De nombreuses interviews radiophoniques et télévisées furent accordées à son principal auteur, L. Weitkamp. L'« événement » franchit les frontières américaines. On a lu dans certains journaux que cette découverte permettrait d'identifier les sujets à risque, de prévenir la dépression, voire l'alcoolisme ou les comportements antisociaux ! La conclusion pour certains fut que l'on avait « identifié un gène de la dépression » et donc que la connaissance du trouble immunologique ou métabolique responsable était proche.

Or, sans même parler de ce qu'on a pu faire dire à Weitkamp, son assertion était pour le moins sujette à caution. Examinons rapidement les arguments sur lesquels elle se fonde : Weitkamp étudie 41 fratries comportant au moins 2 sujets atteints de dépression majeure (suivant un critère bien établi) et pour lesquels on a déterminé les antigènes HLA. Or une première analyse, utilisant la méthode des germains telle que nous l'avons décrite, ne met en évidence aucune distorsion. Cependant, un nouveau classement de ces fratries en 2 groupes, selon qu'elles comportent exactement 2 sujets atteints ou plus, conclut à une distorsion dans la première catégorie. Ce découpage s'est révélé très vite discutable : des analyses plus poussées comme celles de Goldin et al.[6] en 1982 ou de Suarez et al. en 1983[7], mettent en doute ces conclusions. Ces mêmes auteurs, utilisant la même méthodologie sur leurs propres données, n'ont pas retrouvé les résultats de Weitkamp. La question reste donc totalement ouverte. Quoi qu'il en soit, cet exemple illustre bien, si besoin était, l'importance de l'impact social que trouve une simple corrélation entre une pathologie et un marqueur génétique précis. Il y a là de quoi pousser les généticiens à une très grande prudence à la fois dans leurs affirmations... et dans la popularisation de leurs résultats.

F. Clerget et C. Bonaiti.

1. C. S. Penrose, *Ann. Eugenics*, 1935, p. 133. — 2. N. E. Day et Simons, *Tissue Antigens*, 8, 1978, p. 109. — 3. G. Thomson et W. Bodmer, in *HLA and Disease*, Copenhagen, J. Dausset and Sveggard Munksgaard (eds), 1977, p. 84. — 4. B. K. Suarez, J. Rice et T. Reich, *Annals of Human Genetics*, 42, 1978, p. 87. — 5. L. R. Weitkamp et al., *N. Engl. J. Med.*, 305, 1981, p. 1301. — 6. L. Goldin, F. Clerget-Darpoux et E. Gershon, *Psychiat. Res.*, 7, 1982, p. 29. — 7. B. K. Suarez, J. Crouse et Van Ecrdewegh, *Ann. Hum. Genet.*, 47, 1983, p. 153.

Ainsi la génétique humaine a-t-elle subi, depuis sa création au début du siècle, de profonds changements d'orientation. Si, à l'origine, l'analyse génétique des « concentrations » familiales des maladies avait pour but de confirmer un mode de transmission mendélien, depuis une vingtaine d'années, elle vise de plus en plus à étudier la composante héréditaire des maladies communes. Les conclusions sont alors devenues de plus en plus complexes. A l'origine de maladies courantes on trouve, certes, des facteurs génétiques, mais également des facteurs d'environnement dont le milieu familial, qui peut, d'ailleurs, à lui seul, expliquer certaines distributions de la maladie. L'analyse est donc passée du « tout génétique » à un décodage de l'interaction entre génétique et milieu. Notons qu'il existe une différence de nature entre des maladies dues à la perturbation d'un gène de structure identifiée qui code pour une protéine précise, et l'identification d'une susceptibilité génétique. Dans le premier cas, le praticien peut dire à qui le consulte le risque de voir apparaître la maladie dans sa descendance. Un conseil génétique raisonnablement fondé est alors possible. Dans le second cas, la situation est radicalement différente. Si l'analyse génétique vise désormais, comme on l'a vu, la recherche de facteurs génétiques et, en particulier, de gènes majeurs, qui rendent certains sujets susceptibles à une maladie donnée s'ils se trouvent au contact d'un certain environnement, on peut prévoir que, dans les prochaines années, on aura identifié des gènes de susceptibilité pour un grand nombre de maladies : faudra-t-il dépister ces gènes (possibilité qu'offre sans doute l'étude du polymorphisme de l'ADN) et conditionner l'environnement de chacun en fonction des gènes de susceptibilité qu'il porte ? Tel sujet porteur d'un gène X devra-t-il éviter de fumer ? Tel autre, porteur du gène Y, devra-t-il suivre un régime sans graisse dès l'enfance ? Si, dans le cas de maladies métaboliques, comme la phénylcétonurie, un dépistage et un régime précoces sont légitimes, car on évite une arriération mentale, il n'en est pas de même pour les maladies de l'âge adulte, dont la survenue dépend de très nombreux facteurs. En outre, la connaissance par l'individu des gènes dont il est porteur risque d'induire chez lui un état durable d'anxiété. On peut concevoir qu'avec la mise au point de méthodes simples pour détecter ces gènes, des pressions morales, sociales, politiques, financières puissent conduire à un véritable totalitarisme médical, même s'il n'est pas voulu par les médecins et les généticiens.

Mieux analyser les facteurs génétiques des maladies a un effet très positif pour la compréhension de ces dernières ;

l'application de ces connaissances en santé publique n'aura un effet similaire que si les mesures qui en découlent ne prennent pas un caractère contraignant.

POUR EN SAVOIR PLUS

J. Feingold (ed.), *Génétique médicale, Acquisition et perspective*, INSERM, Flammarion, 1981.
L. L. Cavalli-Sforza, W. F. Bodmer, *The Genetic of Human Populations*, San Francisco, W. H. Freeman and Cie, 1977.
F. Vogel, A. G. Motulsky, *Human Genetics*, Springer Verlag, 1982.
N. E. Morton, *Outline of Genetic Epidemiology*, S. Kargh, 1982.
R. C. Elston, « Segregation Analysis », in *Advances in Human Genetics*, New York, Plenum Press, vol. II, 1981, p. 63.

La Recherche, mai 1984

8. La génétique de la souris

Jean-Louis Guénet

Bien que considérée comme un animal nuisible, la souris a été élevée par l'homme depuis les temps les plus reculés. Ceci n'est d'ailleurs pas très surprenant puisque ce petit mammifère, à la prolificité légendaire, s'élève très bien en captivité, ne présente pratiquement aucune exigence nutritionnelle et se domestique facilement.

Le Français Lucien Cuénot [139] fut probablement le premier biologiste à avoir fait volontairement une expérience de génétique avec des souris, en croisant, dès 1902, des souris de laboratoire (blanches) avec des souris sauvages (grises) pour montrer que les lois de Mendel, récemment redécouvertes, étaient universelles et s'appliquaient aussi bien aux caractères qui déterminent la pigmentation de la souris qu'à ceux qui gouvernent la couleur de l'inflorescence des pois ou la texture de leur tégument [140].

Depuis cette époque, la souris a toujours eu la faveur des généticiens, parce qu'elle représente un modèle presque idéal pour l'étude de la génétique de l'espèce humaine. Depuis Cuénot, les souris de laboratoire sont élevées par millions, uniquement pour les besoins de la génétique. Or, comme on ne prête qu'aux riches, cette tendance ne fait que s'accentuer et la connaissance du patrimoine génétique de la souris s'améliore chaque année de manière exponentielle. Aujourd'hui, il ne viendrait à l'idée d'aucun chercheur de choisir, *a priori*, une autre espèce comme modèle, sous peine de prendre, dès le départ, un handicap considérable. En 1984, l'alternative est simple, le seul véritable « rival » de la souris pour la génétique des mammifères, c'est l'homme lui-même. On ne pouvait décidément rien trouver de mieux pour la rédemption d'une espèce qui, par ailleurs, fait tant de dégâts...

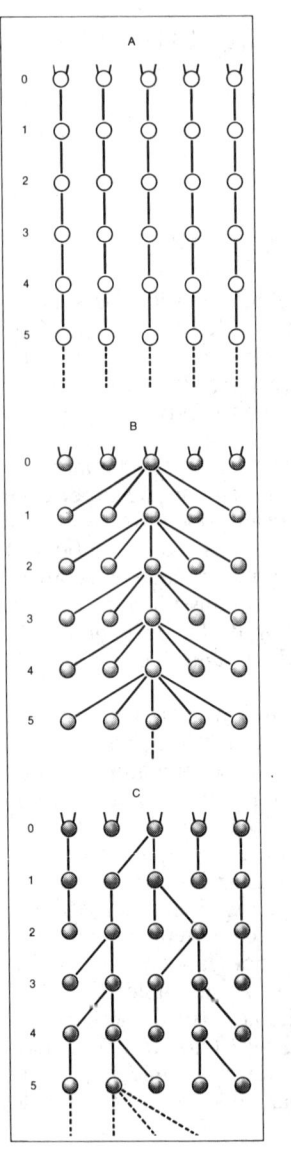

Fig. 1. Dans une lignée pure, ou lignée consanguine, tous les individus sont génétiquement équivalents et n'engendrent plus que des descendants identiques à eux-mêmes. Il suffit, pour cela, de procéder à des accouplements systématiques entre géniteurs apparentés. A terme, c'est-à-dire après environ 25 générations d'accouplements entre frères et sœurs, on aboutit à une extraordinaire simplification du génome, tout polymorphisme ayant totalement disparu.

En théorie, il y a deux façons de pratiquer le système d'accouplement : en ligne ou en étoile. Dans le système en ligne (A), on prend par exemple 5 couples de frères et sœurs, issus eux-mêmes du croisement d'un frère et d'une sœur et, à chaque génération, on procède à l'accouplement d'un frère et d'une sœur : le protocole est sûr, mais aboutit à la création *in fine* de 5 lignées différentes ayant la même origine. Le protocole en étoile (B) présente d'autres inconvénients : il n'y a aucune possibilité de contourner la sélection accidentelle de gènes provoquant la stérilité et on aboutit toujours à une impasse. Dans la pratique, on utilise une forme hybride de ces deux protocoles (C).

De l'inceste systématique

Avec la souris, il est assez facile d'obtenir des lignées pures dans lesquelles tous les animaux sont génétiquement identiques... de vraies répliques *(fig. 1)*. Il suffit pour cela de procéder, de façon systématique, à des accouplements entre géniteurs apparentés. Le plus simple, et le plus efficace, consiste, par exemple, à accoupler génération après génération des frères avec leurs sœurs..., de l'inceste systématique en quelque sorte. Dans ces conditions, et si l'on attend suffisamment longtemps (c'est-à-dire 5 ans ou 25 générations), tous les individus sont génétiquement équivalents. La loterie de l'hérédité a procédé à 25 tirages au sort, mais cette fois les 25 tirages au sort successifs dépendaient tous du résultat des précédents. Dans ces conditions, et en raison de l'extrême petitesse de l'échantillon des géniteurs (un frère et sa sœur !), la loterie de l'hérédité a éliminé, pour une raison de pure statistique, toute variabilité dans la lignée obtenue. Il suffit alors d'entretenir la lignée en continuant ce genre d'accouplement, que l'on dit consanguin, pour obtenir une lignée pure ou consanguine que les Anglo-Saxons appellent *inbred*. Ces animaux sont bien évidemment entièrement artificiels et auraient sans aucun doute beaucoup de mal à survivre si on les relâchait dans une cave ou un grenier quelconque, mais ils sont très utiles, et dans certains cas irremplaçables, comme nous le verrons bientôt. Avant cela, il faut néanmoins que nous revenions à quelques notions fondamentales de génétique formelle.

Chaque mammifère est un être diploïde, ce qui veut dire que chacune de ses cellules comporte un double jeu de chromosomes. Les généticiens appellent cela le complément chromosomique, qu'ils notent 2n. Chez les souris, 2n = 40 (2n = 46 chez l'homme), se décomposant en 38 autosomes et 2 gonosomes ou chromosomes sexuels notés XY chez le mâle, XX chez la femelle. Les chromosomes sont strictement homologues deux à deux (sauf bien sûr le X et le Y) et portent, chacun, alignés sur toute la longueur comme les grains d'un chapelet, les différents gènes de l'espèce qui déterminent (on dit qu'ils codent) des fonctions particulières. Chaque gène peut être présent sous des variantes différentes (les *allèles*), mais occupe toujours un endroit bien précis d'un chromosome déterminé (le *locus*). En d'autres termes, et pour résumer, à chaque locus, il peut y avoir plusieurs allèles d'un gène donné, mais chaque individu a, au plus, deux allèles différents d'un même gène. Un cas très simple et bien connu de l'espèce humaine est celui des groupes sanguins : au locus des groupes sanguins de l'homme (chromosome 9), il y a trois allèles possibles A, B ou O. Un homme donné ne peut en avoir, au plus, que deux : si les deux variantes sont de même type (AA ou BB) l'individu est *homozygote* ; lorsqu'elles sont différentes (BO ou AB), l'individu est *hétérozygote*.

Pour en revenir à nos souris, il faut savoir que, dans la nature, les souris sauvages sont génétiquement polymorphes en ce sens qu'il existe, en général, plusieurs allèles possibles pour un locus donné. Si l'on considère l'ensemble des individus de la population, ce polymorphisme génétique, qui peut varier à l'infini à l'échelon individuel, rend les individus très différents les uns des autres. Dans une lignée consanguine, au contraire, le polymorphisme a disparu. Il n'y a plus, à chaque locus, qu'un seul exemplaire parmi tous les allèles possibles et tous les individus sont homozygotes. Chaque lignée consanguine représente donc un tirage au sort unique, effectué dans une très grande urne où seraient tous les allèles possibles pour tous les gènes du patrimoine.

En fait, il est possible de fabriquer au laboratoire plusieurs lignées consanguines différentes, il suffit de répéter l'expérience qui consiste à accoupler 25 ou 30 fois un frère avec sa sœur... Cela revient à faire un nouveau tirage au sort dans la grande urne ! De ce fait, chaque lignée possède sa propre « carte de visite » avec une longévité particulière, une résistance plus ou moins grande aux rayonnements, une prolificité variable, une résistance aux infections bactériennes, virales ou parasitaires plus ou moins accusée, etc. Ces animaux représentent un des acquis les plus spectaculaires du travail des généticiens de la souris. Grâce à eux, on peut tirer des conclusions d'une portée très générale et comprendre le déterminisme génétique des caractères ou des comportements les plus divers.

Quand la souris héberge des virus cancérogènes

C'est ainsi qu'en étudiant systématiquement les lignées disponibles à son époque l'Américain Walter E. Heston [141] fut un des premiers généticiens à établir les bases du déterminisme génétique du cancer. L'une de ses conclusions est qu'il existe incontestablement une prédisposition génétique à l'évolution d'un processus cancéreux. Cette prédisposition, qui correspond à la vieille notion familière de « terrain », n'est cependant pas absolue et, pour une lignée donnée, tous les individus prédisposés ne développent pas systématiquement un cancer. Le cancer pulmonaire, par exemple, se rencontre chez 90 % des souris de la lignée A âgées de plus de 10 mois, tandis qu'on ne le rencontre que chez 20 % des souris BALB/c au même âge et chez moins de 1 % des souris C57 L. Ceci veut donc dire que la prédisposition ne relève pas d'*un gène* ou d'un très petit nombre de gènes ayant un effet de tout ou rien. D'autres facteurs, non génétiques, sont également indispensables.

Il existe une très forte relation entre un type de cancer déterminé, caractérisé par le tissu qu'il affecte, et sa plus ou moins grande malignité d'une part, la lignée de souris d'autre part. 90 % des souris AKR, par exemple, développent des leucémies très malignes après l'âge de 300 jours, tandis que, chez elles, les tumeurs du poumon ou de l'ovaire sont rarissimes. Dans la lignée LT, ce sont les tératocarcinomes de l'ovaire qui sont très fréquents, dans la lignée C3H, les cancers du foie et les tumeurs mammaires, etc. Parmi les gènes qui prédisposent au cancer, certains, au moins, sont donc spécifiques d'un tissu déterminé.

Les travaux d'Heston ont également conduit à montrer que les cancers induits par des produits chimiques ou par des virus cancérogènes propres à la souris sont aussi dépendants du terrain. Certaines lignées de souris placées en contact avec l'agent cancérogène font des cancers avec une très haute fréquence, d'autres non.

Enfin, c'est également grâce aux lignées consanguines de souris qu'eut lieu dans les années 1970 une des découvertes les plus remarquables de l'histoire de la génétique, à savoir que les virus cancérogènes incorporent une ou plusieurs copies de leur génome (c'est-à-dire une ou plusieurs molécules de leur ADN si ce sont des virus à ADN, ou une ou plusieurs copies transcrites de leur ARN si ce sont des virus à ARN) dans les chromosomes de leur hôte [142] ; elles en font donc partie intégrante, au même titre que les gènes propres de l'individu qui les héberge. Ces oncogènes viraux, comme on les appelle (ou v-onc) sont, par exemple, au nombre de 2 dans la lignée AKR (Akv-1 et Akv-2). Leur découverte, faite initialement avec des lignées consanguines et des virus leucémogènes, s'est depuis généralisée à d'autres virus et à d'autres espèces, y compris l'homme [143].

De l'acceptation d'une greffe à l'analyse des comportements

La contribution des lignées consanguines de la souris à l'étude de la biologie des greffes a également été fondamentale. Chacun sait que les transplantations d'organes ou de tissus, effectuées entre individus non apparentés, sont systématiquement rejetées. Cette loi biologique barre toujours la route aux chirurgiens les plus audacieux, de sorte qu'il n'est pas possible, sans mise en application d'une thérapeutique immunodépressive, de transplanter des organes comme on remplacerait la pompe à eau détériorée d'une automobile... A moins que le donneur et le receveur ne soient de vrais jumeaux !

Chez la souris, le rejet est également systématique, sauf dans le cas très précis où donneur et receveur sont tous les deux membres de la même lignée consanguine. Cette observation, qui remonte aux toutes premières heures de la génétique de la souris, concernait surtout les tissus tumoraux que l'on greffait d'une souris à une autre pour étudier la biologie du cancer. Mais, aux États-Unis, Clarence C. Little, plus tard associé à ses collègues Bittner, Cloudman et Strong [144], transposa le système aux tissus normaux et comprit très vite que l'acceptation ou le rejet d'une transplantation, quelle qu'elle soit, était sous la dépendance d'un processus de nature immunologique, lui-même génétiquement déterminé. Il montra que le déterminisme génétique de l'acceptation (ou du rejet) d'une greffe pouvait se résumer en cinq points : premièrement, les transplantations effectuées entre souris d'une même lignée consanguine (on les appelle les isogreffes ou greffes syngéniques) sont acceptées dans les deux sens ; deuxièmement, les transplantations effectuées entre souris de deux lignées différentes (les allogreffes) sont rejetées ; troisièmement, les hybrides issus de croisements entre deux lignées de souris acceptent toutes les greffes, qu'elles viennent de leurs parents, de leurs collatéraux ou de leurs descendants ; mais, quatrièmement, aucun animal n'accepte les tissus venant des hybrides de première génération ; enfin, cinquièmement, les gènes impliqués dans le déterminisme en question, appelés gènes d'histocompatibilité (les « gènes du soi »), sont nombreux et chacun d'entre eux possède plusieurs allèles.

A partir de 1948, Georges Snell [145] entreprit de disséquer, jusqu'au détail, le déterminisme génétique du rejet des greffes. Pour cela, il réalisa, grâce à d'innombrables croisements en retour *(backcross)*, une série de lignées dites *congéniques,* c'est-à-dire absolument identiques à une lignée consanguine déjà établie *sauf* pour un gène unique impliqué dans l'histocompatibilité. On pourrait tout à fait comparer ce genre d'animaux à une photocopie d'un texte dans laquelle un mot clé serait écrit dans une autre langue et empêcherait la compréhension dudit texte (la prise de la greffe !). Snell fit des centaines de lignées congéniques et isola ainsi la plupart des gènes majeurs de l'histocompatibilité. Pour chaque gène, il isola plusieurs allèles sous forme de lignées congéniques (il traduisit en plusieurs langues étrangères le même mot clé du texte) et, en collaboration avec d'innombrables chercheurs, il fut à l'origine de l'immunogénétique qui, même si elle garde encore bien des secrets, doit beaucoup à la souris...

Les animaux consanguins représentent également une richesse considérable pour l'analyse des comportements. Il existe des lignées qui apprennent très vite à s'échapper d'un labyrinthe ou à éviter un parcours désagréable. Il y a des lignées qui mémorisent vite et pour longtemps, d'autres qui mémorisent moins vite, d'autres enfin qui se montrent d'une déconcertante stupidité... Tout cela contribue à une amélioration sensible de la connaissance de la biologie des comportements et permet, dans une certaine mesure, de tirer des conclusions extrapolables à l'espèce humaine [146].

Le retour à l'état sauvage

Malgré tout leur intérêt, dont nous venons de donner quelques exemples, les lignées consanguines ne représentent pas une panacée. Cela tient à deux raisons indépendantes, mais qui relèvent toutes les deux de leur constitution génétique : toutes les lignées consanguines présentent, entre elles, un très haut degré d'apparentement (des expériences précises portent à penser que l'ancêtre maternel était commun à toutes les lignées de laboratoire) [147], il n'y a aucune variabilité dans leur génome (par constitution même) et, de ce fait, la sélection sur un caractère donné est inopérante. C'est en partie pour ces deux raisons que les généticiens de la souris (comme L. Cuénot et L.C. Strong à l'origine des lignées consanguines !) se tournent à présent, de plus en plus, vers des animaux capturés à l'état sauvage. Un monde entièrement nouveau est en train d'être découvert et un apport de polymorphisme considérable est envisagé. A l'Institut Pasteur de Paris, en collaboration avec des collègues du Laboratoire d'évolution de Montpellier, nous avons établi plusieurs lignées de souris sauvages entièrement indépendantes des lignées actuellement existantes et appartenant, dans certains cas, à des espèces de souris différentes. Ces animaux ne sont pas spontanément capables de se reproduire avec les souris de laboratoire, mais, dans certaines conditions, on peut obtenir des hybrides et étudier ainsi le nouveau polymorphisme. Chez ces animaux sauvages, P.A.

Cazenave [148], de l'Institut Pasteur, a découvert plusieurs allèles (ou allotypes) nouveaux, aussi bien pour les chaînes lourdes que pour les chaînes légères des immunoglobulines (les anticorps). Ce genre de découverte aide beaucoup à la compréhension des mécanismes évolutifs qui sont intervenus au niveau des gènes codant pour les anticorps.

Toutes ces lignées consanguines sont entretenues dans des animaleries de très haut standard par un personnel compétent et entraîné. Il suffirait d'un croisement mal fait pour que toute la consanguinité soit immédiatement perdue et le bénéfice de plusieurs années de travail anéanti. La qualité de ces animaux est d'ailleurs constamment contrôlée, par greffe de peau par exemple, pour assurer qu'ils sont toujours histocompatibles. Il arrive cependant que des variations brutales apparaissent et soient spontanément héréditaires ; il s'agit des *mutations,* dont nous allons parler à présent.

Un bon millier de mutations

Les mutations de la souris sont connues depuis longtemps. Il existe dans la Freer Gallery of Art, de Washington, une peinture japonaise attribuée à Hokusai (fin du XVIIIe siècle) qui représente sept magnifiques souris s'ingéniant à saccager des balles de riz soigneusement empilées. Quatre sont blanches (albinos), une est noire (non-agouti), une est chinchilla, et seule la dernière est « grise » (sauvage). Toutes ces souris, sauf cette dernière, sont des mutants. La coloration modifiée de leur pelage correspond à une modification de leur programme génétique dont les effets sont immédiatement décelables. Lorsque les lois de Mendel furent redécouvertes, ces souris mutantes ont été très vite utilisées dans les croisements comme marqueurs génétiques d'un caractère de la pigmentation et, à ce titre, conservées dans les laboratoires, d'abord comme curiosités, puis naturellement pour faire de nouvelles lignées consanguines.

Très vite, à mesure que des spécialistes se mirent à étudier la souris de plus près, à en produire un plus grand nombre et surtout à les élever sous forme de lignées consanguines, de nouvelles mutations ont été découvertes. En 1935, on en connaissait onze, dix ans plus tard, vingt-neuf. A partir de 1945, la souris devint l'animal favori des radiobiologistes pour l'étude de l'effet mutagène des rayonnements : à Oak Ridge dans le Tennessee (États-Unis), William Russell en éleva plusieurs dizaines de milliers par an, qu'il soumit à l'action mutagène des rayonnements avec des protocoles variés, des doses variées, des débits variés, etc. La conséquence de cela a été une véritable explosion : soixante-dix mutants en 1955, trois cents en 1975 [149]. Au début des années 1980, on commença à étudier les variations de structure au niveau du produit des gènes, les protéines. Là encore, on découvrit de nombreuses mutations, soit dans les populations de laboratoire, soit chez des animaux sauvages. A l'heure actuelle, il existe un bon millier de mutations pour environ sept cents loci identifiés [150]. Aucune autre espèce de mammifère ne peut soutenir la comparaison !

Ces mutations sont extrêmement variées. Certaines font partie du polymorphisme naturel de l'espèce et se caractérisent par des variations dans la structure primaire des protéines, sans importance ou conséquences apparentes pour la fonction protéique : ce sont les alloprotéines (que l'on appelle aussi alloenzymes lorsque la protéine est une enzyme et allotypes lorsque la protéine est une immunoglobuline) et les antigènes qui, présents à la surface de toutes les cellules, déterminent le « soi » (antigènes de surface). Elles représentent au moins 60 % du nombre total des mutations connues.

D'autres mutations, au contraire, ont un effet pathologique (on dit aussi délétère) et sont quelquefois incompatibles avec une vie normale. Très fortement contre-sélectionnées dans la nature, ces mutations sont, pour la plupart, des découvertes de laboratoire que l'on entretient avec un soin méticuleux. Dans les élevages, elles surviennent spontanément avec une fréquence très faible, de l'ordre de 10^{-5} par cellule sexuelle, mais leur taux d'apparition augmente considérablement sous l'influence d'agents mutagènes physiques (rayons X, gamma, neutrons, etc.) ou chimiques. Dans la plupart des cas, ces mutations ont été découvertes par hasard. Dans certains cas, même, il a fallu au « découvreur » une belle dose de sagacité et

La génétique de la souris

toujours beaucoup d'ordre. Deux exemples sont à ce point de vue démonstratifs.

Le premier concerne une mutation portée par le chromosome 2 : « *lethal-milk* » (lm). Les femelles qui portent le gène anormal en deux exemplaires (homozygote lm/lm) produisent un lait totalement carencé en zinc, à partir duquel les petits ne peuvent pas survivre, d'où le nom de la mutation. Dans l'élevage, ceci se présente sous forme de mères dont les portées sont uniformément chétives et meurent. Les femelles, généralement taxées de mauvaises mères, sont alors éliminées purement et simplement. Erway et ses collaborateurs [151] eurent, au contraire, l'idée de faire adopter les portées carencées par une mère normale, ce qui permit de fixer la mutation. A l'heure actuelle, la mutation *lethal-milk* est un modèle de choix pour l'étude de la carence en zinc.

Le deuxième exemple concerne la mutation « *Testicular feminization* » (Tfm) portée par le chromosome sexuel X. Cette mutation donne aux mâles, pourtant de constitution génétique normale (caryotype XY), une apparence de femelle avec tous les attributs de la féminité. La gonade reste de type mâle, mais l'animal est stérile. Cette fausse femelle n'a donc pas de descendants. La généticienne Mary Lyon [152] découvrit cette mutation grâce à un heureux concours de circonstances : d'abord elle trouva le premier mutant dans la progéniture d'une femelle dont le chromosome X était facilement identifiable (il portait des marqueurs), ce qui lui permit de repérer immédiatement que la constitution génétique (ou génotype) et l'apparence extérieure (ou phénotype) de la souris en question ne coïncidaient pas ; mais, surtout, elle avait conservé vivantes la mère et les sœurs (porteuses de la mutation) du fils à allure de fille stérile, ce qui n'était pas prévu par le protocole expérimental.

Dans certains laboratoires, dont le nôtre, des opérations de recherche de mutants à caractère systématique ont été effectuées. Dans la plupart des cas, les mutants découverts sont des allèles nouveaux de loci déjà connus. Dans certains cas, il s'agit de mutations entraînant la mort de l'embryon, induites dans une région déterminée d'un chromosome particulier.

Dominante ou récessive

Il est classique, en génétique, de distinguer les mutations récessives et les mutations dominantes. Les premières ne se manifestent que si l'individu reçoit de ses parents le gène muté en deux exemplaires (homozygote). Les mutations dominantes, au contraire, s'expriment quel que soit l'allèle porté par l'autre chromosome (hétérozygote). La fameuse mutation nude qui, comme son nom l'indique, provoque chez la souris l'absence de poils, est une mutation complètement récessive ; il en est de même pour l'albinisme. La mutation Rex du chromosome 11 qui détermine la frisure du poil est dominante. Elle s'exprime et provoque la frisure quel que soit l'autre allèle porté au même endroit par le chromosome 11. Cependant, chez la souris et, d'une façon générale, chez tous les mammifères, les mutations dominantes *stricto sensu* sont rarissimes. Dans la grande majorité des cas, les mutations ayant un effet visible à l'état hétérozygote sont léthales à l'état homozygote à un stade plus ou moins précoce de la vie embryonnaire.

Il existe aussi des mutations liées au chromosome X. Chez les mâles, où ce chromosome X est unique (hémizygote), l'individu exprime sa mutation dans tous les cas et il n'y a plus ici à considérer les notions classiques de dominance ou de récessivité. Chez les femelles, où il y a deux X, il a été montré que l'un de ces deux chromosomes ne fonctionnait pas : tantôt c'est le X transmis par le père, tantôt c'est le X transmis par la mère qui est inactivé, et ceci dans chacune des cellules de l'organisme adulte [153]. L'inactivation a lieu très tôt au cours de la vie embryonnaire, au hasard, et de manière irréversible. Pour les gènes liés au chromosome X, chaque femelle est donc hémizygote fonctionnelle à l'échelon cellulaire, et mosaïque à l'échelon de l'organisme tout entier, chaque allèle étant exprimé indépendamment et alternativement selon la cellule considérée.

Les mutations des mammifères qui ne font pas partie du

polymorphisme propre à l'espèce ont encore d'autres caractéristiques : elles ont des effets souvent pléiotropes et interfèrent à des degrés divers avec les autres mutations contenues dans le génome. Le terme de pléitropie est utilisé pour désigner la situation dans laquelle une mutation unique a plusieurs effets, en apparence bien distincts.

Les mutations à effets pléiotropes sont très fréquentes. Un cas particulièrement documenté concerne la mutation *yellow* de la souris. Dans cette espèce, le pelage de type sauvage possède normalement une bande de pigment jaune. La présence de cette bande est génétiquement déterminée par une série d'allèles à un locus dénommé agouti et symbolisé par A. La mutation *yellow* provoque une augmentation des dimensions de cette bande, de sorte que les souris mutantes apparaissent complètement jaunes.

Les effets pléiotropes de la mutation *yellow* sont nombreux. Chez les individus hétérozygotes, le taux d'insuline dans le sang est abaissé ; ils ont une tendance à devenir obèses si le régime alimentaire n'est pas convenablement compensé ; ils développent beaucoup plus facilement que leurs congénères normaux des tumeurs cancéreuses du poumon, du foie ou de la peau, lorsqu'on leur administre des substances chimiques cancérogènes. Enfin, les femelles deviennent rapidement stériles. Tous ces effets sont associés à la présence de la mutation *yellow* dans le génome de la souris et il est possible qu'ils relèvent tous d'une seule et même cause biochimique. Celle-ci n'est malheureusement pas connue.

Les mutations à effets pléiotropes sont la conséquence d'un haut niveau de différenciation (ou de spécialisation) des cellules qui constituent l'organisme adulte ; elles résultent du fait que l'altération génétique initiale (par exemple la non-synthèse d'une enzyme indispensable) a des répercussions dans tous les tissus (ou groupes de cellules) où cette enzyme est normalement présente et fonctionnelle.

Chez les organismes supérieurs, certaines mutations ont une expression très régulière et toujours maximale en intensité. C'est le cas de l'albinisme, en ce sens que tous les individus homozygotes pour la mutation albinos sont toujours totalement dépigmentés, quelles que soient les conditions de l'environnement et quel que soit l'ensemble des gènes qui constituent le reste du génome. A côté de ces mutations, il existe aussi des altérations génétiques dont l'expression est variable en intensité (ou en gravité) selon les individus. La mutation *brarchyury* de la souris est, de ce point de vue, un bon exemple. Cette mutation a pour effet de raccourcir la queue chez les porteurs hétérozygotes à un stade relativement précoce de la vie embryonnaire. Le degré de raccourcissement varie considérablement d'une souris à une autre. Dans certains cas, la queue est totalement absente, ainsi que certaines vertèbres sacrées. Dans d'autres cas, la queue est pratiquement normale, à l'exception d'une ou deux coudures terminales. Entre ces deux conditions extrêmes, tous les intermédiaires sont possibles.

La carte génétique au complet

A mesure que le nombre de mutations découvertes chez la souris devenait plus important, une notion, déjà classique chez la drosophile, devint elle aussi évidente : certaines mutations sont liées et ont tendance à rester associées au cours des générations.

On sait qu'au moment où se forment les gamètes (spermatozoïdes ou ovules) chacun des chromosomes appartenant à la même paire se sépare de l'autre au cours d'une division cellulaire très particulière : la méiose. De la sorte, l'état diploïde 2n est réduit à l'état haploïde n et, ce qui est plus important, le matériel génétique est redistribué au hasard de la ségrégation des chromosomes. Avant de se dissocier, les deux chromosomes d'une même paire échangent aussi de la matière de façon réciproque et strictement homologue, de sorte que le brassage des caractères est encore plus complet. Ce phénomène, dit de *crossing-over,* explique ce que Morgan avait observé chez la drosophile, à savoir qu'un certain nombre de caractères ont une forte tendance à être hérités « en bloc ». En effet, plus deux gènes sont proches l'un de l'autre sur le chromosome qui les porte, moins ils ont de chances d'être séparés par un *crossing-over* et plus ils ont tendance à être transmis ensemble. A l'inverse, la probabilité de recombinaison entre deux gènes est d'autant plus élevée qu'ils sont plus éloignés l'un de l'autre. Cette constatation a abouti à dégager l'idée de groupes de gènes ayant entre eux, lorsqu'ils sont pris deux à deux et de proche en proche, des relations de liaison.

En 1915, le Britannique Haldane [154] fit, pour la première fois, l'observation d'une liaison génétique entre deux caractères intéressant la pigmentation de la souris. Le premier groupe de liaison était né, il ne comportait que 2 gènes c et p (albinos et *pink eyed*). En 1935, 5 groupes de liaison étaient décrits chez la souris, mais chacun n'avait encore que le minimum de gènes : 2. En 1955, vingt ans plus tard, la carte génétique de la souris avait déjà fière allure : 20 groupes de liaison ! Et plusieurs gènes dans chaque groupe. Certes, il y avait quelques inexactitudes et quelques ambiguïtés, mais, au fond, rien d'important ne devait être changé. Aujourd'hui, les groupes de liaison, véritables « échafaudages » du généticien, ont laissé la place aux chromosomes, sur lesquels chaque gène est localisé avec précision : sa position relative est estimée d'après la fréquence des recombinaisons avec ses voisins. Avec plus de 510 mutations parfaitement localisées sur ses 20 paires de chromosomes, la souris possède la carte génétique la plus élaborée de tous les mammifères, homme compris. Cette carte génétique est constamment mise à jour par Thomas Roderick et Muriel Davisson, du Jackson Laboratory à Bar Harbor (États-Unis) ; les données concernant un nouveau gène localisé par un laboratoire quelconque leur sont communiquées pour être archivées et, au besoin, contrôlées. Le Jackson Laboratory, créé en 1929 par Little, est aujourd'hui le plus grand centre de recherche du monde sur la biologie de la souris.

Cette carte, dont les généticiens de la souris sont si fiers, est un document de travail incomparable. En l'étudiant de près, on constate par exemple que, sur certains chromosomes, des gènes ayant pour produits des enzymes très semblables sont quelquefois très proches, ce qui justifie l'hypothèse d'une duplication « en tandem » d'un unique gène ancestral ayant donné deux « copies », capables d'évoluer ultérieurement pour leur propre compte *(fig. 2)*.

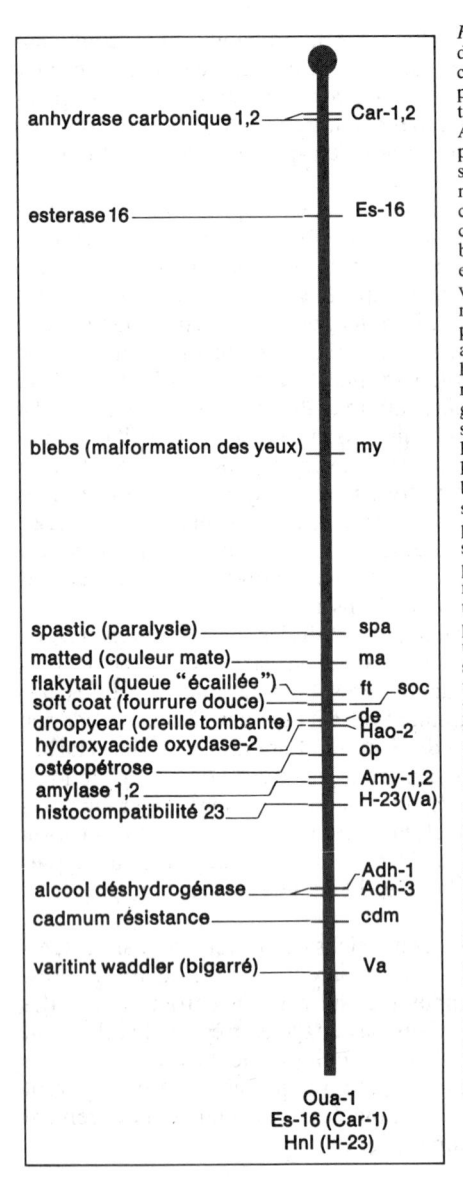

```
anhydrase carbonique 1,2 ―――       ═ Car-1,2

esterase 16 ――――――――                ― Es-16




blebs (malformation des yeux) ――   ― my




spastic (paralysie) ―――――           ― spa
matted (couleur mate) ―――           ― ma
flakytail (queue "écaillée") ―      ― ft  ― soc
soft coat (fourrure douce) ―        ― de
droopyear (oreille tombante) ―      ― Hao-2
hydroxyacide oxydase-2 ―            ― op
ostéopétrose ――――――                 ― Amy-1,2
amylase 1,2 ――――――                  ― H-23(Va)
histocompatibilité 23 ―

                                    ― Adh-1
alcool déshydrogénase ―――           ― Adh-3
cadmum résistance ――――              ― cdm

varitint waddler (bigarré) ――       ― Va


            Oua-1
        Es-16 (Car-1)
          Hnl (H-23)
```

Fig. 2. La carte génétique d'une espèce donne pour chaque chromosome la disposition et la distance relative des gènes qu'il porte. Avec plus de 510 mutations parfaitement localisées sur ses 20 paires de chromosomes, la souris possède la carte génétique la plus complète de tous les vertébrés. Chaque chromosome est représenté par un trait vertical avec, à une extrémité, un renflement correspondant à ce que l'on appelle le centromère. La longueur de chaque segment représente la longueur relative du chromosome. L'unité de mesure de la distance entre gènes est le pourcentage des recombinaisons entre gènes voisins (en effet, la probabilité pour que deux gènes soient séparés lors des échanges possibles entre chromosomes homologues est d'autant plus grande qu'ils sont plus éloignés l'un de l'autre). Exemple : le chromosome 3 de la souris. Certains gènes sont connus pour être sur le chromosome, mais leur localisation exacte n'est pas précisée. Ils sont notés au pied du chromosome. Trois duplications de gènes sont observables : celle des enzymes anhydrases carboniques Car-1 et Car-2, des amylases : Amy-1 et Amy-2 et des alcool-déshydrogénases : Adh-1 et Adh-3. Chaque gène avait sans aucun doute le même ancêtre, qui a été dédoublé par recombinaison, et chaque nouveau gène a évolué pour son propre compte. Ainsi, le produit du gène Amy-1 est l'amylase salivaire, alors qu'Amy-2 code pour l'amylase du pancréas. On dit que ces deux amylases sont des isoenzymes.

On y découvre également ce que le généticien suédois Lars Lundin [155] désigne sous le nom de « paralogies ». Ainsi le chromosome 2 et le chromosome 17 de la souris sont paralogues car ils présentent tous les deux une séquence très semblable dans la succession de leurs gènes, comme s'ils avaient eu un ancêtre commun dédoublé au cours de l'évolution. Le chromosome 1, le chromosome 7 et une partie du 9 sont également paralogues : ils présentent une séquence très similaire dans la succession de leurs gènes ; mais, alors qu'elle est ininterrompue sur le chromosome 1, elle est séparée en deux sur les chromosomes 9 et 7.

A bien y regarder, la carte génétique de la souris permet aussi de découvrir (et quelquefois de prévoir) des homologies entre espèces [156]. Par exemple, la duplication des enzymes anhydrases carboniques (Car-1, Car-2) sur le chromosome 3 de la souris se retrouve aussi chez le lapin, le macaque, le chat et l'homme. La succession de deux gènes codant pour des enzymes particulières (phosphoglycérate kinase-2 et glyoxalase), à proximité du complexe majeur de compatibilité tissulaire, existe chez l'homme et chez la souris, ce qui témoigne ici encore d'un ancêtre commun aux chromosomes 6 de l'homme et 17 de la souris. Mieux encore, la succession de quatre loci Pgm-1, Ak-2, Eno 1, et Pgd sur le chromosome 4 de la souris se retrouve inchangée sur le bras court du chromosome 1 de l'homme (1p), etc.

Des souris et des hommes

Toutes ces homologies, pour aussi séduisantes qu'elles apparaissent à l'esprit parce qu'elles démontrent un aspect évolutif, ont aussi des conséquences pratiques immédiates : plus on en connaîtra, plus la carte génétique d'une espèce servira la carte génétique de l'autre... Imaginons qu'on localise sur le chromosome 4 de la souris un gène particulier (responsable, par exemple, d'une tare grave) situé entre les loci codant pour telle ou telle enzyme. Il est alors bien probable qu'il en sera de même sur le chromosome 1p de l'homme. De la sorte, les possibilités de conseil génétique risquent de s'en trouver enrichies si la maladie homologue de l'espèce humaine peut être pronostiquée. Dans le même ordre d'idées, C. Epstein et ses collaborateurs ont montré qu'en raison d'une très forte homologie de séquence, le chromosome 16 de la souris (ou du moins une partie) était homologue du 21 de l'homme. Partant de cette observation, ils ont « fabriqué » des embryons possédant un chromosome 16 supplémentaire (trisomie 16) et montré qu'il existait beaucoup d'homologies entre le développement pathologique des enfants mongoliens (trisomie 21) et celui des souris trisomiques pour le 16. Cette trisomie de la souris est donc un excellent modèle pour l'étude du syndrome de Down, plus connu sous le nom de mongolisme.

Un autre exemple est représenté par la mutation *sparse-fur* (spf) de la souris, qui correspond au syndrome décrit chez l'enfant sous le nom d'hyperammoniémie congénitale de type II. Il s'agit d'une maladie métabolique provoquée par une déficience de l'ornithine transcarbamylase (la deuxième enzyme du cycle de l'urée) [157]. Sans traitement, les enfants malades meurent dans les premières semaines de leur vie, à la suite d'un coma provoqué par une élévation anormale du taux plasmatique de l'ammoniaque. Sa transmission est liée au sexe, cela veut dire qu'elle n'affecte que les garçons, alors que les femmes porteuses de l'anomalie (leurs mères) sont à peu près normales.

La souris *sparse-fur* reproduit la maladie de l'enfant lorsqu'on considère l'affection à l'échelon moléculaire. La même enzyme est anormale et la maladie transmise de la même façon. Il existe bien certaines différences de détail dans l'aspect des sujets malades, mais elles sont la conséquence de différences mineures inhérentes à chaque espèce. Elles n'enlèvent rien à la pureté du modèle. Grâce à ce type de souris mutante, on peut savoir à quel stade précis le blocage enzymatique intervient, et quelles en sont les conséquences. L'étude chronologique de l'affection est envisageable puisqu'il est possible (ce qui est fondamental) de produire à volonté des animaux qui sont sacrifiés selon les exigences d'un protocole précis. Les souris mutantes servent également à la mise au point de thérapeutiques *(fig. 3)*. Depuis toujours, les médecins ont essayé de soulager les patients atteints de maladies métaboliques en fondant leurs thérapeutiques sur un postulat très simple : si une voie métabolique ne fonctionne pas, il faut éviter l'accumulation du substrat toxique, soit en modifiant le régime alimentaire, soit en restaurant de l'extérieur l'activité enzymatique défaillante. Les modèles animaux trouvent ici leur application la plus intéressante. On peut, avec eux, mettre au point des régimes alimentaires adaptés, on peut leur greffer des cellules fabriquant en quantité normale l'enzyme défaillante, on peut leur injecter cette enzyme, etc. Mais, à l'heure actuelle, la voie la plus prometteuse est de très loin la possibilité de tenter la greffe d'une information génétique exogène pour restaurer la fonction enzymatique défaillante. Cette approche toute nouvelle et encore imparfaite du traitement définitif et intégral des maladies génétiques est évidemment la plus séduisante perspective offerte par l'utilisation conjointe des techniques du génie génétique et des modèles animaux. Venons-en maintenant aux anomalies du nombre de chromosomes. Les souris de laboratoire classiques possèdent 20 paires de chromosomes, tous étant très asymétriques, en ce sens que leur « centromère » est très excentré : de tels chromosomes sont dits acrocentriques. Par opposition, certains chromosomes de l'homme, du rat ou du hamster, dont le centromère sépare deux bras équivalents, sont dits métacentriques. Les chromosomes acrocentriques de la souris ne se différencient pas facilement les uns des autres : c'est une des raisons pour lesquelles, pendant très longtemps, les cytogénéticiens ont préféré utiliser une autre espèce que la souris comme modèle expérimental, le hamster syrien ou le hamster chinois, par exemple. Il y a dix ans, la situation a brutalement changé et, là encore, la souris a repris tous les territoires où d'autres espèces lui avaient été préférées. Ceci résulte de trois causes principales. D'abord, la découverte et la mise au point de techniques de coloration spécifiques des chromosomes de mammifères faisant apparaître toute une série de bandes transversales dont l'intensité de coloration, la position et l'épaisseur sont variables et permettent de caractériser, presque sans ambiguïté, chaque paire de chromosomes. Ensuite, la possibilité d'induire, soit par inoculation de produits chimiques à l'animal, soit par irradiation de ses gonades (mâles surtout) des remaniements structuraux de toute nature dans

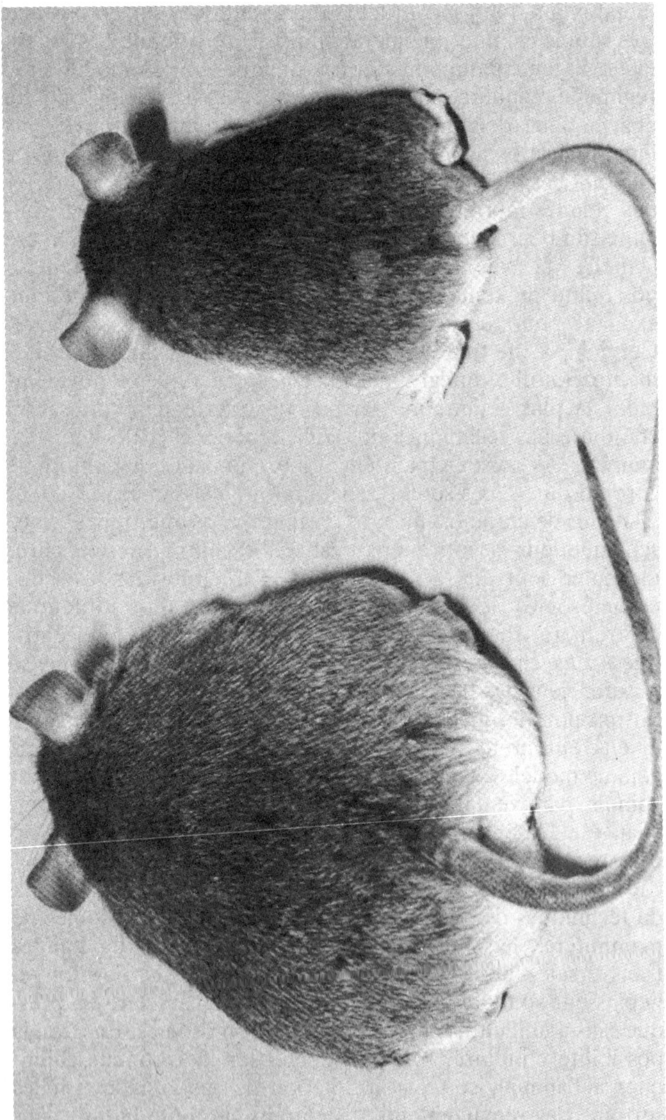

le caryotype. Enfin, la découverte, au laboratoire d'abord, mais aussi et surtout dans les populations de souris sauvages, de chromosomes métacentriques représentant à des degrés divers l'association irréversible de deux chromosomes acrocentriques attachés par un centromère unique.

De nos jours, la souris a reconquis la faveur des généticiens. Avec elle, tous les modèles expérimentaux sont désormais possibles et, avec un peu d'imagination, on peut pratiquement « fabriquer » la souris ayant la constitution chromosomique de son choix. On peut, par exemple, fabriquer des animaux à caryotype anormal par excès ou par défaut d'un chromosome entier ou d'un fragment de chromosome. On dit qu'ils sont trisomiques lorsqu'ils possèdent un chromosome surnuméraire et monosomiques lorsqu'ils ont un chromosome en moins. Dans la plupart des cas, le développement de ces embryons est très perturbé et la gestation avorte ; dans quelques cas, heureusement rares, l'anomalie est compatible avec la vie, et un embryon anormal vient au monde (cas de la trisomie 21 chez l'homme ou mongolisme).

A l'heure actuelle, et en dépit de recherches nombreuses, on ne connaît toujours pas les raisons pour lesquelles le développement d'un embryon trisomique (ou monosomique) est aussi profondément altéré. Cela tient en partie au fait qu'il était jusqu'à présent impossible d'expérimenter sur ce sujet car il n'existait aucun modèle animal, c'est-à-dire aucun moyen de reproduire à volonté (et à discrétion) des trisomies ou des monosomies chez les animaux de laboratoire.

Grâce à la découverte, à la fois au laboratoire et à l'état sauvage, de fusions centriques (ou robertsoniennes), il est aujourd'hui possible de « fabriquer » des trisomies et des monosomies complémentaires, pratiquement à la demande. La fusion centrique ou translocation robertsonienne est un remaniement chromosomique très banal et connu de longue

←

Fig. 3. Une des deux souris représentées sur la photo ci-contre est diabétique et obèse, l'autre normale. Le diabète en question résulte d'une mutation ponctuelle survenue à l'Institut Pasteur en 1981 dans une lignée consanguine. On peut produire à volonté des souris malades et les utiliser comme modèle du diabète insulinique de l'homme pour mettre au point des régimes alimentaires ou des thérapeutiques. C'est une des plus nobles utilisations des mutations de la souris, ce n'est bien entendu pas la seule. *(Cliché Institut Pasteur.)*

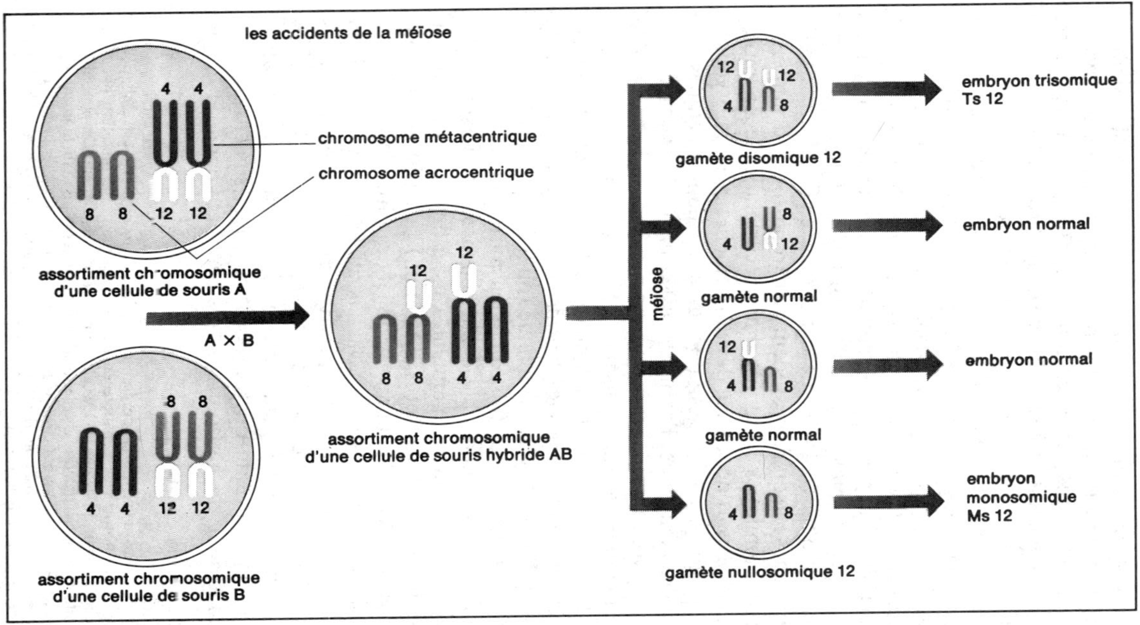
les accidents de la méïose
chromosome métacentrique
chromosome acrocentrique
4 4
8 8 12 12
assortiment chromosomique d'une cellule de souris A
A × B
8 8
4 4 12 12
assortiment chromosomique d'une cellule de souris B
12 12
8 8 4 4
assortiment chromosomique d'une cellule de souris hybride AB
méïose
12 12 4 8
gamète disomique 12
4 8 12
gamète normal
12 4 8
gamète normal
4 8
gamète nullosomique 12
embryon trisomique Ts 12
embryon normal
embryon normal
embryon monosomique Ms 12

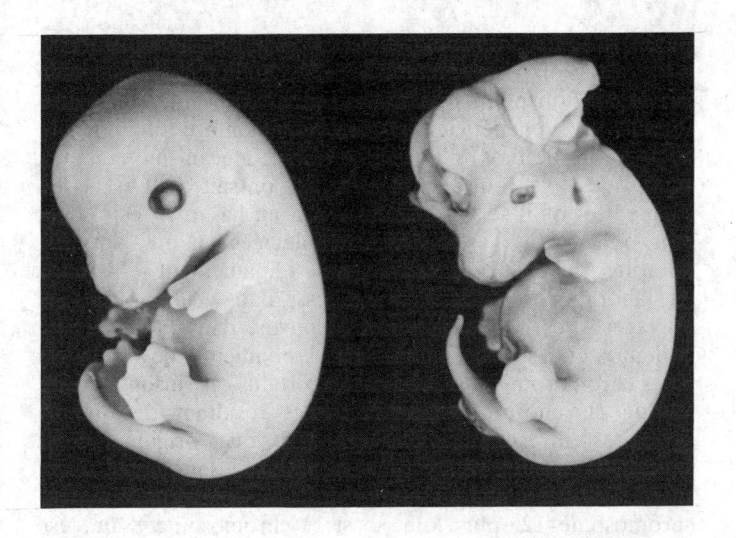

Fig. 4. Les anomalies du nombre des chromosomes provoquent des malformations plus ou moins graves chez les embryons qui, dans la plupart des cas, ne sont pas viables. Dans l'espèce humaine, l'anomalie la plus connue du grand public est la trisomie 21 ou mongolisme qui, elle, est viable. L'embryon de souris à droite sur la photo a un chromosome additionnel à la paire de chromosome n° 12 (trisomie Ts 12) : il en résulte, au seizième jour de la gestation, une non-fermeture de la calotte crânienne et un éversement du cerveau (l'embryon de gauche est normal). Cette souris est en fait le résultat d'un véritable « montage » expérimental, qui produit jusqu'à 50 % d'embryons trisomiques chez la souris. *(Cliché A. Gropp.)*

Le schéma résume la réalisation d'un tel montage responsable de la trisomie 12. Chez la souris, les chromosomes sont « acrocentriques », en ce sens que leur centromère est terminal. Dans certains cas, deux chromosomes acrocentriques se soudent par leur centromère et forment un chromosome « métacentrique » (le centromère sépare deux bras équivalents). Ainsi par exemple, chez la souris A, les deux chromosomes 12 sont associés aux chromosomes 4, les chromosomes 8 restant acrocentriques. Par ailleurs, chez une souris B, les chromosomes 12 sont associés aux chromosomes 8, les chromosomes 4 restant acrocentriques. Par croisement des souris A et B, on obtient un individu hybride AB, chez qui le chromosome 4 est associé au chromosome 12, tandis que le chromosome 8 est associé à l'autre chromosome 12. Une telle souris est parfaitement normale, mais permet la « fabrication » d'embryons anormaux. En effet, lors de la méiose, division cellulaire qui aboutit à la formation de cellules reproductrices (ou gamètes), les chromosomes fusionnés restent ensemble pour des raisons inconnues, au lieu de se séparer comme le voudrait la règle de l'équipartition. On a alors formation de gamètes anormaux qui, soit possèdent deux chromosomes 12 (gamètes disomiques) au lieu d'un seul (gamètes normaux), soit ne le possèdent pas du tout (gamètes nullosomiques). Lors de la fécondation avec des gamètes normaux, les premiers donneront des embryons trisomiques (Ts 12), les seconds des embryons monosomiques (Ms 12).

date : il correspond à la perte pure et simple d'un centromère avec formation d'une structure nouvelle pour l'espèce où rien d'essentiel, du point de vue ADN, n'est absent. Dans leur jargon, les cytogénéticiens disent que le nombre fondamental (ou nombre de bras) n'a pas changé. Le mécanisme de cette fusion n'est pas tout à fait clair, mais on sait qu'il est assez fréquent et qu'il se fait apparemment au hasard, c'est-à-dire sans qu'il y ait d'associations privilégiées ou au contraire interdites. Chez la souris, ce type de remaniement se produit au laboratoire, mais il existe aussi dans les populations sauvages. Les zoologistes ont découvert dans la péninsule italienne, en Espagne, en Allemagne et ailleurs, de véritables races chromosomiques ayant, dans certains cas, jusqu'à 9 paires de chromosomes métacentriques résultant de fusions aléatoires entre chromosomes acrocentriques originaux. Ces populations sont réparties en isolats chez lesquels le spectre des associations change : ici, le chromosome 4 est associé au chromosome 12, plus loin, c'est le chromosome 8 qui est associé avec le chromosome 12, etc.

En capturant ces souris si curieuses (ce dont on ne s'est pas privé !) et en les amenant dans les laboratoires on peut, par une série de croisements appropriés, isoler un à un, ou bien paire à paire... 1, 2, 3... chromosomes métacentriques dans un caryotype acrocentrique par ailleurs. Ces souris sont viables, normales et en général fertiles. Si on accouple dans certaines conditions des partenaires convenablement choisis, on peut alors « fabriquer » de toutes pièces une souris ayant les bras d'une même paire de chromosomes associés aux bras de deux autres chromosomes n'appartenant pas à la même paire *(fig. 4)*. Par exemple, dans un cas le chromosome 4 est associé au chromosome 12, tandis que, dans l'autre cas, le chromosome 8 est associé à l'autre chromosome 12. On constate alors que des souris de ce type produisent, avec une fréquence très élevée, des gamètes anormaux car les chromosomes métacentriques, pour des raisons inconnues, ont tendance à rester ensemble au lieu de se séparer à la méiose, comme le voudrait la règle de l'équipartition. Naturellement, si tel gamète reçoit 2 chromosomes 12 au lieu d'un seul, il engendrera un trisomique ; s'il ne reçoit rien, c'est un monosomique qui se formera.

Comme il existe pour chaque chromosome plusieurs associations métacentriques différentes avec plusieurs partenaires différents, le « montage » expérimental dont nous avons parlé peut être fait pour tous les chromosomes et on peut ainsi étudier toutes les trisomies de la souris. C'est essentiellement aux travaux d'A. Gropp et H. Winking [158], à Lübeck en Allemagne, que l'on doit la réalisation d'un tel modèle qui produit, dans certains cas, jusqu'à 50 % d'embryons trisomiques. Cette merveilleuse découverte n'a pas encore reçu toutes ses applications. A. Gropp et ses collaborateurs de Lübeck d'abord, puis d'autres chercheurs dans d'autres laboratoires ont entrepris une véritable étude systématique du syndrome trisomique à l'échelon de l'embryon et à l'échelon cellulaire. Il est hors de doute que, grâce à cette technique, on peut espérer un jour comprendre la pathologie du syndrome trisomique et peut-être trouver des moyens simples pour le diagnostiquer très tôt. Il est très peu probable, hélas, que l'on arrive à prévenir de tels accidents.

Un trieur de chromosomes

Les chromosomes métacentriques dont nous venons de parler ont encore un énorme avantage. Attachés qu'ils sont à un unique centromère, les 2 bras d'un chromosome métacentrique représentent une quantité de matériel génétique plus importante que chacun des 2 chromosomes acrocentriques originaux pris indépendamment. C'est une lapalissade ! En partant d'une souris, où seuls le chromosome 1 et le chromosome 3 sont ainsi attachés ensemble, on peut décider, par exemple, de les séparer sur ce critère à partir d'un mélange de chromosomes non attachés.

Ce genre d'expérience a été réalisée par certains de nos collègues de l'Institut Pasteur, non pas en « alourdissant » un ensemble de 2 chromosomes, mais au contraire en les alourdissant tous, sauf 2 paires particulières. Bruno Baron et ses collaborateurs [159], dans le laboratoire de Michel Goldberg, sont arrivés, par un procédé très proche de celui dont nous venons de parler, à séparer à l'état pur le chromosome X de la souris en partant de cellules où seul le X (et le 19) ne participait pas à une translocation robertsonienne et était ainsi beaucoup plus léger que les autres chromosomes. Bruno Baron a utilisé pour cela un trieur de cellules (devenu trieur de chromosomes !) qui sépare les chromosomes non plus selon leur poids, mais selon leur intensité de fluorescence. Cette technique est susceptible d'applications multiples. On peut, par exemple, isoler un chromosome à l'état pur, en extraire l'ADN et en faire une banque. On peut « transfecter » des cellules avec une « solution » d'un chromosome donné et regarder les propriétés de l'hybride, etc.

Demain, une nouvelle génétique

Bref, en cinquante ans, la souris est devenue le mammifère dont la génétique est la mieux connue. Plusieurs centaines de mutants sont répertoriés et analysés dans de multiples laboratoires, un nombre grandissant de lignées consanguines est réalisé chaque année et on peut produire pratiquement à volonté tous les remaniements chromosomiques imaginables. Le modèle est donc presque parfait. L'avenir est encore plus prometteur, en particulier avec les récents développements de la biologie moléculaire et de l'embryologie.

Les embryologistes sont, depuis plus de dix ans, capables de manipuler l'embryon de souris dès qu'il est formé et même à vrai dire un peu avant [160]. Ils peuvent en séparer les cellules, les mélanger à d'autres, les faire pousser *in vitro* plus ou moins longtemps, puis les remettre dans un autre œuf. Ils peuvent congeler les embryons dans l'azote liquide, puis les récupérer vivants, faire deux embryons à partir d'un seul ou un seul à partir de deux ou trois, etc. [161]. Depuis deux ou trois ans, ils essaient d'injecter dans le noyau de l'œuf, au stade où il n'y a qu'une cellule, une séquence d'ADN codant pour une protéine particulière. Dans certains cas, ils y sont arrivés. Ralph Brinster et ses collaborateurs [162], de l'Université de Pennsylvanie (États-Unis), ont ainsi injecté, dans l'œuf de souris, le gène qui code pour l'hormone de croissance du rat et ont obtenu des souris de formats gigantesques, prouvant ainsi que le gène était exprimé. Plus récemment, la même équipe a obtenu des souris géantes ayant, cette fois-ci, le gène de l'hormone de croissance de l'homme [163]. Tout cela n'est, à l'heure actuelle, ni systématique ni discipliné. Les gènes « greffés » s'expriment de façon un peu anarchique et souvent hors de leur contexte. Un jour viendra sans doute où, grâce aux progrès de la biologie moléculaire, un gène pourra être inséré dans le génome d'un mammifère et s'exprimera au moment voulu dans le tissu convenable.

Une autre génétique sera née. Elle ne procédera plus seulement par réassociation de gènes pour faire chaque fois du « différent » ; demain, elle procédera par addition pour faire du « nouveau ».

POUR EN SAVOIR PLUS

E. L. Green (ed.), *Biology of the Laboratory Mouse,* New York, Dover publications, INC, 1966.

J. Klein, *Biology of the Mouse Histocompatibility-2-Complex,* Springer-Verlag, 1975.

R. J. Berry (ed.), *Biology of the House Mouse,* Academic Press, 1981.

M. C. Green (ed.), *Genetic Variantes and Strains of the Laboratory Mouse,* Gustav Fischer Verlag, 1981.

H. L. Foster, J. D. Small, J. G. Fox (eds), *The Mouse in Biomedical Research,* vol. I, *History, Genetics and Wild Mice,* Academic Press, 1981.

La Recherche, mai 1984

9. Des greffes de gènes réussies

Françoise Ibarrondo

R. Palmiter en Californie et R. Brinster en Pennsylvanie avaient frappé les imaginations en 1982 [164] en obtenant des souris géantes par injection du gène de l'hormone de croissance d'une autre espèce dans des embryons de souris [165]. Un tel résultat, qui porte en germe de nombreuses applications pratiques, devrait ouvrir la voie à la compréhension de la manière dont les gènes s'expriment tout au long de la vie d'un individu et particulièrement au cours du développement embryonnaire. Cependant le chemin reste long à parcourir : les quelques succès obtenus ne doivent pas masquer le fait que de telles tentatives se soldent le plus souvent par un échec chez les souris et que, même dans le cas des souris géantes, le gène introduit ne fonctionne pas tout à fait normalement. En revanche, peut-être la lumière va-t-elle venir d'une méthodologie très prometteuse, mise au point au cours des derniers mois chez la mouche du vinaigre la drosophile.

Il faut bien avouer que la manipulation génétique des souris est un semi-échec

Les raisons des échecs chez la souris ne peuvent être techniques, car la méthodologie est bien maîtrisée. Ce n'est plus un problème en effet d'introduire une micropipette chargée d'une « solution de gène » dans le noyau d'un œuf juste fécondé, pour y déposer quelques milliers de copies de ce gène. Ce n'est plus davantage un problème depuis des décennies d'obtenir qu'un œuf replacé dans l'utérus d'une mère souris adoptive se développe en souriceau normal. On sait aussi depuis deux ou trois ans que les gènes ainsi introduits vont s'insérer au hasard dans les chromosomes de l'œuf. Et pourtant, dans la majorité des cas, le gène reste inactif, ou ne fonctionne pas normalement. Chez la drosophile, la situation expérimentale est d'entrée de jeu beaucoup plus brillante : les gènes introduits dans les œufs de cet insecte se révèlent actifs et, mieux encore, parfaitement soumis aux contrôles génétiques qu'ils subissent normalement.

La première correction efficace d'un défaut héréditaire par manipulation génétique

Les différences expérimentales portent semble-t-il sur la manière dont le gène est « bricolé » avant son injection dans l'œuf. Chez la souris, le gène isolé est inséré dans un dispositif moléculaire constitué d'éléments empruntés à de l'ADN bactérien et/ou à de l'ADN de certains virus de mammifères. De tels « vecteurs » permettent une bonne expression du gène qui leur est greffé, lorsqu'ils sont introduits dans les cellules d'organismes supérieurs, mais leur efficacité d'intégration dans l'ADN chromosomique est faible. Chez la drosophile, les vecteurs utilisés semblent être beaucoup mieux adaptés à l'intégration fonctionnelle des gènes. Que demande-t-on, en effet, à un tel vecteur ? Qu'il soit capable d'aller efficacement rallier l'ADN chromosomique, de s'y intégrer et que le gène qu'il transporte ne soit pas endommagé. Or, de tels vecteurs existent naturellement, sous la forme de ce que l'on appelle les éléments génétiques mobiles découverts d'abord par B. MacClintock chez le maïs vers 1950 [166]. Ce sont de petits segments d'ADN qui ont la capacité de se déplacer d'un point à l'autre du génome, d'un chromosome à l'autre, voire d'un animal à un autre. Ils ont donc la propriété de se déplacer hors de l'ADN chromosomique, puis de s'y réinsérer, et ce de manière « naturelle ». La drosophile est particulièrement riche en tels éléments mobiles, qui, on le conçoit, sont de meilleurs candidats que les vecteurs animaux usuels pour aller « transporter » un gène étranger sur un chromosome. Chez la drosophile, l'élément mobile qui est apparu le plus prometteur est appelé l'élément P [167].

L'ADN du premier élément P fut isolé (cloné) en 1982 par O'Hare et ses collaborateurs dans le département d'embryologie de l'Institut Carnegie à Baltimore [168]. G. Rubin et A. Spradling s'assurèrent d'abord par une expérience très élégante [169] que cet élément sélectionné avait conservé les propriétés d'un élément génétique mobile natif avant de s'en servir comme vecteur de gènes.

Ensuite, il fallait « mettre en panne » ce qui, chez l'élément P, lui donne sa mobilité. Car il risquait, sinon, de poursuivre ses pérégrinations, puisqu'il contient toute l'information nécessaire à ses déplacements. La solution trouvée fut de priver l'élément P de cette information : l'élément ainsi amputé ne pouvait plus se déplacer hors du génome. Un gène étranger pouvait lui être greffé, ce dernier ne risquait plus de changer de place après son intégration dans le chromosome. Restait à résoudre le problème inverse : faire gagner les chromosomes de l'hôte à ce vecteur ainsi réarrangé. La solution fut d'injecter, en même temps que le vecteur modifié, un élément P intact, dépourvu de gène étranger. Cet élément P apporte l'information nécessaire à l'intégration efficace du vecteur. Mais celui-ci, une fois intégré, ne peut plus se déplacer hors de son site d'attachement sur un chromosome, puisqu'il est privé de l'information nécessaire à ses « promenades ».

C'est grâce à cette astuce expérimentale que G. Rubin et A. Spradling en 1982 purent corriger efficacement une mutation de la drosophile [170]. Cette mutation (*rosy*-) change la couleur de l'œil, de sombre en une couleur rose pâle. L'injection du gène normal « *rosy*+ » dans l'embryon permet aux mouches (*rosy*-) de retrouver une couleur normale de l'œil : il s'agissait là de la première correction efficace, par manipulation génétique, d'un défaut héréditaire.

Rendre des mouches
résistantes à l'alcool

Ce coup d'essai était un coup de maître. Rien de tel n'existe encore chez la souris et *a fortiori* chez l'homme... De nombreuses équipes [171] commencèrent d'utiliser des éléments P ainsi aménagés pour étudier plus précisément l'activité des gènes greffés : fonctionnent-ils vraiment comme dans la mouche non mutée au même moment, dans les mêmes types de cellules, avec une puissance équivalente ? Le parfait succès de la correction de « *rosy* » était en effet peut-être plus apparent que réel dans la mesure où le gène *rosy*$^+$ peut rétablir une couleur normale de l'œil sans avoir besoin d'être très actif et tout en pouvant aussi bien l'être ailleurs que dans l'œil : certes, il y avait bien correction d'une mutation mais il fallait aller beaucoup plus loin et introduire des gènes plus « spécialisés » qui ne s'expriment, par exemple, qu'à un moment précis du développement embryonnaire ou seulement dans certains tissus. Le choix ne manque pas chez la drosophile : de nombreux mutants de cette mouche n'attendent que l'injection du gène normal pour être guéris. C'est ainsi, par exemple, que D. Goldberg et ses collaborateurs, en 1983 [172], étudiant des drosophiles sensibles à l'alcool, ont rendu leur progéniture résistante à ce poison en injectant dans leurs œufs le gène qui leur faisait défaut, celui de l'enzyme alcool déshydrogénase. Dans ce cas, l'activité du gène greffé se manifeste de façon évidente par la disparition de la mutation. Et quand, même chez la drosophile, il n'existe pas de mutants correspondant au gène étudié, rien n'est perdu pour autant. Il est possible en effet d'introduire dans un mutant *rosy*$^-$ le vecteur P, doublement chargé [173] d'une part du gène *rosy*$^+$ et d'autre part du gène étudié : la disparition du caractère *rosy*$^-$ chez les mouches traitées désigne celles chez qui la greffe a pris. Il reste alors simplement à s'assurer de l'activité du second gène greffé par une tout autre technique d'analyse, mais qui ne concerne — et c'est une belle économie de temps — que les seuls animaux chez qui la greffe de « *rosy* » a réussi. La conclusion remarquable de toutes ces expériences est que, dans tous les cas étudiés jusqu'à présent, le gène introduit fonctionne normalement, au bon moment et dans les seuls tissus où on l'attendait.

Comprendra-t-on pour autant les règles de la différenciation cellulaire ?

L'enjeu de ces expériences n'est évidemment pas le tour de force technique, mais bien plutôt de comprendre les règles de fonctionnement d'un dispositif formidable : le développement embryonnaire. Toutes les cellules d'un organisme sont issues d'une même cellule, l'œuf fécondé, et possèdent donc la même information génétique. Comment alors rendre compte des spécialisations cellulaires souvent extrêmes, comme ces cellules qui, sur le crâne, tricotent les protéines des cheveux, ou celles qui, dans le pancréas, fabriquent l'insuline ? Comment faire du « différent » avec le même programme génétique ? Les approches de la biologie moderne reposent sur une hypothèse simple : l'état de « différenciation » d'une cellule peut être tenu pour le produit du sous-ensemble de gènes actifs dans une cellule donnée ; ces gènes ne seront pas les mêmes dans la rétine ou dans le pancréas. Des ordres doivent donc exister, qui réduisent tels gènes au silence et en activent d'autres. Comment identifier ces ordres ? Une des stratégies des biologistes moléculaires est d'isoler les gènes, puis de les réintroduire — en prenant soin de pouvoir les distinguer des gènes homologues autochtones — dans un œuf fécondé et de suivre leur expression au cours du développement embryonnaire. Si le gène étranger s'exprime normalement, dans le bon tissu et au bon moment, alors l'expérimentateur pourra modifier au laboratoire les zones de l'ADN susceptibles de contrôler son activité, afin de les identifier. Or, c'est exactement ce qui devient possible chez les drosophiles manipulées. D'ores et déjà, il apparaît que les gènes greffés dans cet organisme n'ont pas besoin de « longues instructions » pour fonctionner correctement : les ordres de différenciation sont donc ici localisés sur de courts segments d'ADN.

La voie est donc ouverte à l'étape suivante, au cours de laquelle seront identifiées plus précisément les zones d'ADN qui, chez la drosophile, commandent l'expression spécifique des gènes. Toutes les techniques sont au point et les éléments P sont là, prêts à porter ces gènes modifiés dans les chromosomes sans remaniement et souvent à un seul exemplaire. A condition toutefois que le site d'insertion du gène sur un chromosome — qui aura toutes chances de changer à chaque nouvelle expérience — n'influence pas son activité. Par chance, G. Rubin, A. Spradling [174] et T. Hazel-Rigg [175], qui ont étudié de près cette question, ont trouvé qu'en règle générale les effets de position dans tel ou tel chromosome ne sont pas très marqués chez la drosophile, au contraire de ce que l'on suppose chez la souris. Mais mieux vaut être prudent et, dans les expériences à venir, rendre manifestes d'éventuels effets de position en insérant dans le vecteur, en même temps que le gène étudié, un gène de référence, sorte de contrôle interne qui donnera des informations sur le niveau d'activité des gènes selon leur site d'insertion.

On doit donc s'attendre à une explosion de travaux de ce type, permettant de comprendre certains aspects moléculaires du développement de la drosophile [176]. Cela permettra-t-il pour autant de comprendre comment se différencie le jeune mammifère ? Nous l'avons dit, à ce jour les résultats obtenus chez la souris ne sont pas aussi brillants que chez la drosophile. Cela est-il dû à ce qu'on ne dispose pas encore de vecteurs de gènes aussi performants que l'élément P ? Mais alors on peut imaginer leur mise au point à partir de certains fragments d'ADN comme les rétrovirus qui sont mobiles chez les mammifères [177]. Et c'est d'ailleurs exactement la possibilité offerte par la mise au point par R. Mulligan au MIT et bien d'autres [178] fondés sur ces virus. Ou bien le mode de fonctionnement du matériel héréditaire des vertébrés est-il décidément beaucoup plus complexe que celui de la drosophile ? Cette opinion de R. Flavell [179] a bien des chances d'être, hélas, exacte.

La Recherche, juillet-août 1984

10. Comment s'édifie une mouche

Marcel Blanc

Selon les dires mêmes de certains de ses promoteurs, la biologie moléculaire a pour ambition ultime d'expliquer tous les phénomènes du vivant en termes de physique et de chimie. Entre 1945 et 1965, d'importants progrès ont été effectués dans ce sens. Notamment, il a été établi que l'hérédité est enregistrée sous forme codée dans une molécule géante, l'acide désoxyribonucléique, ou ADN, et on a compris dans ses grandes lignes comment l'information héréditaire dirige l'activité des cellules, grâce à des circuits d'interactions entre molécules. Ces notions, bien qu'établies chez les plus simples des êtres vivants, les bactéries et les virus, paraissaient, dans les années 1960, universelles. Toutefois, on pouvait se demander si elles suffiraient à expliquer les phénomènes extraordinairement complexes propres aux organismes multicellulaires. Un mammifère, par exemple, est un assemblage de milliards de cellules, différenciées en quelque 200 types différents (cellules osseuses, musculaires, nerveuses...) et distribuées selon un plan d'organisation qui donne au corps des formes et des structures caractéristiques de chaque espèce. De plus, l'organisme adulte est l'aboutissement d'une longue histoire, qui débute à l'œuf fécondé et se déroule ensuite en différentes étapes : embryon, fœtus, nouveau-né... Bref, le mammifère adulte est le résultat d'une élaboration progressive que les biologistes appellent le développement.

Dès les années 1960, des biologistes moléculaires tels que Sydney Brenner [180], Francis Crick ou François Jacob se fixèrent pour but de comprendre le développement des organismes multicellulaires, en termes de mécanismes génétiques ou, plus généralement, en termes de circuits biochimiques de

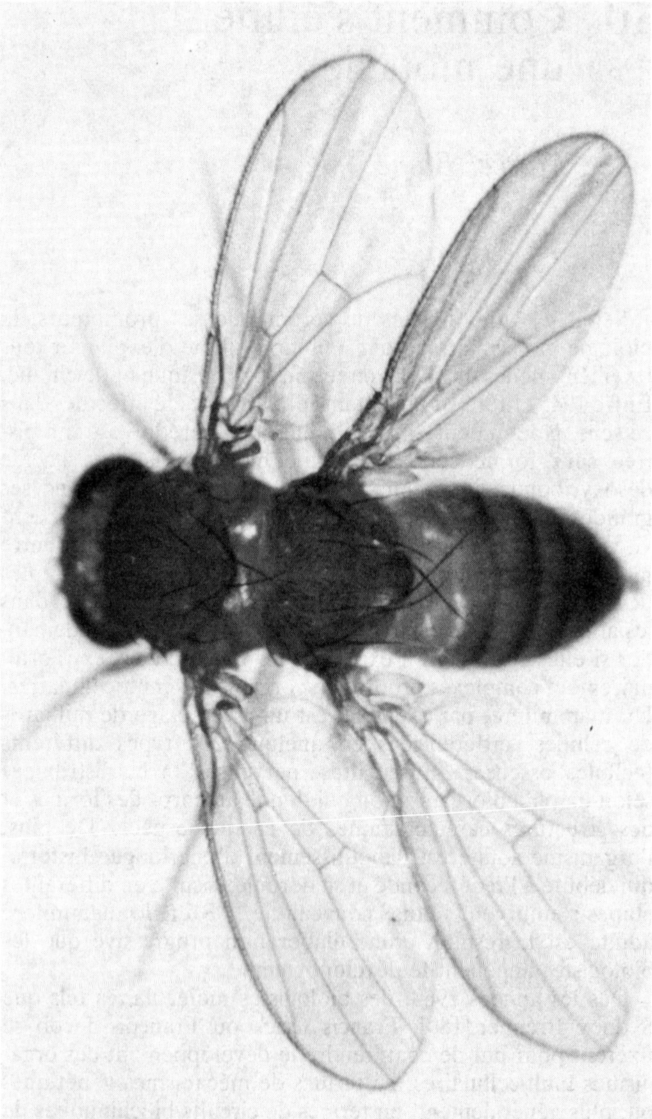

contrôle de l'activité des cellules. Ce n'est que tout récemment que les premiers résultats dans ce sens ont été enfin obtenus par des chercheurs américains et suisses [181].

Des mouches à quatre ailes

Ces résultats ont été obtenus chez la mouche drosophile, l'un des « cobayes » favoris des généticiens depuis le début du XXe siècle. Ils sont l'aboutissement de trois lignées de recherches indépendantes : la première, en génétique classique, menée depuis plus de trente ans par Edward B. Lewis du California Institute of Technology ; la seconde, menée depuis plus de dix ans, en biologie cellulaire principalement par l'équipe de Antonio Garcia-Bellido de l'Université de Madrid ; la troisième, enfin, menée ces dernières années en génétique moléculaire par l'équipe de David Hogness de l'Université Stanford, celle de Thomas Kaufman de l'Université de l'Indiana et celle de Walter Gehring de l'Université de Bâle.

Le point de départ de ces travaux a été l'observation de mutations spectaculaires de la drosophile : certaines mouches mutantes ont des pattes à la place des antennes sur la tête ou bien des ailes à la place des balanciers — petits organes en forme de massue — sur le troisième segment thoracique (ce qui donne des mouches à quatre ailes au lieu de deux à l'état

←

Figure. La mouche drosophile est un des « cobayes » favoris des généticiens : ses nombreuses mutations permettent de révéler le rôle des gènes dans la constitution et le fonctionnement de l'organisme. Certaines mutations, dites homéotiques, ont pour effet de changer une partie du corps pour une autre : c'est ce que l'on voit sur cette photo. La drosophile normale possède une paire d'ailes et une paire de balanciers (petits organes en forme de massue à l'arrière des ailes, servant à l'équilibration du vol). La drosophile figurant sur cette photo a subi trois mutations homéotiques qui ont transformé ses balanciers en ailes. On sait à présent que les gènes frappés par les mutations homéotiques ont pour rôle de sélectionner, dans chaque segment du corps de la mouche, telle ou telle réalisation anatomique. Et l'analyse de ces gènes et de leur mode d'action est maintenant menée au niveau même de l'ADN. (Clichés E. B. Lewis, Cal. Inst. of Technology, Pasadena et *Science, 221,* juillet 1983. © AAAS, 1983.)

normal) *(figure)*. Ces mutations qui changent une partie du corps en une autre sont dites « homéotiques ». Il en existe de nombreux types et E. B. Lewis les a particulièrement répertoriées [182]. Une question intéressante est de savoir comment ces mutations peuvent avoir de tels effets. Grâce notamment aux travaux de E. B. Lewis et de A. Garcia-Bellido [183], on sait depuis peu d'années répondre *grosso modo* à cette question.

Rappelons tout d'abord que la mouche est un être constitué de douze segments. Le premier correspond à la tête. Les trois suivants correspondent au thorax ; le premier segment thoracique ne comporte qu'une paire de pattes ; le deuxième porte une paire d'ailes et une paire de pattes ; le troisième une paire de balanciers — organes servant à l'équilibration durant le vol — et une paire de pattes. Les huit derniers segments forment l'abdomen et sont dépourvus de pattes ou de tout autre appendice. Au tout début du développement embryonnaire, on sait aujourd'hui que des gènes interviennent pour gouverner la division du corps en douze segments. Puis d'autres gènes interviennent pour donner à chaque segment son anatomie particulière. Ce sont ces derniers gènes qui sont susceptibles d'être frappés par les mutations homéotiques (et c'est pourquoi on les appelle, pour abréger, des gènes homéotiques). Il y a en fait deux catégories : les uns définissent l'anatomie des segments *postérieurs* au deuxième segment thoracique (c'est-à-dire du troisième segment thoracique et de tous les segments abdominaux) ; les autres définissent l'anatomie des segments *antérieurs* au deuxième segment thoracique. Les premiers sont regroupés en série sur le chromosome n° 3 de la drosophile et forment ce que l'on appelle « le complexe *bithorax* » (du nom d'une des mutations homéotiques caractéristique de ce groupe de gènes). Les seconds, également regroupés en série sur le même chromosome n° 3, forment ce que l'on appelle le « complexe *antennapedia* » (également du nom de l'une des mutations homéotiques caractéristique de ce groupe de gènes). Comment les gènes du complexe *bithorax* et du complexe *antennapedia* s'y prennent-ils pour donner à chaque segment son anatomie particulière ?

De la sélection à la réalisation des organes

E. B. Lewis a proposé le mécanisme suivant en ce qui concerne le « complexe *bithorax* » [184] (le mécanisme du « complexe *antennapedia* » obéit sans doute à un modèle semblable). Le « complexe *bithorax* » comprendrait neuf gènes. Le segment thoracique n° 2 représenterait le modèle anatomique de base, pour la production duquel les neuf gènes seraient inactifs : dans ces conditions, les groupes de cellules — ou compartiments — constitutifs de ce segment se différencieraient de façon à constituer les uns une aile, les autres une patte ou les autres encore une paroi du segment. Dans le segment thoracique n° 3, le premier des neuf gènes du « complexe *bithorax* » entrerait en action : dès lors, les cellules antérieurement destinées à devenir des cellules d'ailes se verraient fixer un autre destin : devenir des cellules de balanciers. Par ailleurs, les autres groupes de cellules dans ce segment continueraient, comme dans le segment n° 2, à donner des pattes et des parois de segment. Dans le premier segment abdominal, un deuxième gène du « complexe *bithorax* » entrerait en action, en plus du premier : dès lors, il n'y aurait plus aucun groupe de cellules affecté à la formation d'ailes et de pattes. L'entrée successive en action d'un nouveau gène dans les segments abdominaux suivants aboutirait à donner à chacun d'eux son anatomie propre.

Bien entendu, ce modèle de l'action des « gènes du complexe *bithorax* » n'explique pas tout et en particulier il n'explique pas comment des cellules se différencient et s'organisent en ailes ou en pattes ou en balanciers... Il explique seulement comment peuvent se faire des choix entre différents destins cellulaires. (Les gènes « homéotiques » ont été d'ailleurs baptisés par A. Garcia-Bellido des gènes « sélecteurs ».) Quant aux destins proprement dits réalisés par les cellules (édification d'une aile, d'une patte...), ils seraient dus à l'entrée en action de gènes « réalisateurs ». Selon ce modèle, donc, les gènes homéotiques (ou gènes sélecteurs) contrôleraient l'activité de différents types de gènes « réalisateurs » dans les lignées cellulaires : activant les uns, ou inactivant les autres, ils engageraient les cellules vers tel ou tel type de réalisation anatomique. Or, les résultats tout récemment obtenus par les généticiens moléculaires confirment, avec des arguments biochimiques, que les choses se passent vraisemblablement ainsi.

Une séquence de nucléotides ubiquitaire

Au tournant des années 1980 les chercheurs de l'équipe de David Hogness se sont attelés à la tâche d'isoler, sur le chromosome n° 3 de la drosophile, le fragment d'ADN représentant le « complexe *bithorax* ». Ils ont utilisé pour ce faire les techniques désormais classiques du génie génétique, en combinaison avec des méthodes nouvelles de détection des gènes *in situ* sur les chromosomes. Ils ont ainsi réussi à isoler la quasi-totalité de l'ADN constitutif des gènes du « complexe *bithorax* » [185]. De leur côté, les chercheurs de l'équipe de Thomas Kaufman et ceux de l'équipe de Walter Gehring ont fait le même travail pour les gènes du « complexe *antennapedia* » [186]. Et, bien entendu, tous ces chercheurs se sont mis à identifier les enchaînements des nucléotides constitutifs de ces différents ADN. (Les nucléotides sont les « maillons » des chaînes d'ADN constituant les gènes ; il en existe quatre variétés et l'ordre dans lequel ils sont enchaînés dans un gène donné représente précisément l'information contenue dans ce gène. Il est devenu, de nos jours, très facile d'identifier l'ordre d'enchaînement — ou séquence — des nucléotides de n'importe quelle chaîne d'ADN.)

Plusieurs faits significatifs sont alors apparus. Le plus important est sans doute le suivant : plusieurs gènes du « complexe *bithorax* » se ressemblent partiellement en ce qu'une partie de leur chaîne d'ADN est identique. Cette séquence commune à plusieurs gènes du « complexe *bithorax* » est formée d'environ 180 nucléotides et a été appelée « *homeo box* ». Or, plusieurs gènes du « complexe *antennapedia* » présentent aussi cette même séquence « *homeo box* » [187]. Qu'est-ce que cela peut bien vouloir dire ?

Mattew P. Scott, actuellement à l'Université de Colorado à Boulder (mais antérieurement membre de l'équipe de T. Kaufman) a proposé l'interprétation suivante [188]. La séquence de nucléotides appelée « *homeo box* » des gènes homéotiques de la drosophile ressemble beaucoup à des séquences de nucléotides connues de longue date par les biologistes moléculaires et figurant dans certains gènes de bactéries. Or, ces derniers gènes ont une intéressante particularité : il s'agit de gènes qui codent pour des protéines capables de se lier à l'ADN chromosomique (rappelons que les gènes gouvernent la synthèse des protéines dans les cellules = l'enchaînement des nucléotides constitutifs d'un gène dicte l'enchaînement des acides aminés d'une protéine). Et, plus particulièrement, la séquence « *homeo box* » des gènes homéotiques de la drosophile ressemble à la séquence précise de nucléotides des gènes bactériens qui spécifie, dans la protéine correspondante, la région capable de réaliser l'attachement proprement dit de la protéine à l'ADN chromosomique chez les bactéries.

Il est donc très vraisemblable que la séquence « *homeo box* » ait le même rôle chez la drosophile. Autrement dit, les gènes homéotiques du « complexe *antennapedia* » ou du « complexe *bithorax* » codent vraisemblablement pour des protéines capables de s'attacher à l'ADN chromosomique, grâce à une de leurs portions codée plus particulièrement par la séquence « *homeo box* ». Cela suggère fortement que le rôle des gènes homéotiques est bien de contrôler le fonctionnement d'autres gènes (= gènes « réalisateurs »). En effet, selon le modèle classique décrit chez les bactéries par Jacob et Monod en 1961, un gène A peut contrôler un autre gène B, dès lors que le gène A code pour une protéine capable de s'attacher à proximité du gène B sur l'ADN chromosomique et ainsi d'influencer son fonctionnement.

Une autre indication que les gènes homéotiques ont bien pour rôle de « sélectionner » les destins cellulaires vient d'être trouvée : la séquence « *homeo box* » ressemble aussi à une séquence de nucléotides figurant dans certains gènes de la levure de bière, un micro-champignon unicellulaire [189]. Et, plus précisément, les gènes en question sont ceux qui fixent le type sexuel des cellules de levure de bière.

Enfin, les chercheurs de l'équipe de Walter Gehring viennent de trouver que cette même séquence « *homeo box* » figure dans le patrimoine génétique de divers organismes multicellulaires : le ver de terre, le ténébrion (insecte coléoptère), le xénope (sorte de crapaud), le poulet, la souris et l'homme [190]. Par contre, elle ne figure pas chez des organismes tels que l'ascaris (un ver parasite appartenant à l'embranchement des nématodes).

Or, tous ces organismes où figure la séquence « *homeo box* » ont pour particularité d'être segmentés (ver de terre, ténébrion) ou d'être passés par un processus de segmentation au cours de la vie embryonnaire (c'est le cas de tous les vertébrés). Par contre, l'ascaris est un organisme multicellulaire qui ne présente aucun stade de segmentation. Il se pourrait donc que le mécanisme génétique de contrôle du développement révélé par les mutations homéotiques de la drosophile soit caractéristique des développements reposant sur un processus de segmentation.

Ainsi, on commence à disposer des premiers éléments d'une génétique moléculaire du développement des organismes multicellulaires. Bien qu'extrêmement encourageants, ces résultats ne signifient pas nécessairement que la compréhension des organismes supérieurs, en termes de physico-chimie et de circuits de contrôle génétique, soit à la portée de la main. Les travaux menés par l'équipe de Sidney Brenner à Cambridge (Grande-Bretagne) sur le ver nématode *Caenorhabditis elegans* (proche parent de l'ascaris) sont beaucoup moins encourageants : ils laissent penser que les règles par lesquelles les cellules s'assemblent pour édifier un organisme paraissent défier la logique [191] ! Certains biologistes moléculaires avaient espéré que le programme d'édification d'un organisme supérieur serait d'une nature logique aussi simple que le codage des protéines par l'ADN. Cette vue ultra-réductionniste n'est plus tenable quand on regarde les résultats obtenus par l'équipe de Sidney Brenner. De leur côté, si les résultats obtenus sur les gènes homéotiques de la drosophile paraissent révéler une logique simple de l'édification des organismes supérieurs, c'est qu'ils concernent un aspect particulier du développement : la segmentation. Ces résultats, comme nous l'avons vu, laissent dans l'ombre les processus par lesquels les gènes « réalisateurs » — ou plus généralement, les mécanismes — gouvernent l'assemblage des cellules pour former une aile ou une patte ou un balancier... Or, c'est précisément ces règles d'assemblage des cellules que l'équipe de Sidney Brenner a d'ores et déjà reconnu défier la logique ! La biologie moléculaire des organismes supérieurs risque d'être bien plus qu'une simple extension de la biologie moléculaire des bactéries, ce que la découverte de leurs gènes « en morceaux » a, par ailleurs, déjà indiqué (cf. l'article d'Antoine Danchin et Piotr P. Slonimski, p. 77).

La Recherche, octobre 1984

11. L'amélioration des plantes

Max Rives

L'amélioration des plantes est une activité aussi ancienne que l'agriculture. Dès que l'homme a su cultiver les espèces nécessaires à son alimentation, il a tenté de les adapter à ses besoins. Pour ce faire, il a appris à choisir, au sein d'une population, les individus susceptibles de reproduire des caractéristiques jugées désirables telles que la succulence, la fertilité ou la grosseur des fruits. Ainsi, au fil des millénaires, des formes ont été abandonnées au profit d'autres plus belles ou plus performantes et, avec le progrès des connaissances au XVIIIe siècle, des croisements ont été réalisés pour tenter de créer de nouvelles variétés. Progressivement, la pression de sélection qui s'est exercée a conduit à une transformation complète des plantes domestiquées, mais aussi à une disparition ou à une raréfaction des populations locales [192]. Des quelque trois mille plantes qui nourrissaient l'homme il y a dix mille ans, une trentaine seulement constituent l'essentiel de l'alimentation actuelle des populations humaines [193]. A l'ancienne diversité naturelle des espèces indigènes s'est donc substitué aujourd'hui un petit nombre de variétés hautement sélectionnées et cultivées sur de vastes superficies. Cependant, face au risque d'être à terme privés d'une source précieuse de matériel, les sélectionneurs ont maintenant constitué des collections de plantes sauvages et rustiques qui leur servent de réservoir pour « puiser » des caractères intéressants.

Demeurées pendant très longtemps essentiellement empiriques, les méthodes d'amélioration ont bénéficié, surtout après la Seconde Guerre mondiale, des progrès de la génétique. En termes modernes, créer une variété mieux adaptée aux besoins de l'homme signifie transformer son information génétique, augmenter la fréquence des gènes qui contrôlent les caractères recherchés. On estime généralement que la seule amélioration génétique des plantes a été responsable de la moitié des progrès de productivité réalisés depuis cinquante ou cent ans [194]. A titre indicatif, ceux-ci ont fait passer les rendements de blé de 20 quintaux par hectare en 1945 à 55 quintaux par hectare au début des années 1980. L'autre moitié des progrès est bien évidemment liée aux changements des techniques agricoles (mécanisation, produits antiparasitaires, herbicides, engrais azotés...) que seules de meilleures variétés permettent de valoriser au maximum. Cette nécessité d'associer le développement technologique à la sélection des plantes est bien illustrée par les difficultés initiales de la célèbre « Révolution verte ». Rappelons en effet que, dans les années 1950, des variétés de blé et de riz améliorées, d'une productivité incroyablement supérieure aux variétés locales qu'elles devaient remplacer dans divers pays d'Asie et d'Afrique, n'ont rempli leurs promesses que partiellement. Non pas à cause de leur potentiel génétique bien réel, mais en raison du fait que ce potentiel exigeait, pour s'exprimer, de fortes quantités d'engrais et des pratiques agricoles plus élaborées. Les recherches ont cependant abouti à des variétés moins « gourmandes » en énergie et c'est grâce à la Révolution verte que l'Inde est devenue maintenant autosuffisante pour les céréales.

D'une façon générale, les objectifs de l'amélioration des plantes sont particulièrement complexes. Non seulement les variétés nouvellement créées doivent être bien adaptées aux conditions climatiques, résister à de multiples ravageurs et avoir un bon niveau de production. Mais elles doivent satisfaire aux goûts des consommateurs, par la forme, la saveur ou la couleur, répondre aux critères hygiéniques et nutritionnels, pouvoir se conserver au froid sans dommages, résister aux chocs des transports, etc. A cette complexité des objectifs, s'ajoutent les délais nécessairement longs de création d'une variété, ce qui oblige le sélectionneur à imaginer ce que sera la plante idéale dans un futur assez lointain. Demain, les variétés devront être encore améliorées pour les besoins de la technique, utilisant, par exemple, moins d'engrais, pour les adapter à de nouvelles régions ou pour résister aux parasites dont l'évolution extrêmement rapide constitue un perpétuel défi. Mais il est un autre défi qui se pose à l'amélioration des

L'amélioration des plantes

plantes, c'est l'impossibilité apparente de modifier la biomasse totale chez la plupart des espèces. Certains chercheurs [195] ont en effet montré, en comparant des variétés anciennes et récentes, que la production de biomasse totale n'a pratiquement pas changé, mais que c'est l'indice de récolte (rapport du poids de grain à la biomasse) qui a augmenté. Dans ces conditions, peut-on espérer à l'avenir de nouveaux progrès ? C'est une des préoccupations majeures de l'amélioration du futur. Voyons maintenant ce que l'on peut raisonnablement faire et avec quels outils.

La pratique d'un sélectionneur consistera, par exemple, à choisir deux lignées de blé en fonction de caractères avantageux qu'il souhaiterait réunir dans une même lignée. Par exemple, il croisera une lignée de blé qui a des épis longs mais peu fertiles avec une lignée à épis plus courts mais beaucoup plus fertiles. Intuitivement et par son expérience, il a un espoir raisonnable de trouver dans la descendance du croisement des plantes qui réunissent les deux caractères favorables, c'est-à-dire qui ont à la fois des épis fertiles et longs. Bien sûr, il trouvera aussi la combinaison défavorable de plantes ayant des épis courts et peu fertiles, mais tout l'art du sélectionneur consistera à choisir les plantes les plus intéressantes, qui lui donneront, espère-t-il, une descendance beaucoup plus productive.

Quand le sélectionneur s'inspire des lois de Mendel

Cette pratique du sélectionneur, dite de « sélection généalogique », s'inspire directement des lois de Mendel. Lorsque celui-ci croise deux variétés de petits pois différents par la forme de la graine qui est soit lisse, soit ridée (les deux versions d'un même caractère), il obtient à la première génération des individus tous semblables, c'est-à-dire des graines qui sont toutes lisses. En semant ces graines de première génération et en laissant les fleurs s'autoféconder, il récolte en seconde

parents   LLJJ × rrvv

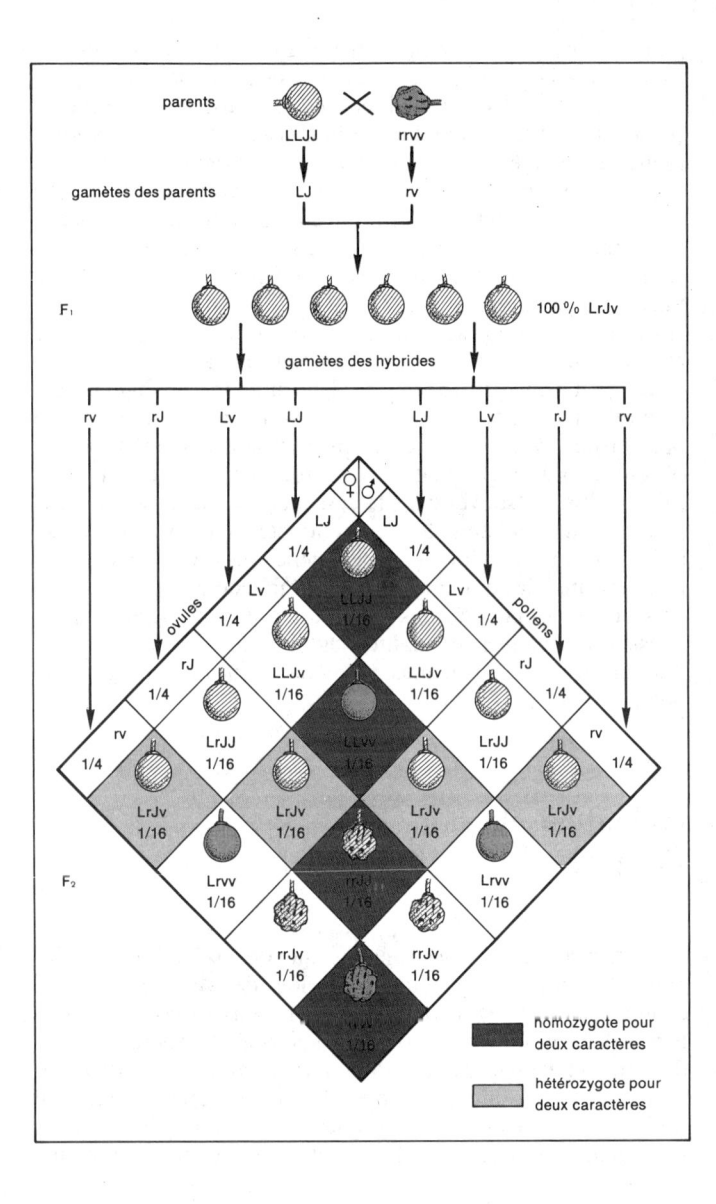

gamètes des parents   LJ   rv

F₁   100 % LrJv

gamètes des hybrides   rv   rJ   Lv   LJ   LJ   Lv   rJ   rv

F₂

♀\♂	LJ 1/4	Lv 1/4	rJ 1/4	rv 1/4
LJ 1/4	LLJJ 1/16	LLJv 1/16	LrJJ 1/16	LrJv 1/16
Lv 1/4	LLJv 1/16	LLvv 1/16	LrJv 1/16	Lrvv 1/16
rJ 1/4	LrJJ 1/16	LrJv 1/16	rrJJ 1/16	rrJv 1/16
rv 1/4	LrJv 1/16	Lrvv 1/16	rrJv 1/16	rrvv 1/16

■ homozygote pour deux caractères

▨ hétérozygote pour deux caractères

génération des graines qui sont à nouveau soit lisses, soit ridées. La version ridée n'avait donc pas disparu, mais elle était « masquée » dans les hybrides de première génération par le caractère lisse, le seul à s'exprimer. Après avoir été réunies dans la première génération, les deux versions du caractère se sont donc séparées à la seconde génération. Il y a disjonction ou ségrégation des caractères : c'est la première loi de Mendel.

Mendel croise alors deux variétés de petits pois différents au niveau de *deux* caractères, la forme *et* la couleur des graines : il croise une variété à graines lisses et jaunes avec une variété à graines ridées et vertes. En première génération il obtient des individus tous semblables, dont les graines sont toutes lisses et jaunes. Mais en seconde génération, il constate qu'il a quatre types de graines : des graines lisses et jaunes, des graines ridées et vertes, des graines ridées et jaunes et des graines lisses et vertes. Aux deux types de graines parentales, s'ajoutent ainsi deux types nouveaux (ridé-jaune, lisse-vert). La seconde loi de Mendel dit que la disjonction des différentes versions alternatives des caractères et leur réassortiment se font de manière indépendante : en effet, la version lisse

⬅

Fig. 1. Dans l'une de ses expériences, Mendel croise deux variétés de petits pois différant par deux caractères, la forme et la couleur de la graine : l'une a des graines lisses et jaunes, l'autre a des graines ridées et vertes. En première génération (F1), les graines issues du croisement sont semblables (lisses et jaunes) : le caractère jaune domine le caractère vert et le caractère lisse domine le caractère ridé. Il laisse les plantes issues de ces graines de première génération s'autoféconder et obtient sur celles-ci en seconde génération 4 types de graines : 9/16 de graines lisses et jaunes, 3/16 ridées et jaunes, 3/16 lisses et vertes et 1/16 ridées et vertes. L'explication que Mendel a donnée est que les caractères « forme de la graine » et « couleur de la graine » sont chacun déterminés par l'une des deux « modalités » d'un « facteur », on dit aujourd'hui deux allèles d'un gène. Chez le parent à graine lisse et jaune, les 2 allèles qui déterminent la forme sont identiques (dénotés LL), et les 2 allèles qui déterminent la couleur sont également identiques (JJ). Il en est de même chez le parent à graine ridée (rr) et verte (vv). Les cellules sexuelles (grain de pollen ou ovules) ne contiennent qu'un seul allèle de chaque gène, car les paires de chromosomes se sont dissociées au moment de la formation des gamètes. Les hybrides F_1 qui résultent de la fécondation d'un gamète LJ par un gamète rv possèdent à la fois les allèles lisse et ridé, jaune et vert. Compte tenu de la dominance de l'allèle L sur l'allèle r et de l'allèle J sur l'allèle v, les hybrides F1 sont nécessairement jaunes et lisse. Ces hybrides donnent 4 types de gamètes (LJ, Lv, rJ, rv) dont la combinaison aboutit, en seconde génération (F_2), à 4 types de graines. En fait, sur les 16 combinaisons possibles, 4 seulement donnent des individus possédant 2 allèles identiques pour la forme et la couleur de la graine : ils sont homozygotes pour les deux caractères en question.

s'associe au hasard avec la version verte ou jaune, la version ridée s'associe au hasard avec la version jaune ou verte [196] *(fig. 1)*.

Ces règles sont la base de toute la génétique. Avec les rapports ultérieurs, elles permettent de dire que tout caractère est contrôlé par un gène (ou des gènes) porté par les chromosomes. On appelle *allèles* les deux états d'un gène (auxquels correspondent, dans l'exemple de Mendel, les deux versions d'un caractère). Les chromosomes étant associés par paire, chaque chromosome porte l'un des deux allèles, au même endroit du chromosome ou locus. Lors de la formation des cellules sexuelles (ici l'ovule et le grain du pollen), les chromosomes d'une même paire se séparent. Chaque ovule ou chaque grain de pollen ne peut donc porter qu'un seul des deux allèles déterminant un caractère donné : cela explique leur disjonction. A la fécondation, la rencontre au hasard de deux cellules sexuelles donne une graine avec un double jeu de chromosomes qui associent au hasard deux allèles d'un même gène. Si les allèles sont différents, ce qui est la situation la plus fréquente, la plante est « hétérozygote » pour le gène en question ; dans ce cas, un seul allèle impose la réalisation du caractère : on l'appelle *dominant*, par rapport à l'autre qui est *récessif* (c'est la version ridée qui s'efface devant la version lisse lorsqu'elles sont associées en première génération). Si les allèles sont identiques, la plante est « homozygote » pour le gène en question ; si elle est homozygote pour l'allèle récessif, celui-ci peut s'exprimer (c'est la version ridée qui se manifeste en seconde génération).

Si l'on symbolise l'allèle dominant par A et l'allèle récessif par a, les individus hétérozygotes seront notés Aa et les individus homozygotes AA ou aa. Lorsqu'on laisse les plantes s'autoféconder, les individus hétérozygotes donneront deux types de cellules sexuelles (A ou a) et leur descendance sera hétérogène (AA, aa ou Aa). En revanche, les plantes homozygotes donneront une seule sorte de cellules sexuelles et l'autofécondation permettra d'obtenir à chaque génération une descendance uniforme, dont tous les représentants ont une construction identique AA ou aa. On a ainsi construit une lignée *pure* pour le caractère en question (A ou a) : on dit que le caractère est *fixé*.

Les géniteurs étrangers au secours des variétés françaises

Comme les pois de Mendel, le blé de notre sélectionneur est une espèce naturellement autogame : le grain de pollen féconde un ovule de la même plante. En laissant s'effectuer l'autofécondation des meilleurs individus qu'il aura choisis dans la descendance de croisement de deux lignées, le sélectionneur aboutira donc à une lignée pure pour le caractère ou les caractères recherchés. Cette stabilité garantit au cultivateur que la variété commercialisée produira chaque année des graines semblables, aux performances stables. Les blés actuels sont des lignées pures, obtenues par ce procédé qui a été extrêmement efficace pour créer des variétés de plus en plus performantes au cours des soixante dernières années *(fig. 2)*. Il en est de même des variétés d'orge ou d'avoine qui sont, elles aussi, des espèces autogames.

Dans la pratique, cependant, un seul croisement conduit rarement à la lignée pure recherchée. Le sélectionneur s'efforcera par exemple de corriger un défaut ou d'introduire une qualité dans un matériel *déjà* amélioré, de bonne valeur agronomique. Or, le plus souvent le caractère recherché sera porté par une variété dont le niveau de production est médiocre. Le sélectionneur réalisera alors une série de croisements de retour (*back-cross*) avec le « receveur » qui aboutit à éliminer tous les gènes du « donneur » *sauf* le ou les gènes intéressants. Cette méthode est quotidiennement couronnée de succès, en particulier pour rendre des plantes résistantes à tel ou tel type de maladie. Les tomates actuelles sont par exemple moins sensibles aux nombreux parasites qui affectent leur culture [197]. Un autre exemple est celui du colza double zéro, qui ne contient plus d'acide érucique, accusé de provoquer à forte dose des troubles cardiaques, et peu de glucosinolates, des composés soufrés dont des teneurs importantes dans le tourteau perturbent la croissance des jeunes animaux. En

Année / Génération			nombre de plantes/ lignées cultivées	nombre de plantes/ lignées retenues
1984 lignées parentes	F_0	A épis longs peu fertiles × B épis courts fertiles		
1985 plantes	F_1		50	50
1986 plantes	F_2		5 000	250
1987 épis lignés	F_3		250	50
1988 épis lignés	F_4		100	25
1989 essais	F_5		25	5
1990 reprise en lignées	F_6		3	3
1991 1992 1993 essais lignés en parallèle	F_7 à F_9		3	1
1994 inscription au catalogue	F_{10}		1	1

1973, des chercheurs de l'INRA obtenaient par la méthode des rétro-croisements un colza sans acide érucique en transférant dans une variété améliorée française un gène d'un géniteur canadien. Dix ans plus tard, ils obtenaient un colza à faible teneur en glucosinolates, à partir d'un géniteur polonais : le colza « o-o » était né [198].

En règle générale, cependant, la disjonction des gènes n'est pas aussi indépendante que dans les expériences de Mendel. Un gène favorable peut, par exemple, se trouver sur un chromosome à proximité de gènes indésirables : ils sont alors transmis ensemble dans la descendance et non pas indépendamment. On dit que la disjonction des gènes est affectée par le phénomène de *linkage*. Ainsi, la résistance au phylloxéra et au mildiou chez la vigne n'a jamais pu être séparée des arômes affreux apportés par les géniteurs américains.

←

Fig. 2. La création de nouvelles lignées de blé, telle qu'elle est classiquement pratiquée, est dite en « sélection généalogique » et s'inspire directement des lois de Mendel. Deux variétés (Fo) choisies pour certains de leurs caractères et croisées dans l'espoir d'obtenir une lignée réunissant les avantages des deux parents. Les hybrides obtenus en première génération (F_1) sont reproduits par autofécondation et, dès la seconde génération (F_2), les individus qui paraissent les meilleurs sont sélectionnés en fonction des caractères recherchés (résistance à une maladie, taille des épis...) : un épi est récolté par plante et le produit semé constitue une ligne (F_3). Les meilleures sont récoltés plante par plante, chaque plante donnant naissance à une nouvelle lignée (F_4). A partir de la F_5, des essais de rendement en plus grande parcelle sont pratiqués et à chaque génération suivante sont poursuivis parallèlement la sélection et les essais de rendement. Au bout d'au moins une dizaine de générations de sélection, on aboutit à une nouvelle lignée pure qui pourra être inscrite au catalogue. En fait un sélectionneur fait de nombreux croisements chaque année. Les principales variétés de blé des cinquante dernières années ont été créées selon ce schéma. Ainsi, à la fin du siècle dernier, L. de Vilmorin eut l'idée d'associer la productivité des blés anglais à la rusticité des blés d'Aquitaine, créant de nouvelles lignées. Celles-ci ont été croisées entre elles ou avec d'autres géniteurs apportant la résistance au froid, la qualité... Un géniteur italien ayant une bonne fertilité fut introduit et la valeur boulangère fut améliorée avec des géniteurs américains ou canadiens. Les lignées obtenues, recroisées entre elles, ont donné naissance à des variétés largement utilisées comme géniteurs qui ont donné les principales variétés actuelles.

Avec un tel système, les différentes variétés sont nécessairement très apparentées. Le sélectionneur est amené à travailler sur des effectifs élevés pour augmenter ses chances de réunir le maximum de traits favorables. De plus, la sélection aux différentes générations conduit à éliminer des caractères intéressants qui sont, par exemple, liés à des caractères défavorables. Par ailleurs, la sévérité de la sélection justifiée par le désir d'aboutir à court terme à un résultat significatif, se paie par une restriction intense de la variabilité génétique, qui rend difficile tout progrès ultérieur. Malgré tout, les résultats obtenus par cette méthode ont été importants.

Quand les lois de Mendel jouent un mauvais tour au sélectionneur

Plus difficile est l'obligation fréquente qu'a le sélectionneur de réunir plusieurs paramètres favorables pour obtenir une variété qui satisfasse aux besoins du producteur et du consommateur : il lui faudra combiner à la fois la résistance au parasite, une bonne adaptation au climat froid, des épis de taille satisfaisante, une bonne valeur boulangère, un rendement élevé, etc. Regrouper l'ensemble des informations génétiques nécessaires dans une même variété est alors une procédure beaucoup plus complexe étant donné les nombreux gènes en cause. Mais elle est d'autant plus compliquée que l'essentiel des caractères qui intéressent le sélectionneur sont *chacun* sous le contrôle de *multiples gènes* : c'est une hérédité polygénique. Les caractères de Mendel sont, nous l'avons vu, bien précis, reconnaissables sous des formes alternatives (les graines de pois sont ou lisses ou ridées), et leur déterminisme est simple : ils sont généralement gouvernés par un seul gène. On parle de caractères *qualificatifs*. Il en est le plus souvent de même pour certains types de résistance à un parasite : la plante lui est sensible ou ne l'est pas.

Au contraire, la taille d'un individu peut prendre tous les degrés intermédiaires entre la taille grande et la taille petite des parents. Ce type de caractère, dénommé *quantitatif*, est sous la dépendance de gènes nombreux qui cumulent leurs actions et dont les effets individuels sont en conséquence petits. Notre sélectionneur de blé sera en réalité souvent déçu de trouver dans ses descendants bien peu de plantes qui correspondent à ses vœux. Au lieu d'avoir les quatre combinaisons mendéliennes d'épis longs et fertiles, courts et fertiles, longs et peu fertiles, courts et peu fertiles, il trouvera le plus souvent une variation continue entre longs et courts, fertiles et peu fertiles, avec une majorité de types ressemblant aux parents et peu de types recombinés : les gènes nombreux sont nécessairement affectés par le phénomène de linkage déjà évoqué.

Comment dès lors repérer les individus les meilleurs pour la création de lignées intéressantes ? C'est évidemment là toute la difficulté. Longtemps, la sélection a été une œuvre d'artiste où l'« œil du sélectionneur » a été paradoxalement très utile pour observer, sélectionner la descendance et obtenir des variétés de plus en plus performantes. Ce procédé empirique devra, dans le futur, laisser la place à une méthodologie mathématique pour aider le sélectionneur à y voir plus clair. Cette méthodologie dérive de la génétique quantitative. Pour aborder l'hérédité des caractères envisagés, on évalue, d'une manière statistique, la variation des caractères chez les parents. Ces mesures de la variation peuvent guider le sélectionneur dans le choix des stratégies de sélection et lui permettre de prédire le résultat de sa sélection. Elle tient également compte des différents paramètres qui peuvent contribuer à augmenter les déviations par rapport aux prédictions des lois de Mendel et résultent de l'hérédité polygénique. Certains paramètres ont, nous l'avons vu, pour origine des liaisons entre gènes, d'autant plus fréquentes que les gènes sont nombreux. Des gènes intéressants seront, par exemple, associés à des gènes défavorables et transmis avec. Notons que ces liaisons ne sont pas toujours absolues, en ce sens que des échanges entre chromosomes d'une paire, suivis de recombinaisons, se produisent lors de la formation des cellules sexuelles, opérant un véritable brassage du matériel génétique. Mais ces ruptures de chromosomes, qui interviennent naturellement pour permettre les recombinaisons, sont peu fréquentes et leur rareté constitue, nous le verrons, un frein à la sélection.

D'autres causes impliquent des interactions entre allèles d'un même gène (phénomène de dominance) ou entre allèles de gènes différents (phénomène d'épistasie) : l'action de certains gènes peut alors être modifiée par celle d'autres gènes. Des interactions avec le milieu se produisent aussi, ce qui complique encore la prédiction. Dans ces circonstances, tout l'art du sélectionneur consistera à réaliser de multiples croisements aux différentes générations, afin d'encourager le réassortiment des allèles favorables, de favoriser les recombinaisons pour compenser leur faible fréquence et dévoiler la variabilité génétique qui était cachée jusqu'ici. Les individus seront donc maintenus à l'état le plus hétérozygote possible. Pour ensuite obtenir des plantes homozygotes pour les gènes intéressants, le sélectionneur aura recours à plusieurs générations d'autofécondations.

La dépression du maïs

Chez les plantes qui, comme le maïs, le seigle ou le tournesol, sont allogames (chaque ovule est fécondé par le pollen d'une autre plante), tout individu est un « hybride » : beaucoup de ses gènes sont hétérozygotes. L'autofécondation, imposée artificiellement par le sélectionneur, est souvent possible et même facile chez le maïs. Mais l'instauration progressive de l'homozygotie par l'autofécondation s'accompagne de l'effet dit d'« *inbreeding* » : les descendants sont beaucoup moins vigoureux, moins productifs que la plante mère. Les lignées obtenues sont pures, mais de faible vigueur, inutilisables directement comme variété. A ce phénomène de dépression provoquée par la consanguinité, s'oppose l'effet inverse : si l'on croise deux lignées « *inbred* », les descendants hybrides du croisement ont une vigueur brusquement rétablie : c'est le phénomène d'*hétérosis*. On peut alors choisir les combinaisons de lignées qui donnent les meilleurs hybrides. En combinant la stabilité des lignées pures avec la productivité restaurée chez l'hybride, le sélectionneur fournit au cultivateur une variété performante sous forme d'hybride, qui lui est renouvelé chaque année à partir des lignées parentales, elles-mêmes reproduites par autofécondation.

Ce schéma simple a été largement exploité par les sélectionneurs américains pour créer les premières variétés hybrides de maïs avant la guerre. En France, des populations de demi-montagne peu productives, mais précoces et adaptées aux basses températures du printemps, furent utilisées pour produire des lignées pures. Croisées avec des lignées américaines de bonne productivité, mais mal adaptées aux conditions froides du printemps, elles donnèrent des hybrides très supérieurs aux premiers hybrides américains et permirent l'extension spectaculaire du maïs après 1960.

Très vite, cependant, les sélectionneurs américains se heurtèrent à un plafond : après la première vague de variétés hybrides obtenue vers 1935, les progrès génétiques ultérieurs s'avérèrent très décevants. Comme notre sélectionneur de blé, les sélectionneurs de maïs croisaient deux bonnes lignées et espéraient trouver des lignées encore meilleures dans la descendance. Mais on s'aperçut rapidement qu'il y avait en réalité peu de corrélation entre l'apparence d'une lignée ou ses propres performances et les performances des hybrides que l'on peut faire avec elle. Pour apprécier la valeur d'une lignée, il fallait en fait expérimenter le plus grand nombre possible de combinaisons hybrides avec les lignées existantes. De là naquit, aux États-Unis, la notion d'aptitude générale à la combinaison qui donne une estimation de la performance moyenne de chaque lignée en combinaison avec toutes les autres. Le résultat fut des plus féconds. En quelques années, des millions de parcelles d'essais ont été plantées. Les chercheurs formulèrent une nouvelle théorie de sélection, la *sélection récurrente*, dont nous allons parler maintenant [199]. Elle repose sur l'idée que, pour obtenir des progrès à long terme, il faut améliorer les populations elles-mêmes, dont on tire ensuite des lignées : les meilleures lignées sont effectivement supérieures à celles issues d'une population non sélectionnée *(fig. 3)*.

Des parents nombreux et une consanguinité tabou

Pour bien saisir les avantages de la sélection récurrente, il nous faut d'abord comprendre pourquoi les stratégies employées jusqu'ici par le sélectionneur de blé ou de maïs sont nécessairement condamnées par le progrès à long terme.

La plupart des caractères qui intéressent les sélectionneurs

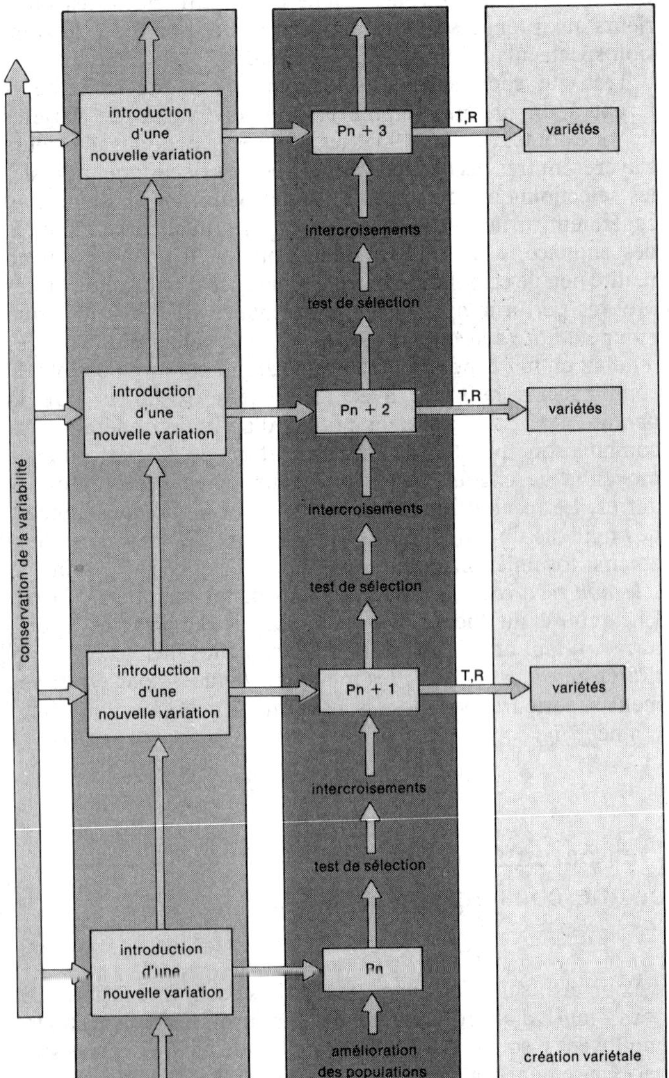
conservation de la variabilité
introduction d'une nouvelle variation
introduction d'une nouvelle variation
introduction d'une nouvelle variation
introduction d'une nouvelle variation
Pn + 3
Pn + 2
Pn + 1
Pn
intercroisements
test de sélection
intercroisements
test de sélection
intercroisements
test de sélection
amélioration des populations
T,R
T,R
T,R
variétés
variétés
variétés
création variétale

sont, nous l'avons vu, des caractères quantitatifs, dont le déterminisme génétique est complexe. En conséquence, une partie restreinte de la variabilité génétique totale présente dans une population s'exprime réellement. La majorité des traits favorables sont en effet cachés dans des combinaisons polygéniques et ne se révèlent que lentement à la suite de recombinaisons qui les modifient. L'augmentation de la fréquence des recombinaisons serait, par conséquent, une source de progrès considérable. En d'autres termes, l'efficacité de la sélection serait d'autant meilleure que les stratégies employées par le sélectionneur conduiraient à fragmenter les chromosomes en morceaux plus petits le plus rapidement possible.

Or, que fait notre sélectionneur classique ? Il crée des lignées pures, fixées, qu'il utilise soit directement comme variétés chez le blé, soit comme parents de variétés hybrides chez le maïs. Seulement, la recombinaison n'a d'efficacité que si les segments de chromosomes échangés ne sont pas identiques, que si elle change quelque chose à l'assortiment des gènes. Dans le cas d'un individu homozygote, la recombinaison restitue la même configuration. D'où la nécessité impérieuse d'éviter la consanguinité, du moins dans les premières générations de la stratégie, et de maintenir l'état hétérozygote.

←——

Fig. 3. La sélection récurrente a pour point de départ une population hétérogène importante (Pn) qui aura été brassée pendant plusieurs générations de croisements au hasard. De cette population, seront retenus, à la suite de différents tests, les individus les plus prometteurs qui seront croisés entre eux au hasard pour constituer une nouvelle population (Pn + 1). Cette population améliorée, où la fréquence des allèles favorables aura augmenté, servira de point de départ à un nouveau cycle qui aboutira à une nouvelle population (Pn + 2), etc. A chaque cycle, il est possible de tirer des lignées qui serviront à la création de nouvelles variétés, obtenues après sélection classique (T) et fixées (R) par autofécondation (ou haplodiploïdisation).
L'avantage essentiel du procédé est de séparer deux processus distincts : l'amélioration et la sélection. L'amélioration progressive des populations doit améliorer ainsi la valeur moyenne des variétés qu'on peut en tirer. Les effectifs sont maintenus suffisants à tous les stades pour que la diversité génétique du départ soit préservée le plus possible, en évitant la perte de caractères favorables et la consanguinité. Régulièrement des géniteurs peuvent être introduits pour apporter de la variabilité génétique. La création de variétés peut alors partir de chaque cycle suivant des modalités différentes, destinées à aller le plus vite possible, puisqu'on est délivré du souci de maintenir la diversité génétique. D'abord appliquée au maïs, la sélection récurrente peut en fait être utilisée pour toutes les plantes, allogames ou non, et devrait, dans les années à venir, apporter un progrès considérable. *(Schéma d'après André Gallais, INRA.)*

Notre sélectionneur classique est également amené à faire un tri au sein de la descendance pour ne retenir que les individus qu'il juge les meilleurs. En procédant de la sorte, il a de fortes chances d'éliminer des plantes qui, par exemple, portent des caractères intéressants associés à des traits indésirables. Il y a donc appauvrissement de la diversité génétique : une sélection précoce ne permet pas d'obtenir les individus réunissant le maximum de gènes favorables, le potentiel d'amélioration génétique est donc limité à long terme. Les multiples croisements pratiqués à différentes générations réalisent, nous l'avons vu, un certain brassage du matériel. Mais ça n'est pas suffisant. Car il est une notion que le sélectionneur classique n'avait pas pu ou pas su prendre en compte, c'est la multiplicité des allèles en jeu : on sait maintenant que, pour chaque gène, il n'existe pas deux allèles, comme le supposait la conception mendélienne de l'hérédité, mais plusieurs allèles qui sont dès lors répartis dans toute la population. Dans ces conditions, il n'est plus question pour le sélectionneur d'introduire tel allèle de tel gène. Il lui faudra se contenter d'augmenter la proportion des allèles favorables dans la variété à améliorer. Pour cela, il cherchera toujours à travailler sur un matériel possédant une grande richesse d'allèles, afin d'accroître la probabilité d'inclure, pour chaque gène, *le* meilleur des allèles possibles. Il lui faudra partir d'un nombre important de parents en espérant que les allèles qu'ils apportent ne seront pas tous les mêmes. Il évite de plus la consanguinité dans la descendance et renforce l'efficacité des recombinaisons.

Dans la pratique, le sélectionneur partira d'une population hétérogène importante qui sera brassée sans sélection pendant plusieurs générations de croisements au hasard pour favoriser les recombinaisons. De cette population, et par une expérimentation appropriée, il extraira les plus prometteurs : ceux-ci seront croisés entre eux au hasard pour constituer une nouvelle population, améliorée, toujours hétérogène, mais dans laquelle la fréquence des allèles favorables aura augmenté. Cette population améliorée servira de point de départ à un nouveau cycle sélection, suivi de recombinaisons : c'est l'origine du terme récurrent. Et ainsi de suite, de sorte que les cycles successifs permettent une amélioration progressive de la population. Les effectifs sont maintenus suffisants à tous les stades pour que la diversité génétique du départ soit préservée le plus possible, en évitant la perte de caractères favorables et la consanguinité. Régulièrement des géniteurs peuvent être introduits pour apporter de la variabilité génétique.

L'avantage essentiel de ce procédé est que, à chaque cycle, il est possible de tirer de la population des lignées qui servent à la création variétale, en utilisant, cette fois-ci, les méthodes classiques du sélectionneur. La stratégie comprend désormais deux phases entièrement distinctes, comme l'a bien mis en évidence A. Gallais, à l'INRA [200] : l'axe central de cette stratégie est constitué par la population qui subit une succession de cycles améliorant son aptitude à donner de bonnes variétés ; cet axe se ramifie à chaque cycle dans la création de variétés, dont la valeur moyenne doit s'améliorer *(fig. 3)*.

L'histoire du maïs hybride américain est jalonnée par le succès de la sélection récurrente qui, cycle après cycle, fournit des lignées de plus en plus performantes. L'expérience probablement la plus convaincante est celle qui a été menée à Urbana, dans l'Illinois (États-Unis) depuis maintenant plus de quatre-vingts générations, où l'augmentation des teneurs en huile et en protéines du grain illustre bien les possibilités extraordinaires de l'amélioration à long terme [201]. Mais la stratégie de la sélection récurrente ne s'applique pas seulement au maïs, elle concerne toutes les plantes, y compris les espèces autogames comme le blé. Malgré son évidence, elle est encore peu passée de façon systématique dans la pratique en France, même chez les plantes allogames.

Le génie génétique est-il vraiment sans intérêt ?

Et le génie génétique, me dira-t-on ? A en croire certains biologistes moléculaires, il est grand temps que les sélectionneurs, praticiens sympathiques mais totalement dépassés, cèdent la place (et les crédits !) aux faiseurs de miracles qui manipulent avec l'ADN le secret de la vie et vont résoudre

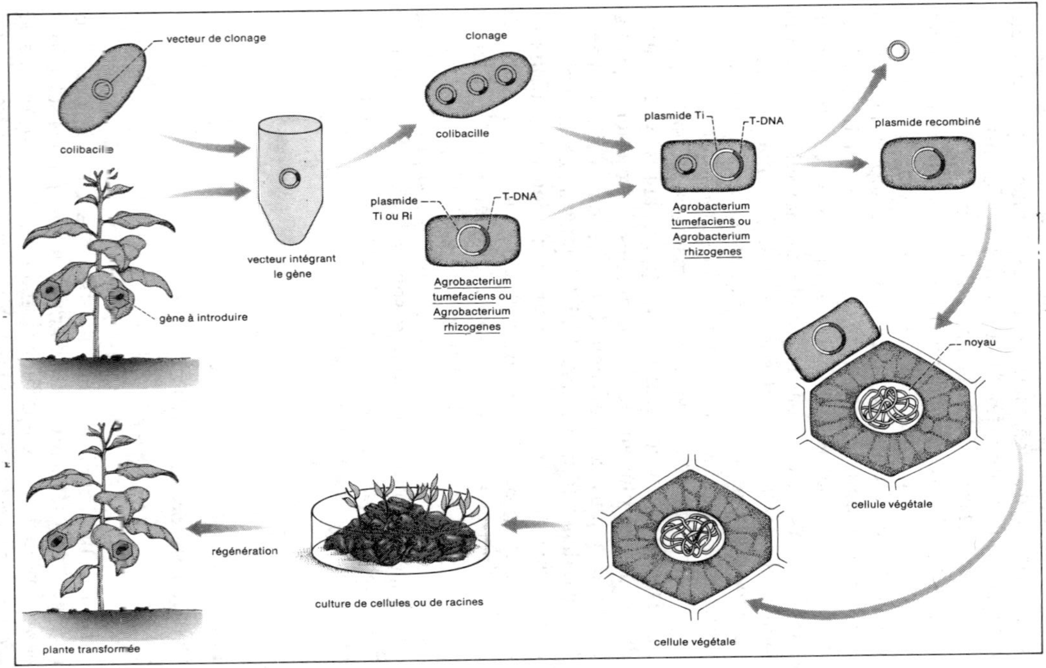
vecteur de clonage
colibacille
gène à introduire
vecteur intégrant le gène
clonage
colibacille
plasmide Ti ou Ri
T-DNA
Agrobacterium tumefaciens ou Agrobacterium rhizogenes
plasmide Ti
T-DNA
Agrobacterium tumefaciens ou Agrobacterium rhizogenes
plasmide recombiné
noyau
cellule végétale
cellule végétale
culture de cellules ou de racines
régénération
plante transformée

Fig. 4. La manipulation d'une plante par génie génétique est réalisée à l'aide des bactéries comme *Agrobacterium tumefaciens*. Celle-ci provoque, chez la plupart des plantes dicotylédones, une tumeur nommée galle du collet ou « *crown gall* ». Elle contient une molécule circulaire d'ADN, le plasmide Ti, dont un fragment (T-DNA), s'associe à l'ADN du noyau de la cellule végétale, ce qui déclenche le processus cancéreux. L'infection conduit également à la synthèse de composés appelés opines qui servent de substances nutritives à la bactérie. Ce processus est utilisé pour introduire des gènes étrangers dans les végétaux. Le principe, résumé sur le schéma ci-contre, est d'insérer le gène étranger dans un site choisi du T-DNA, puis d'introduire le plasmide ainsi recombiné dans une cellule de plante. Celle-ci doit pouvoir régénérer une plante saine possédant le gène fonctionnel, le caractère tumoral étant éliminé en modifiant le T-DNA pour le « désarmer »[1]. Parmi les résultats obtenus, l'équipe de M.D. Chilton dans le Missouri (États-Unis) est parvenue à régénérer des plants de tabac sains qui transmettent le T-DNA introduit à leur descendance et dont l'expression s'est traduite par la synthèse de nopaline[2]. Un gène conférant la résistance à un antibiotique (la kanamycine) a été isolé d'une bactérie, introduit dans le T-DNA d'un plasmide Ti, puis transféré, par les chercheurs de la société Monsanto, dans des cellules de tabac : il s'y est exprimé, des plants ont été régénérés et le gène transmis à la descendance[3]. Des résultats comparables ont été obtenus par d'autres équipes, notamment le groupe de Shell en RFA en collaboration avec celui de van Montagu en Belgique[4]. Des chercheurs de la société Calgene ont pu isoler de bactéries un gène conférant la résistance à un herbicide, qu'ils ont transféré à des cellules de tabac pour tenter de régénérer des plantes résistantes[5]. D'autres équipes sont parvenues à transférer des gènes d'origine végétale ; ainsi le groupe d'Agrigenetics, aux États-Unis, a transféré le gène de la phaséoline (protéine de réserve du haricot) à des cellules de tournesol qui ont pu être régénérées, le gène s'est exprimé et a été transmis à la descendance[6]. Récemment le groupe de Chua, à l'Université de Rockefeller, a pu greffer un gène de la photosynthèse (précisément de la petite sous-unité de RUBP carboxylase) qui est fonctionnel et s'est également exprimé dans la descendance[7].

Des chercheurs de l'INRA utilisent une autre bactérie (*A. rhizogenes*), qui possède également un plasmide (nommé Ri) avec un T-DNA capable de s'intégrer dans l'ADN des cellules végétales. Le T-DNA y provoque un syndrome appelé « *hairy root* » qui entraîne la formation très abondante de racines. Ce T-DNA est fonctionnel puisque les cellules transformées des racines synthétisent des opines[8]. L'équipe de l'INRA a montré que le T-DNA se transmet dans la descendance, prouvant que le plasmide Ri peut constituer un vecteur de choix pour l'intégration de gènes étrangers dans les cellules végétales[9]. Son avantage essentiel est que la régénération de plantes entières à partir des racines semble beaucoup plus facile et plus rapide qu'avec des cellules de *crown gall*.

Qu'en est-il des applications agronomiques ? S'il paraît effectivement possible et intéressant d'envisager la greffe de gènes simples, comme ceux qui confèrent la résistance à un herbicide ou à un pesticide, encore faut-il trouver ces gènes pour les isoler et savoir s'ils pourront s'exprimer dans la plante dans des conditions satisfaisantes. En revanche, la plupart des caractères qui intéressent le sélectionneur (comme le rendement) sont sous le contrôle de gènes très nombreux et il semble peu probable que l'on puisse les soumettre à une manipulation quelconque.

1. A. Caplan et al., *Science*, 222, 1983, p. 815. — 2. K. A. Barton et al., *Cell*, 32, 1983, p. 1033. — 3. R. B. Horsch et al., *Science*, 223, 1983, p. 496. — 4. L. Herrera-Estrella et al., *EMBO J.*, 2, 1983, p. 987 ; *Nature*, 303, 1983, p. 209 ; P. Zambrisky et al., *EMBO J.*, 2, 1983, p. 2143. — 5. L. Comai et al., *Science*, 221, 1983, p. 370. — 6. N. Murai et al., *Science*, 222, 1983, p. 449. — 7. R. Broglie et al., *Science*, 224, 1984, p. 838. — 8. M. D. Chilton et al., *Nature*, 295, 1983, p. 432 ; D. Tepfer, in *Molecular Genetics of the Bacteria Plant Interaction*, Springer Verlag, 1983, p. 28 et in *Genetic Engineering in Eucaryotes*, P. F. Lurquin, A. Kleinhofs (eds), Plenum Press, 1983, p. 153. — 9. C. David et al., *Biotechnology*, 2, 1984, p. 73.

tous les problèmes de la faim dans le monde. En ajoutant à la biologie moléculaire proprement dite ce qu'il est convenu d'appeler « biotechnologies », que peut sérieusement en attendre la sélection végétale ? Il est un fait que le génie génétique arrive, au début des années 1980, à « greffer » des gènes à des cellules [202]. Dans le cas de l'amélioration des plantes, on peut envisager de greffer, à l'aide de vecteurs particuliers (comme les bactéries *Agrobacterium tumefaciens* et *A. rhizogenes* [203]) un gène jugé intéressant à une cellule d'une espèce végétale donnée, isolée en « éprouvette », et régénérer une plante à partir de cette cellule transformée ; la plante aurait, dès lors, un caractère biologique nouveau et ses graines constitueraient les semences d'une variété nouvelle *(fig. 4)*. Le parcours est parsemé de multiples obstacles, mais ils ont été, au tournant des années 1980, presque tous levés et on peut dire que le moment est proche où le rêve d'il y a dix ans sera réalisé.

A quoi cela servira-t-il ? Malheureusement, sans doute à pas grand-chose dans le domaine appliqué. Si le transfert d'un gène particulier comme celui de la résistance à un parasite peut être considéré comme certain et proche, il y a fort longtemps que les sélectionneurs ont appris à se méfier de ces monogènes, séduisants parce qu'ils induisent une résistance totale, mais terriblement fragiles parce qu'ils sont rapidement rendus inopérants par l'apparition de formes nouvelles du parasite capables d'attaquer la plante avec une belle agressivité. Dès 1960, le pathologiste sud-africain J. E. Van der Plank décrivait le phénomène qui rend irrémédiablement voué à l'échec ce type de sélection [204]. Le transfert de la résistance est faisable par les méthodes de la génétique la plus classique et l'histoire est pleine de catastrophes qui témoignent de sa précarité. Qu'y ajouterait le plaisir d'avoir réalisé l'opération par manipulation génétique ?

D'une façon plus générale, la sélection pour de nouvelles variétés porte, nous l'avons vu, sur des caractères contrôlés par de nombreux gènes qu'il est donc difficile de soumettre aux manipulations. Dans ces conditions, il est fort probable que la presque totalité des caractères resteront hors de portée du génie génétique. Mais il y a plus grave. Si l'introduction de gènes de résistance n'a pas d'effet défavorable par ailleurs sur les plantes, il est loin d'en être de même pour tous les gènes. Le sélectionneur se souviendra en effet du gène « opaque 2 » qui a été utilisé, à l'Université de Purdue, aux États-Unis, pour enrichir les protéines du grain de maïs en lysine (un acide aminé) afin d'en améliorer la valeur alimentaire [205]. Le transfert a été opéré par la voie de la génétique classique et on s'est alors aperçu que, non seulement les variétés transformées avaient un rendement inférieur de 15 %, mais que le grain était fragile mécaniquement, sensible de manière rédhibitoire aux parasites. Ces effets sont peut-être liés à une modification assez profonde du métabolisme de la photosynthèse. Il a fallu ensuite vingt-cinq ans de sélection au CIMMYT (Centro internacional de mejoramento de maiz y de trigo, situé au Mexique) pour corriger tous ces défauts et retrouver le niveau de rendement initial.

On peut ainsi craindre que, dans beaucoup de cas, le résultat du transfert, surtout s'il s'agit de gènes ayant un effet important sur le métabolisme, ne nécessite une bonne dose de sélection classique pour rétablir le niveau des performances. L'idée de réduire la dépendance des céréales vis-à-vis des engrais azotés, en leur transférant les informations génétiques (les fameux « gènes nif ») de certaines bactéries qui fixent l'azote atmosphérique, est une idée généreuse. Hélas, elle risque aussi de rester du domaine du rêve. N'oublions pas que, si l'on peut envisager de transférer un gène, c'est ici de 17 gènes au moins qu'il s'agit. Et, à supposer que cela fonctionne sans heurt, certains chercheurs estiment que le blé muni des gènes de la fixation de l'azote devra prélever sur son rendement en matière sèche environ 20 à 30 % pour « financer » le coût énergétique de la fixation [206].

Est-ce à dire que le génie génétique est sans intérêt pour les plantes cultivées ? Au contraire, il est très riche de promesses en ce qui concerne la compréhension des processus du développement et de la différenciation des plantes, ce qui, à long terme, peut aider à la définition des stratégies de sélection. Actuellement, la biologie moléculaire fournit déjà à l'amélioration des plantes des outils auxiliaires intéressants. Par exemple, R. A. Owens et T. O. Diener, aux États-Unis, ont utilisé des « morceaux » d'ADN (des sondes) pour repérer le virus d'une maladie extrêmement dangereuse de la pomme de terre (appelée « *spindletuber* »), ce qui en fournit un diagnostic [207]. Ces sondes peuvent également aider les sélectionneurs dans leur travail : les chercheurs du Plant Breeding Institute, à Cambridge (Grande-Bretagne), ont ainsi pu repérer les morceaux de chromosome de seigle dans le génome de blés obtenus à la suite du croisement des deux espèces [208].

On peut, par ailleurs, s'interroger sur les motivations des firmes, pour la plupart américaines, qui se sont embarquées dans le génie génétique appliqué aux végétaux. Supposons que l'on réussisse à introduire dans une plante un gène de résistance, qu'il y fonctionne bien et qu'il s'avère stable. Dès que la variété sera diffusée sur le marché, n'importe qui pourra se la procurer, incorporer dans ses lignées, par les voies classiques, le gène introduit par manipulation génétique, ce qui rend la rentabilité de l'opération douteuse. En fait, le seul cas où elle est rentable pour une firme privée est celui de la résistance à un herbicide. La firme qui produit la variété étant celle qui vend l'herbicide, elle a alors tout intérêt à ce qu'on lui pille « son » gène autant que possible : cela rend son marché captif.

Des roses par milliers

Mais il y a bien d'autres méthodes que le génie génétique. La technique de multiplication végétative *in vitro* (en « éprouvette ») est certainement l'une des biotechnologies appliquées aux végétaux les plus séduisantes dans le domaine commercial. Mise au point par Georges Morel et Claude Martin, à l'INRA dans les années 1950, elle permet de multiplier à l'infini une seule plante, à partir de fragments de tiges, de bourgeons, etc. Ainsi, un seul rosier fournit entre 200 000 et 400 000 descendants par an [209] ! Mises à part des « erreurs de jeunesse » responsables de l'apparition de variations intempestives, de descendants non conformes, la méthode constitue un puissant moyen pour obtenir, à partir de variétés sélectionnées, des plantes rapidement commercialisables, pratiquement exemptes de maladies, parfaitement homogènes au plan génétique. Cela est d'autant plus intéressant que la méthode s'adresse à des espèces ne se prêtant pas aux techniques traditionnelles de bouturage ou que l'on ne peut multiplier par la graine, par exemple dans le cas de certaines variétés hybrides d'asperges de l'INRA qui ne sont pas fixées. Appliquée d'abord à des plantes ornementales ou potagères (dahlia, œillet, orchidée, fraisier, pomme de terre, etc.), elle s'étend maintenant aux arbres fruitiers et ligneux. Les résultats obtenus par l'INRA avec diverses espèces fruitières (pêcher, pommier, cerisier, kiwi, etc.) s'avèrent encourageants [210]. Au GERDAT, des palmiers à huile, des cocotiers, des caféiers, des cannes à sucre ont également été multipliés par la voie végétative, à partir de fragments de jeunes feuilles, et ont conduit, pour certains, à des plantations expérimentales [211].

Des plantes sans mère et des plantes sans père

La régénération de plantes entières peut aussi s'envisager à partir de cellules sexuelles mâles (grains de pollen) ou femelles (ovules) en culture. Le procédé mis au point par J.-P. Nitsch et J.-P. Bourgin, qui travaillaient à l'époque au Phytotron du CNRS de Gif-sur-Yvette, aboutit à l'obtention de plantes haploïdes, c'est-à-dire qui ne possèdent qu'un seul jeu de chromosomes, au lieu des deux réglementaires chez les végétaux supérieurs. Ces individus haploïdes sont stériles car, bien évidemment, ils ne peuvent produire de cellules sexuelles. Un traitement à la colchicine permet cependant de doubler le nombre de leurs chromosomes. On obtient alors des plantes normales, diploïdes, fertiles et parfaitement homozygotes : le doublement du jeu de chromosomes conduit en effet à donner pour chaque gène de la plante deux allèles identiques. Cela permet d'obtenir une lignée pure d'un seul coup, en quelques mois, au lieu de huit à dix générations et quelques années par les procédés classiques de sélection. Bien que les taux de réussite de ces opérations soient encore très bas, le sélectionneur dispose là d'un moyen qui l'autorise à fixer rapidement les produits de son hybridation.

La méthode la plus connue est celle des cultures d'anthères (sacs d'étamines contenant le pollen), que l'on nomme aussi *androgenèse* et qui a été découverte en Inde par Guha et Maheshwari en 1964 [212]. Elle aboutit à la régénération de plantes d'origine exclusivement paternelle. Grâce en particulier à des travaux français (Phytotron de Gif-sur-Yvette, INRA), la technique a pu être appliquée à diverses espèces telles que le blé, l'orge, le poivron, l'aubergine, le colza, l'asperge... Deux variétés de blé obtenues par ce procédé sont actuellement sur le point d'être commercialisées.

Mais l'androgenèse n'est pas à ce jour applicable à toutes les espèces. Pour pallier cette difficulté, on a eu recours à la *gynogenèse*, c'est-à-dire la culture d'ovules vierges *in vitro*. Pour la première fois en 1976, le laboratoire d'amélioration des plantes d'Orsay obtenait chez l'orge des plantes haploïdes qui, cette fois-ci, étaient d'origine uniquement maternelle [213]. Depuis, la gynogenèse a été étendue à d'autres espèces telles que le riz, le blé, le maïs, la laitue, le tournesol et tout récemment la betterave à sucre.

Paradoxalement, les embryons peuvent aussi constituer une voie détournée pour l'obtention de plantes haploïdes. Dans le cas de l'orge, par exemple, le croisement de l'espèce cultivée *Hordeum vulgare*, utilisée comme parent femelle, avec l'espèce sauvage *Hordeum bulbosum*, utilisée comme parent mâle, aboutit à la formation d'un embryon diploïde qui, spontanément et rapidement, élimine les chromosomes paternels [214]. Il reste un embryon haploïde, possédant les seuls chromosomes de la plante mère, mais dont le développement dans l'ovule aboutit à un avortement. On arrive cependant à sauver l'embryon en le cultivant *in vitro*. Cette technique a un taux de réussite bien meilleur que l'androgenèse et est moins difficile à mettre en œuvre. Elle a conduit, après doublement du stock chromosomique, à l'obtention de variétés d'orge qui sont maintenant sur le marché.

Le sauvetage des embryons par leur culture *in vitro* est d'ailleurs devenu une méthode de routine chaque fois que l'on cherche à croiser des espèces éloignées. Par exemple, le colza, hybride du chou et de la navette, et le triticale, hybride du blé et du seigle, sont obtenus par la voie sexuelle normale (après avoir enlevé les anthères des fleurs de l'une, on y apporte du pollen de l'autre) [215]. Mais très souvent, la réussite du croisement se heurte à la difficulté, pour l'embryon, de se développer dans l'ovaire. La culture *in vitro*, utilisée dans ces cas depuis plus de vingt ans, permet ce développement avec succès.

La pomate, fille de la pomme de terre et de la tomate, et les autres

Il existe cependant des espèces qu'on ne peut croiser par la voie sexuelle normale. Depuis une dizaine d'années, une nouvelle technique d'hybridation qui ne passe plus par la pollinisation et s'affranchit donc des barrières sexuelles naturelles a été mise au point aux États-Unis, au Japon, en Grande-Bretagne, en RFA et en France [216]. Cette technique dite de « fusion des protoplastes » est certainement appelée à jouer un rôle très important dans l'amélioration des plantes du futur.

Les protoplastes sont des cellules que l'on a débarrassées de leur paroi par un traitement enzymatique et qui possèdent la capacité de fusionner spontanément avec d'autres protoplastes. Des cellules d'espèces aussi éloignées que la carotte et l'orge ou le soja et le maïs ont pu être obtenues (des fusions souris-homme et souris-carotte ont même eu lieu !). Mais la fusion de protoplastes n'a d'intérêt que si l'on arrive à régénérer un organisme entier. Actuellement, l'ensemble de ces opérations n'est possible que sur un nombre limité d'espèces, comme le tabac, le pétunia, la tomate et la luzerne. Côté spectaculaire, la technique a donné naissance en 1978 à la « pomate », fille de la pomme de terre et de la tomate et fruit de la collaboration d'une équipe danoise et d'une équipe allemande. Cet hybride particulier, s'il a bien démontré les possibilités offertes par la fusion des protoplastes, n'en est pas moins resté une curiosité de laboratoire, sans application agronomique (les fleurs sont stériles) [217].

Fabriquer de nouvelles plantes n'est pas tout. La fusion des protoplastes offre d'autres possibilités qui sont probablement plus réalistes à court terme. Si la majorité de l'information génétique des plantes supérieures est portée par les chromosomes du noyau, une partie de celle-ci est localisée dans des organites du cytoplasme : les chloroplastes (lieu de la photosynthèse) et les mitochondries (où s'effectue la respiration). Par exemple, l'information concernant la résistance à certains herbicides se trouve dans les chloroplastes et celle de la stérilité mâle est située dans les mitochondries. Si l'intérêt de la résistance à certains herbicides est évident, il faut savoir que la stérilité mâle est une déficience génétique qui aboutit à l'avortement du pollen. Or, l'existence de types mâles stériles facilite la production des semences de variétés hybrides. Par exemple, si l'on veut obtenir un hybride AB à partir de deux individus A et B, il faut éviter l'autofécondation. Cela est possible en castrant manuellement l'organe mâle de la variété B si celle-ci est utilisée comme femelle. Mais l'opération est longue et coûteuse, parfois même, pour d'autres plantes que le maïs, pratiquement impossible.

On peut, dans certains cas, avoir recours à la génétique classique. Ainsi, pour obtenir des plants de colza mâles stériles, des chercheurs de l'INRA ont réalisé des croisements interspécifiques, entre des radis mâles stériles, du chou, puis du colza. Ils ont obtenu des plantes qui possèdent le noyau du colza et le cytoplasme du radis. Ces plantes sont effectivement mâles stériles (caractère lié au mauvais fonctionnement des mitochondries du radis avec le noyau du colza), mais sans application agronomique directe car elles jaunissent (probablement à cause de la mauvaise coordination des chloroplastes du radis avec le noyau du colza) et ne possèdent pas de nectaires (pourtant essentiels pour attirer les abeilles pollinisatrices). Pour tenter de pallier ces inconvénients, l'équipe de Pelletier, à l'INRA, a fusionné des protoplastes de ce colza muni du cytoplasme du radis avec des protoplastes de colza normal [218]. Elle est parvenue à la régénération de plantes qui possèdent la recombinaison favorable des trois informations génétiques : le noyau, les chloroplastes du colza et les mitochondries du radis. Les plantes sont donc normalement vertes, leurs fleurs ont des nectaires, mais ne donnent pas de pollen : elles sont mâles stériles. L'apparition de nectaires, absents chez le parent mâle stérile, résulte vraisemblablement d'une recombinaison génétique dans l'ADN mitochondrial. Ce résultat confirme la démonstration faite pour la première fois dans une expérience antérieure sur le tabac. La technique de fusion apparaît ainsi comme un outil complémentaire des méthodes traditionnelles, particulièrement prometteur pour atteindre des objectifs jusqu'ici inaccessibles.

Il nous reste à dire un mot des transposons ou « gènes baladeurs » qui ont valu, en octobre 1983, son prix Nobel à Barbara McClintock [219]. Découverts à l'origine chez le maïs, ces éléments génétiques mobiles changent de place dans le génome à l'occasion de certains cycles chromosomiques, abandonnant parfois une petite séquence qui marque leur emplacement d'origine. Leur insertion provoque souvent des variations génétiques. Il est cependant beaucoup trop tôt pour évaluer leur rôle possible dans l'amélioration des plantes du futur. On pourrait envisager de les utiliser comme vecteurs de transfert de gènes, bien que mes objections sur le principe du génie génétique restent les mêmes, quel que soit l'outil. Il me semble qu'ils pourraient expliquer une partie des variations observées à la suite de la régénération de plantes à partir de cultures de tissus, mais rien n'est encore prouvé. Si j'avais à parier, c'est peut-être dans le domaine de leur effet sur la recombinaison que je prédirais leur utilité future.

Ce que je viens de dire sur l'amélioration des plantes aura sans doute surpris le lecteur, habitué qu'il est aux mirifiques perspectives présentées par les médias en mal de sensationnel et aussi hélas par des scientifiques à l'affût de crédits, et par des décideurs dont l'échéance de programmes de recherche doit être à la mesure de l'impatience électorale. Certes, la sélection classique, même modernisée, n'a pas le caractère spectaculaire des manipulations génétiques. Elle ne promet pas de raser gratis demain, elle garantit seulement une évolution modeste, mais continue sur une longue période et qui s'est révélée efficace.

Les progrès de la théorie de la sélection, je le répète, représentent en quantité et en qualité une somme de recherches qui n'a rien à envier à la biologie moléculaire et aux biotechnologies. Mieux, ils constituent la base nécessaire d'une application optimale des outils que ces disciplines ne manqueront pas de fournir à l'amélioration des plantes du futur.

Pour en savoir plus

Y. Demarly, *Génétique et Amélioration des plantes*, Masson, 1977 ; « L'amélioration des plantes », *la Recherche, 38,* octobre 1973, p. 867.
A. R. Hallauer et J. B. Miranda, *Quantitative Genetics in Maize Breeding*, Iowa State University Press, 1981.
J. Margara, *Bases de la multiplication végétative*, INRA, 1982.
C. M. Messiaen, *les Variétés résistantes*, INRA, 1981.
Science, 219, numéro spécial « Biotechnologie », 11 février 1983.

La Recherche, mai 1984

12. L'histoire génétique de l'espèce humaine

Marcel Blanc

Traditionnellement, les biologistes ont eu recours à l'anatomie, la morphologie, la physiologie, etc., pour décrire les caractères propres d'une espèce. C'est sur cette base que, depuis Darwin, ils ont estimé les degrés de ressemblance et d'apparentement entre espèces et construit ainsi des arbres phylogénétiques (généalogiques) rendant compte de l'évolution. Tout au long du XXe siècle, la génétique, l'immunologie et la biochimie n'ont cessé de progresser tandis que de son côté la théorie néo-darwinienne était, petit à petit, mise au point. Après la Seconde Guerre mondiale, il apparut alors que la génétique, en tant que discipline, devait être le pivot de toute tentative de description de l'évolution des espèces.

En effet, dès les années 1960, les progrès de diverses techniques permettaient de comparer les espèces presque au niveau même de leurs gènes — c'est-à-dire en fait au niveau de leurs protéines constitutives (celles-ci résultent directement du codage de l'information contenue dans les gènes). A la fin des années 1970, il est finalement devenu possible, grâce au génie génétique, de comparer les espèces directement au niveau même de leurs gènes. Par ailleurs, la théorie néo-darwinienne imposait l'idée qu'une espèce donnée se caractérise en premier lieu par le patrimoine génétique collectif des différentes populations qui la composent. Dans cet esprit, une espèce naît d'une espèce qui l'a précédée par modification progressive du patrimoine génétique de certaines populations au sein de l'espèce « souche ».

Appliquées à l'homme, ces diverses révolutions techniques et conceptuelles ont permis de voir l'évolution de l'espèce humaine, c'est-à-dire l'histoire de sa différenciation génétique, sous un jour tout à fait nouveau. D'une part, du côté de ses origines, elle est apparue extraordinairement proche des grands singes africains : certains chercheurs ont même proposé que chimpanzé et homme soient classés sous le même nom de genre (c'est-à-dire que, selon ces auteurs, le chimpanzé pourrait ne pas être appelé *Pan troglodytes* mais *Homo troglodytes !*). D'autre part, du côté de son état de différenciation génétique actuelle, l'espèce humaine est apparue extrêmement peu différenciée : cela a conduit de nombreux biologistes à estimer que la notion de races humaines n'avait pas grand sens. Néanmoins, la diversité génétique des populations humaines est suffisamment importante pour révéler comment se sont faits certains mouvements de populations dans les temps préhistoriques ou protohistoriques. L'histoire génétique de l'espèce humaine ne ressortit plus ici au domaine de l'évolution des espèces, mais bien à l'histoire culturelle de l'humanité. Nous allons envisager tour à tour chacun de ces grands types de résultats.

Homme et chimpanzé sont faits de la même « pâte »

Depuis Darwin, les biologistes admettent que l'homme et les grands singes (chimpanzé, gorille, orang-outan) ont une origine commune. Leurs ressemblances au niveau du patrimoine génétique ont été particulièrement bien démontrées dans les années 1970, grâce à deux séries de travaux, les uns portant sur les chromosomes, les autres sur les protéines.

Les chromosomes sont des corpuscules en forme de bâtonnets localisés dans le noyau des cellules et portant l'information génétique. L'homme en possède 23 paires ; les grands singes, 24. Des techniques de coloration, mises au point dans les années 1960-1970, ont permis de décrire leur morphologie avec précision. Les biologistes français J. de Grouchy et B. Dutrillaux, ou le biologiste américain J. J. Yunis, ont alors constaté que 13 paires de chromosomes de l'homme avaient une morphologie exactement identique à celle de 13 paires de chromosomes du chimpanzé [220]. De plus, toujours en ce qui concerne ces deux espèces, il apparaissait que chaque paire de chromosomes non identiques ne se distinguait cependant que par une disposition différente de certains de leurs segments. Par exemple, comparons un chromosome de la paire n° 5 de l'homme avec un chromosome de la paire n° 5 du chimpanzé (les cytogénéticiens qui étudient la morphologie des chromosomes ont pour habitude de les ranger et de les numéroter par ordre de grandeur décroissante) : chez le chimpanzé une portion du chromosome n° 5 s'étendant de part et d'autre du centromère (zone de constriction du bâtonnet) est simplement retournée par rapport à la portion équivalente du chromosome n° 5 de l'homme. Autrement dit, ces deux portions des chromosomes n° 5 de l'homme et du chimpanzé présentent exactement les mêmes bandes de coloration, mais distribuées en ordre inverse. On dit que les chromosomes n° 5 de l'homme et du chimpanzé diffèrent par une inversion péricentrique. Les cytogénéticiens, depuis les années soixante-dix, ont repéré au total 9 inversions péricentriques différenciant les chromosomes non identiques de l'homme et du chimpanzé. De plus, ils ont établi que le chromosome n° 2 de l'homme correspond exactement à la fusion de deux chromosomes équivalents du chimpanzé. C'est ce qui explique que l'homme a une paire de chromosomes de moins que le chimpanzé (23 au lieu de 24).

Une telle ressemblance des chromosomes ne s'observe que chez les espèces étroitement apparentées. Elle suggère qu'homme et chimpanzé ont globalement des patrimoines génétiques différant assez peu l'un de l'autre et qu'une espèce a pu dériver de l'autre, simplement par quelques remaniements chromosomiques. Cependant, les techniques de coloration des chromosomes ne permettent pas de dire jusqu'à quel point l'information génétique du chimpanzé est identique à celle de l'homme. Les bandes repérées par la coloration des chromosomes correspondent en effet au moins à quelques dizaines de gènes.

C'est la comparaison des protéines du chimpanzé et de l'homme qui permit d'estimer avec précision le degré de ressemblance dans l'information génétique de ces deux espèces. Les protéines sont en effet, comme nous l'avons déjà dit plus haut, les produits du décodage de l'information contenue dans les gènes. En 1975, M. C. King et A. C. Wilson, biochimistes de l'Université de Californie, ont fait le bilan des multiples travaux de comparaison des protéines de l'homme et du chimpanzé [221]. Ces travaux effectués depuis les années 1960 par de nombreuses équipes de par le monde ont consisté par exemple à tester les propriétés immunologiques ou électrophorétiques des protéines soumises à comparaison. Ces propriétés dépendent de manière cruciale de la composition en acides aminés des protéines, et la ressemblance immunologique ou électrophorétique entre deux protéines permet d'affirmer une ressemblance équivalente dans la composition en acides aminés. D'autres travaux avaient par ailleurs permis, pour un certain nombre de protéines, d'établir leur composition exacte en acides aminés et leur ordre d'enchaînement (c'est ce qu'on appelle la séquence des acides aminés d'une protéine). M. C. King et A. C. Wilson estimèrent que, globalement, les protéines de l'homme et du chimpanzé sont identiques à 99 %. Si l'on se rappelle que les protéines sont les matériaux de construction et de fonctionnement des cellules, on réalise donc à quel point chimpanzé et homme sont faits de la « même pâte » ! Certains biologistes estiment d'ailleurs sur cette base que le chimpanzé ressemble plus à l'homme que le renard au chien et au moins autant que le cheval au zèbre [222].

Des espèces jumelles

Mais les données réunies par M. C. King et A. C. Wilson leur permirent de préciser ces appréciations. A partir du comportement électrophorétique de nombreuses protéines, ils calculèrent la distance génétique séparant l'homme du chimpanzé. Ce type de calcul est souvent effectué par les généticiens des populations, lorsqu'ils veulent apprécier le degré de divergence de deux populations. Pour comprendre ce que cela veut dire, rappelons quelques éléments de la théorie néodarwinienne de l'évolution. Les évolutionnistes néodarwiniens admettent que les espèces nouvelles se forment par différenciation progressive d'une population particulière d'une espèce-souche. Lorsqu'elle a atteint un degré de différenciation suffisant, cette population est reconnue comme sous-espèce ; puis comme espèce naissante, puis comme espèce jumelle ; puis comme espèce congénérique (c'est-à-dire figurant dans le même genre ; c'est le cas, par exemple, du zèbre et du cheval appartenant tous deux au genre *Equus*). Cette différenciation progressive entre populations consiste, en fait, en une divergence au niveau de leurs patrimoines génétiques collectifs respectifs.

Les généticiens des populations ont mis au point un mode de calcul de cette divergence génétique (voir *encadré*), à partir de l'observation des différentes variétés que présentent les protéines dans chacune des populations (ces variétés sont repérables par leur comportement dans un test d'électrophorèse).

M. C. King et A. C. Wilson ont calculé que la distance génétique séparant l'homme du chimpanzé est de 0,62. Cette distance est faible (voir *encadré*). Elle est de l'ordre de grandeur de celle observée entre « espèces jumelles », c'est-à-dire entre espèces que le zoologiste ne peut distinguer sur le plan de la morphologie, mais qui ne s'interfécondent pas. Seuls, le biochimiste ou le cytogénéticien peuvent arriver à les départager (de telles espèces sont bien connues, par exemple chez les mouches drosophiles). De cette constatation, on peut tirer deux déductions. D'abord, bien qu'ayant une distance génétique voisine de celle des espèces jumelles, homme et chimpanzé ont des morphologies fort différentes. Comment expliquer qu'avec des matériaux de construction (les protéines) identiques à 99 %, l'organisme d'un chimpanzé soit si différent de l'organisme d'un homme ? M. C. King et A. C. Wilson ont suggéré que la différence de morphologie entre ces deux espèces est due à une distribution différente des protéines au niveau de l'organisme et au cours du développement.

Autrement dit, les patrimoines génétiques de l'homme et du chimpanzé peuvent bien avoir une très grande similitude au niveau de l'information codant pour les protéines. Ils n'en contiennent pas moins des différences importantes au niveau

> QU'EST-CE QUE LA
>
> Selon la théorie néo-darwinienne, une espèce nouvelle naît de la différenciation d'une population particulière d'une espèce souche. Plus précisément, une population diverge progressivement au niveau de son patrimoine génétique de la population de l'espèce souche. Cette divergence se fait par remplacement progressif au niveau de chaque gène, de variantes génétiques (allèles) données par d'autres variantes. Plus deux populations divergent et moins de gènes ont des allèles figurant simultanément dans les deux populations. Lorsque le processus de formation d'une nouvelle espèce est achevé, chacun des gènes de chaque population a des allèles figurant exclusivement dans une seule des populations. La distance génétique est alors égale à 1 et la nouvelle espèce est morphologiquement distincte de l'espèce souche.
>
> Pratiquement, le calcul de la distance génétique est basé sur les fréquences observées dans chacune des populations des variétés d'un nombre suffisant de protéines : les variétés d'une protéine donnée manifestent l'existence d'autant d'allèles du gène codant pour cette protéine. Les étapes du calcul sont les suivantes. Considérons un gène G possédant i allèles différents (1, 2, 3, etc.). Dans une population A, la fréquence observée des différents allèles est a_1, a_2, a_3... Dans une population B, la fréquence observée des différents allèles est b_1, b_2, b_3... On peut calculer alors le degré d'identité génétique de ces deux populations au niveau de ce gène :
>
> $$I_G = \frac{\Sigma a_i b_i}{\sqrt{\Sigma a i^2 \cdot \Sigma b i^2}}$$

des instructions réglant dans le temps et dans l'espace le décodage de cette information. En termes techniques, on dit qu'il s'agit de différences au niveau de la régulation du programme génétique. C'est une indication importante pour la théorie de l'évolution des espèces : la théorie néodarwinienne a classiquement admis, comme nous l'avons dit plus haut, que la transition d'une espèce à une autre consistait en un remplacement d'allèles par de nouveaux allèles, et que la génétique des populations était la discipline adéquate pour décrire le processus évolutif.

Il faut maintenant considérer que l'évolution peut aussi consister en un autre processus : un changement de la régula-

DISTANCE GÉNÉTIQUE ?

(Cette formule donne en fait la probabilité normalisée pour que deux allèles, pris chacun dans une population, soient identiques.)
Si l'on fait ce calcul pour n gènes représentatifs du patrimoine génétique des deux populations, on pourra calculer la moyenne arithmétique des différents $\Sigma a_i b_i$ relatifs à chaque gène, moyenne que nous noterons I_{ab}. Sur les n gènes considérés, il est aussi possible de calculer la moyenne arithmétique des différents Σa^2_i (que nous noterons I_a), ainsi que la moyenne arithmétique des différents Σb^2_i (que nous noterons I_b). L'identité génétique entre les deux populations est alors donnée par la formule :

$$I = \frac{a\ b}{\sqrt{I_a \cdot I_b}}$$

La distance génétique est alors la suivante : $D = -\log_e I$

Une distance génétique de 0,62, comme celle observée entre l'homme et le chimpanzé (voir texte) signifie que sur 100 gènes représentatifs des patrimoines génétiques de ces deux espèces, 62 (c'est-à-dire près des deux tiers) ont des allèles figurant dans une espèce mais non dans l'autre. Une distance génétique de 0,17 à 0,22 est caractéristique d'un niveau de différenciation d'une sous-espèce (c'est-à-dire d'une catégorie à l'intérieur de l'espèce). Les espèces jumelles, c'est-à-dire indistinguables morphologiquement, mais qui ne s'interfécondent pas, ont des distances génétiques de 0,50 à 0,60.
Pour finir, il faut ajouter qu'il existe aujourd'hui une autre manière de calculer la distance génétique, basée sur le taux de remplacement des nucléotides (pour les gènes dont on connaît la séquence).

---

tion du programme génétique. Et là, la génétique des populations est impuissante pour décrire ce phénomène !

L'autre déduction importante est la suivante. Si chimpanzé et homme sont deux espèces jumelles (ou presque), cela veut dire qu'elles sont issues assez directement d'une même population souche. C'est une indication importante pour savoir comment l'espèce humaine s'est séparée des grands singes. En fait, durant les années 1970, des comparaisons ont été aussi faites entre protéines et chromosomes des autres grands singes (gorille, orang-outan). De cette façon, les biologistes ont établi un arbre généalogique qui bouleversait la vieille conception d'une divergence au cours de l'évolution entre orang-

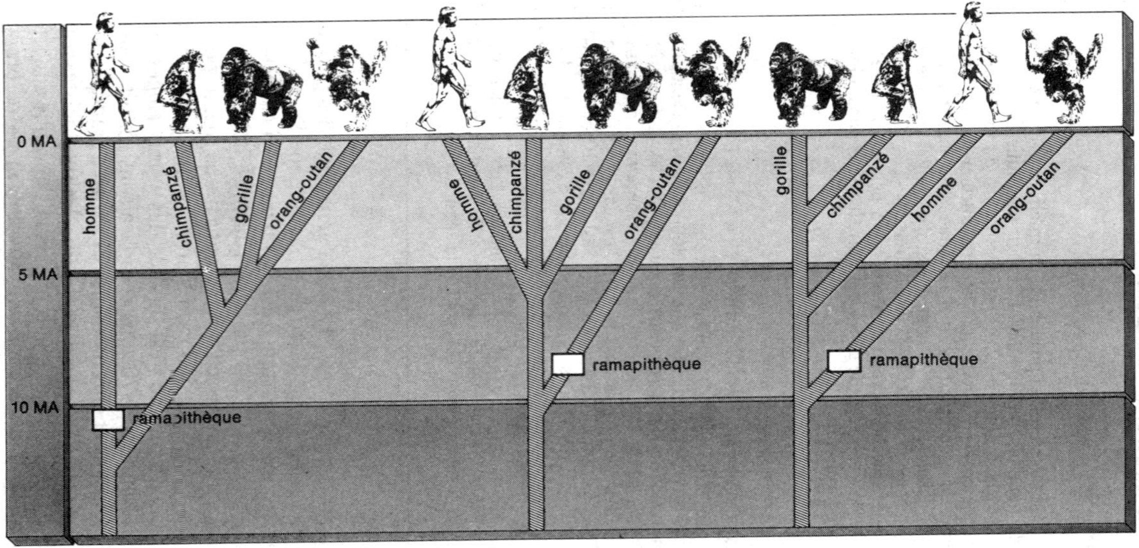
0 MA
5 MA
10 MA
homme
chimpanzé
gorille
orang-outan
ramapithèque
homme
chimpanzé
gorille
orang-outan
ramapithèque
gorille
chimpanzé
homme
orang-outan
ramapithèque

outan, chimpanzé, gorille, d'un côté ; lignée hominidée, de l'autre (c'est-à-dire l'homme actuel *Homo sapiens* et ses ancêtres préhistoriques : Australopithèque, *Homo habilis* et *Homo erectus*) *(fig. 1).*

Une généalogie embarrassante pour les paléontologistes

A la fin des années 1970, sur la base des données génétiques (biochimiques, immunologiques...) et chromosomiques, il apparaissait clairement que la « branche orang-outan » s'était détachée la première du tronc de l'arbre évolutif. Celui-ci se terminait par une fourche à trois branches, l'une correspondant à la lignée hominidée, l'autre au chimpanzé, l'autre au gorille [223]. De plus, les données biochimiques fixaient une date à cette « trifurcation » : — 5 à — 7 millions d'années [224].

Les paléontologistes ont mis longtemps à accepter cette

←

Fig. 1. Les progrès de la génétique ces quinze dernières années obligent sans cesse à réviser la manière dont s'est opérée la séparation entre la lignée de l'homme et celle des grands singes.
A. Selon une vue classiquement défendue par les paléontologistes dans les années 1970, la séparation avait dû se faire entre lignée de l'homme d'un côté, lignée des grands singes de l'autre. La date de cette séparation ne pouvait être inférieure à — 13 millions d'années, puisque les paléontologistes reconnaissaient une sorte de grand singe fossile, le Ramapithèque, comme le plus lointain ancêtre de l'homme (et non simultanément ancêtre des grands singes actuels).
B. Les données obtenues par comparaison des protéines et des chromosomes, dans les années 1970, ont permis de dessiner une autre généalogie : l'orang-outan se serait séparé le premier, vers — 10 millions d'années ; puis il y aurait eu vers — 7 à — 5 millions d'années une séparation simultanée de la lignée de l'homme de celle du chimpanzé et de celle du gorille. Cette vue a été adoptée finalement par les paléontologistes au début des années 1980, quand ils ont admis que le Ramapithèque paraissait être plutôt l'ancêtre de l'orang-outan.
C. L'observation de l'ADN des mitochondries a, au début des années 1980, conduit à proposer encore une nouvelle généalogie : les lignées du chimpanzé et du gorille seraient apparues plus récemment que celle de l'homme. Autrement dit, chimpanzé et gorille auraient eu un ancêtre bipède et seraient redevenus quadrupèdes ! Mais ces spéculations n'ont pas été confirmées par des observations plus récentes de l'ADN de patrimoine génétique entier (voir texte).

généalogie. Il n'y a pas de fossiles connus qui soient les ancêtres exclusifs des grands singes africains ; les plus vieux hominidés incontestables ont été découverts dans les années 70 : il s'agit de « Lucy » et de ses congénères, les Australopithèques de l'Afar [225]. Leur âge ne dépasse pas — 4 millions d'années. Il n'y a pas de fossiles connus qui soient seulement les ancêtres de l'homme et des grands singes africains, à l'exclusion de l'orang-outan. En fait, beaucoup de paléontologistes, dans les années 1970, admettaient la conception ancienne mentionnée ci-dessus : une bifurcation menant d'un côté à tous les grands singes ; de l'autre côté aux hominidés. Les paléontologistes dataient cette bifurcation d'au moins 13 millions d'années. En effet, beaucoup situaient une sorte de grand singe fossile, baptisé Ramapithèque, comme le tout premier des hominidés : celui-ci était apparu il y a — 13 millions d'années.

Ce n'est qu'au début des années 1980 que les résultats des paléontologistes commencèrent à rejoindre les résultats des biochimistes. Différents arguments morphologiques et paléontologiques bien recensés par P. Andrews du British Museum et J. E. Cronin de Harward [226] ont permis de placer le Ramapithèque dans la lignée conduisant à l'orang-outan, à l'exclusion de celle conduisant aux grands singes africains et à l'homme [227]. La génétique est, là encore, venue apporter des arguments soutenant cette conception. En 1982, J. M. Lowenstein, de l'Université de Californie, compara, par une méthode radio-immunologique, les traces de protéines contenues dans des os fossiles de Ramapithèques avec des protéines des différents grands singes [228]. Il trouva que les protéines de Ramapithèque s'apparentaient plus à celles de l'orang-outan qu'à celles de l'homme ou du chimpanzé. Cet ensemble de résultat ôtait donc le Ramapithèque de l'ascendance directe de l'homme, et ouvrait la possibilité de considérer une date plus récente que 13 millions d'années pour la divergence entre l'homme et les grands singes africains. En 1982, lors d'un congrès tenu à Rome, Yves Coppens rapporta des données géologiques selon lesquelles, il y a 7 millions d'années, une population ancestrale avait bien pu être coupée en deux par l'effondrement du Rift, le grand fossé géologique de l'Est africain. La moitié de la population, qui se trouva isolée à l'ouest du Rift, aurait alors vécu dans une région forestière humide et évolué vers le chimpanzé et le gorille. L'autre moitié, isolée à l'est du Rift, aurait vécu en savane sèche et évolué vers l'homme. Ainsi les positions des paléontologistes et des biochimistes paraissaient enfin coïncider. Mais la génétique moléculaire devait, au début des années 1980, lancer un nouveau défi à la paléontologie.

Les surprises de l'ADN des mitochondries

Comme déjà dit plus haut, le génie génétique a permis, dès la fin des années 1970, de déterminer la composition exacte en nucléotides (et leur ordre d'enchaînement) dans n'importe quel fragment d'ADN. Autrement dit, le génie génétique permet de nos jours de déterminer la séquence des nucléotides de n'importe quel gène. Il serait, en théorie, possible de comparer ainsi le patrimoine génétique de l'homme et des grands singes, pour voir comment les séquences de nucléotides changent lorsqu'on passe d'une espèce à l'autre. Mais ce serait un travail gigantesque puisque chaque patrimoine génétique des espèces concernées comporte des milliards de nucléotides. Cependant, il existe dans toutes les cellules des organismes supérieurs de petits organites, les mitochondries, assurant les fonctions respiratoires des cellules, et qui possèdent leur propre patrimoine génétique. Celui-ci est de dimension modeste : chez l'homme, il ne comprend que 16 500 nucléotides environ. Bien qu'il figure dans chaque cellule plusieurs milliers de mitochondries, et qu'un organisme supérieur comprenne des milliards de cellules, il semble bien que chez tout individu donné, le patrimoine génétique mitochondrial est essentiellement identique dans tout l'organisme. Il est donc possible de faire des comparaisons entre individus, entre populations et entre espèces.

L'équipe de A. C. Wilson, dès 1981, s'est attachée à comparer l'ADN mitochondrial des différents grands singes et de l'homme [229]. Elle a pour cela soumis l'ADN mitochondrial des différentes espèces à l'action d'enzymes particuliers, appelés enzymes de restriction. Ces enzymes ont la propriété de couper les chaînes d'ADN en des sites constitués par des séquences données de nucléotides (chaque enzyme a ses propres types de sites). Autrement dit, appliqué à un fragment d'ADN, un enzyme de restriction indique la présence d'autant de séquences de nucléotides particulières qu'il peut le couper en autant de morceaux. Une batterie de ces enzymes permet de dresser une carte des sites de coupure caractéristique d'un fragment d'ADN. La même batterie d'enzymes, appliquée à un fragment d'ADN différent du précédent par quelques substitutions de nucléotides, donnera une carte des sites de coupure différente. Dès 1981, l'équipe de A. C. Wilson était en possession des cartes de sites de coupure des ADN mitochondriaux des grands singes et de l'homme. La comparaison de ces cartes montrait que l'orang-outan était l'espèce dont l'ADN mitochondrial était le plus éloigné des grands singes africains et de l'homme, confirmant les données antérieures obtenues par la comparaison des protéines et des chromosomes. Mais cette étude apportait un élément supplémentaire : elle suggérait que la fameuse « trifurcation » entre chimpanzé et gorille, gorille et homme pouvait se dédoubler, la branche de l'homme se détachant *avant* la bifurcation entre chimpanzé et gorille. Si cela était vrai, cela signifierait que le chimpanzé et le gorille ont eu un ancêtre bipède (ou quasi bipède) et sont revenus, quant à eux, à une démarche de type quadrupède (ils ne marchent pas vraiment à quatre pattes, mais prennent appui sur les phalanges de leurs doigts repliés). Il s'agit là d'une remise en question vraiment extraordinaire de la vision de l'évolution des hominoïdes (homme + grands singes). Traditionnellement, on explique que la bipédie est l'acquisition finale caractéristique de la lignée hominidée, et pour ainsi dire le plus haut point atteint par l'évolution des espèces (dans la mesure où l'on considère que l'espèce humaine est le produit le plus achevé de l'évolution) [230]. D'après les résultats de A. C. Wilson, ce serait au contraire la démarche de type quadrupède du chimpanzé et du gorille qui serait le phénomène le plus nouveau de l'évolution !

Une remise en question aussi extraordinaire demande

naturellement qu'on s'entoure de quelques précautions pour évaluer les résultats. Or, l'étude de A. C. Wilson sur l'ADN mitochondrial des hominidés pouvait être critiquée à de nombreux points de vue, et notamment parce que l'ADN mitochondrial est susceptible de muter à un taux élevé selon des directions privilégiées. Cela pouvait fausser considérablement la construction d'un arbre phylogénétique. Par ailleurs, la génétique des populations des gènes mitochondriaux est encore mal comprise [231] notamment, l'ADN des mitochondries n'est transmis que du côté maternel. Cela a peut-être des conséquences encore mal appréciées au niveau de la déduction des relations phylogénétiques. Cependant, en 1983, A. R. Templeton, de la Washington University à Saint-Louis (Missouri), s'est livré à une analyse critique approfondie des données de A. C. Wilson [232]. Et il a confirmé que le chimpanzé et le gorille avaient dû apparaître *après* les hominidés, c'est-à-dire à une date plus récente que 5 millions d'années (puisque les hominidés devaient déjà exister à cette dernière date) [233]. Dès lors, cela invite à reconsidérer la manière dont a pu apparaître la bipédie caractéristique des hominidés. Templeton rappelle que ces dernières années, des anatomistes ont montré que l'aptitude à la bipédie avait pu être une conséquence de l'aptitude à escalader les troncs d'arbres verticaux [234]. Les premiers hominidés devaient être à la fois bipèdes et bons grimpeurs de troncs d'arbres ! Cela cadrerait d'ailleurs assez bien avec la vie dans une savane plantée de loin en loin de bouquets d'arbres. Et différents auteurs ont en effet montré que l'Australopithèque de l'Afar [235] et même *Homo habilis* [236] étaient encore dotés d'adaptations remarquables à l'escalade des arbres [237].

Cependant, des observations plus récentes sur l'ADN du patrimoine génétique entier de l'homme et des grands singes n'ont pas confirmé les spéculations dérivées des résultats obtenus avec l'ADN mitochondrial. Ces observations, rapportées par C. Sibley et J. Alquist de l'université Yale (États-Unis) au début de l'année 1984, donnent d'ailleurs un schéma de divergence plus classique : le gorille et l'orang-outan aurait divergé après l'orang-outan, avec ensuite le chimpanzé et la lignée humaine. Cette dernière divergence serait datée de — 7 millions d'années [238].

Darwinisme et hiérarchie des races

Venons-en maintenant à l'autre extrémité de l'arbre évolutif des hominidés et essayons de voir quel est le degré de différenciation génétique atteint aujourd'hui au sein même de l'espèce humaine. C'est là la signification des races humaines qui est en question.

Depuis le XIXe siècle, toute une école de biologistes a vu dans l'existence de races humaines la preuve d'un mécanisme évolutif, qui donnait à la race blanche le statut de race la plus évoluée (ce qui était implicitement ou explicitement identifié au statut de race supérieure). Darwin, en particulier, était partisan de l'idée selon laquelle l'espèce humaine s'était élevée de la condition de grand singe à celle d' « homme civilisé » en passant par le statut d' « homme primitif » (homme préhistorique), puis d' « homme sauvage » [239]. Dans cette dernière catégorie, il incluait toutes les races non européennes, le sommet de la civilisation ayant été atteint par les Européens. Cette manière de voir était conforme à sa conception de l'évolution des espèces : selon lui, une espèce donnée est composée de plusieurs populations qui, sous l'action de la sélection naturelle, tendent à se différencier continûment jusqu'à devenir des sous-espèces, puis des espèces distinctes. Certains néo-darwiniens à notre époque [240] ne sont pas loin de considérer que les grandes races classiquement décrites (Noirs, Blancs, Jaunes) sont des espèces presque distinctes. Ils se basent pour cela sur des arguments morphologiques, taxinomiques et génétiques. En d'autres termes, ils reconnaissent des caractères distinctifs aux différents groupes de populations permettant de classer ceux-ci en catégories appelées « grandes races » ou sous-espèces : par exemple, *Homo sapiens albus* (grande race blanche ou caucasoïde) ; *Homo sapiens asiaticus* (grande race jaune ou mongoloïde) ; *Homo sapiens afer* (grande race noire ou négroïde), etc. (Ces caractères distinctifs sont, par exemple, la couleur de la peau, la forme de la tête, les proportions du corps, etc.) De plus, ils supposent que les « grandes races » se sont différenciées les unes des autres sous l'action de la sélection naturelle, la grande race noire par exemple étant adaptée à un fort ensoleillement. Et enfin, ils estiment que ces « grandes races » sont d'une part *grosso modo* génétiquement homogènes, et d'autre part génétiquement éloignées les unes des autres, en raison de leur différenciation. Certains auteurs, comme le biologiste britannique E. B. Ford [241], vont jusqu'à penser qu'il n'est pas certain qu'un mariage entre Esquimaux et Aborigènes australiens (les populations d'apparence les plus différentes au sein de deux grandes races distinctes) soit fertile. Autrement dit, E. B. Ford estime que certaines races (ou sous-races) pourraient bien avoir tellement divergé génétiquement que leur croisement pourrait bien être aussi stérile que le croisement de deux espèces.

Une variante de cette conception darwinienne ou néodarwinienne des races humaines a été présentée en 1962 par l'anthropologue américain C. S. Coon sur des bases de paléontologie humaine. Selon lui, les « grandes races » seraient issues de la transformation de différentes populations d'*Homo erectus* (l'espèce qui a précédé *Homo sapiens*) : par exemple, la « grande race jaune » serait issue de la variété asiatique d'*Homo erectus* ou sinanthrope ; la « grande race blanche » d'une variété européenne d'*Homo erectus* (homme de Swanscombe ou de Steinheim) ; la « grande race noire » d'*Homo erectus* de l'Est africain (Oldoway, etc.). Cette théorie de l'origine de l'homme moderne est dite polycentrique.

Elle est poussée encore beaucoup plus loin par certains auteurs, comme les anthropologues américains D. A. Swann [242], ou C. Putnam [243], ou le généticien sud-africain J. D. Hofmeyr [244]. Selon eux, les « grandes races » blanche et jaune seraient issues de la transformation des populations d'*Homo erectus* depuis bien plus longtemps que la « grande race noire » (200 000 ans pour les deux premières, 40 000 pour la troisième, selon Coon). Il en résulterait que les grandes races blanche et jaune auraient été soumises pendant longtemps à l'action de la sélection naturelle (le froid des périodes glaciaires). En conséquence, elles auraient développé des aptitudes mentales supérieures ainsi qu'en témoignerait l'ancienneté de l'utilisation du feu et le perfectionnement de l'outillage de pierre taillée en Europe et en Chine. Au contraire, la « grande race noire », d'apparition plus récente, n'aurait pas développé autant ces aptitudes. Selon le généticien sud-africain J. D. Hofmeyr, cela expliquerait que les populations africaines n'ont jamais atteint un « haut degré de civilisation » et sont actuellement moins aptes à la « civilisation industrielle ». On voit là combien la question de la différenciation génétique de l'espèce humaine posée dans le cadre darwinien ou néodarwinien ouvre la voie à une hiérarchisation des races (c'est-à-dire à un racisme) d'autant plus pernicieuse qu'elle revêt une apparence scientifique.

L'illusion des « grandes races »

Cette vision néodarwinienne des « races humaines » a été totalement réfutée par les recherches modernes en anthropologie, ainsi qu'un précédent article l'a montré dans ces mêmes colonnes [245]. Rappelons les deux grands points de cette réfutation.

Premièrement, contrairement aux apparences, il n'est pas facile de délimiter des « grandes races » par des caractéristiques distinctives (cela est vrai aussi bien dans l'espèce humaine que dans les espèces animales). En effet, la plupart des caractères — qu'ils soient morphologiques, physiologiques, biochimiques, etc. — ne varient pas en concordance dans les populations. Des cheveux blonds peuvent être associés à une peau noire (cas des Australiens ou des Mélanésiens) ; une peau blanche avec des caractères sanguins de « Jaune » (cas des Aïnous) ; ou bien une peau noire avec des caractères sanguins de Blanc (cas des populations de l'Inde) ou de Jaune (cas des populations mélanésiennes). Sur le plan de la taxinomie (c'est-à-dire de la classification des populations), le terme de sous-espèces ne devrait, en toute rigueur, être appliqué qu'à des populations montrant une concordance de caractères distinctifs suffisamment nombreux. Or, dans le monde animal, cette condition ne se trouve en général réalisée que pour de

L'histoire génétique de l'espèce humaine

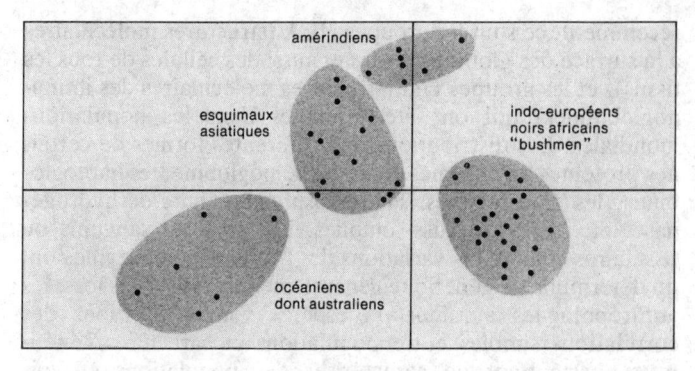

Fig. 2. Selon les caractères considérés, les populations humaines montrent une parenté génétique différente. Ce diagramme d'analyse de correspondance montre comment se rapprochent les populations lorsqu'on considère la fréquence des différents groupes tissulaires HLA-A et HLA-B (les groupes tissulaires HLA sont repérés par l'acceptation ou le rejet des greffes). On observe que les populations blanches de l'Inde jusqu'à l'Europe et les populations noires d'Afrique sont étroitement rassemblées dans un quadrant de la figure. Les populations asiatiques, amérindiennes et océaniennes sont regroupées dans un autre secteur de la figure : ces trois types de populations sont plus proches entre elles qu'elles ne le sont des populations blanches ou noires d'Afrique. En fait les Amérindiens (qu'on appelait autrefois « Rouges ») sont des « Jaunes » comme les Asiatiques. Quant aux Océaniens (= Mélanésiens) et Australiens, malgré leur peau noire, ils sont proches des « Jaunes ».

Les variétés, dites Gm, des immunoglobulines ne donneraient pas ce type de résultat : selon ce caractère, les populations européennes et asiatiques se ressembleraient, tandis que l'Afrique Noire se singulariserait.

C'est notamment parce que de telles discordances entre les variations des caractères sont très nombreuses, qu'il est impossible de caractériser de « grandes races » dans l'espèce humaine, chacune dotée d'une « formule génétique propre » (d'après Greenacre et Degos, modifié par Langaney).

petites populations isolées à la frontière de l'aire de distribution de l'espèce. Dans l'espèce humaine actuelle, cette condition n'est nulle part réalisée.

Deuxièmement, la génétique des groupes sanguins et des protéines enzymatiques a apporté des arguments décisifs. Depuis la Seconde Guerre mondiale, les biologistes ont examiné la distribution dans les populations mondiales des groupes sanguins A, B, O ou Rhésus ou des systèmes dits MNS, Lutheran, Diego, Sutter, Duffy, etc. (Ces groupes ou systèmes correspondent à la présence de structures moléculaires particulières à la surface des globules rouges.) Plus récemment, ce sont les groupes HLA (structures moléculaires à la surface des globules blancs et aussi des cellules de tous les tissus), et les groupes Gm (structures moléculaires des immunoglobulines) qui ont été examinés dans les populations mondiales. Les distributions des différentes formes de certaines protéines ou enzymes comme l'hémoglobine, les haptoglobines, les transferrines, la 6-phosphoglutamate-déshydrogénase, etc., ont été aussi établies. Les groupes sanguins ou tissulaires comme les variations des protéines ou enzymes ont un déterminisme génétique généralement simple. Dès lors, les anthropologues auraient pu espérer voir se dessiner des corrélations simples entre populations et caractères génétiques, permettant de caractériser des populations et voir comment elles sont génétiquement apparentées. Or, selon les caractères considérés, les apparentements entre populations sont très différents. Ainsi, avec les groupes HLA-A et B ou les groupes Rhésus, les populations d'Europe et d'Afrique se trouvent apparentées d'un côté ; les populations d'Asie, d'Océanie (y compris l'Australie), d'Amérique (indienne), de l'autre côté (les Indiens d'Amérique, rappelons-le, ne sont pas des « Peaux-Rouges » mais des « Jaunes ») *(fig. 2)*. Au contraire, avec le système Gm des immunoglobulines, les populations européennes et asiatiques se trouvent apparentées d'un côté, tandis que l'Afrique Noire se singularise, d'un autre côté. C'est aussi un résultat de ce genre que donne l'analyse de la distribution de l'ADN mitochondrial dans les populations humaines, analyse qui a été faite au début des années 1980 par l'équipe de A. C. Wilson [246]. L'ensemble de ces données suggère à première vue que les « grandes races » ne sont donc pas des entités génétiquement distinctes et éloignées les unes des autres, contrairement à ce que prédisent les hypothèses darwiniennes et néodarwiniennes.

Une variété génétique largement distribuée

Durant les années 1970, des généticiens ont d'ailleurs confirmé de manière plus précise ces appréciations. Sur la base de la distribution des groupes sanguins et des variétés de protéines, R. Lewontin, M. Nei et A. K. Roychoudhury, B. D. Latter ont trouvé que la variété génétique de l'espèce humaine dans son ensemble est distribuée de manière remarquablement uniforme à l'échelle de la planète : 85 % de la variabilité génétique totale de l'espèce humaine s'observe entre les individus de toute population quelle que soit sa localisation à la surface du globe. Seulement 7 à 10 % de cette variabilité s'observe entre groupes « raciaux » et 5 à 8 % entre populations au sein d'un même groupe « racial ». Autrement dit, un Français peut être beaucoup plus proche génétiquement d'un Sénégalais ou d'un Vietnamien que d'un autre Français. L'espèce humaine n'est donc pas subdivisée en grands groupes éloignés par leur formule génétique, contrairement à ce que supposent les hypothèses darwiniennes ou néodarwiniennes. D'ailleurs, la distance génétique (calculée d'après le taux de remplacement des allèles) n'est que de 0,03 entre groupes raciaux. On est très loin de la valeur de 0,17 à 0,22 qui caractérise les sous-espèces authentiquement identifiées dans certaines espèces ; et, bien sûr, encore plus loin de la valeur de 0,62 trouvée entre le chimpanzé et l'homme, comme signalé plus haut. En fait, une distance génétique de 0,03 est, dans le monde animal, caractéristique de la différenciation génétique entre populations locales, c'est-à-dire caractéristique d'un stade de différenciation très inférieur à la race ou à la sous-espèce.

La non-différenciation génétique remarquable de l'espèce humaine a encore été prouvée d'une autre façon ces dernières années, c'est-à-dire grâce à l'analyse de l'ADN des mitochondries humaines. Selon l'équipe de A. C. Wilson, deux humains pris au hasard dans les populations mondiales, et quelle que soit la catégorie raciale à laquelle ils appartiennent, ne diffèrent pas plus de 0,36 % dans leurs séquences de nucléotides d'ADN mitochondrial. Or, dans les autres espèces de mammifères, cette valeur est de 3 à 30 fois plus forte [247].

Au total, l'ensemble de ces arguments justifie la position de ceux qui considèrent illégitime de parler de « races humaines ». En d'autres termes, si l'on tient à employer le terme de « races humaines », il faut se rappeler qu'il s'agit d'un terme de pure convenance et qu'il n'a pas grande signification biologique. En particulier, il n'autorise absolument aucune classification hiérarchique des races fondée sur la biologie. Pour éviter d'ailleurs toute ambiguïté, il est préférable de parler d'ethnies ou de groupes ethniques, comme l'a recommandé l'UNESCO.

La sélection naturelle : un rôle mineur

Une réfutation supplémentaire de la conception néodarwinienne des « races humaines » est d'ailleurs fournie par une autre catégorie d'arguments portant sur le rôle de la sélection naturelle dans la différenciation des populations. Deux chercheurs italiens, A. Piazza (Turin) et P. Menozzi (Parme), associés à l'anthropologue italo-américain L. L. Cavalli-Sforza (Stanford), ont examiné, au début des années 1980, la variation génétique combinée de nombreux groupes sanguins, tissulaires et protéiniques dans les populations mondiales, en fonction de la latitude et de la longitude [248]. Leurs résultats montrent que la plus grande partie de cette variation génétique s'effectue dans le sens de la longitude, et une petite partie seulement dans le sens de la latitude. Or, les différences de climat (tropicaux/tempérés) se font essentiellement dans le sens de la latitude. Si elles affectaient de façon majeure la constitution génétique des individus et des populations, les plus grandes différences génétiques devraient aussi s'observer selon l'échelle des latitudes. Les résultats de Piazza, Menozzi et Cavalli-Sforza montrent que ce n'est pas vrai : par suite, ils sont en droit d'affirmer que la sélection naturelle (adaptation au climat) ne joue qu'un rôle mineur dans la différenciation génétique des populations. L'hypothèse darwinienne ou néodarwinienne de la hiérarchisation des races par action de la sélection naturelle n'est donc pas, là non plus, tenable.

On estime effectivement aujourd'hui que la sélection naturelle par l'adaptation au climat a affecté de manière seulement superficielle la constitution génétique des populations mondiales. C'est le cas par exemple de la forme de la tête. Les climats froids par exemple favoriseraient la proéminence du nez (car cela permet de mieux réchauffer l'air respiré) [249] et, par contrecoup, ils favoriseraient une diminution du prognathisme (avancée des mâchoires) car le développement des os des mâchoires est tributaire de celui des os nasaux. Une conséquence de la diminution du prognathisme est l'apparence plus marquée du menton. Par ailleurs, une règle d'adaptation au froid bien connue dans le monde animal est que les membres d'une espèce vivant dans les régions froides ont tendance à être plus grands que les membres de l'espèce vivant dans les régions chaudes. Cela entraîne des variations corrélatives de la morphologie (variations dites allométriques), et, notamment dans l'espèce humaine, le crâne tend à être plus volumineux. Il s'ensuit un front plus redressé des populations situées dans des régions plus froides. Tout ceci expliquerait que d'après la morphologie de la tête, les populations européennes (blanches) et asiatiques (jaunes) tendent à se ressembler car elles sont situées pour la plupart dans des zones tempérées ou froides [250]. De leur côté, les populations noires d'Afrique et les populations noires d'Océanie, situées dans des régions chaudes, ont tendance à avoir des morphologies similaires de la tête. En réalité, par des caractères génétiques comme les groupes sanguins, nous l'avons vu, les populations océaniennes sont plus proches des populations asiatiques. De même par les groupes sanguins et tissulaires, les populations noires d'Afrique sont plus proches des populations blanches d'Europe. Donc, les ressemblances entre Blancs et Jaunes d'une part, entre Noirs d'Afrique et Noirs d'Océanie d'autre part, ne sont que le produit d'évolutions convergentes à un niveau superficiel de la constitution génétique de populations, par ailleurs relativement éloignées (étant entendu que cet éloignement n'est, de toute façon, pas énorme) [251].

On ne peut, à ce niveau, éviter de parler d'un caractère que l'on considère généralement comme une adaptation due à la sélection naturelle : c'est la couleur noire de la peau. On fait généralement remarquer que les populations à peau noire sont situées dans les régions chaudes très ensoleillées et on dit que la peau noire représente sans doute une protection contre les ultraviolets. Cependant, ce n'est qu'une hypothèse douteuse : l'avantage de la couleur noire n'est pas certain en pays chauds. Le noir est aussi la couleur qui absorbe le plus le rayonnement infrarouge, et les Noirs ont effectivement tendance à souffrir fortement de la chaleur [252]. Par ailleurs, les cancers de la peau dus à l'excès de rayons ultraviolets ne se développent que tard dans la vie [253]. Des populations à peau blanche sous les tropiques auraient vraisemblablement le temps d'atteindre l'âge de la reproduction et de se perpétuer avant d'être affectées par des cancers de la peau. On ne voit pas pourquoi alors elles auraient été supplantées par des populations à peau noire.

On oublie généralement, dans cette tentative d'expliquer l'utilité adaptative de la peau noire sous les tropiques, que Darwin lui-même avait opté pour une autre explication : selon lui, ce n'est pas parce qu'il était utile que le caractère noir de la peau a été sélectionné sous les tropiques, mais parce qu'il plaisait aux partenaires sexuels [254] ! Pour Darwin, la couleur noire de la peau était donc due à la sélection sexuelle et non pas à la sélection naturelle. Dans cette optique, la distribution des populations à peau noire dans les régions intertropicales reflète simplement le fait que l'aptitude à noircir pouvait le mieux s'exprimer dans les régions de fort ensoleillement (à titre d'hypothèse, il est amusant de penser que l'engouement actuel des populations blanches pour le bronzage estival pourrait fort bien aboutir, à la longue, par le processus de la sélection sexuelle — et de l'assimilation génétique — à en faire des populations noires !).

La migration des paysans néolithiques

Enfin, la thèse du polycentrisme a encore été battue en brèche par les travaux récemment publiés du laboratoire de A. C. Wilson et de L. L. Cavalli-Sforza, sur les différentes variétés d'ADN mitochondrial répertoriées dans les populations humaines grâce à des batteries d'enzymes de restriction. Ces travaux ont montré l'existence de 35 types différents d'ADN mitochondrial dans les populations humaines de provenance géographique européenne, extrême-orientale ou africaine (les 200 individus examinés représentaient ainsi les « grandes races » classiquement décrites) [255]. Les chercheurs californiens ont constaté que ces 35 types pouvaient être dérivés les uns des autres par des mutations, c'est-à-dire des substitutions progressives de nucléotides. Plus précisément, il semble qu'il ait existé à l'origine d'*Homo sapiens* une population unique dotée de 3 types fondamentaux d'ADN mitochondrial. Puis, la population initiale se serait distribuée dans 3 directions différentes (c'est-à-dire l'Afrique, l'Asie et l'Europe) *(fig. 3)*. Chacun des 3 types de populations correspondantes aurait alors accumulé des substitutions de nucléotides à partir des types d'ADN fondamentaux. Les chercheurs californiens ont d'ailleurs calculé, d'après le taux de remplacement des nucléotides, que cette radiation de la population originelle d'*Homo sapiens* avait dû s'effectuer il y a environ 100 000 ans. Cela concorde avec les données de la paléontologie puisque les plus vieux spécimens authentiques d'*Homo sapiens* datent de 100 000 ans. La radiation d'*Homo sapiens* sur les différents continents aurait donc suivi de peu l'apparition de l'espèce.

Comme nous avons déjà eu l'occasion de le souligner, l'essentiel des différenciations génétiques des populations mondiales a été dû à des mouvements de migration. A cet égard, les résultats de Piazza, Menozzi et Cavalli-Sforza [256]

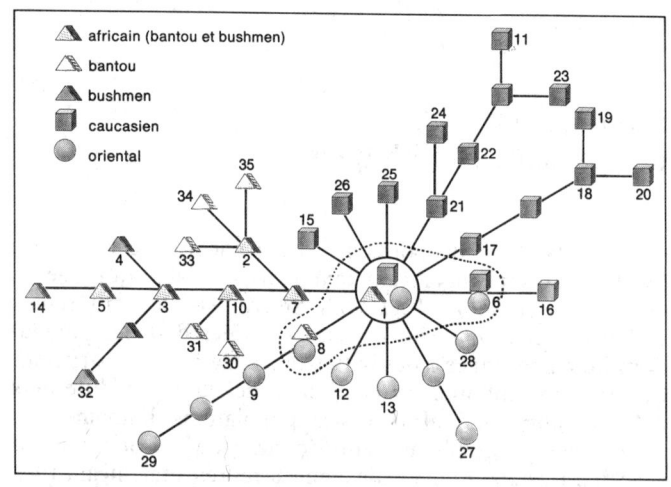

Fig. 3. : L'observation de l'ADN des mitochondries (petits organites cellulaires) a permis tout récemment d'affirmer que les différentes « races » d'*Homo sapiens* étaient bien toutes issues d'une seule population originale (et non pas de diverses populations de l'espèce mère *Homo erectus*). Il y a en effet 35 types différents d'ADN mitochondrial. Ces 35 types dérivent les uns des autres par remplacement progressif de nucléotides à partir d'une souche commune formée de 3 types fondamentaux. Sur la figure, on a montré comment sont reliés les uns aux autres ces différents types, chacun étant désigné par un chiffre de 1 à 35. A côté de chaque chiffre, est figuré un symbole désignant la « race » chez laquelle s'observe ce type.
On voit ainsi que les types 1, 6 et 8 sont des types occupant le centre d'une radiation. Cette dernière correspond exactement à la distribution des populations africaines noires, caucasiennes (Européens + Blancs d'Amérique du Nord), orientales.
L'époque à laquelle la population d'*Homo sapiens* s'est dispersée sur les continents européen, asiatique et africain est chiffrée à − 100 000 ans par les biologistes moléculaires. Cela représente peu de temps après qu'*Homo sapiens* soit apparu, d'après les paléontologistes.

conduisent à attribuer à l'Asie centrale et méridionale un rôle de plaque centrale pour le départ de toutes les migrations majeures. En effet, l'Asie centrale et méridionale présente toujours dans ces calculs les valeurs moyennes pour les variables synthétiques qui expriment la variation génétique globale des populations mondiales. Au contraire, les calculs montrent que les autres continents (Europe, Afrique, Amérique) ont des valeurs extrêmes pour ces variables.

La préhistoire et l'archéologie ont établi que, durant les

100 000 ans d'existence d'*Homo sapiens*, l'Asie a été effectivement le point de départ de nombreuses migrations. La plus ancienne de toutes a sûrement été celle qui a conduit au remplacement de *l'homme de Neandertal,* seule variété d'*Homo sapiens* qui ait jadis mérité le nom de sous-espèce. Les paléontologistes ont établi que, vers – 35 000 ans, la sous-espèce *Homo sapiens Neandertalensis,* implantée uniquement en Europe, en Afrique du Nord et au Proche et Moyen-Orient, a été remplacée par la sous-espèce *Homo sapiens sapiens* (à laquelle tous les hommes d'aujourd'hui appartiennent). Selon toute vraisemblance, cela s'est fait par une migration venue de l'Asie. Ce qui est moins clair est de savoir si l'homme de Neandertal a été exterminé ou si sa population s'est interfécondée avec les nouveaux arrivants (dans ce dernier cas, les gènes de l'homme de Neandertal seraient encore représentés dans le patrimoine génétique de l'humanité actuelle).

L'archéologie et la paléontologie montrent qu'à peu près à la même époque (vers – 30 000 ans) *Homo sapiens sapiens* colonisait les îles du Pacifique et l'Australie [257]. Les données génétiques (groupes sanguins, etc.) montrent que cette migration s'est faite à partir de l'Asie en direction du sud-est. L'archéologie et la paléontologie repèrent aussi une migration vers – 15 000 ans qui, passant par le détroit de Behring, a peuplé l'Amérique. Ces migrants, dont les Amérindiens sont les descendants, venaient d'Asie ainsi que le prouvent les données génétiques [258].

Les résultats de Piazza, Menozzi et Cavalli-Sforza permettent aussi de repérer cet autre phénomène majeur de l'histoire de l'humanité : la révolution néolithique. Selon les données archéologiques, celle-ci, caractérisée par l'invention de l'agriculture, a pris place entre – 10 000 ans et – 5 000 ans dans quatre centres principaux de la planète : le Proche-Orient, l'Asie du Sud-Est, l'Afrique équatoriale, l'Amérique du Sud. Or, Piazza, Menozzi et Cavalli-Sforza ont pu mettre en évidence des gradients de variations génétiques dans les populations, gradients ayant pour point d'origine le Proche-Orient, l'Asie du Sud-Est, l'Afrique équatoriale (Nigeria, Cameroun), l'Amérique du Sud ; soit précisément les centres néolitiques de naissance de l'agriculture. L'existence de tels gradients génétiques dans les populations suggère que les paysans néolithiques auraient migré progressivement entre − 10 000 ans et − 5 000 ans. Les données archéologiques ont bien établi la diffusion progressive de l'agriculture en Europe à partir du centre d'origine du Proche-Orient. Mais sur cette seule base, on pouvait se demander si cela n'avait pas été qu'une affaire de transmission culturelle de population à population [259]. D'après les travaux de Piazza, Menozzi et Cavalli-Sforza, on peut maintenant affirmer que la diffusion de l'agriculture vers l'Europe pourrait aussi avoir été effectuée par des déplacements de populations.

En ce qui concerne l'Europe et les régions limitrophes, toutes zones bien étudiées quant aux groupes sanguins de leurs populations, divers travaux ont encore pu déceler les traces d'autres migrations. Par exemple, L. Degos et J. Dausset ont, en 1974, établi, d'après la distribution géographique des gènes HLA [260], qu'il y avait dû avoir en Europe au moins deux types de migrations : l'une venue de l'est (Asie centrale ou Moyen-Orient) et se déplaçant vers l'ouest ; l'autre, venue de la Scandinavie et se déplaçant vers le sud-ouest de l'Europe. La première pourrait correspondre, disent les auteurs, soit à la migration des Indo-Européens vers 3 000 avant Jésus-Christ ; soit aux migrations des barbares venus d'Asie qui mirent fin à l'Empire romain. La seconde migration pourrait correspondre à celle des Normands.

Signalons à propos des Indo-Européens que Piazza, Menozzi et Cavalli-Sforza [261] ont aussi mis en évidence une migration venue de l'Asie en direction de l'Europe de l'Ouest, qui pourrait être celle des Indo-Européens. Cependant, les archéologues discutent l'existence de ces envahisseurs guerriers du troisième millénaire avant Jésus-Christ à qui aurait pu être due la diffusion des langues indo-européennes [262].

La génétique des populations humaines ouvre en tout cas des perspectives fascinantes sur l'histoire et la préhistoire de l'humanité et se montre un auxiliaire précieux et inattendu de l'archéologie et de la paléontologie humaine. Mais son apport le plus frappant est sans doute celui qui porte sur la signification des « races humaines », comme nous l'avons vu. Il est désormais acquis que l'espèce humaine est remarquablement peu différenciée sur le plan génétique. Il est donc acquis qu'il n'est pas légitime de parler de « sous-espèces » et de « grandes races » noire, blanche ou jaune. Il est désormais absurde de vouloir classer les populations en « races supérieures ou inférieures » sur des arguments biologiques.

POUR EN SAVOIR PLUS

R. L. Ciochon, R. S. Corruccini, *New Interpretations of Ape and Human Ancestry*, Plenum, 1983.

A. R. Templeton : « Phylogenetic Inferences from Restriction Endonuclease Cleavage Site Maps with Particular Reference to the Evolution of Humans and the Apes », *Evolution, 37*, 1983, p. 221.

A. E. Mourant, A. C. Kopec, K. Domaniewska-Sobczak (eds), *The Distribution of the Human Blood Groups*, Oxford University Press, 1976.

Human Genetics, Part A : the Unfolding Genome, Alan R. Liss, 1982.

Histocompatibility Testing 1972, Munksgaard, 1973.

Albert Jacquard, *Au péril de la science ?* Éd. du Seuil, 1982.

La Recherche, mai 1984

Les auteurs

Catherine Allais, biologiste, rédactrice à la revue *la Recherche*.

Marcel Blanc, biologiste, journaliste et écrivain scientifique, collabore à la revue *la Recherche*.

Antoine Danchin, directeur de recherche au CNRS, dirige un groupe de recherche sur la régulation de l'expression génétique à l'Institut Pasteur.

Josué Feingold, directeur de recherche à l'INSERM, dirige l'unité de recherches U. 155.

Nicole Feingold, mathématicienne de formation, est maître de recherche à l'INSERM. Elle travaille dans l'unité U. 155.

Gabriel Gachelin est chef de laboratoire à l'Institut Pasteur dans l'unité de biologie moléculaire du gène.

Jean-Louis Guénet, docteur vétérinaire, est chef de service à l'Institut Pasteur et responsable de l'unité de génétique des mammifères.

Claude Hélène est professeur au Muséum d'histoire naturelle et directeur du laboratoire de biophysique de ce même Muséum et de l'unité INSERM 201.

Françoise Ibarrondo est attachée assistante de biochimie à la faculté de médecine de Lariboisière.

Philippe Kourilsky est directeur de recherche au CNRS et dirige l'unité de biologie moléculaire du gène à l'Institut Pasteur.

Jean-Pierre Lecoq est directeur scientifique de la société Transgène.

André Lwoff a obtenu le prix Nobel de médecine en 1965, avec F. Jacob et J. Monod, pour ses travaux essentiellement sur la génétique des virus.

Max Rives est directeur de recherche à l'INRA. Il a été pendant longtemps chef du département de génétique et d'amélioration des plantes à l'INRA, avant d'être conseiller scientifique auprès de la direction de l'INRA.

Piotr P. Slonimski, professeur de génétique à l'université Pierre-et-Marie-Curie, dirige le Centre de génétique moléculaire du CNRS à Gif-sur-Yvette.

Jean Tavlitzki est professeur à l'Université de Paris-VII où il enseigne la génétique formelle et moléculaire.

Paul Tolstoshev est adjoint au directeur scientifique de la société Transgène.

Bibliographie

1. E. Schrödinger, *What is life?*, Cambridge University Press, 1944, p. 19.
2. G. Gamow, *Nature, 173,* 1954, p. 318.
3. « La longue marche des gènes sauteurs », *la Recherche, 150,* décembre 1983, p. 1577.
4. B. McClintock, *Proc. Natl. Acad. Sci. USA, 36,* 1950, p. 344.
5. L. Pauling et al., *Science, 110,* 1949, p. 543.
6. V.M. Ingram, *Nature, 178,* 1956, p. 792 ; *Nature, 180,* 1957, p. 326 ; *Biochem. Biophys. Acta, 28,* 1958, p. 539 ; *Biochem. Biophys. Acta, 36,* 1959, p. 402 ; J.A. Hunt, V.M. Ingram, *Biochem. Biophys. Acta, 28,* 1959, p. 546.
7. M.C. Weiss, H. Green, *Proc. Natl. Acad. Sci. USA, 58,* 1967, p. 1104 ; B. Ephrussi, *Hybridization of Somatic Cells,* Princeton University Press, 1972 ; U.A. McKusiek, *Mendelism Inheritance in Man,* 5e éd., John Hopkins University, 1979.
8. « Génie génétique ou manipulations génétiques », *la Recherche, 82,* octobre 1977, p. 821 ; « Le génie génétique », *la Recherche, 110,* mars 1980, p. 390.
9. « Gregor Mendel : la légende du génie méconnu », *la Recherche, 151,* janvier 1984, p. 46.
10. W.J. Sutton, *Biol. Bull., 4,* 1903, p. 231 ; T. Boveri, *Ergebnisse über die Konstitution des chromatischen der Zellkerns.* Iéna, Fischer, 1904.
11. W. Bateson, R.C. Punnet, in J.A. Peters, *Classic Papers in Genetics,* Prentice Hall, 1959, p. 42.
12. T.H. Morgan, *Science, 12,* 1910, p. 120 ; T.H. Morgan et al., *le Mécanisme de l'hérédité mendélienne,* Bruxelles, H. Lamartin, 1923.
13. G.H. Hardy, *Science, 28,* 1908, p. 49 ; W. Weinberg, *Ih Ver Vatel Naturk. Wurtt, 64,* 1908, p. 369.
14. A.E. Garrod, *Inborn Errors of Metabolism,* Oxford University Press, 1909.

15. En particulier par Onslow, cf. W.J.C. Lawrence, J.R. Price, *Biol. Reviews, 15*, 1940, p. 35.
16. B. Ephrussi, *Quart. Rev. Biol., 17*, 1942, p. 327.
17. *Cold Spring Harbor Symposium Quart. Biol.*, 1981.
18. G.W. Beadle, E.L. Tatum, *Proc. Natl. Acad. Sci. USA, 27*, 1941, p. 499 ; G.W. Beadle, *Amer. Scientist, 34*, 1946, p. 31.
19. G. Pontecorvo, *Adv. in Enzymol., 13*, 1952, p. 121 ; L.J. Stadler, *Science, 120*, 1954, p. 811.
20. S. Benzer, *Harvey Lectures, 56*, 1961 ; *Sci. Amer., 206*, 1962.
21. F. Jacob, J. Monod, *J. Mol. Biol., 3*, 1961, p. 318.
22. R. Feulgen, H. Rossenbeck, *J. Physiol. Chem., 135*, 1924, p. 203.
23. O.T. Avery et al., *J. Exp. Med., 79*, 1944, p. 137.
24. A. Boivin et al., *C.R. Acad. Sci., 226*, 1948, p. 1061 ; R. Vendrely, C. Vendrely, *Experientia, 4*, 1948, p. 434.
25. A.D. Hershey, M. Chase, *J. Gen. Physiol., 36*, 1952, p. 39.
26. E. Chargaff, *Experientia, 6*, 1950, p. 201.
27. J.D. Watson, F.H.C. Crick, *Nature, 171*, 1953, p. 737 ; M.F. Wilkins et al., *Nature, 171*, 1953, p. 738, R.E. Franklin, R.G. Gosling, *Nature, 171*, 1953, p. 740 ; J.D. Watson, F.H.C. Crick, *Nature, 171*, 1953, p. 964.
28. H. Fraenkel-Conrat, *J. Amer. Chem. Soc., 78*, 1956, p. 882 ; *Harvey Lectures, 53*, 1959, p. 56 ; G.S. Schramm, A. Gierer, *Nature, 177*, 1956, p. 702.
29. F.H.C. Crick et al., *Nature, 192*, 1961, p. 1227.
30. M.W. Nirenberg, J.H. Matthae, *Proc. Natl. Acad. Sci. USA, 47*, 1961, p. 1588 ; P. Lengyel, J.F. Speyer, S. Ochoa, *Proc. Natl. Acad. Sci. USA, 47*, 1961, p. 1936.
31. P. Chambon, *Sci. Am.*, avril 1981.
32. S.M. Berget et al., *Proc. Natl. Acad. Sci. USA, 74*, 1977, p. 3171.
33. A.J. Berck, P.A. Sharp, *Proc. Natl. Acad. Sci. USA, 75*, 1978, p. 1274.
34. R. Breathnach et al., *Nature, 270*, 1977, p. 34 ; R. Breathnach et al., *Proc. Natl. Acad. Sci. USA, 75*, 1978, p. 4853.
35. S. Tonegawa et al., *Proc. Natl. Acad. Sci. USA, 75*, 1978, p. 1485.
36. S.M. Tilgham et al., *Proc. Natl. Acad. Sci. USA, 75*, 1978, p. 725.
37. J. Van der Berg et al., *Nature, 276*, 1978, p. 37.

38. B.P. Kaine et al., *Proc. Natl. Acad. Sci. USA, 80,* 1983, p. 3309.
39. J. Abelson, *Ann. Rev. Biochem., 48,* 1979, p. 1035.
40. « Du bon usage du code génétique », *la Recherche, 129,* janvier 1982, p. 99.
41. K. Kruger et al., *Cell., 31,* 1982, p. 147.
42. P.P. Slonimski et al., in *Biochemistry and Genetics of Yeast,* M. Bacila et al. (ed.), Academic Press, 1978, p. 339.
43. *Ibid.*
44. C. Jacq et al., *C.R. Acad. Sci. Paris, 290 D,* 1980, p. 89 ; J. Lazowska et al., *Cell, 22,* 1980, p. 333.
45. M. Labouesse et P.P. Slonimski, *EMBO J., 2,* 1983, p. 269 ; G. Dujardin et al., *Nature, 298,* 1982, p. 628.
46. R. Breathnach, P. Chambon, *Ann. Rev. Biochem., 50,* 1981, p. 349.
47. H. de la Salle et al., *Cell, 28,* 1982, p. 721 ; P. Netter et al., *Cell, 28,* 1982, p. 733.
48. F. Michel et al., *Biochimie, 64,* 1982, p. 867 ; R.W. Davies et al., *Nature, 300,* 1981, p. 719 ; T.R. Cech et al., *Proc. Natl. Acad. Sci. USA, 80,* 1983, p. 3903.
49. N. Hernandez, W. Keller, *Cell, 35,* 1983, p. 89 ; R.A. Padgett et al., *Cell, 35,* 1983, p. 101.
50. M.R. Lerner et al., *Nature, 283,* 1980, p. 220.
51. W.F. Doolittle, *Nature, 272,* 1978, p. 581.
52. W. Gilbert, *Nature, 271,* 1978, p. 501.
53. « La longue marche des gènes sauteurs », *la Recherche, 150,* décembre 1983, p. 1577.
54. « Les gènes sauteurs », *la Recherche, 81,* septembre 1977, p. 784.
55. Cf. [48].
56. A. Gargouri et al., in *Mitochondria 1983,* R. Schweyen et al. (ed.), De Gruyter, 1983, p. 259.
57. M. Go, *Nature, 291,* 1981, p. 90.
58. P.P. Slonimski, *C.R. Acad. sci. Paris, 290 D,* 1980, p. 331 ; A. Danchin, P.P. Slonimski, *Biosystems, 13,* 1981, p. 259 ; A. Danchin, in *Cell Function and Differentiation,* A. Liss (ed.), 1982, p. 375.
59. « Le génie génétique », *la Recherche, 110,* avril 1980, p. 390.
60. *Nucleic Acids Research,* numéro spécial, janvier 1984.
61. T. Maniatis et al., *Ann. Rev. Genetics, 14,* 1980, p. 145.
62. A. Royal et al., *Nature, 279,* 1979, p. 127.
63. R. Lewin, *Science, 214,* 1981, p. 426.
64. M. Steinmetz et al., *Science, 222,* 1983, p. 727.

65. L.E. Hatlen et al., *J. Mol. Biol.*, 56, 1971, p. 535.
66. R.J. Britten et D.E. Kohne, *Science*, 161, 1968, p. 529.
67. « Des virus pour faire des mutants », *la Recherche*, 150, décembre 1983, p. 1602 ; A. Schnieke et al., *Nature*, 304, 1983, p. 314.
68. « L'origine des rétrovirus », *la Recherche*, 152, février 1984, p. 192.
69. O.L. Jr Millen et al., *Science*, 164, 1969, p. 255.
70. T. Honjo, *Ann. Rev. Immunol*, 1, 1983, p. 499.
71. W.F. Doolittle and C. Sapienza, *Nature*, 284, 1980, p. 601 ; L.E. Orgel and F. Crick, *Nature*, 284, 1980, p. 604.
72. « Un coup de patte au dogme de la biologie moléculaire », *la Recherche*, 127, novembre 1981, p. 1296.
73. C.M. Radding, *Ann. Rev. Genet.*, 16, 1982, p. 405.
74. R.A. Flavell et al., *Cell*, 15, 1978, p. 25.
75. S. Ottolenghi et al., *Nature*, 300, 1982, p. 770.
76. T. Petes et al., *Nature*, 300, 1982, p. 216.
77. J.L. Rossignol et al., *Cold Spring Harbor Symp. Quant. Biol.*, 63, 1979, p. 1343.
78. Cf. [76].
79. R. Ollo et al., *Cell*, 32, 1983, p. 515.
80. G. Gachelin et al., *Ann. Institut Pasteur*, 133, 1982, p. 3.
81. A.L. Mellor et al., *Nature*, 306, 1983, p. 792.
82. N. Arnheim et al., *Proc. Natl. Acad. Sci. USA*, 77, 1980, p. 7323 ; D. Baltimore, *Cell*, 24, 1981, p. 592 ; R.N. Linsky et al., *Cell*, 35, 1983, p. 157 ; E. Pais et al., *Cell*, 34, 1983, p. 371.
83. « L'origine des rétrovirus », *la Recherche*, 152, février 1984, p. 192.
84. A. Nicolas et al., *EMBO J.*, 2, 1983, p. 2265.
85. G. Dover, *Nature*, 299, 1982, p. 111.
86. T. Ohta, *Proc. Natl. Acad. Sci. USA*, 79, 1982, p. 1940.
87. T. Ohta et G. Dover, *Proc. Natl. Acad. Sci. USA*, 80, 1983, p. 4079.
88. Cf. [85] et [87].
89. J.C. Williams, in *Genetic Engineering*, R. Williamson (ed.), Academic Press, vol. I, 1981, p. 1 ; A. Efstratiadis et L. Villa-Komaroff, in *Genetic Engineering, Principles and Methods*, J.K. Setlow and A. Hollaender (eds.) ; Plenum Press, vol. I, 1979, p. 15 ; R.F. Lathe, J.P. Lecocq et R. Everett, in *Genetic Engineering*, R. Williamson (ed.), Academic Press, vol. IV, 1983, p. 1 ; T. Maniatis, E.F. Fritsch et J. Sambrook, *Molecular Cloning, a Laboratory Manual*, Cold Spring Harbor Laboratory, 1982.

90. « La maladie des homosexuels n'existe plus », *la Recherche, 146*, juillet-août 1983, p. 989.
91. « L'origine des rétrovirus », *la Recherche, 152*, février 1984, p. 192.
92. V. Kohli et al., *Nucleic Acids Res., 10*, 1982, p. 7439 ; « Les gènes artificiels », *la Recherche, 131*, mars 1982, p. 340.
93. L. Villa-Komaroff et al., *Proc. Natl. Acad. Sci. USA, 75*, 1978, p. 3727.
94. T. Taniguchi et al., *Proc. Jpn. Acad., 55*, Ser. B., 1979, p. 464 ; S. Nagata et al., *Nature, 284*, 1980, p. 316.
95. R.W. Coleman, J. Hirsh, V.J. Marder et E.W. Salzman (eds.), *Hemostasis and Thrombosis : Basic Principles and Clinical Practice*, Philadelphie et Toronto, J.B. Lippincott Company, 1982
96. K. Katayama et al., *Proc. Natl. Acad. Sci. USA, 76*, 1979, p. 4990.
97. K.H. Choo et al., *Nature, 299*, 1982, p. 178 ; K. Kurachi et E.W. Davie, *Proc. Natl. Acad. Sci. USA, 79*, 1982, p. 6461.
98. M. Jaye et al., *Nucleic Acids Res., 11*, 1983, p. 2325.
99. D. Pennica et al., *Nature, 301*, 1983, p. 214.
100. J.E. Gadet et R.G. Crystal, in *Metabolic Basis of Inherited Disease*, J.B. Stanbury, J.B. Wyngaarden, D.S. Fredrickson, J.L. Goldstein and M.S. Brown (eds.), McGraw Hill 1982, p. 1450.
101. M. Leicht et al., *Nature, 297*, 1982, p. 655 ; M. Courtney et al., *Proc. Natl. Acad. Sci. USA*, sous presse, 1984 ; A. Bollen et al., *DNA, 2*, 1983, p. 255.
102. J.P. Lecocq et al., *Methods in Virology, 7*, sous presse, 1984.
103. D.H. Dean et M.M. Dooley, *Microbiol. Genetics Bulletin, 51*, 1981, p. 8.
104. J. Mellor et al., *Gene, 24*, 1983, p. 1.
105. R. Breathnach et P. Chambon, *Ann. Rev. Biochem., 50*, 1981, p. 349 ; C. Benoist et P. Chambon, *Nature, 290*, 1981, p. 304 ; D.J. Mathis et P. Chambon, *Nature, 290*, 1981, p. 310.
106. P.W.J. Rigby, in *Genetic Engineering*, R. Williamson (ed.), vol. III, 1982, p. 83.
107. M. Mackett, G.L. Smith et B. Moss, *Proc. Natl. Acad. Sci. USA, 79*, 1982, p. 7415.
108. D.J. Weatherhall et J.B. Clegg, *Cell, 29*, 1982, p. 7.
109. F. Gianelli, *Nature, 303*, 1983, p. 181.
110. G. Camerino, *Nature, 306*, 1983, p. 701.

111. B.J. Conner et al., *Proc. Natl. Acad. Sci. USA, 80,* 1983, p. 278 ; V. Kidd et al., *Nature, 304,* 1983, p. 230.
112. R. Williamson et al., *Lancet, II,* 1983, p. 1125.
113. C. Laberge, *Amer. J. Human Genetics, 21,* 1969, p. 36.
114. M.J. Pascalet-Guidon et al., à paraître dans *Clin. Genetics.*
115. H. Tolleshaug et al., *Cell, 32,* 1983, p. 941.
116. « Diagnostic prénatal de la mucoviscidose : la mesure d'un espoir », *la Recherche, 153,* mars 1984, p. 396.
117. Weinberg, *Arch. Rass. U. Ges. Biol., 9,* 1912, p. 165.
118. N.E. Morton et al., *Amer. J. Human Genetics, 11,* 1959, p. 360.
119. B. Harvald et al., in *Genetics and the Epidemiology of Chronic Diseases.*, U.S. Public Health Service, 1965, p. 61.
120. D. Rosental, in *Biology and Behavior Genetics,* D.C. Glass (ed.), N. Y. Rockefeller University Press, 1968.
121. B. Cassou et al., *Evol., Psych., 44,* 1979, p. 734.
122. D. Pyke et al., in *Identical Twins in the Genetics of Diabetes,* W. Creutzpeld, J. Kobberbergs, J. V. Nell (eds.), Springer Verlag, 1976.
123. C. Bonaiti et al., *J. Medical Genetics, 19,* 1982, p. 8.
124. F. Demenais, *Am. J. Human Genetics, 35,* 1983, p. 1156.
125. F. Demenais et al., *Amer. J. Med. Genetics, 11,* 1982, p. 287.
126. J. Stewart et al., *Amer. J. Human Genetics, 32,* 1980, p. 55.
127. A. Zalc, Thèse en médecine, Paris, 1982.
128. I. Aird et al., *Brit. Med, J., 1,* 1953, p. 799.
129. R. Doll et al., *Gut, 2,* 1961, p. 352.
130. « Le système HLA et les maladies », *la Recherche, 77,* avril 1977, p. 335.
131. « HLA and Disease Susceptibility », *Imm. Rev., 70,* 1983.
132. J.F. Gusella et al., *Nature, 306,* 1983, p. 234.
133. J.M. Murray et al., *Nature, 300,* 1982, p. 69.
134. F. Giannelli et al., *Lancet, II,* 1984, p. 239 ; G. Camerino et al., *Proc. Natl. Acad. Sci. USA, 81,* 1984.
135. G. Camerino et al., *Nature, 306,* 1983, p. 701.
136. R.E. Dickerson et I. Geis, *Hemoglobin. Structure, Fonction, Evolution and Pathology,* Menlo Park, Calif., The Benjamin Clummings Publishing Co., 1983.
137. D.J. Weatherhall et al., *Mol. Biol. Med., 1,* 1983, p. 151.
138. T. Mandrup-Poulsen et al., *Lancet, II,* 1984, p. 250.
139. L. Cuénot, *C.R. Acad. Sc. Paris, 134,* 1902, p. 779.

140. « Gregor Mendel : la légende du génie méconnu », *la Recherche, 151*, janvier 1984, p. 46.
141. W.E. Heston, *Progress in Medical and Biological Research, 45*, 1981, p. 279.
142. W.P. Rowe, « Leukemia Viral Genomes in the Chromosonal DNA of the Mouse », *Harvey Lectures*, série 71, 1978, p. 173.
143. « La nature du cancer », *la Recherche, 139*, décembre 1982, p. 1426.
144. G. Snell, « Genetics of Tissue Transplantation » in *Biology of the Laboratory Mouse*, 2ᵉ ed., Dover, 1966.
145. *Ibid.*
146. « Quand un mutant surmonte ses handicaps », *la Recherche, 149*, novembre 1983, p. 1440.
147. H.C. Morse (ed.). *Origins of Inbred Mice*, Academic Press, 1978.
148. M. Amor et al., *The Journal of Immunology, 129*, 1982, p. 2040.
149. M.C. Green in *The Mouse in Biomedical Research*. H.L. Foster, J.D. Small et J.G. Fox (eds), Academic Press, 1981.
150. M.C. Green (ed.), *Genetics Variants and Strains of the Laboratory Mouse*, Gustav Fischer Verlag, 1981.
151. L.C. Erway et al., *Mouse News Letter, 60*, 1979, p. 43.
152. M.F. Lyon et S.G. Hawkes, *Nature, 227*, 1970, p. 1217.
153. M.F. Lyon, *Nature, 190*, 1961, p. 372.
154. J.B.S. Haldane et al., *J. Genet, 5*, 1915, p. 133.
155. L.G. Lundin, *Clin. Genet., 16*, 1979, p. 72.
156. A.G. Searle, *Cytogenetics and Cell Genetics, 16*, 1976, p. 430.
157. L. Rosenberg et al., *Science, 222*, 1983, p. 426.
158. A. Gropp et H. Winking, in *Biology of the House Mouse*, R.J. Berry (ed.), Academic Press, 1981.
159. B. Baron et al., *Exp. Cell Research*, sous presse, 1984.
160. « Les manipulations génétiques d'embryons », *la Recherche, 135*, juillet-août 1982, p. 832.
161. « Les banques d'embryons : des souris et des hommes », *la Recherche, 130*, février 1982, p. 245.
162. R. Brinster et al., *Cell, 27*, 1981, p. 223 ; *Nature, 300*, 1982, p. 611.
163. R.D. Palminter et al., *Science, 222*, 1983, p. 809.
164. R. Palmiter et al., *Nature, 300*, 1982, p. 611.
165. « Les souris géantes ont-elles un avenir ? », *la Recherche, 143*, avril 1983, p. 528.

166. « L'origine des rétrorus », *la Recherche, 152,* février 1984, p. 192.
167. G. Rubin et al., *Cell, 29,* 1982, p. 987 ; P. Bingham et al., *Cell, 29,* 1982, p. 995.
168. K. O'Hare et al., *Cell, 34,* 1983, p. 25.
169. G. Rubin et A. Spradling, *Science, 218,* 1982, p. 341.
170. G. Rubin et A. Spradling, *Science, 218,* 1982, p. 348.
171. S. Scholnick et al., *Cell, 34,* 1983, p. 37 ; D. Goldberg et al., *Cell, 34,* 1983, p. 59 ; John T. Liss et al., *Cell, 35,* 1983, p. 403 ; G. Richards et al., *EMBO Journal, 2,* 1983, p. 2137 ; T. Hazel-Rigg et al., *Cell, 36,* 1984, p. 469.
172. D. Goldberg et al., *Cell, 34,* 1983, p. 59.
173. John T. Liss et al., *Cell, 35,* 1983, p. 403.
174. G. Rubin et A. Spradling, *Cell, 34,* 1983, p. 47.
175. T. Hazel-Rigg et al., *Cell, 36,* 1984, p. 469.
176. J.-A. Lepesant et al., *Biochimie,* t. 65, *1, 11,* et *12,* 1983.
177. « L'origine des rétrovirus », *la Recherche, 152,* février 1984, p. 192.
178. G. Kolata, *Science, 223,* 1984, p. 1376.
179. A. Flavell, *Nature, 305,* 1983, p. 96.
180. S. Brenner, *TIBS,* avril 1984, p. 172.
181. J. L. Marx, *Science, 224,* 1984, p. 1223 ; G. Struhl, *Nature, 310,* 1984, p. 10.
182. E.B. Lewis, *Nature, 276,* 1978, p. 565.
183. P.A. Lawrence, *Cell, 26,* 1981, p. 3.
184. Cf. [182].
185. W. Bender et al., *Science, 221,* 1983, p. 23.
186. R.L. Garber et al., *Eur. Mol. Biol. Org. J., 2,* 1983, p. 2027 ; M.P. Scott et al., *Cell, 35,* 1983, p. 763.
187. W. Mc Ginnis et al., *Nature, 308,* 1984, p. 428.
188. A. Laughon, M.P. Scott, *Nature, 310,* 1984, p. 25.
189. J.C. Sheperd et al., *Nature, 310,* 1984, p. 70.
190. W. Mc Ginnis et al., *Cell, 37,* 1984, p. 403 ; A.E. Carrasco et al., *Cell, 37,* 1984, p. 409.
191. R. Lewin, *Science, 224,* 1984, p. 1327 ; J. L. Marx, *Science, 225,* 1984, p. 40 ; R. Lewin, *Science, 225,* 1984, p. 153.
192. « La génétique de la domestication des céréales », *la Recherche, 146,* juillet-août 1983, p. 910.
193. N.E. Borlaug, *Science, 219,* 1983, p. 698.
194. V. Silvey, *J. Nat. Inst. Agric. Bot., 15,* 1981, p. 399.
195. R.B. Austin et al., *J. Agr. Sci., 94,* 1980, p. 675.
196. « Gregor Mendel : la légende du génie méconnu », *la Recherche, 151,* janvier 1984, p. 46.
197. C.M. Messiaen, *les Variétés résistantes,* INRA, 1981.

198. M. Renard et al., in *Actes du 6ᵉ congrès international sur le colza*, Paris, 1983, p. 365.
199. C.C. Cockerham, in *Statistical Genetics and Blant Breeding*, Hanson and Robinson (eds.), *53*, 1963, p. 94 ; A.R. Hallauer, J.B. Miranda, *Quantitative Genetics in Maize Breeding*, Iowa St. U. Press, 1981.
200. A. Gallais, *Ann. Amel. Pl.*, *27*, 1977, p. 281.
201. J.W. Dudley in *Proc. Int., Conf. Quant. Genet.*, E. Pollak et al. (eds), Iowa St. College Press, 1977, p. 459.
202. K.A. Barton et W.J. Brill, *Science*, *219*, 1983, p. 671.
203. « Le crown-gall : une manipulation génétique naturelle », *la Recherche*, *108*, février 1980, p. 212.
204. J. E. Van der Planck, *Plant Diseases : Epidemic and Control*, New York, Academic, 1963, p. 349.
205. Cf. [193].
206. K.R. Schubert, *The Energetics of Biological Nitrogen Fixation*, Workshop Summaries, 1982.
207. R.A. Owens et T.O. Diener, *Science*, *213*, 1981, p. 670.
208. R. Flavell et al., *Heredity*, *40*, 1978, p. 439.
209. C. Martin et al., *C. R. Acad. Sc. Paris*, *293*, 1981, p. 175.
210. C. Martin et al., *Agronomie*, *4*, 1983, p. 303 ; « La culture des plantes en éprouvette », *la Recherche*, *160*, novembre 1984, p. 1362.
211. « Des palmiers éprouvette par millions », *la Recherche*, *135*, juillet-août 1982, p. 926.
212. S. Guha et S.C. Maheshwari, *Nature*, *204*, 1964, p. 497.
213. L.H. San Noeum, *Ann. Amel. Pl.*, *26*, 1976, p. 751.
214. K.J. Kasha et K.M. Ko, *Nature*, *225*, 1970, p. 874.
215. « Contre la faim dans le monde, le projet triticale », *la Recherche*, *42*, février 1974, p. 188.
216. « Les protoplastes », *la Recherche*, *56*, mai 1975, p. 430.
217. « La pomate, fille de la pomme de terre et de la tomate », *la Recherche*, *94*, novembre 1978, p. 1027.
218. G. Pelletier et al., *Mol. Gen. Genet.*, *191*, 1983, p. 244.
219. « La longue marche des gènes sauteurs », *la Recherche*, *150*, décembre 1983, p. 1577.
220. « Les chromosomes des primates », *la Recherche*, *127*, novembre 1981, p. 1246.
221. M.C. King, A.C. Wilson, *Science*, *188*, 1975, p. 107.
222. S. Washburn, *Sci. Am.*, septembre 1978.
223. *Ibid.*
224. V. Sarich, A.C. Wilson, *Science*, *158*, 1967, p. 1200.
225. « Les Australopithèques », *la Recherche*, *138*, novembre 1982, p. 1258.

226. P. Andrews, J.E. Cronin, *Nature, 297*, 1982, p. 541.
227. « Un ancêtre pour l'orang-outang », *la Recherche, 137*, octobre 1982, p. 1211. Certains auteurs soutiennent le point de vue opposé. Voir *Nature, 308*, 1984, p. 501 à 504.
228. « La génétique des fossiles », *la Recherche, 148*, octobre 1983, p. 1266.
229. S.D. Ferris et al., *Natl. Acad. Sci. USA, 78*, 1981, p. 2432 ; S. D. Ferris et al., *Proc. Natl. Acad. Sci. USA, 78*, 1981, p. 6319 ; W.M. Brown et al., *J. Mol. Evol, 18*, 1982, p. 225.
230. « L'origine de la bipédie : une affaire de sexe », *la Recherche, 141*, février 1983, p. 240.
231. C.W. Birky Jr, *Science, 222*, 1983, p. 468 ; C.W. Birky Jr et al., *Genetics*, 1983, p. 513.
232. A.R. Templeton, *Evolution, 37*, 1983, p. 221.
233. N. Barton, J.J. Jones, *Nature, 306*, 1983, p. 317.
234. J.T. Stern, R.L. Susman, *Am. J. Phys. Anthropol.*, 55, 1981, p. 153.
235. B. Senut, *Am. J. Phys. Anthropol., 56*, 1981, p. 275.
236. R. Susman, J.T. Stern, *Science, 217*, 1982, p. 931.
237. « L'adaptation biologique », *la Recherche, 139*, décembre 1982, p. 1494.
238. C. Sibley et J. Alquist, *J. Mol. Evol., 20*, 1984, p. 2.
239. C. Darwin, *la Descendance de l'homme*, éd. Complexe, 1981.
240. C.D. Darlington, *le Mystère de la vie*, Fayard, 1957 ; E.B. Ford, *Understanding Genetics*, Faber and Faber, 1979.
241. C.S. Coon, *The Origin of Races*, Knopf, 1962.
242. D.A. Swan, *The Mankind Quarterly, 14*, 1973, p. 3.
243. C. Putnam, *Race and Reality*, Public Affair Press, 1967.
244. J.D. Hofmeyr, *South African Observer*, mars 1973.
245. « Les races humaines existent-elles ? », *la Recherche, 135*, juillet-août 1982, p. 930.
246. M. Denaro et al., *Proc. Natl. Acad. Sci. USA*, 1981, p. 5768.
247. W.M. Brown, *Proc. Natl. Acad. Sci. USA, 77*, 1980, p. 3605.
248. A. Piazza et al., *Proc. Natl. Acad. Sci. USA, 78*, 1981, p. 2638.
249. M.H. Wolpoff, *Am. J. Phys. Anthrop., 29*, 1968, p. 405.
250. W.W. Howells, *J. Human Evol., 5*, 1976, p. 477.
251. C.R. Guglielmino-Matessi et al., *Am. J. Phys. Anthrop., 50*, 1979, p. 549.
252. P. Baker, *Am. J. Phys. Anthrop., 16*, 1958, p. 287.

253. H.F. Blum, *Quart. Review. Biol.*, *36*, 1961, p. 50.
254. Cf. [239].
255. M.J. Johnson et al., *J. Mol. Evol.*, *19*, 1983, p. 255.
256. Cf. [248].
257. « Le peuplement du Pacifique », *la Recherche, 74,* janvier 1977, p. 47.
258. « Le peuplement de l'Amérique », *la Recherche, 137,* octobre 1982, p. 110.
259. Jean Guilaine, *Premiers Bergers et Paysans de l'Occident méditerranéen,* Mouton, 1976 ; Gabriel Camps, *la Préhistoire à la recherche du paradis perdu,* Librairie académique Perrin, 1982.
260. L. Degos, J. Dausset, *Immunogenetics, 3,* 1974, p. 195.
261. P. Menozzi et al., *Science, 201,* 1978, p. 786.
262. J.-P. Demoule, *l'Histoire, 28,* novembre 1980.

Table

	Introduction, *Catherine Allais*	7
1.	Le temps de la génétique, *André Lwoff*	15
2.	Des pois de Mendel à la génétique moléculaire, *Jean Tavlitzki*	19
3.	Les structures de l'ADN, *Claude Hélène*	43
4.	Les gènes en morceaux, *Antoine Danchin et Piotr P. Slonimski*	77
5.	L'organisation de l'information génétique, *Philippe Kourilsky et Gabriel Gachelin*	105
6.	Génie génétique et industries biomédicales, *Paul Tolstoshev et Jean-Pierre Lecocq*	133
7.	L'hérédité des maladies humaines, *Josué Feingold et Nicole Feingold*	159
8.	La génétique de la souris, *Jean-Louis Guénet*	189
9.	Des greffes de gènes réussies, *Françoise Ibarrondo*	217
10.	Comment s'édifie une mouche, *Marcel Blanc*	223
11.	L'amélioration des plantes, *Max Rives*	233
12.	L'histoire génétique de l'espèce humaine, *Marcel Blanc*	261
	Les auteurs	289
	Bibliographie	291

IMPRIMERIE HÉRISSEY À ÉVREUX (EURE)
DÉPÔT LÉGAL FÉVRIER 1985. N° 8649 (36014).

Collection Points

SÉRIE SCIENCES

dirigée par Jean-Marc Lévy-Leblond

S1. La Recherche en biologie moléculaire, *ouvrage collectif*
S2. Des astres, de la vie et des hommes, *par Robert Jastrow*
S3. (Auto)critique de la science
    par Alain Jaubert et Jean-Marc Lévy-Leblond
S4. Le Dossier électronucléaire
    par le Syndicat CFDT de l'Énergie atomique
S5. Une révolution dans les sciences de la Terre
    par Anthony Hallam
S6. Jeux avec l'infini, *par Rózsa Péter*
S7. La Recherche en astrophysique, *ouvrage collectif*
S8. La Recherche en neurobiologie, *ouvrage collectif*
S9. La Science chinoise et l'Occident, *par Joseph Needham*
S10. Les Origines de la vie, *par Joël de Rosnay*
S11. Échec et Maths, *par Stella Baruk*
S12. L'Oreille et le Langage, *par Alexandre Tomatis*
S13. Les Énergies du Soleil, *par Pierre Audibert
    en collaboration avec Danielle Rouard*
S14. Cosmic Connection ou l'Appel des étoiles, *par Carl Sagan*
S15. Les Ingénieurs de la Renaissance, *par Bertrand Gille*
S16. La Vie de la cellule à l'homme, *par Max de Ceccatty*
S17. La Recherche en éthologie, *ouvrage collectif*
S18. Le Darwinisme aujourd'hui, *ouvrage collectif*
S19. Einstein, créateur et rebelle, *par Banesh Hoffmann*
S20. Les Trois Premières Minutes de l'Univers
    par Steven Weinberg
S21. Les Nombres et leurs mystères, *par André Warusfel*
S22. La Recherche sur les énergies nouvelles, *ouvrage collectif*
S23. La Nature de la physique, *par Richard Feynman*
S24. La Matière aujourd'hui, *par Émile Noël et al.*
S25. La Recherche sur les grandes maladies, *ouvrage collectif*
S26. L'Étrange Histoire des Quanta
    par Banesh Hoffmann, Michel Paty
S27. Éloge de la différence, *par Albert Jacquard*
S28. La Lumière, *par Bernard Maitte*
S29. Penser les mathématiques, *ouvrage collectif*
S30. La Recherche sur le cancer, *ouvrage collectif*
S31. L'Énergie verte, *par Laurent Piermont*
S32. Naissance de l'Homme, *par Robert Clarke*
S33. Recherche et Technologie, *Actes du Colloque national*
S34. La Recherche en physique nucléaire, *ouvrage collectif*
S35. Marie Curie, *par Robert Reid*
S36. L'Espace et le Temps aujourd'hui, *ouvrage collectif*
S37. La Recherche en histoire des sciences, *ouvrage collectif*

S38. Petite Logique des forces, *par Paul Sandori*
S39. L'Esprit de sel, *par Jean-Marc Lévy-Leblond*
S40. Le Dossier de l'énergie
 par le Groupe confédéral énergie CFDT
S41. Comprendre notre cerveau, *par Jacques-Michel Robert*
S42. La Radioactivité artificielle
 par Monique Bordry et Pierre Radvanyi
S43. Darwin et les Grandes Énigmes de la vie
 par Stephen Jay Gould
S44. Au péril de la science ? *par Albert Jacquard*
S45. La Recherche sur la génétique et l'hérédité
 ouvrage collectif

Collection Science ouverte

dirigée par Jean-Marc Lévy-Leblond

L'Encerclement, *par Barry Commoner*
(Auto)critique de la science, *par Alain Jaubert et J.-M. Lévy-Leblond*
Les Biocrates, *par Gérard Leach*
La Marijuana, *par Solomon H. Snyder*
Échec et Maths, *par Stella Baruk*
La Dimension humaine, *par Alexander Alland*
La Chair des dieux, *par Peter T. Furst*
Le Partage du savoir, *par Philippe Roqueplo*
Philosophie de la physique, *par Mario Bunge*
Le Cerveau conscient, *par Steven Rose*
Science, Technique et Capital, *par Benjamin Coriat*
La Science et le Militaire, *par Georges Menahem*
Machina Sapiens, *par William Skyvington*
Discours biologique et Ordre Social, *par Pierre Achard
    Antoinette Chauvenet, Élisabeth Lage, Françoise Lentin
    Patricia Nève et Georges Vignaux*
L'Idéologie de/dans la science, *par H. Rose, S. Rose et al.*
La Lutte pour l'espace, *par Alain Dupas*
Fabrice ou l'École des mathématiques, *par Stella Baruk*
Les Formes dans la nature, *par Peter S. Stevens*
Les Trois Premières Minutes de l'univers, *par Steven Weinberg*
Éloge de la différence, *par Albert Jacquard*
Les Médecines de l'Asie *par Pierre Huard, Jean Bossy, Guy Mazars*
Ces singes qui parlent, *par Eugène Linden*
L'Araignée et le Tisserand, *par G. Ciccotti, M. Cini
    G. Jona-Lasinio, M. de Maria*
Lamarck ou le Mythe du précurseur
    par Madeleine Barthélemy-Madaule
Le Sexe et l'Innovation, *par André Langaney*
Contre la méthode, *par Paul Feyerabend*
Les Mécaniciens grecs, *par Bertrand Gille*
Les Manipulations génétiques, *par Agatha Mendel*
Les Dragons de l'Éden, *par Carl Sagan*
Naissance de l'homme, *par Robert Clarke*
La Terre en colère, *par Basil Booth et Franck Fitch*
Le Petit Savant illustré, *par Pierre Thuillier*
Dormir, rêver, *par William C. Dement*
Les Confessions d'un chimiste ordinaire, *par Jean Jacques*
Patience dans l'azur, *par Hubert Reeves*
La Civilisation du risque, *par Patrick Lagadec*
Au péril de la science ? *par Albert Jacquard*
Les Manèges de la vie, *par Paul Colinvaux*
L'Intelligence gaspillée, *par Michel Schiff*
Penser la technique, *par Philippe Roqueplo*
Les Savoirs ventriloques, *par Pierre Thuillier*

Le Calcul, l'Imprévu, *par Ivar Ekeland*
La Société digitale
    par Pierre-Alain Mercier, François Plassard et Victor Scardigli
Poussières d'étoiles, *par Hubert Reeves*

Collection Points

1. Histoire du surréalisme, *par Maurice Nadeau*
2. Une théorie scientifique de la culture
   par Bronislaw Malinowski
3. Malraux, Camus, Sartre, Bernanos, *par Emmanuel Mounier*
4. L'Homme unidimensionnel, *par Herbert Marcuse* (épuisé)
5. Écrits I, *par Jacques Lacan*
6. Le Phénomène humain, *par Pierre Teilhard de Chardin*
7. Les Cols blancs, *par C. Wright Mills*
8. Stendhal, Flaubert, *par Jean-Pierre Richard*
9. La Nature dé-naturée, *par Jean Dorst*
10. Mythologies, *par Roland Barthes*
11. Le Nouveau Théâtre américain, *par Franck Jotterand* (épuisé)
12. Morphologie du conte, *par Vladimir Propp*
13. L'Action sociale, *par Guy Rocher*
14. L'Organisation sociale, *par Guy Rocher*
15. Le Changement social, *par Guy Rocher*
16. Les Étapes de la croissance économique, *par W. W. Rostow*
17. Essais de linguistique générale, *par Roman Jakobson* (épuisé)
18. La Philosophie critique de l'histoire, *par Raymond Aron*
19. Essais de sociologie, *par Marcel Mauss*
20. La Part maudite, *par Georges Bataille* (épuisé)
21. Écrits II, *par Jacques Lacan*
22. Éros et Civilisation, *par Herbert Marcuse* (épuisé)
23. Histoire du roman français depuis 1918
    par Claude-Edmonde Magny
24. L'Écriture et l'Expérience des limites, *par Philippe Sollers*
25. La Charte d'Athènes, *par Le Corbusier*
26. Peau noire, Masques blancs, *par Frantz Fanon*
27. Anthropologie, *par Edward Sapir*
28. Le Phénomène bureaucratique, *par Michel Crozier*
29. Vers une civilisation du loisir ? *par Joffre Dumazedier*
30. Pour une bibliothèque scientifique, *par François Russo* (épuisé)
31. Lecture de Brecht, *par Bernard Dort*
32. Ville et Révolution, *par Anatole Kopp*
33. Mise en scène de Phèdre, *par Jean-Louis Barrault*
34. Les Stars, *par Edgar Morin*
35. Le Degré zéro de l'écriture, *suivi de* Nouveaux Essais critiques
    par Roland Barthes
36. Libérer l'avenir, *par Ivan Illich*
37. Structure et Fonction dans la société primitive
    par A. R. Radcliffe-Brown
38. Les Droits de l'écrivain, *par Alexandre Soljénitsyne*
39. Le Retour du tragique, *par Jean-Marie Domenach*
41. La Concurrence capitaliste
    par Jean Cartell et Pierre-Yves Cossé (épuisé)
42. Mise en scène d'Othello, *par Constantin Stanislavski*
43. Le Hasard et la Nécessité, *par Jacques Monod*

44. Le Structuralisme en linguistique, *par Oswald Ducrot*
45. Le Structuralisme : Poétique, *par Tzvetan Todorov*
46. Le Structuralisme en anthropologie, *par Dan Sperber*
47. Le Structuralisme en psychanalyse, *par Moustafa Safouan*
48. Le Structuralisme : Philosophie, *par François Wahl*
49. Le Cas Dominique, *par Françoise Dolto*
51. Trois Essais sur le comportement animal et humain
    par Konrad Lorenz
52. Le Droit à la ville, *suivi de* Espace et Politique
    par Henri Lefebvre
53. Poèmes, *par Léopold Sédar Senghor*
54. Les Élégies de Duino, *suivi de* les Sonnets à Orphée
    par Rainer Maria Rilke (édition bilingue)
55. Pour la sociologie, *par Alain Touraine*
56. Traité du caractère, *par Emmanuel Mounier*
57. L'Enfant, sa « maladie » et les autres, *par Maud Mannoni*
58. Langage et Connaissance, *par Adam Schaff*
59. Une saison au Congo, *par Aimé Césaire*
61. Psychanalyser, *par Serge Leclaire*
63. Mort de la famille, *par David Cooper*
64. À quoi sert la Bourse ? *par Jean-Claude Leconte* (épuisé)
65. La Convivialité, *par Ivan Illich*
66. L'Idéologie structuraliste, *par Henri Lefebvre*
67. La Vérité des prix, *par Hubert Lévy-Lambert* (épuisé)
68. Pour Gramsci, *par Maria-Antonietta Macciocchi*
69. Psychanalyse et Pédiatrie, *par Françoise Dolto*
70. S/Z, *par Roland Barthes*
71. Poésie et Profondeur, *par Jean-Pierre Richard*
72. Le Sauvage et l'Ordinateur, *par Jean-Marie Domenach*
73. Introduction à la littérature fantastique, *par Tzvetan Todorov*
74. Figures I, *par Gérard Genette*
75. Dix Grandes Notions de la sociologie, *par Jean Cazeneuve*
76. Mary Barnes, un voyage à travers la folie
    par Mary Barnes et Joseph Berke
77. L'Homme et la Mort, *par Edgar Morin*
78. Poétique du récit, *par Roland Barthes, Wayne Booth
    Philippe Hamon et Wolfgang Kayser*
79. Les Libérateurs de l'amour, *par Alexandrian*
80. Le Macroscope, *par Joël de Rosnay*
81. Délivrance, *par Maurice Clavel et Philippe Sollers*
82. Système de la peinture, *par Marcelin Pleynet*
83. Pour comprendre les média, *par M. McLuhan*
84. L'Invasion pharmaceutique
    par Jean-Pierre Dupuy et Serge Karsenty
85. Huit Questions de poétique, *par Roman Jakobson*
86. Lectures du désir, *par Raymond Jean*
87. Le Traître, *par André Gorz*
88. Psychiatrie et Anti-Psychiatrie, *par David Cooper*
89. La Dimension cachée, *par Edward T. Hall*
90. Les Vivants et la Mort, *par Jean Ziegler*

91. L'Unité de l'homme, *par le Centre Royaumont*
    1. Le primate et l'homme, *par E. Morin et M. Piattelli-Palmarini*
 92. L'Unité de l'homme, *par le Centre Royaumont*
    2. Le cerveau humain, *par E. Morin et M. Piattelli-Palmarini*
 93. L'Unité de l'homme, *par le Centre Royaumont*
    3. Pour une anthropologie fondamentale
    par E. Morin et M. Piattelli-Palmarini
 94. Pensées, *par Blaise Pascal*
 95. L'Exil intérieur, *par Roland Jaccard*
 96. Semeiotiké, recherches pour une sémanalyse
    par Julia Kristeva
 97. Sur Racine, *par Roland Barthes*
 98. Structures syntaxiques, *par Noam Chomsky*
 99. Le Psychiatre, son « fou » et la psychanalyse, *par Maud Mannoni*
 100. L'Écriture et la Différence, *par Jacques Derrida*
 101. Le Pouvoir africain, *par Jean Ziegler*
 102. Une logique de la communication
    par P. Watzlawick, J. Helmick Beavin, Don D. Jackson
 103. Sémantique de la poésie, *T. Todorov, W. Empson
    J. Cohen, G. Hartman et F. Rigolot*
 104. De la France, *par Maria-Antonietta Macciochi*
 105. Small is beautiful, *par E. F. Schumacher*
 106. Figures II, *par Gérard Genette*
 107. L'Œuvre ouverte, *par Umberto Eco*
 108. L'Urbanisme, *par Françoise Choay*
 109. Le Paradigme perdu, *par Edgar Morin*
 110. Dictionnaire encyclopédique des sciences du langage
    par Oswald Ducrot et Tzvetan Torodov
 111. L'Évangile au risque de la psychanalyse (tome 1)
    par Françoise Dolto
 112. Un enfant dans l'asile, *par Jean Sandretto*
 113. Recherche de Proust, *ouvrage collectif*
 114. La Question homosexuelle, *par Marc Oraison*
 115. De la psychose paranoïaque dans ses rapports
    avec la personnalité, *par Jacques Lacan*
 116. Sade, Fourier, Loyola, *par Roland Barthes*
 117. Une société sans école, *par Ivan Illich*
 118. Mauvaises Pensées d'un travailleur social, *par Jean-Marie Geng*
 119. Albert Camus, *par Herbert R. Lottman*
 120. Poétique de la prose, *par Tzvetan Torodov*
 121. Théorie d'ensemble, *par Tel Quel*
 122. Némésis médicle, *par Ivan Illich*
 123. La Méthode
    1. La Nature de la Nature, *par Edgar Morin*
 124. Le Désir et la Perversion, *ouvrage collectif*
 125. Le Langage, cet inconnu, *par Julia Kristeva*
 126. On tue un enfant, *par Serge Leclaire*
 127. Essais critiques, *par Roland Barthes*
 128. Le Je-ne-sais-quoi et le Presque-rien
    1. La manière et l'occasion, *par Vladimir Jankélévitch*

129. L'Analyse structurale du récit, Communication 8
     ouvrage collectif
130. Changements, Paradoxes et Psychothérapie
     par P. Watzlawick, J. Weakland et R. Fisch
131. Onze Études sur la poésie moderne
     par Jean-Pierre Richard
132. L'Enfant arriéré et sa mère, *par Maud Mannoni*
133. La Prairie perdue (Le roman américain)
     par Jacques Cabau
134. Le Je-ne-sais-quoi et le Presque-rien
     2. La méconnaissance, *par Vladimir Jankélévitch*
135. Le Plaisir du texte, *par Roland Barthes*
136. La Nouvelle Communication, *ouvrage collectif*
137. Le Vif du sujet, *par Edgar Morin*
138. Théories du langage, théories de l'apprentissage
     par le Centre Royaumont
139. Baudelaire, la Femme et Dieu, *par Pierre Emmanuel*
140. Autisme et Psychose de l'enfant, *par Frances Tustin*
141. Le Harem et les Cousins, *par Germaine Tillion*
142. Littérature et Réalité, *ouvrage collectif*
143. La Rumeur d'Orléans, *par Edgar Morin*
144. Partage des femmes, *par Eugénie Lemoine-Luccioni*
145. L'Évangile au risque de la psychanalyse (tome 2)
     par Françoise Dolto
146. Rhétorique générale, *par le Groupe µ*
147. Système de la Mode, *par Roland Barthes*
148. Démasquer le réel, *par Serge Leclaire*
149. Le Juif imaginaire, *par Alain Finkielkraut*
150. Travail de Flaubert, *ouvrage collectif*
151. Journal de Californie, *par Edgar Morin*
152. Pouvoirs de l'horreur, *par Julia Kristeva*
153. Introduction à la philosophie de l'histoire de Hegel
     par Jean Hyppolite
154. La Foi au risque de la psychanalyse
     par Françoise Dolto et Gérard Sévérin
155. Un lieu pour vivre, *par Maud Mannoni*
156. Scandale de la vérité, *suivi de*
     Nous autres Français, *par Georges Bernanos*
157. Enquête sur les idées contemporaines
     par Jean-Marie Domenach
158. L'Affaire Jésus, *par Henri Guillemin*
159. Paroles d'étranger, *par Elie Wiesel*
160. Le Langage silencieux, *par Edward T. Hall*
161. La Rive gauche, *par Herbert R. Lottman*
162. La Réalité de la réalité, *par Paul Watzlawick*
163. Les Chemins de la vie, *par Joël de Rosnay*
164. Dandies, *par Roger Kempf*
165. Histoire personnelle de la France, *par François George*
166. La Puissance et la Fragilité, *par Jean Hamburger*
167. Le Traité du sablier, *par Ernst Jünger*
168. Pensée de Rousseau, *ouvrage collectif*

169. La Violence du calme, *par Viviane Forrester*
170. Pour sortir du XXe siècle, *par Edgar Morin*
171. La Communication, Hermès I
    par Michel Serres
172. Sexualités occidentales, Communications 35
    ouvrage collectif
173. Lettre aux Anglais, *par Georges Bernanos*
174. La Révolution du langage poétique
    par Julia Kristeva
175. La Méthode
    2. La Vie de la Vie, *par Edgar Morin*
176. Théories du symbole, *par Tzvetan Todorov*

Collection Points

SÉRIE ROMAN

R1. Le Tambour, *par Günter Grass*
R2. Le Dernier des Justes, *par André Schwarz-Bart*
R3. Le Guépard, *par Giuseppe Tomasi di Lampedusa*
R4. La Côte sauvage, *par Jean-René Huguenin*
R5. Acid Test, *par Tom Wolfe*
R6. Je vivrai l'amour des autres, *par Jean Cayrol*
R7. Les Cahiers de Malte Laurids Brigge
    par Rainer Maria Rilke
R8. Moha le fou, Moha le sage, *par Tahar Ben Jelloun*
R9. L'Horloger du Cherche-Midi, *par Luc Estang*
R10. Le Baron perché, *par Italo Calvino*
R11. Les Bienheureux de La Désolation, *par Hervé Bazin*
R12. Salut Galarneau !, *par Jacques Godbout*
R13. Cela s'appelle l'aurore, *par Emmanuel Roblès*
R14. Les Désarrois de l'élève Törless, *par Robert Musil*
R15. Pluie et Vent sur Télumée Miracle
    par Simone Schwarz-Bart
R16. La Traque, *par Herbert Lieberman*
R17. L'Imprécateur, *par René-Victor Pilhes*
R18. Cent Ans de solitude, *par Gabriel Garcia Marquez*
R19. Moi d'abord, *par Katherine Pancol*
R20. Un jour, *par Maurice Genevoix*
R21. Un pas d'homme, *par Marie Susini*
R22. La Grimace, *par Heinrich Böll*
R23. L'Age du tendre, *par Marie Chaix*
R24. Une tempête, *par Aimé Césaire*
R25. Moustiques, *par William Faulkner*
R26. La Fantaisie du voyageur, *par François-Régis Bastide*
R27. Le Turbot, *par Günter Grass*
R28. Le Parc, *par Philippe Sollers*
R29. Ti Jean L'horizon, *par Simone Schwarz-Bart*
R30. Affaires étrangères, *par Jean-Marc Roberts*
R31. Nedjma, *par Kateb Yacine*
R32. Le Vertige, *par Evguénia Guinzbourg*
R33. La Motte rouge, *par Maurice Genevoix*
R34. Les Buddenbrook, *par Thomas Mann*
R35. Grand Reportage, *par Michèle Manceaux*
R36. Isaac le mystérieux (Le Ver et le Solitaire)
    par Jerôme Charyn
R37. Le Passage, *par Jean Reverzy*
R38. Chesapeake, *par James A. Michener*
R39. Le Testament d'un poète juif assassiné, *par Elie Wiesel*
R40. Candido, *par Leonardo Sciascia*
R41. Le Voyage à Paimpol, *par Dorothée Letessier*
R42. L'Honneur perdu de Katharina Blum, *par Heinrich Böll*

R43. Le Pays sous l'écorce, *par Jacques Lacarrière*
R44. Le Monde selon Garp, *par John Irving*
R45. Les Trois Jours du cavalier, *par Nicole Ciravégna*
R46. Nécropolis, *par Herbert Lieberman*
R47. Fort Saganne, *par Louis Gardel*
R48. La Ligne 12, *par Raymond Jean*
R49. Les Années de chien, *par Günter Grass*
R50. La Réclusion solitaire, *par Tahar Ben Jelloun*
R51. Senilità, *par Italo Svevo*
R52. Trente mille jours, *par Maurice Genevoix*
R53. Cabinet Portrait, *par Jean-Luc Benoziglio*
R54. Saison violente, *par Emmanuel Roblès*
R55. Une comédie française, *par Erik Orsenna*
R56. Le Pain nu, *par Mohamed Choukri*
R57. Sarah et le Lieutenant français, *par John Fowles*
R58. Le Dernier Viking, *par Patrick Grainville*
R59. La Mort de la phalène, *par Virginia Woolf*
R60. L'Homme sans qualités, tome 1, *par Robert Musil*
R61. L'Homme sans qualités, tome 2, *par Robert Musil*
R62. L'Enfant de la mer de Chine, *par Didier Decoin*
R63. Le Professeur et la Sirène
    par Giuseppe Tomasi di Lampedusa
R64. Le Grand Hiver, *par Ismaïl Kadaré*
R65. Le Cœur du voyage, *par Pierre Moustiers*
R66. Le Tunnel, *par Ernesto Sabato*
R67. Kamouraska, *par Anne Hébert*
R68. Machenka, *par Vladimir Nabokov*
R69. Le Fils du pauvre, *par Mouloud Feraoun*
R70. Cités à la dérive, *par Stratis Tsirkas*
R71. Place des Angoisses, *par Jean Reverzy*
R72. Le Dernier Chasseur, *par Charles Fox*
R73. Pourquoi pas Venise, *par Michèle Manceaux*
R74. Portrait de groupe avec dame, *par Heinrich Böll*
R75. Lunes de fiel, *par Pascal Bruckner*
R76. Le Canard de bois (Les Fils de la liberté, I)
    par Louis Caron
R77. Jubilee, *par Margaret Walker*
R78. Le Médecin de Cordoue, *par Herbert Le Porrier*
R79. Givre et Sang, *par John Cowper Powys*
R80. La Barbare, *par Katherine Pancol*
R81. Si par une nuit d'hiver un voyageur, *par Italo Calvino*
R82. Gerardo Laïn, *par Michel del Castillo*
R83. Un amour infini, *par Scott Spencer*
R84. Une enquête au pays, *par Driss Chraïbi*
R85. Le Diable sans porte (t. I : Ah, mes aïeux !)
    par Claude Duneton
R86. La Prière de l'absent, *par Tahar Ben Jelloun*
R87. Venise en hiver, *par Emmanuel Roblès*
R88. La Nuit du Décret, *par Michel del Castillo*
R89. Alejandra, *par Ernesto Sabato*

R90. Plein Soleil, *par Marie Susini*
R91. Les Enfants de fortune, *par Jean-Marc Roberts*
R92. Protection encombrante, *par Heinrich Böll*
R93. Lettre d'excuse, *par Raphaële Billetdoux*
R94. Le Voyage indiscret, *par Katherine Mansfield*
R95. La Noire, *par Jean Cayrol*
R96. L'Obsédé (L'Amateur), *par John Fowles*
R97. Siloé, *par Paul Gadenne*
R98. Portrait de l'artiste en jeune chien
par Dylan Thomas
R99. L'Autre, *par Julien Green*
R100. Histoires pragoises, *par Rainer Maria Rilke*
R101. Bélibaste, *par Henri Gougaud*
R102. Le Ciel de la Kolyma (Le Vertige, II)
par Evguénia Guinzbourg
R103. La Mulâtresse Solitude, *par André Schwarz-Bart*
R104. L'Homme du Nil, *par Stratis Tsirkas*
R105. La Rhubarbe, *par René-Victor Pilhes*
R106. Gibier de potence, *par Kurt Vonnegut*
R107. Memory Lane, *par Patrick Modiano*
dessins de Pierre Le Tan
R108. L'Affreux Pastis de la rue des Merles
par Carlo Emilio Gadda
R109. La Fontaine obscure, *par Raymond Jean*
R110. L'Hôtel New Hampshire, *par John Irving*
R112. Cœur de lièvre, *par John Updike*
R113. Le Temps d'un royaume, *par Rose Vincent*
R114. Poisson-chat, *par Jerome Charyn*
R115. Abraham de Brooklyn, *par Didier Decoin*
R116. Trois Femmes, *suivi de* Noces, *par Robert Musil*
R117. Les Enfants du sabbat, *par Anne Hébert*
R118. La Palmeraie, *par François-Régis Bastide*
R119. Maria Republica, *par Agustin Gomez-Arcos*
R120. La Joie, *par Georges Bernanos*
R121. Incognito, *par Petru Dumitriu*
R122. Les Forteresses noires, *par Patrick Grainville*
R123. L'Ange des ténèbres, *par Ernesto Sabato*
R124. La Fiera, *par Marie Susini*
R125. La Marche de Radetzky, *par Joseph Roth*
R126. Le vent souffle où il veut
par Paul-André Lesort
R127. Si j'étais vous..., *par Julien Green*
R128. Le Mendiant de Jérusalem, *par Élie Wiesel*
R129. Mortelle, *par Christopher Frank*
R130. La France m'épuise, *par Jean-Louis Curtis*
R131. Le Chevalier inexistant, *par Italo Calvino*
R132. Dialogues des Carmélites, *par Georges Bernanos*
R133. L'Étrusque, *par Mika Waltari*
R134. La Rencontre des hommes, *par Benigno Cacérès*
R135. Le Petit Monde de Don Camillo, *par Giovanni Guareschi*

R136. Le Masque de Dimitrios, *par Eric Ambler*
R137. L'Ami de Vincent, *par Jean-Marc Roberts*
R138. Un homme au singulier, *par Christopher Isherwood*
R139. La Maison du désir, *par France Huser*
R140. Moi et ma cheminée, *par Herman Melville*
R141. Les Fous de Bassan, *par Anne Hébert*
R142. Les Stigmates, *par Luc Estang*
R143. Le Chat et la Souris, *par Günter Grass*
R144. Loïca, *par Dorothée Letessier*
R145. Paradiso, *par José Lezama Lima*
R146. Passage de Milan, *par Michel Butor*
R147. Anonymus, *par Michèle Manceaux*
R148. La Femme du dimanche
par Carlo Fruttero et Franco Lucentini
R149. L'Amour monstre, *par Louis Pauwels*
R150. L'Arbre à soleils, *par Henri Gougaud*
R151. Traité du zen et de l'entretien des motocyclettes
par Robert M. Pirsig
R152. L'Enfant du cinquième Nord, *par Pierre Billon*
R153. N'envoyez plus de roses, *par Eric Ambler*
R154. Les Trois Vies de Babe Ozouf, *par Didier Decoin*
R155. Le Vert Paradis, *par André Brincourt*
R156. Varouna, *par Julien Green*
R157. L'Incendie de Los Angeles, *par Nathanaël West*
R158. Les Belles de Tunis, *par Nine Moati*
R159. Vertes Demeures, *par William-Henry Hudson*
R160. Les Grandes Vacances, *par Francis Ambrière*
R161. Ceux de 14, *par Maurice Genevoix*
R162. Les Villes invisibles, *par Italo Calvino*
R163. L'Agent secret, *par Graham Greene*
R164. La Lézarde, *par Édouard Glissant*
R165. Le Grand Escroc, *par Herman Melville*
R166. Lettre à un ami perdu, *par Patrick Besson*
R167. Evaristo Carriego, *par Jorge Luis Borges*
R168. La Guitare, *par Michel del Castillo*
R169. Épitaphe pour un espion, *par Eric Ambler*
R170. Fin de saison au Palazzo Pedrotti, *par Frédéric Vitoux*
R171. Jeunes Années. Autobiographie 1, *par Julien Green*
R172. Jeunes Années. Autobiographie 2, *par Julien Green*
R173. Les Égarés, *par Frédérick Tristan*
R174. Une affaire de famille, *par Christian Giudicelli*
R175. Le Testament amoureux, *par Rezvani*
R176. C'était cela notre amour, *par Marie Susini*
R177. Souvenirs du triangle d'or, *par Alain Robbe-Grillet*
R178. Les Lauriers du lac de Constance, *par Marie Chaix*
R179. Plan B, *par Chester Himes*
R180. Le Sommeil agité, *par Jean-Marc Roberts*
R181. Roman Roi, *par Renaud Camus*
R182. Vingt Ans et des poussières
par Didier van Cauwelaert

R183. Le Château des destins croisés
       par Italo Calvino
R184. Le Vent de la nuit, *par Michel del Castillo*
R185. Une curieuse solitude, *par Philippe Sollers*
R186. Les Trafiquants d'armes, *par Eric Ambler*
R187. Un printemps froid, *par Danielle Sallenave*
R188. Mickey l'Ange, *par Geneviève Dormann*